如碆灵供祭之物

[日]三津田信三 / 著
胡环 / 译

碆霊の如き祀るもの

HAEDAMA
NO
GOTOKI
MATSURU
MONO

文化发展出版社
Cultural Development Press

◇千本樱文库◇

◇前言 PREFACE

文库，原本是指收纳书物的仓库和书库，也指收纳书与记事簿，以及不常用物品的小箱子。以前者为例，京浜急行线的“金泽文库站”就是以前镰仓时代北条氏用来收藏汉书用的，“金泽文库”名字的由来便是如此。东京都的世田谷区也存在着收集着珍贵汉书的“静嘉堂文库”。后者则更多地被称为“手文库”。

江户时代以来，可以放入袖袂的小开本书籍逐渐流行起来，被称为“袖珍本”。明治三十六年（1903 年），富山房发行了小开本的丛书，起名“袖珍名著文库”。随后，明治四十四年（1911 年），讲述战国时代的猿飞佐助和雾隐才藏系列故事的讲谈社“立川文库”发行出版。讲谈是日本民间艺术，以口语化的方式讲述历史故事的形式。而“立川文库”则是将讲谈收录成册集中出版的丛书，据统计，当时刊行量为 200 册左右。从那时起，文库就脱离了原本的释意，逐渐演变成了现在的类书集丛。

文库说法借鉴了日本出版业界的传统说法。而千本樱源自日本奈良县吉野山樱花盛开的奇景，世人皆称“一目千本樱”来形容樱花美景。千本樱文库的纳入作品皆为日系作品，题材包括推理、悬疑、幻想、青春、文化等类型，正如千本樱满山盛开的绝景。

现代日本，以“文库”命名刊行的丛书系列有200种以上，所谓“文库本”只不过是统称而已。日本传统的“文库本”常用的是A6尺寸的148mm×105mm，也叫“A6判”。千本樱文库的所有书籍将在“文库本”的基础上提升，达到148mm×210mm的开本标准。追求还原的前提下，力图带给读者更清晰的阅读体验。

从二十世纪七十年代以来，日系推理小说逐步进入中国读者的视野。随着时代更替，涌现出了各种不同风格的作家。日系推理能够长久不衰的原因之一在于设立的各种新人奖，这些新人奖能为日本文坛输送新鲜血液，不断地创作优秀作品。但是，新人出道的条件并非只有获奖这一条途径。多样的文学新人奖具备相当完善的审查机制，即便是没能获奖的作家，也有机会出道。比如东京创元社的“鲇川哲也奖”，有不少作家在当届没能获得大奖，只是止步候选阶段，后来却都成为了人气作家。另外，不急于出道的作家也是有的。1994年，东京创元社创立了“创元推理短篇奖”，第一届的赛事中收到了123篇投稿作品，其中名为《子喰鬼缘起》的作品晋级到了最终候选阶段。同年，由光文社公募投稿作品进行出版，鲇川哲也主编的《本格推理3迷宫的杀人者们》中也收录了一篇名为《雾之馆》的作品。而这两部投稿作品都出自一人之手——三津田信三。

早在二十世纪九十年代，三津田信三的投稿作品就已经被刊登在出版物上，也可以视为出道。但普遍被认为是出道的标志作品，还要等上七年。2001年，讲谈社出版了三津田信三的第一本书，他的作家人生正式起步。出道作即为“作家三部曲”的第一作《恐怖小说作家栖息的家》，该系列被归为怪奇小说，作者的独特风格已经初见端倪。

前言

“作家系列”完结之后，三津田信三便打破常规，创作出了怪异谭式的推理小说“刀城言耶系列”。该作是以作家刀城言耶为主角，解决各种不可思议的犯罪事件的故事。作者巧妙地将乡土民俗学，本格推理写作技巧，以及惊悚恐怖氛围相乘组合，辅以二战前后的独特时代背景加以呈现。创造出了前所未有，无与伦比的文学魅力。“刀城言耶系列”在日本是由原书房和讲谈社两家出版社出版发行，因此引进整个系列的过程也并非一帆风顺。今后，千本樱文库将陆续出版整个系列的全部作品，还请各位读者尽情感受“刀城言耶”的怪异之谜。

千本樱文库编辑部

◇三津田信三

刀城言耶系列

◇《如厌魅附体之物》
◇《如凶鸟忌讳之物》
◇《如首无作祟之物》
◇《如山魔嗤笑之物》
◇《如密室自闭之物》
◇《如水魑沉没之物》
◇《如生灵双身之物》
◇《如幽女怨怼之物》
◇《如碆灵供祭之物》
◇《如魔偶招致之物》

作家系列

◇《忌馆·恐怖作家的居所》
◇《作者不详·推理小说家的读本》
◇《蛇棺葬》
◇《百蛇堂》

SA 行系列

◇《避难所·杀人告终》
◇《废园杀人事件》

非 系列

◇《赫眼》

家 系列

◇《祸家》
◇《灾园》

物理波矢多系列

◇《黑面之狐》
◇《白魔之塔》

幽灵屋敷系列

◇《家中是否有可怕的事情》
◇《特意在忌讳之家居住》
◇《被邀请到不存在之家》

其他长篇

◇《七人捉迷藏》
◇《窥视之眼》

碆霊の如き祀るもの

HAEDAMA NO GOTOKI MATSURU MONO

三津田信三

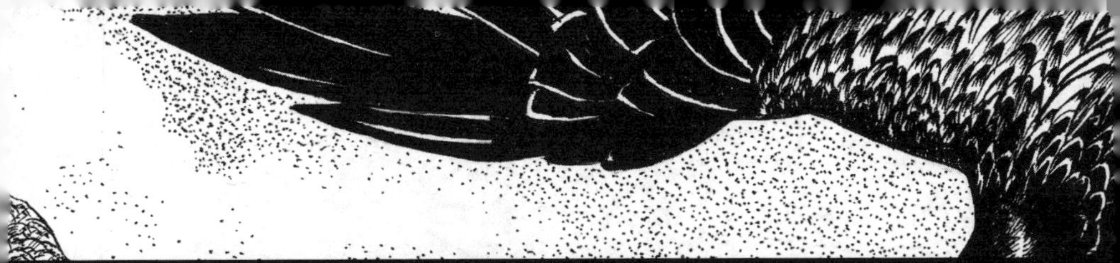

目录

CONTENTS

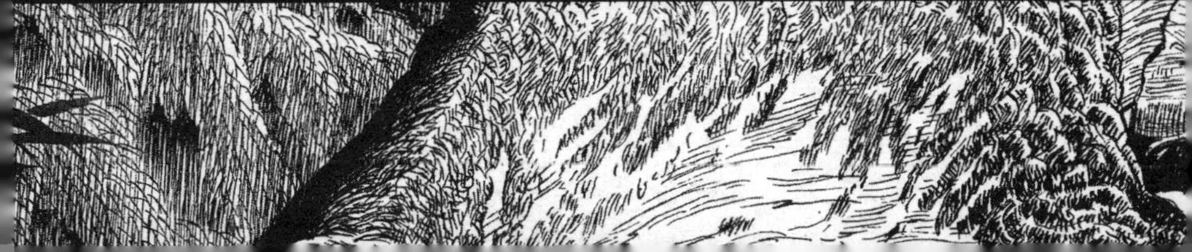

閖扬村的相关人物

大垣秀寿　閖扬村的村长。大垣家的家族长。

大垣秀继　大垣秀寿的孙子。刀城言耶的师弟。英明馆编辑。

垣沼亨　大垣家的家道败落的分家。

其他三村的相关人物

米谷　盐饱村的医生。

井之上　糊村的村长。

善堂　矶见村鹿杖寺的住持。

其他相关人物

及位廉也　异类民俗学者。

久留米三琅　日升纺织的干事。

御堂岛　县警察总局的警部。

森胁　刑警。御堂岛的部下。

村田　刑警。御堂岛的部下。

见崎　县警察总局的警部。

泽田　刑警。见崎的部下。

刀城言耶　志怪小说作家。笔名东城雅哉。

祖父江偲　怪想舍的编辑。

阿武隈川岛　民间民俗学者。

1 宫司：神职名。神社之长，总管社内的所有神职人员及巫女。巫女亦属神职之一。

主要登场人物

怪谈中的主人公

伍助　少年渔民。"海原之首"的亲历者。

净念　修行小和尚。"物见之幻"的亲历者。

多喜　卖解毒药的少女。"竹林之魔"的亲历者。

饭岛胜利　日升纺织的员工。"蛇道之怪"的亲历者。

犊幽村的相关人物

笼室岩喜　笹女神社的宫司。[1]

笼室筱悬　笼室岩喜的孙女。笹女神社的巫女。

真海　竺磐寺的住持。

龟兹将　家有"竹屋"名号的竹制品加工者。

龟兹竹利　龟兹将的侄子。

佐波男　渔民。

蓬莱　住在上角岩壁小屋的流浪者。

食坏山
犊幽村
笹女神社

犊幽村周边示意图

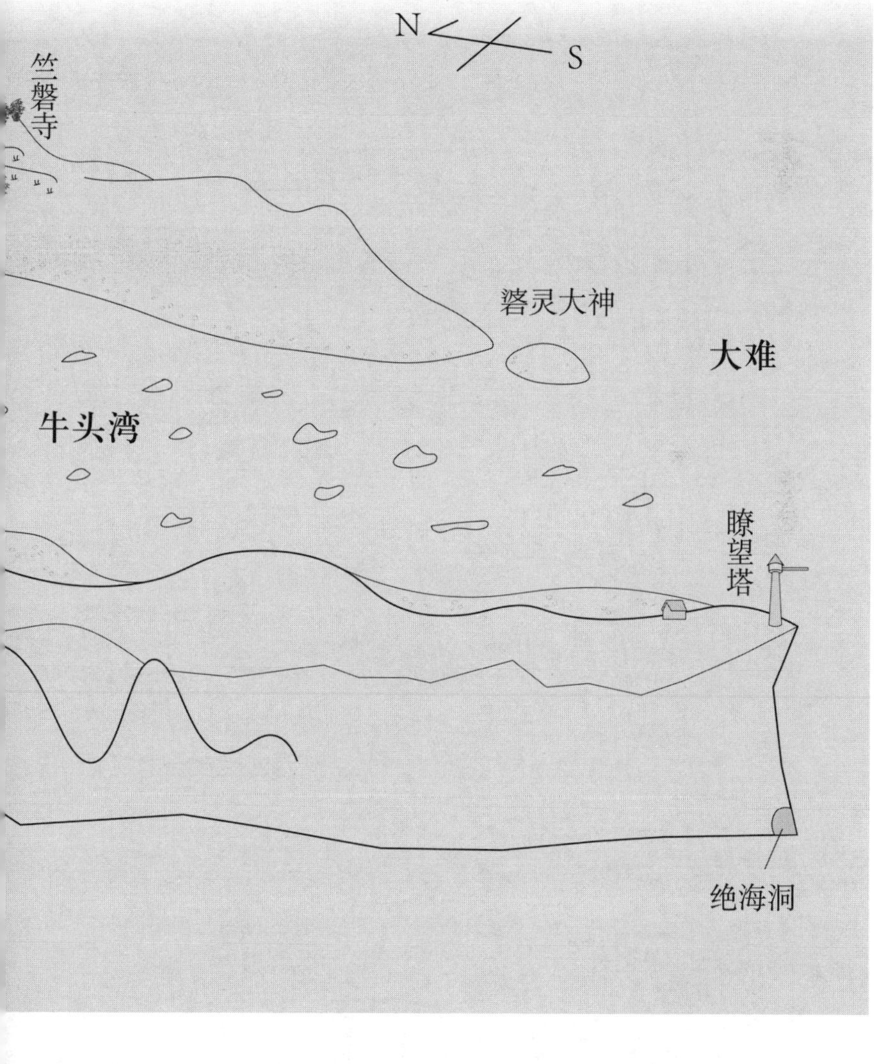

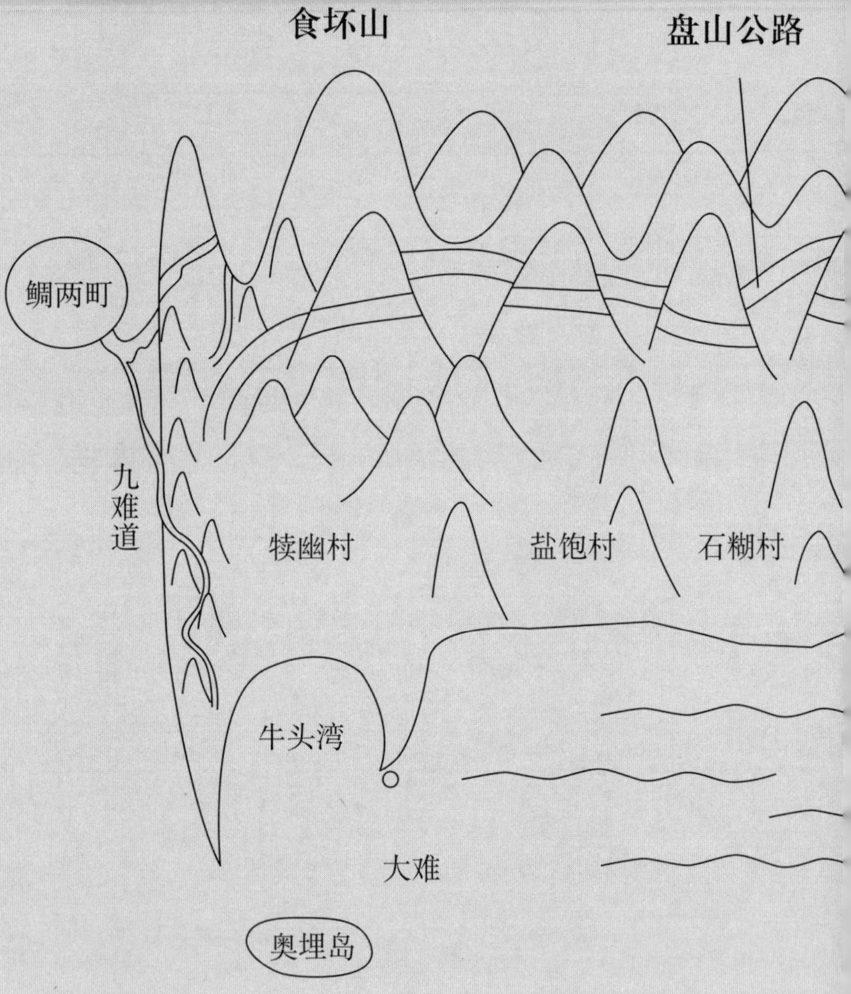
食坏山
盘山公路
鲷两町
九难道
犊幽村
盐饱村
石糊村
牛头湾
大难
奥埋岛

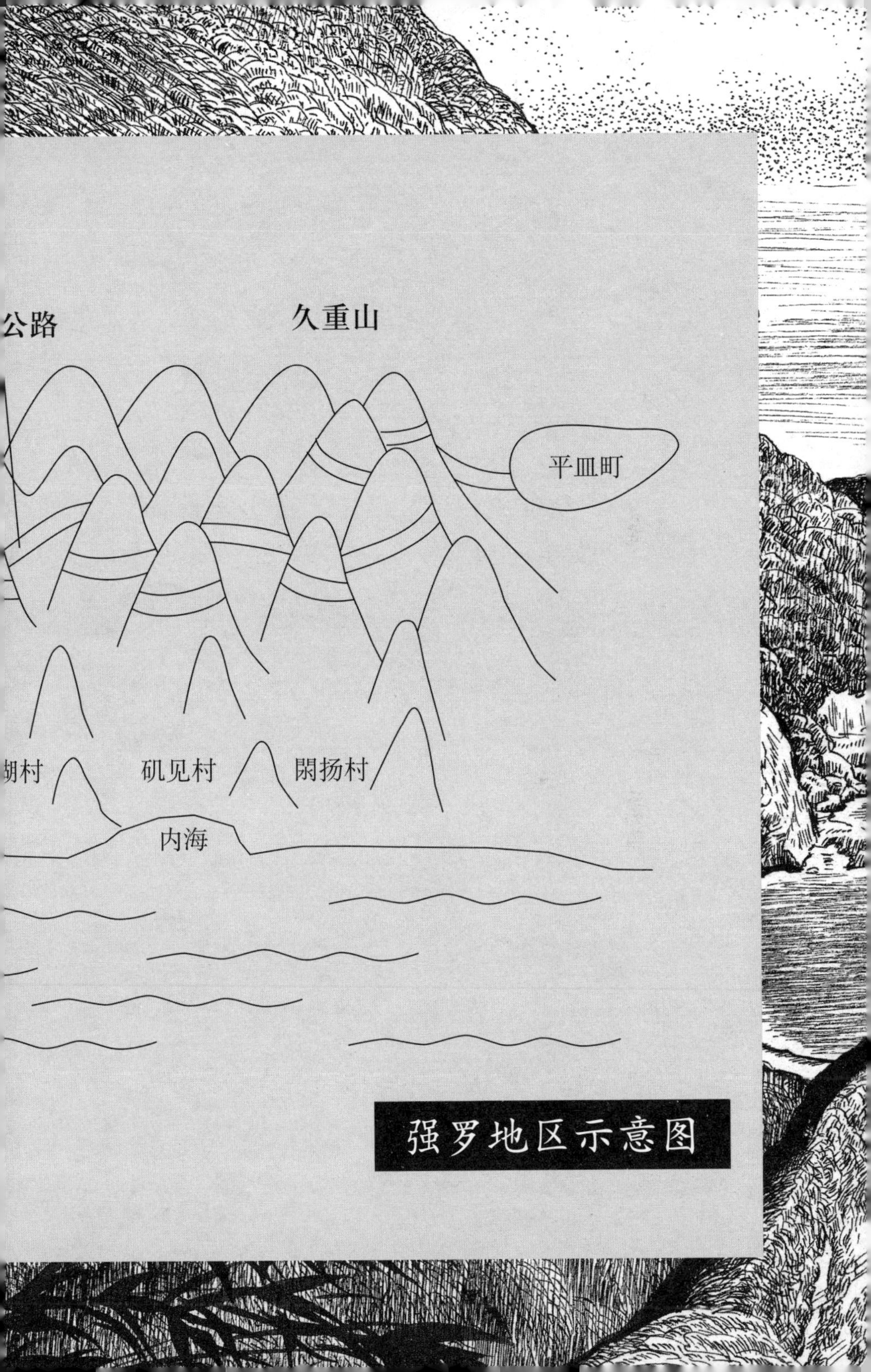

强罗地区示意图

序言

本书所整理的发生在强罗地区犊幽村的三则怪谈，以及发生在閖扬村的一则怪谈，并不是简单地将英明馆责编秀继君的讲述原封不动地记录在纸面上，而是本人在大量取材基础上的再创作。

从民俗学观点来讲，记述传说理应忠于原内容，但是如果将其作为诡异“怪谈杀人事件”的资料，其内容的支撑力未免过于弱小，遂决定进行补充、加工。这一点，望各位读者明知。

此外，无论本书以何种形式呈现给读者，公开之日亦是强罗地区五个村名从政府文件，以及人们记忆中彻底消失之时。

东城雅哉（刀城言耶）

昭和×年阴历二月

1

第一章

怪谈四则

海原之首——江户[1]

犊幽村的沿海一线岩礁密布，伍助摇一叶扁舟在浅海上随着海浪起起伏伏。这艘小船是伍助的爷爷传下来的家当，如今已破旧不堪，但勉强还能下海。

每次出海，当小船险些被海浪打翻时，伍助总会在心里念叨一句“要是能有艘新船就好了！至少能平稳一些”。

这艘破旧的小船，别说经得住什么狂风巨浪，哪怕稍微有点风浪，海水就会倒灌进船舱里来。每每想到这些，伍助就心有余悸，总是期盼着能有艘新船，有了新船就不用再经受这样的恐惧。伍助本来就还没学会出海打鱼的本领，再遭遇到风浪就更加难以招架了。

不幸的是，伍助家根本就没有造一艘新船的能力，为了解决家人的温饱问题就够艰难的了，所以新船也只能是在梦中想想。

“唉！反正也算不上什么打鱼，只是钓钓章鱼这样的程度罢了。”

每当感觉无望时，伍助总会发出这样一句叹息聊以自慰。的确，就算能够拥有一艘新船，在犊幽村这片海域也毫无用武之地。

犊幽村背山面海，虽说南面全是海，但是却被两个犄角一样的岬角包围起来，而且岸边全是岩礁，因此无法通行大型船只，也不可能建造深水码头。

这样一来，当地的渔业就被限定在近海，村民们主要以近岸捕捞为主，其中最主要的一项就是钓章鱼，尤其是入秋时节的无骨章鱼在渔民眼里特别宝贵。为了尽可能地囤积过冬的食粮，在冬季枯渔期来临之前，渔民们拼命地下海劳作。

当地流传着一句俗语：“不给新媳妇吃秋茄子”，意思是秋茄子这种美味珍贵的东西，怎舍得让新媳妇吃？这是欺负新嫁女的一种体现。同理，还有一句“不给新媳妇吃夏章鱼”的谚语。但是，从来没有不让新媳妇吃无骨章鱼的说法，这就足以证明无骨章鱼是多么难吃。

章鱼本来就没有骨头，这是众所周知的事实，可是在当地却有一种“无骨章鱼”的特殊叫法。我想，大概是人们根据味觉感受才起的这个名字。每到夏末时节，章鱼便来到岸边的浅滩产卵，产卵后自然营养成分不足，其实所有的生物都是如此吧，所以既然是没有多少营养的“无骨章鱼”，那味道必定不会鲜美，别说鲜美了，完全可以用“难吃”来形容。

无骨章鱼虽然难吃，但在犊幽村的村民们眼里，却是极其难得的食材，当然对伍助家来说更是如此。对还是个孩子的伍助来说，钓章鱼的活儿已经是超出他年龄的重负了，驾船出海那可算得上是要豁上性命去干的事了。

村里有不少渔民不甘心只能近岸捕捞，总觉得光干这种活儿脸上无光，因此隔几年就会有那么几个明知危险却义无反顾冲向大海的勇敢者，但都毫无例外地失败了。那片被称作“大难”的海域洋流极其复杂，乘驾简陋的小船前去挑战，其实出行之前便胜负已定。大家出海前都想着能活着回来就好，结果却永远葬身在了海底。后来不知从什么时候开始，“大难”海域，尤其是海难事故频发的地方，就被称为“寡妇场”了。

与生死不可预期的出海打鱼相比，近岸捕捞可就安全多了。不过，在还是打鱼生手的伍助看来，残酷的远海打鱼与安全性高的近岸捕捞并没有什么不同，因为他一直认为小船并不是因为破旧才经受不住风浪，而是因为自己驾船技术不行。

可是，能够传授他打鱼本领的爷爷和父亲已经过世，哥哥们都远赴他乡干上别的工作，好几年没回来过了。向村上的渔民讨教也不是不行，但毕竟不像求自己人那么方便，总归要欠下人情。再说，整个村子都很贫穷，村民们都挣扎在温饱线上，这种情况下去求人传授钓章鱼的技巧，想必也很难如愿吧。最终，伍助不愿意给人添麻烦，于是就自己见样学样地摸索着来。

当村民们忍饥挨饿时，碆灵大神就会送来唐食船。

伍助小时候非常笃信这个传说。所谓唐食船，就是传说中满载食物的救命船，来自遥远的海那边。据说，唐食船来的时间并不固定，一般出现在夏秋之交，或者在饥寒交迫的冬季来临之前。

不过说实话，如今伍助对此是半信半疑了，因为如果这个传说是真的，那不早就该看到唐食船了吗？可是这么多年过去了，唐食船从来没有出现过。更加诡异的是，在唐食船本该到来的时期，不仅没见到唐食船的影子，村子里的女孩子们反倒是不见了踪影，虽不至于说是每年如此吧，但这种情况绝不罕见。伍助曾经问过爷爷此事，结果爷爷板起脸来不耐烦地说了一句“为了生存”，就再也不说话了。伍助的小脑袋里满是疑问，难道那些女孩子是为了活下去才消失的吗？她们到底去了哪里？为什么……

而且，每到这一时期，那些长年漂泊在外的家船也会回来，村里的人口便一下子多了起来，不过如今这种情况倒是不多见了。家船，顾名思义就是以船为家终日漂泊在海上的渔民，船就是家，家就是船，在海上四处漂荡，只有在盂兰盆节或新年这种特别的日子里才上岸回到老家。而犊幽村的家船基本就是现在这个时期，在暴风雨来临之前回来。不过，就算回到村子里，同样还是没吃没喝，所以这些年来回村的家船越来越少了。

无论是村民还是家船，一律都得靠自己解决吃喝。

这是伍助自小总结出的结论。可那些掌握了近岸捕捞技术的大人们竟然还相信有什么唐食船来救命，简直可笑至极。

伍助停下小船，伸手拿起了钓竿。他现在所处的位置位于两个岬角围起来的海湾稍微靠外一点的地方，远离其他渔民。之所以跑这么远，是因为他不想落人埋怨。

犊幽村的近岸渔业，各家有各家的海域区划，基本是一代一代传下来的，当然仅限于下一代有从事渔业的继承人的情况下才能继续往下传。伍助的兄长们嫌弃自家海域鱼量贫乏，也不愿意干这种收获可怜的近岸捕捞，于是都选择了外出工作，而爷爷和父亲还没来得及教授伍助打鱼的技巧就相继去世了。

所以，伍助被村民们视为渔业新人，没有归属自己的固定区域。他摇着破旧的小船，只能到那些不用指望能有什么收获的徒有其名的海域，自己摸索着钓章鱼。可以说他经受的是三重苦难，但为了家人的生存又不得不出海。

伍助站在船头，手上拿着的是一根竹子做的钓竿。村后山坡上是一片茂密的竹林，所以弄上几根钓竿不是什么难事。实际上，村子里那些不以打鱼为生的家庭，很多都在加工竹工艺品，通常是男人在家用竹条编织饭篮子、盐筐、鱼篓、簸箕、笊篱、茶则等生活用品，女人拿着这些东西翻过食坏山去集市上售卖。然而，就连拥有“竹屋”名号的匠人之家，单靠卖竹制品也很难保证衣食无忧，所以这些家庭的孩子和老人们也会像其他人家那样不得不去海边捞海带、海藻，挖贝类来补充生计。

在被称为“陆上孤岛”的犊幽村，尽管渔获量少得可怜，但那些没有土地的村民最终还是只能靠海吃海。

既然没有其他门路，那还是从大海里讨生活吧。

这是伍助自小下定的决心，并且至今初心不改。每次出海时也不是没有闪过后悔的念头，但一点点增强的本领总算是给了他莫大的安慰和激励。

伍助把钓竿慢慢插入水中。钓竿的前端拴着一个钩子，旁边系着一块红布。将钓竿垂放到茂密的海藻旁边，然后不停晃动，潜伏在海藻深处的章鱼被惊动，误以为那块红布是它们爱吃的甲壳类生物，一口咬下去，结果就被钩了上来，这就是钓章鱼。

听上去好像很简单，实则不然，想要成功钓到章鱼不是件容易事。首先，晃动红布就是个技术活儿，盲目瞎晃是不行的，必须设法让章鱼认为那是它们的吃食才行。然而，章鱼这种东西绝不像其外表看起来那样憨傻，其实超乎人们想象地聪明，所以不是伍助这个生手轻易就能骗上钩的。

运气好时能把章鱼成功引出来咬钩，但如何把它钓上来又是一个技术活儿。沉在水中的钓竿非常难控制，因为海水产生了很大的阻力，不像在陆地上那般收放轻快、自如。而且，一旦感知到章鱼咬了钩，必须快速把钓竿拉起来才行，不然章鱼很容易就脱钩了。

一直未能成功钓上章鱼，伍助把所有的心思都集中在了垂钓上，不经意间抬头一看，猛然发现不知何时小船随波逐流，马上就要离开上角漂向海湾外侧去了。为了避免小船误入其他渔民的领域，他赶紧调整方向，同时本能地避开了下角方向，结果小船却越发靠近了上角。

包围犊幽村前海的两个岬角，西侧地势比较高且伸向海里也比较长，故被称为上角，与此相对，东侧的岬角又矮又短，则被称为下角。下角前端稍往海湾内侧的位置，有一块露出海面的巨大圆形礁石。伍助定睛一看，岩壁上耷拉着一截断绳，这应该是新年时挂上的注连绳，经历了一年的风吹浪打，已经看不出原来的样子，当时为了悬挂注连绳而在岩石两侧竖立起来的两根长长的竹竿，也早已不见了踪影。

这块岩石外形酷似一个刚被砍下来的人头，被村民们尊为“磐灵大神”，自古就有虔诚拜祭的传统。磐灵大神的周围不仅严禁捕捞，而且连靠近都不可以。所以，刚才伍助才会下意识地朝上角调整方向，这是犊幽村的渔民们无论谁都会有的一种本能反应。

颇具讽刺意味的是，磐灵大神的周边反倒是最适合近岸捕捞的海域。因此，过去曾有渔民实在耐不住饥饿便违反禁令偷偷跑到这里来打鱼，结果为此付出了惨重的代价。

据说，那个渔民为了避人耳目，在大家下海之前早早就驾船离开了村子，但他刚一靠近磐灵大神便触犯了禁忌。

“呜哇哇——”

突然，礐灵大神发出一阵野兽般的怒吼。

那个渔民吓得浑身直打哆嗦，但转念一想，反正已经打破禁忌了，现在回头也无济于事，干脆一不做二不休干了这一回再说，于是继续撒网下竿。

那天，那个渔民获得了前所未有的丰收，然而当他兴高采烈地回到家时，却发现家人全都吃贝类中毒而死了，剩下他一个孤家寡人。而且，在安葬了家人之后，他突然莫名奇妙地精神错乱了，后来被人发现死在了被称为“礐灵大神之口”的岩洞中。

从那之后，再也没有人敢在礐灵大神周边打鱼了。不仅如此，除了每年一次的大祭之外，也没人敢再靠近此地。一个令人挠头的问题是，禁渔区域并没有具体规定范围，只是笼统地说“礐灵大神周边禁渔”。

所以，那些自家海域位于礐灵大神附近的渔民们为此非常为难。一方面，丝毫不敢冒犯礐灵大神；另一方面因为越靠近礐灵大神渔获量越大，所以常常不由自主地尽可能地往那边靠近，这种行为是极其危险的。如果不事先定好停航位置的话，往往一不小心就进入了礐灵大神的神域。

曾经有一个渔民光顾着打鱼而忽略了小船的漂流，等他回过神来抬头一看，不得了啦，已经很挨近礐灵大神了，于是慌里慌张地赶紧调整方向。就在这时，他看到海面上漂浮着一个又白又圆的东西。

“什么东西，那是？”

他仔细端详了一阵，心中慢慢涌起一阵奇怪的感觉，总觉得那个东西同样也在盯着他看。虽然那个奇怪的圆形物上并没有眼睛、鼻子什么的，可他就是感觉像一颗人头。

那个渔民越看越害怕，越想越恐惧，赶紧调整方向逃离开去。他使出浑身的劲儿拼命地摇橹，却总感觉一道骇人的目光一直追随着他，可他也不敢回头。只要他回望一眼，估计那个东西就会追上来了吧。

后来，也有渔民在簭灵大神附近看到过那种人头状的白色东西。村里的老人惊恐地说那是“未得超度的亡魂”。老人们口中“未得超度的亡魂”是指那些葬身大海的人没能成佛，最终成了亡灵，于是就想强拉更多的人下海与其为伴。

犊幽村的前海一线岩礁密布，所以经常发生触礁沉船事故，而且很多时候都是被簭灵大神拦腰截断，所以船舱进水后很快就会沉没，这样一来，船上的人几无生还。

“我们每年祭拜簭灵大神，就是为了求他压制那些亡魂。”

当年，爷爷给伍助讲完这些事后，又压低声音告诫他：

“务必记住，解救村民于饥饿困苦中的唐食船，周围到处都是上蹿下跳的亡魂。”

爷爷一脸严肃地对伍助说：

“你去问其他人这事，可能他们都会极力否定。但是，我说的这些话你一定要铭记在心，你要记住世上的任何事都是如此，一团祥和的表面下往往隐藏着相反的一面。”

伍助想想，的确像爷爷说的那样，就拿簭灵大神来说，它周边是最理想的渔场，同时却又是最凶险的地方，完全验证了爷爷的告诫。

“幸亏我没有自己的海域。”

每当听到与簭灵大神相关的恐怖故事，也只有在这时，伍助才会感受到内心的安稳和庆幸。因为原本属于爷爷和父亲的海域就在碆灵大神附近，所以等于是没什么用处。如果伍助继承下来，虽说多少能减轻点生活压力，但毕竟存在着极大的风险。

伍助的小船越过上角，来到了海湾外侧。牛头湾和大难之间的海域叫作“赛场”，正如冥河滩是阴阳两界的分界线一样，赛场就相当于平稳的牛头湾和凶险的大难之间的分界。那这样是不是就代表赛场是安全的呢？实则不然。

刚到狭长岬角的外侧，伍助立刻感受到从心底升上来的恐惧。按说，这里的水深应该与牛头湾相差无几，但就是让人心生一种深深的恐惧，感觉小船就像一只被人宰割的羔羊，被深不可测的大海肆意地抛上抛下。尤其是看到西北方向耸立的峭壁，更让人恍觉好像来到了另外一个世界。

平时在上、下角包围起来的海湾内打鱼时，不管从哪个位置抬眼就能看到岸边的景象，但来到岬角外侧后，除了一望无际的海面就只有悬崖峭壁了。黝黑高耸的陡壁横贯东西，就像一道万夫莫开的关隘，给人一种无形的压迫感。

伍助心中充满了恐惧，回头望向小船后面，见到静静矗立在上角前端的瞭望塔，感觉瞭望塔也在直直地盯着他。如果这时能看到塔上有村民的身影，或许还能稍微安心些，但连半个人影也没有。迄今为止，伍助还从没见过有人登上瞭望塔。

所以，当伍助转眼看到前方岩壁上方露出的一截笹女神社的屋脊时，心中别提有多激动了。不过，旋即又陷入新的恐惧中，问题出在陡壁的下面。陡壁下方裂开了一道道横沟，看上去就像一块块叠加在一起的黝黑厚重的石板。在陡壁和海面交接的地方，豁然裂开了一个洞口，虽然不是太大，但看样子足够容纳下一艘小船。其实，别说进去，通常人们连看都不敢上前去看。

因为这里就是“绝海洞”，是村民安葬那些死于海难的亡者的地方。

村里不是没有墓地，但规定死于海难的人只能埋葬到绝海洞里，倒不是因为遇难者是外来人的缘故，而是怕那些亡灵作祟，给村民们带来灾难，所以即便是村里死于海难的人也不能和自己的祖先同葬一处。于是，村民便选择绝海洞作为新的安葬地，也是从那时开始祭拜磐灵大神的。

这样的话题，爷爷不知给伍助讲过多少遍，但是每次的内容都不尽相同。他每长一岁，爷爷讲述的内容就会丰富一些，也会更加恐怖。

“磐灵大神到底有多可怕，不管你想不想知道，早晚有一天你会亲身体会到。”

每次爷爷都是以这句话为结束语。而且，总是一副希望不会有那么一天的凝重表情，常常弄得伍助不知所措。平时，爷爷和蔼可亲，伍助最喜欢爷爷了，唯独一到每年讲述有关磐灵大神的话题时，爷爷就像变了个人似的，让人觉得可怕，每每吓得幼小的伍助哭了起来。

爷爷曾经进去过绝海洞。这件事，爷爷也只讲过一次。

绝海洞内漆黑一片，如果不点燃火把，说伸手不见五指也不为过。犊幽村人使用的不是那种通常用松树的枝丫或树根做成的火把，而是竹火把，就是利用做竹工艺品时裁切下来的竹条等废料做成的。相比松火把，竹火把燃烧时产生的黑烟少，而且更容易点燃。

借着火把的亮光，一进岩洞可以看到，右侧是一片林立的岩石，一直往里延伸过去。穿过这片岩石地带，到了满是小石子的一片区域，看上去就像冥河的河滩。顺着石滩继续前行，就到了一片沙地，入口处竖立着两根竹竿，中间悬挂着注连绳。这片沙地看起来像是一处神社，最里面供奉着死难者的牌位，相当于鸟居的那两根竹竿的左右两侧是一道用大大小小的石子堆起来的低矮石墙，沿着石墙堆放着鱼叉、钓竿、渔网、海草耙子等物件，这些是用以祈祷渔业丰收的祭品。

在细长石滩的左侧，海水汩汩流淌着，看上去像极了冥河，可能就是因为这个原因，从来没有人胆敢踏过那条河。洞穴一直往里延伸，火把光亮的末端是无尽的黑暗，完全是人迹未至的神秘地带。单从岩洞的入口来看，绝对想象不到内部是如此宽广深幽。

伍助望着绝海洞，回忆起爷爷给他讲过的故事。这时，海面上驶过一艘巨大的帆船，一下子吸引了他的注意力。

“哇！足有四百石吧。”

伍助露出艳羡的眼神。鼓起的风帆上没有家徽，看来一定是艘商船了。

“我什么时候也能有一艘这样的船就好了！”

伍助被自己脑海中突然冒出的闪念惊呆了，因为以前从来没有产生过这种想法。如果能拥有这样一艘船，那还下海打鱼干什么，还做什么渔民啊？就算是要出海，也根本不用像现在这样如此艰辛地撒网垂钓，轻轻松松就能赚到钱啊！

“其实，不必这么大，再小点儿就好。”

因为这么大的船根本无法驶入牛头湾。对了，要是在这里兴建个码头也能赚大钱啊，而且还能提供各种各样的工作机会，那这样一来，整个村子岂不都能富裕起来了？

商船愈行愈远，伍助的目光依然追随着它，脑海里勾画着美好的白日梦。不知不觉间，小船被海浪推到了绝海洞近前，等他发现时已经来不及了。

“啊！完蛋了！”

回过神来的伍助焦急万分，赶紧伸手去拿船橹。就在这时，他看到了……

海面上漂浮着一个又白又圆的东西。

那个东西就在绝海洞的洞口处，就像刚从洞中漂出来一样。

“难道是……”

他心中一个激灵，想起爷爷讲过的那种葬身海中未能得到超度的亡魂。而且，传说中那种经常出现在禁渔区中，磐灵大神附近的东西不就是这个样子吗？

“不过……”

那种东西不是只在磐灵大神附近出没吗？可这里是绝海洞啊，两者离得远着呢。

然而，伍助又转念一想，磐灵大神和绝海洞都是祭奠海难者的地方，亡魂既然能在一个地方出现，那么在另一个地方看到也不足为奇吧。切实让人感到恐惧的是，以前只存在于传说中的东西，此刻真真切切就在眼前。

雪白，圆形，像一颗刚被砍下来的人头。

它漂浮在水面上，无论怎么看，只不过是一个白色的圆球而已，可为什么总觉得是与它面对面呢？而且，它像是在目不转睛地盯视着自己。

伍助的胳膊上“唰”地起了一层鸡皮疙瘩。

“得赶紧逃，不然……”

他用力握紧了手中的船橹，却发现身体好像不再属于自己，连动一下都动不了啦。他只顾害怕，没意识到这是过于紧张导致的肌肉僵硬。

这时，那个白色的圆球突然动了起来。

上来，下去，下去，上来……

一下子将半个身体没入水中，又一下子浮出海面，就这样一步一步向小船漂来，动作轻快流畅，看样子心情极其舒畅。当然，在伍助眼里这绝不是一幅美好的画面，此时他的感受除了恐惧还是恐惧。

这种极度的恐惧激发了伍助逃生的动力，他终于能控制自己的身体了，急忙摇动船橹，拼命朝着牛头湾逃去，还不时地回头看一眼，边看边想，一旦让那个家伙追上可就完了，必定会被它强行拖到海里去。

“如果这样死了可真够憋屈的。”

想到此，伍助不由加大了手上的力量，好在马上就能越过上角了。但是也不能高兴太早，即便进了牛头湾也未必就能保证绝对安全，因为碆灵大神就在海湾的内侧。不过，进了牛头湾后起码不用这么害怕了，万一遇到什么情况，可以向其他渔民呼救。

就在小船即将靠近上角的尖端时，那个白色的圆球突然沉到了水下。

“扑通——”

一声闷响之后，随即消失了踪影。

难道它不能远离绝海洞？或者是它不敢进入牛头湾？好险！不管怎么说，总算是安全了。伍助长吁一口气，抬手抚了抚怦怦乱跳的胸口。

平安回到牛头湾内，伍助像被抽掉了所有的力气，身心俱疲，一动也不想动，什么都不想干了。可是，今天还没钓到一条小鱼，怎么能这样空着手回家？

伍助吐了一口浊气，重新打起精神拿起了钓竿。然而，此时的他再没心思去思量如何引诱藏在海藻深处的章鱼，只是随便把钓竿垂放到了礁石后面，有一下没一下地晃动着，等待无骨章鱼的上钩。

“哗啦，哗啦……”

伍助看着水中晃动的红布呆呆出神。突然，眼角的余光瞥见一个奇怪的东西在蠕动。

伍助本能地扭过头，这一看可不得了啦，后背猛然一紧，根根寒毛直立。他看到了一个不可思议的景象，险些惊叫出声。

一个纯白的人影，慢悠悠地走在海底。

而且，目标明确，直直地向着伍助的小船走来。

尽管海底的地势复杂，但对它来说好像一点问题都没有。不管有什么挡在眼前，不管是多么形状奇异、高低起伏的礁石，它都能毫不停顿地自如走过，如履平地一般。

“啊！是刚才那个白色圆球。”

现在看到了它的原形，伍助吓得双腿直打哆嗦。本以为死里逃生了，却不曾想原来它一直在水下追赶着自己。

它，它的头下面……

人头状的样子本来就够吓人的了，现在这种似人非人的姿态更加骇人。

这个不伦不类、来路不明的家伙晃晃悠悠地游走在海底，一直追到了这里。

“赶紧逃命！”

这次，伍助倒是没再出现身体不听使唤的情况，反倒动作异常敏捷，先把钓竿“嗖”地从水中拉上来，然后一把操起了船橹。

然而，他却又蓦然停下了所有的动作，茫然地呆怔在原处。

“往哪里逃呢？”

如果拼命向岸边逃，应该能来得及跑回家。可是，然后呢？如果那个家伙跟着回家，怎么办？

“它要是跟着回了家的话，那……”

原本想着能从海上回到牛头湾就没事了，现在看来自己的推测是错误的，那个家伙根本不是不敢进入海湾，你看它现在是多么镇定悠闲啊。岂能再犯同样的错误？不，不行，哪怕有一丁点儿可能性，也不能掉以轻心，绝不能让它跟着回家。

“可是，到底能往哪儿逃呢？”

如果不能往岸边逃，那就只能往牛头湾外侧跑了。可是，这不等于自掘坟墓吗？要不，把它引到远离绝海洞的地方，这样它是不是就会自动消失了？

“对了！如果把它引入绝海洞呢？”

伍助脑海中猛然闪出一个奇特的想法。当时看它就像是从绝海洞中漂出来的，那么把它引回到原本的栖息地总可以了吧。

可这样的话，对自己来说，绝对是死路一条。如果能侥幸登上冥河滩，还不是照样被那个家伙追得无路可逃？就算跳进冥河，也不知道将会被送到一个什么样的世界，到那时就只能听天由命了。而且，当年爷爷清楚地说过绝海洞内漆黑无比，那无论如何也逃不出来了吧。

就在伍助犹豫不决时，那个家伙走过来了。啊，不，说不定已经到了小船底下。

“吧唧！”

一道响声从船尾传来。啊，是不是那个家伙伸手抓住了船舷？

伍助赶紧划开小船，急切地环视着四周，想寻找一根最后的救命稻草。突然，他的视线定格在簪灵大神岩礁上，就在那一瞬间，他记起了爷爷讲过的一件往事。

那是伍助出生之前的事，有一次爷爷去食坏山采岩鬼菇，却稀里糊涂地误采了幽鬼菇。岩鬼菇味道鲜美，而幽鬼菇则有毒，但是这两种蘑菇外观非常相像，一般只有以采蘑菇为生的人才能辨别出来，身为一个渔民的爷爷当然很难区分清楚了。伍助的母亲吃了蘑菇后不幸中毒了，爷爷才意识到自己犯了大错，于是赶紧熬了蛇颜草水让伍助的母亲喝下。蛇颜草是一种草药，但是它本身有毒，只能与其他植物混合服用才行，而且它还具有安眠作用，一旦控制不好用量，人就可能再也醒不过来了。蛇颜草就是这么一种危险的毒草，可爷爷却大胆地让伍助的母亲喝下了蛇颜草水。没想到，伍助的母亲因此得救了，因为蛇颜草有效中和了幽鬼菇的毒性，“以毒攻毒”。

就是在听爷爷讲述这件事时，伍助记住了这句古谚语。刚才他看到簪灵大神的第一眼，脑海里马上蹦出了这句话。

然而，伍助还是有点踌躇不安。万一有所闪失，那可是双倍的毒性，说不定连自己的小命也得赔上，那可就事与愿违了。

偏偏就在这时，小时候和前年的两段经历也在他脑海里迅速翻滚上来。记得那是入秋后到初冬期间的某天深夜，海风凛冽，伍助睡梦中被簭灵大神方向传来的凄厉咆哮惊醒了。

“呜——呜——啊——呜——”

尖利的嘶吼响彻天地间，伍助小小的心灵被恐惧填满，全身的血液仿佛都凝固不动了，忍不住哇哇大哭起来。

爷爷脸上露出心酸的表情，轻轻说道：

“不哭，不哭，不怕啊，那只是簭灵大神在哭。”

本想着这样哄哄伍助，他就不害怕了。结果却适得其反，伍助反倒更加害怕，连眼睛也不敢闭了。

那个时候的恐怖记忆，一点一点在脑海中被唤醒，越来越清晰，愈发加剧了伍助此时的焦虑。

“哗啦，吧唧！”

船尾突然传来的水声将沉浸在回忆中的伍助拉回到现实中。原来，在他磨磨唧唧的时候，那个家伙已经追上来了。

伍助急忙摇起船橹，刻不容缓地向簭灵大神方向冲去。

一开始，正在牛头湾内钓章鱼的渔民们并没注意到伍助的动静。不一会儿，一个两个地逐渐发现了伍助的焦躁和怪异，不由得停下手中的活儿，不明所以地看过来。

有人觉察出了不对劲，于是朝他喊起来：

“喂！伍助！干什么慌里慌张的？”

“你到底要去哪里呀，这是？”

伍助没有回话，只是奋力地摇着船橹。

伍助的怪异引起了所有人的注意，当人们看清他的行动方向时，越发大声喊叫起来。

“伍助！等等！喂！不是让你等等吗？”

“可不敢上那边去，快停下！”

“你说你这孩子，谁敢靠近臀灵大神啊！”

“笨蛋！快打方向，快啊！”

……

然而，伍助无视人们的阻止，丝毫没有停顿，一个劲儿地向着臀灵大神挺近。渔民们看清情况后立刻慌了神，纷纷开动自己的船，想要挡住伍助的去路。但是，已经来不及了，伍助的小船已经靠近了臀灵大神。

“接下来怎么办呢？”

是绕着臀灵大神转圈，还是绕过臀灵大神回岸边？或者，把船停在臀灵大神这里？从未经历过这种情况的伍助，自然不知道哪种方法最有效。

再不做出决断，小船就要撞上臀灵大神了。

就在此时……

臀灵大神岩礁的背后闪现出一张雪白的面孔。

看到它的一瞬间，伍助倒吸一口凉气，旋即大力调转船头急速向岸边逃去。追赶他的那些渔船也跟着调整了方向继续追他，没有人顾得上干活了。

回到岸边，伍助走下小船，一头栽倒在地上，像是被抽掉了所有的力气。追赶他的渔民们陆陆续续上了岸，七嘴八舌地问：“怎么了？到底发生什么事了？”看到这边的骚动，村民们也围了过来，一时间岸边喧闹起来。

伍助气息奄奄地讲述着事情的经过，岸边原本的嘈杂慢慢消失了，陷入死一般的沉寂，沉寂得让人忍不住怀疑刚才的喧闹是不是压根就没出现过。然后，一个人，两个人……大家纷纷逃也似地急急忙忙离开了。最终，岸边只剩下了那天出去打鱼的渔民们。

“看来不光是簮灵大神那里，绝海洞也不能靠近啊！”

“太可怕了！”

“只要自己老老实实捕鱼的话，应该不会有什么可担心的吧。”

……

其实，大家并不是有意说给伍助听，而是借着喋喋不休来安抚自己心中的恐惧。

村里掌管渔业的主事者告诫大家一定要小心，同时决定当天不能再下海作业。有人心中因此不满，发牢骚说都怨伍助，但也只是嘴上说说，没有哪一个渔民敢再下海，每个人都带着畏惧的眼神望着簮灵大神。

从那之后，伍助再也不想，也再也不敢下海打鱼。尽管他每次都在心里安慰自己说“只要在牛头湾内，只要不靠近簮灵大神，只要不到海湾外侧去，就不会有什么问题”，但一到了岸边，就是不敢迈腿上船。照这样来看，就算是他强行到了海上，肯定也绝不敢往水面下看吧。

“海底有一张惨白的脸盯着我……”

他总是控制不住自己想象这样的场景，这样一来就更不敢登船了。即便从家里来到海边，即便站到了小船旁边，也是两腿发软在那里缩成一团，什么也做不了。

但是，这样下去终归不是个办法。伍助虽然还是个孩子，但毕竟是家里的顶梁柱，如果一直这样的话，那家里人就要食不果腹了。

一个上了年纪的渔民不忍看到伍助这样下去，就来劝解。

“不管哪个地方的渔民，如果能在海上碰到亡灵，那可是大吉呀。虽然它不会马上消失，但一定会在你打鱼回来时离开的，而且作为补偿还会让你大获丰收。”

“碰到亡魂？”

伍助吃惊地反问。

老渔民看着他，重重地点了点头，继续说道：

“你知道惠比寿神，对吧？”

“就是笹女神社的祭神吗？”

“对。对我们来说，那可是为我们招来唐食船的大慈大悲的神灵啊。其实，他原本就是驾驶宝船的七福神之一。”

关于唐食船，在笹女神社的日志中有清楚的记载，那是来自异国的满载食物的救命船。能招来唐食船的神灵，就是惠比寿神。

“而且，你也知道，各地不是都有这样的风俗吗？如果咱们在海中看到漂流的尸体，都要尊称一声‘惠比寿’。”

“真的能让我大丰收？”

“对，听我的没错。你就回到遇到亡魂的那片海域，好好等着就行了。”

“那个亡魂？”

伍助一时还是难以接受这种说辞，老渔民看到他的表情有所松动，于是摆出极其认真的表情继续说：

“你遇到的亡魂，说到底就是惠比寿神呀，就是一定会让你大丰收的神灵。如果你不再下海打鱼了，那多可惜啊。”

多亏了老渔民的一番开导，伍助总算敢驾船下海了，虽然一开始还是不敢往水下看。

每每看着钓竿前头晃动的红布，他总是控制不住地想象从海藻深处出来的不是章鱼，而是那张白脸。一这样想，就心生恐惧，精神就怎么也无法集中。但不可思议的是，垂钓成功率却非常高，根本用不着换地方，就在那次停航的上角尖端附近，不一会儿鱼篓就满了，满满的收获简直让人惊叹。

“难道真的是惠比寿神吗？”

伍助停下来稍事休息，心中依然对老渔民的话有点难以置信。但是，他确实获得了大丰收，眼前满满的鱼篓就是最有力的证明。

压抑不住内心的喜悦，伍助心满意足地看着鱼篓，却不料突然对上了一道视线，在扭来扭去的章鱼中间有一张惨白的脸。

几天后，伍助像哥哥们那样远走他乡了，虽然几年后又回到了村里，但再也没有下海打过鱼。

1　江户时代，1603 年至 1867 年。

物见之幻——明治[1]

净念踏出竺磐寺的山门，走下长长的石阶。

背后是春色初现的食坏山，眼前是两个岬角围起来的牛头湾，牛头湾再往前就是夕阳映照下波光粼粼的茫茫大海了。

往西面望去，高岗上的建筑是笹女神社，与竺磐寺遥遥相对。神社的背面是一片茂密的竹林，虽然净念从未去过，但他知道在那竹林深处有一座竹林宫。

四下望去，真是一个幽静宜人的地方。

然而，斜坡上的犊幽村展示在世人眼前的却只有破败，无论走到村子的哪一个角落，看到的皆是超出想象的贫穷。

由于背靠古树参天，地势险峻的食坏山，南临上角和下角围起来的牛头湾，所以村子一半是陡峭的山坡一半是狭窄的海滨，几乎没有平坦的土地，耕地和水田净是一些狭窄的梯田，而且土地贫瘠，收成极差。既然靠海，那渔业应该很发达吧，其实不然。因为海湾内水浅礁多，无法行驶大型船只，再加上海湾外侧洋流复杂，渔民们的小船根本应付不来，所以村民们最终只能依赖渔获量贫乏的近岸捕捞。

村子里唯一的产业就是竹工艺品加工。食坏山上竹林茂盛，所以自古就有加工竹制品的传统，而且技术也比较先进，甚至有工匠之家获得了“竹屋”名号。但是，竹资源也没丰富到足以支撑整个村子的程度，而且就算是想要壮大此产业，一开始便受到了致命的制约，那就是对产业来说尤为重要的运输问题。

犊幽村的北侧是险峻的深山，东西两侧也是交通不便的石头山，所以陆上运输极其困难。如果雇搬运工的话另当别论，但那需要高额的费用，这岂是贫穷的犊幽村所能负担得起的？剩下的通道只有南面的海路了，可是靠那些小船又怎能完成大量的运输任务？所以，犊幽村的现实就是如此，可以说处处行不通，几乎走投无路。

因此，村子里祖传的家业无一例外地都难以维持下去。不管是在斜坡上耕种的农民，还是从事竹制品加工的工匠，无论是在气候恶劣的秋冬季节，忙于海边制盐的渔民，还是从事近岸捕捞的渔民，单靠一项劳作根本维持不了生计。所以，从这个意义上来讲，可以说犊幽村里没有单一的农民、竹工匠、渔民，无论是谁都要兼顾各种工作，只有这样才能生活下去。

为了优先保障村民的生产，这里虽建有寺庙却没有配备墓地。那些适合土葬的土地，哪怕只有一星半点，也都被开垦成梯田了。道理很简单，要想安置逝者，必须先要保证生者的存续。

那么，死去的村民被埋葬到哪里去了呢？

站在上角前端往东南方向望去，有一个叫奥埋岛的无人岛，当地人习惯把它叫作墓场，顾名思义就是埋葬逝者的地方，竺磐寺的墓地就在那座岛上。而且，并不是把岛上的某一部分划为墓地，而是整个岛都是逝者的安葬处。

因为那里不仅仅是犊幽村的墓地，往东与犊幽村隔着一座山的盐饱村，以及盐饱村再往东的石糊村的村民，死后也都将被埋葬在奥埋岛上。也就是说，这三个村不管谁家死了人，都必须埋葬在奥埋岛上，哪怕是再有权有势的人也没有特殊待遇。只有石糊村的东邻矶见村在山坡上拥有一小块墓地，那是因为与其他三个村子相比，矶见村实在太小了，只有几户人家。

从最西面的犊幽村往东一字排开，依次是盐饱村、石糊村、矶见村、阴扬村，这一带自古被称为强罗。五个村庄地形地貌如出一辙，都是背靠深山，东西被石山夹裹，南面的海滨狭窄且岩礁密布，交通非常不便。其中，只有矶见村多少有点内海，但也只是相对于其他四个村庄而言。世人把这五个只有户数差异，其他方面极其相似的村落合称为强罗地区。

阴扬村位于强罗地区的最东端，翻过北侧的久重山就进入了内陆的一座城镇——平皿町。平皿町形成于明治时期，此后依靠纺织业发展兴盛起来。净念家就是平皿町的一个商家，他是这个家中的第四个儿子。净念的父亲经营失败了，家道迅速败落，为了减轻家庭负担，笃信佛教的父亲就把净念送到寺庙出家了。

世间有一句人尽皆知的谚语，“一子出家，九族升天”。

意思是，如果某个家族中有一个孩子出家当了和尚，那么凭借他的功德，从高祖那辈算起直到玄孙这一辈，一共九代都能摆脱下地狱的厄运而升天成仙。这不过是一句寄托了人们美好愿望的古话而已。

在净念看来，被动出家和主动出家并没有什么不同，他没觉得后者就比前者高尚多少，反倒认为能减轻家庭负担更加有意义，起码确实有效地为家庭作出了贡献。

愿望是美好的，但净念父子忽视了一个现实问题。明治新政府颁布了太政官布告，神佛分离[2]和废佛毁释运动在各地如火如荼地开展起来，而他们却对此一无所知。当时，全国各地的众多寺院被毁坏，众多僧侣被迫还俗。不过，幸运的是，与佛教兴盛的地域相比，偏远的强罗地区几乎毫无波澜。净念在平皿町寺院里的修行还未到预定时间就草草地结束了，然后被远远发配到位于强罗地区最西端的犊幽村的竺磐寺，应该说多少还是受到了废佛毁释运动的影响。

说实话，净念在来竺磐寺之前非常不安，虽说犊幽村远离其他村，位置偏僻，但村民们对寺院的排斥是不是也特别强烈？

不过，净念到这里后发现自己完全是杞人忧天。村民们对待竺磐寺的态度与笹女神社并没有什么不同，甚至可以说一点偏差都没有。而且，竺磐寺的住持和笹女神社的宫司关系也不错。

“也许是因为其他地方没有奥埋岛这种特殊的墓地吧？”

净念猜想可能是这个原因，但好像又并非如此。因为如果是这样的话，那么盐饱村和石糊村的村民对待寺院的态度应该与犊幽村一致才对，但实际上寺庙在那两个村的地位明显要弱得多。可能是由于地理环境的缘故，强罗地区各个寺庙间的联系向来稀少，但是在全国推行神佛分离和废佛毁释运动的形势下，各地的寺庙超越宗派紧密空前地团结起来，因此强罗地区的各个寺庙间也加强了横向联系。然而，只有犊幽村的竺磐寺没有参与这种结盟，倒不是住持有什么别的想法或信念，而是根本没有这个必要。

犊幽村位于强罗地区最偏远的位置，但要说是不是因此村民之间的关系就比其他村显得更为亲近，实际上还真不是如此，因为盐饱村、石糊村、矶见村如犊幽村一样，面临残酷的自然环境以及赤贫的现实。

反过来说，是不是犊幽村更加排外呢？实际上也没有让人产生这种感觉，倒是听说户数最少的矶见村反倒更加排外。

其他三个村子没有，犊幽村独有的东西是什么呢？

或者说，是不是该探查一下犊幽村没有，而其他三个村子都有的东西？

净念来到竺磐寺修行一段时间后，不知不觉开始思考起这样的问题来。有时心里也觉得自己不该有这样的想法，但就是控制不住地去想这些。他认为，既然决定扎根竺磐寺，那就该充分了解犊幽村。

有一次，他认真问过住持，本来还以为住持会说什么“你想得太多了”或者“这不正是这个村子的优点吗”之类的话搪塞过去，没想到住持同样认真地回答了他的问题。只不过说了跟没说一样，没有说出什么实质性的内容。

“等那个时刻到来之际，就算你不想知道也不得不知道，但也可能不明白。总之，安心等待就是了。”

看上去住持一副郑重的样子，不像是在敷衍塞责。

净念不死心，继续追问：

“是我的推测没有道理吗？”

听了他的话，住持沉默不语，片刻后才说道：

“如果你有机会碰到，到时自然就能明白了。”

净念意外地捕捉到了住持脸上一闪而过的恐惧。

为什么会突然露出那么恐惧的表情呢？

接下来的日子，净念时不时地会想到这个问题。有一天，他突然领悟过来，从住持那个“恐惧表情”来看，这个村子里一定有可怕的“恐怖之处”。

是耸立在村后险峻的食坏山？

是漂浮在海上的墓场奥埋岛？

是设有迷宫的笹女神社的竹林宫？

是牛头湾中那个巨大的磬灵大神礁石？

是神社脚下那个位于峭壁下端的绝海洞？

净念脑海中一下子浮现出这么多场所，感觉哪个都像。而且，不是私底下都在传吗？食坏山中有山鬼游荡，奥埋岛上有鬼火飘飞，竹林宫中有妖怪出没，磬灵大神和绝海洞附近有亡灵在水中漫步……

平皿町有这样的恐怖场所，但没想到一个小小的犊幽村竟然有这么多的灵异空间，不管怎么说都让人觉得不可思议。

左思右想，净念突然茅塞顿开。

“原来如此啊。”

村民们面临的恐怖太多了，所以不管情愿不情愿都必须团结起来，这样才能生存下去，因此村内的凝聚力自然比其他村要强，团结的对象当然也包括竺磐寺。所以，外面搞的那些轰轰烈烈的神佛分离、废佛毁释运动，压根就没有给犊幽村带来任何影响。

想明白后，净念猛然觉得浑身轻松下来，当初的那些不安正在消失，胸口的郁闷也在消散。然而，新的疑问很快又出现了。

净念不断从竺磐寺的住持、笹女神社的宫司以及村里的老人那里听到一些关于这个地区的奇闻异事，慢慢意识到一个奇怪的问题。

笹女神社的祭神是天宇受卖命神[3]和惠比寿神。其实磬灵大神原本就是惠比寿神，渔民们在海上碰到漂流的尸体时会大叫一声“惠比寿”。这些遇难者如果不能得到超度便成了在海中出没的亡魂。这些亡魂到了奥埋岛上就成了鬼火，这些鬼火飘荡到陆地进入竹林后幻化成妖怪，这些妖怪登上食坏山则变成了山鬼。

单独听一个一个的故事，并没有什么特别引人注意的地方，但将这些传说串起来，就能看出其中的问题所在。

难不成各种神鬼的源头是同一个？

净念不禁生出这样的疑惑。不过，他有点不敢轻易下结论，因为自己把贵为祭神的惠比寿神和海中漂流的尸体等同起来，实不应该，也有点儿大不敬。这么说来，如果自己的推理只是简单的生拉硬扯，那自己的这个疑惑也只能算是胡思乱想了。

净念想不明白，又始终放不下疑惑，于是就去询问了笹女神社的宫司，没想到宫司确定地回答：

“对，就是你想的这样。”

净念闻听大吃一惊。宫司看他这般模样，于是就给他详细解说起来：

“世人认为惠比寿神是七福神之一，不管怎么说都像日本的本土神，实际上他是一个外来神。另外，自古以来渔民们认为鲸鱼是惠比寿神的附体。正因为这个原因，惠比寿神长了一张漂流神的脸。”

原来如此。

净念终于明白了为什么渔民要把漂浮在海上的尸体叫作“惠比寿”，同时也明白了自己的推理是正确的，心下不禁大骇。

宫司好像猜透了他的心思一般，难以置信地问：

“净念，难道你不知道田神和山神是同一个神吗？”

净念茫然地点了点头。

宫司了然一笑，好像在说“果然是个外来的町人呢”。

“春天，山神下山就成了田神。秋天，田神回到山上又变回了山神。”

“也就是说从春天播种到秋天收获的这段时期，山神变成了田神，是吗？”

“没错。那么反过来，该怎么说呢？”

看净念回答不上来，宫司继续说道：

“秋天，田神回到山中做山神，等到来年春天，山神再下山做田神。”

“职责就从掌管山林变成了保佑播种和收获。”

“对！再比如说惠比寿神，是七福神之一，同时也是漂流神，这并没有什么矛盾的。佛教讲究轮回思想，也就是说世上万物皆可以无限转世。所以，没有什么好害怕的。”

听了宫司的一番解说，净念心中的不安顿时减轻了许多。

但是，回归到在竺磐寺的修行以及在村中的日常生活后没多久，净念意识到自己心中仍然存在挥不去的不安。

到底为什么不安呢？

或许正是因为毫无头绪，所以心中的不安才更强烈。不，不是不安，应该是恐惧，或者说是畏惧。

净念还发现当自己心绪不定时，听宫司开导远比跟住持谈话更能让人安心。然而如今已入佛门，不可能再改变宗派，而且如果从佛教转到神教，不只是改变信仰这么简单的事，一定会出现非常大的变化。

不过，具有讽刺意味的是，当前社会上正在轰轰烈烈地大搞神佛分离、废佛毁释运动，如果这个时候从佛教转向神教，一定不会有任何障碍，不仅如此，肯定还能受到欢迎和嘉奖。

但是，净念并没有这样的心思。为什么这么说呢？因为现在的他对神佛信仰产生了动摇。他在席卷全国的佛教被弃、神教上位的运动兴起之时出家，一开始寄身于平皿町的寺院，此后又来到环境特殊的犊幽村的竺磐寺，接触到以簭灵大神为首的诸多当地特有的信仰，慢慢生出一些影响修行的妄念。

信仰，没有信佛还是信神之分。

实际上，净念自小就抱有这样的想法。不过，既然选择了出家，还是决定一心向佛，但是如今不是信神信佛的问题了，是他对信仰本身产生了迷茫。虽然现在还不能如此断言，但起码他内心已经生出了萌芽。

对于这种情况，住持几乎每次都是同样的话：

“静下心来专心念经，就没这些烦恼了。”

而宫司却建议：

“可以登上瞭望塔试试冥想。”

冥想是佛教最重要的修行方式之一，在神教中也有这样的修行，只不过叫法不同而已。宫司说，其实只要跟宗教沾上边，冥想必定是修行不可越过的一个环节。

瞭望塔位于上角前端，就是建造在高台之上的一个小木屋，屋顶、墙壁齐备。在渔业繁荣的地区，瞭望塔通常发挥着灯塔或导航台的作用，但在犊幽村却不是这样。其实它是一个展望楼或者叫观察台，始建于以帆船为主要运输工具的时代，旨在为了防止发生触礁沉船事故。

从瞭望塔中伸出一块又厚又长的木板，据说当年木板的前端挂着一个铁笼子，里面火光熊熊。从这点来看，也可以说瞭望塔同样起着灯塔的作用，借此提醒来往船只这片海域岩礁密布，谨慎驾驶。顺便提一句，在没有指南针的时代，导航台发挥着让渔船判断陆地方向、确定自身位置的重要作用，可以是山顶或高台上的一棵醒目的大树，也可以是神社、寺庙等特色建筑。

犊幽村的瞭望台能够保留至今，得益于笹女神社宫司的修缮，把它当作了一个冥想场所。宫司的冥想地一共有三处，除了瞭望塔和竹林宫，还有一个秘密场所。据净念观察，应该在食坏山中，但具体位置就不清楚了。宫司经常在这三个地方冥想，时间短的时候大概十几秒到十几分钟，长的话差不多需要半天到一天的时间。不过，宫司也说了，冥想不在于时间长短，关键看自己能领悟到什么。对现在的净念来说，根本无须考虑时间的长短，最重要的是勇敢迈出尝试的第一步。

然而，今天净念才刚刚走到上角根部，就不自觉地停下脚步。因为，单是遥望着前方的瞭望塔就让人想打退堂鼓了，等到了它跟前岂不更可怕？他扭身想往回走，就在这时，猛然对上了一道视线，后退的脚步戛然而止。

贴着岬角根部的岩壁建有一个简陋的小房子，蓬莱正透过那扇小小的窗子注视着他。蓬莱还是一如既往地蒙着那个脏兮兮的薄薄的布袋子，袋子上下只有一个小小的开口，一只滴溜转动的眼珠透过那个开口窥探着外面的世界。

这个男人是几年前从海上流落到村子里的，没有人知道他叫什么、多大年龄，也不知道他来自哪里。他自己在海边搭建了这么一个小房子，就此定居下来。从他出现之初便是在头上蒙着一个布袋子的装扮，所以没有人见过他的真面目，也不清楚他是不是只有一只眼睛。直到现在，村民们对此还是众说纷纭，有的说他右眼能看见，有的说他用左眼看东西。

通常来说，若是有外来者入侵，村民们早就把他赶出村子了，但是蓬莱从海上九死一生地飘零到此地，村民们谁也狠不下心来赶他走，就这样他在村民们的同情和默许下落脚在了海边。也是自那时开始，村民们把这个来历不明的人叫作“蓬莱”。

蓬莱透过小窗，一动不动地注视着净念。

感觉像是被人看出了自己的胆怯，净念不免有点难为情，于是继续向岬角前端走去。想到自己正处在别人的视线范围内，哪怕是被这个谜一样的男人盯着，心中似乎不由生出来些许勇气。净念也想不明白这是什么心理，只道是不可思议。

然而……

当净念迎着海风仰望着眼前的瞭望塔时，再次心生胆怯。因为，冥想处在瞭望塔伸向海中的那个又厚又长的木板前端，下面自然就是深不可测的大海。

此时，光站在岬角上俯视海面就让人腿肚子发软，想到要登上瞭望塔，还要走到木板的前端坐下来，净念的脑袋便开始晕乎起来。

如果冥想是住持的提议，净念或许拔腿就逃了，但这是宫司给的建议，所以他还是决定登上瞭望塔。

“嘎吱，嘎吱。”

一踏上瞭望塔下面的梯子，脚下就传来嘎吱嘎吱的响声，与海风的呼啸交织在一起。如果是平时，可能不会让人多想什么，但此时的净念心中忽然升腾起一种不祥的预感。不仅因为这个声音听上去像是恶鬼的呜咽，而且脚下的楼梯也让人顿生不安，不由自主地担心它会不会突然断裂。

净念有这样的担心也可以理解，因为村子里来过瞭望塔的只有宫司一个人，而且也不知道他到底多长时间才来一次，从宫司的整日忙碌来判断，次数不会很多，所以说不定梯子不知什么时候已经腐朽老化了。

“不，不会的，他可是宫司啊！”

净念摇了摇头，否定了自己的想法。宫司不可能做出这么不周全的事情，既然提议他来冥想，肯定事前确认了瞭望塔的安全性。

想到这些，净念重新迈开了凝滞的脚步。一步，一步，虽然花费了不少时间，但总算是爬上了瞭望塔。

小屋比预想的还要小，东北面的角落里放了一个破旧的柜子，看上去有点煞风景，头顶上是人字形的屋顶和普通的顶棚，地板中央开了一个四方口子，往下竖着一把梯子，净念刚才就是从那里爬上来的。北墙和东、西墙上都贴着木板，没有窗户。正对大海的南墙上有一个门扇大小的长方形开口，从那里伸出去一个长长的木板，架空在海面上，这样一来，要是海上有强风暴雨，风雨必定能畅通无阻地灌进小屋，打湿每一个角落。

冥想处位于悬在半空中的木板的最前端，如果碰上下雨的话，整个人肯定都要被淋透了。

净念再次萌生退意，但看到屋角的矮柜时又不得不打消了这个念头。因为宫司告诉过他，柜子里有毛巾、替换衣服、雨伞等，一旦碰上雨天，可以随意使用。

“还真是准备充分！”

要说此时还缺什么，那就只有净念的觉悟了。他做了几个深呼吸，然后小心翼翼地，慢慢地走上了那块木板。

刚一踏上木板，登时感觉到一股强风扑面而来，虽不至于说是暴风，但至少要比站在岬角上时感受到的风力大多了。

“呜——呜”的风声。

“哗——哗”的海浪。

两种声音交织在一起冲击着耳膜，脑袋里一直嗡嗡作响。净念本以为瞭望塔上会非常寂静，没想到却是如此嘈杂。

木板足有两米多长，净念花了很长时间才走了一半。站在木板上，左右两边虽然还有点余地，但没有任何可抓握的东西。

“如果这时候刮来一股强风，大概会头朝下一头栽到海里去了。”

净念满脑子盘旋的都是担惊受怕。下面是大海，逃生的可能性还是比较大的，但在犊幽村却不敢这么说，因为从海滨一直到海上岩礁密布，海水又比较浅，从这么高的地方掉下去的话，弄不好一头碰到水下的礁石直接就没命了。

“唉，我到底为什么要……”

为什么主动把自己置身于这等危险之中呢？后悔、担心、恐惧一起涌上来，净念脑子里一片混乱，不过总算是顺利到了木板前端。

待到要坐下来时，净念再次陷入深深的恐惧旋涡中，因为身体一旦失去平衡，就会一头栽下去了。在心惊胆战的支配下，站立、下蹲、屈膝、盘坐这些太过平常的动作，他连一个都做不上来了，甚至越想越不知道该如何动腿动脚。

“什么都不要想！”

净念暗暗给自己打气，不就是日日修行时的盘坐嘛，仅此而已。于是，他将一切交给了躯体的本能反应。

花费了平时难以想象的时间，净念终于坐了下来，暗想总算是没有辜负平日的努力修行。从这个意义上来讲，可以说是住持平日的教导救了他，虽然他自己此时并没意识到。

然而，比起接下来的事情，他才发现刚才的恐惧根本算不上什么。

净念坐下后，慢慢闭上双眼。可是，由于满脑子都在担心会不会掉下去，压根进入不了静心冥想状态。此时此刻，与平日在佛像面前的修行已是天壤之别。

这哪里是冥想，简直就是胡思乱想！

净念不自觉地睁开双眼，在夕阳的余晖下闪着微光的一望无际的海面迎面冲来，他不由得一阵眩晕，赶紧低下头。就是这个时候，右下方的绝海洞不期然地映入视线。

净念强行闭上双眼，集中精神，深吸气深呼气，意图让自己平静下来。在这长长的一吸一呼间，他慢慢感觉到多少恢复到了往日的平静。

“原来如此啊！”

战胜恐惧，静下心来，进入冥想，这本身就是一种强有力的身心锻炼。宫司一定是想让他感悟到这一点才提议来这里冥想的。

净念慢慢睁开双眼，眼前依然是被夕阳染成赤铜色的茫茫大海，明明还是刚刚看到过的景色，并没有什么变化，前后的心境却截然不同。净念带着一种全新的感受眺望着黄昏的大海，脑海里突然蹦出一个词：

“补陀落渡海。”

补陀落渡海是指修行者乘坐简陋的小木船随波逐流的死亡之旅。小船内没有任何食物，也没有船帆和船橹，所以船上的人无法控制航行。虽说是船，但完全不具备船的功能，只是以遥远的仙山为目标，以肉身成佛为目的，在茫茫大海上无望地漂流。

据说历史上某些时代、某些地域，修行者并非自愿而是被迫进行补陀落渡海。

“我可不愿意落到那种境地。”

感觉好不容易沉静下来的心又要起波澜，净念赶紧闭上眼睛，慢慢调整呼吸，终于重新恢复了平静。

不知为何，他总觉得右下方有什么让他分神的东西，明明离得那么远，但就是感觉有什么不对劲。

那里是绝海洞，就是刚才撞进他视线的那个阴森森的洞口，位于绝壁下方。

“为什么……”

为什么心思总是不由自主地飘到那里？从木板上低头往下看，明明左前方那个簪灵大神的巨大礁石更醒目才对。刚才自己只不过偶然往右下方瞥了一眼，为什么那个一晃而过的绝海洞却如此牵动他的心神？

这样怎么能静心冥想？

既然如此，净念索性睁开眼，低头往右下方看去，想一探究竟。

结果……

他看到在那个黑乎乎的洞口与海平面的交界处，漂浮着一个灰色的东西。远远望去，看不太清楚，但能看清是一个小小的、圆圆的东西在洞口随着海浪起起伏伏。

“咦？”

净念看着那个东西，越来越强烈地感觉到那个东西似乎在抬头仰望，一动不动地盯着他，好像很疑惑净念为什么要坐在木板的最前端。

“嗨，脑子傻掉了吧。”

净念暗暗责怪自己，那只不过是个漂流物而已，肯定只是偶然被海浪冲到了那个地方。

忽然，净念想起住持的提醒。当时，他向住持申请来此冥想，住持开玩笑地说：

“可要小心啊！如果从瞭望塔上掉下去，万一被海流吸进绝海洞，那可就连尸体都找不见喽。”

净念收回心神，正欲抬起头来，却看到了一个令人难以置信的景象。

那个灰白色的圆形家伙突然动了起来，就像在水中游动一样，离开洞口快速往海面上游来。

不对啊！按理说，漂流物应该被吸进绝海洞内才对，可这个家伙怎么反着来呢？而且，净念强烈地感觉到它一边游动，还一边仰头看着自己。

“怎么可能？”

净念不由得眯起眼睛仔细瞧看。与此同时，那个家伙却忽地一下子没入水中不见身影，结果还是没能看清它的真面目。净念心想，看来就是个漂流物罢了，至于为什么会从洞内往外飘，可能跟这个时间段的洋流流向有关吧。他不是渔民，对洋流知识一窍不通，只是听说在这片海域的遇难者尸体一律都会漂进绝海洞。

看来，自己仅凭道听途说就做出漂流物会漂进绝海洞的判断是有偏差的。

净念抬起头，端正坐姿，慢慢闭眼。然而，心神还是无法安定下来，心思还在刚刚的推断上盘旋。不，不对，那个东西本身给人一种奇怪的既视感，莫名有种熟悉感。

漂浮在海面上的，灰白色的，圆形东西……

从绝海洞中漂出来……

“啊！”

净念突然惊叫起来，同时猛地睁大了双眼。

他想起来了，想起一个传说，住持给他讲过的关于犊幽村的一个传说。故事发生在江户时代，讲的是一个叫伍助的小伙子出海打鱼，结果遇到了鬼怪……

“他当时看到的是……”

又白又圆，像个人头，漂浮在绝海洞洞口的海面上。

“跟这很像啊。”

只是颜色多少有点差别，一个白，一个灰，但大小、外观、出没地几乎可以说完全一致。净念惊慌失措地再次看过去，却什么也没看到，那个家伙似乎潜到水下去了。

“然而……”

这不正是伍助曾经历过的吗？当时，他以为那个家伙消失了，于是安下心来继续钓鱼，没想到那个家伙其实一直潜伏在水下追逐着他。

“或许……”

或许那个家伙此时也在水下走着，说不定马上就要来到这块木板下面。

“它要干什么？”

为什么从外海进入牛头湾？去砻灵大神那里？上岸？还是来上角前端？如果它爬上瞭望塔来，那……

“不，不，一定是我在胡思乱想！”

“是我看花眼了吧？”

净念下意识地来回摇着头。宫司之前提醒过，冥想时有可能会出现很多幻觉，而且明确说过也有可能受到奇奇怪怪的诱惑。所以，没错，对，就是这样，虽然像是亲眼看到了那些东西一样，其实只不过是幻觉罢了。

净念极力地宽慰自己，但还是进入不了冥想状态，照这样下去的话，说不定又会出现幻觉。他告诉自己要冷静，如果稍稍平静下来，一定能想明白一切都是不可能存在的胡思乱想。

“不管发生什么，坚决不能再睁开眼睛。”

下定决心后，净念首先设法平静心绪，于是他按照宫司教给他的办法深吸一口气，再慢慢呼出去，几个回合下来，慢慢感觉到心中终于恢复平稳，但是脑子里还是不由自主地纠结一个问题：

“那个家伙此时在哪里？”

明明知道一切不过是自己的幻觉，可就是控制不住地去想那个家伙去了哪里，此时又在哪里，不管怎么努力就是压不住这个念头。

忽然，耳边响起宫司说过的话：

“如果无法驱除脑子里的杂念，那就干脆抓住这个问题彻底想清楚，也不失为一个好办法。”

然而，净念却悲催地发现宫司的建议并不适合眼前的情况。因为，脑子里刚一闪现出那个家伙，就强烈感觉到自己将要遭受到某种伤害，如果继续想下去的话，不定会出现什么样的后果。

明明心中清楚这种潜在的危险，可净念就是摆脱不了这个杂念。为什么总是想它呢？要说满脑子都是它吧，倒也不是，但是能强烈感觉到它牢牢占据着脑海中的某个位置。

“那家伙早进了牛头湾，差不多快到磬灵大神附近了吧？”

“还是直奔岸边而来？”

两种不同的场景交替在脑海中闪现，但无论哪种情况都是不停晃动着同一个画面，那就是一个灰色的人影慢悠悠地走在水中。前一种情况，那个家伙到了磬灵大神那里就消失了；后一种情况，那个家伙上了岬角，爬上瞭望塔……

净念越想越不安，不一会儿，满脑子全是一个在水中摇摇晃晃的灰色人影。

“哗啦！”

突然，脑海中的影像清晰地定格在那个家伙从水中爬上来的画面。

“啊！是要到这里来了吗？”

净念浑身哆嗦，甩甩头，再次告诉自己“一切都是幻想”。

“沙沙，沙沙……”

那个家伙走在沙滩上。没有人能看得到那个灰色的人影，只有沙滩上突然显现出来的脚印证明了它的存在。

“吧嗒，吧嗒……”

它到了岩礁地带，准备从那里爬往上角。如果是村民们，只能绕过岩礁地带走到岬角根部再爬上来，而这个家伙走在岩礁上如履平地一般。

“吧嗒，吧嗒……”

它继续往前走。蓬莱看不到它吗？难道其他人都看不到它吗？

“嗵，嗵……”

它毫不费力地行走在岩壁上。在岩礁密布的水下尚且能行走自如，更不用说在这岬角的斜坡上了。

“嚓，嚓……”

它爬上了岬角，往前是一块草地。

“哒，哒……”

它穿过草地，又踏上了一条土路。沿着这条土路一直走，就到了瞭望塔。

“嘎吱！”

一道清晰的响声，啊，是梯子发出的声音。

“嘎吱——！”

听，没错吧！不是幻想，也不是幻听，确确实实是梯子发出的声响，那个家伙踏上了通往瞭望塔的梯子。

“嘎吱，嘎吱，嘎吱……”

一步，一步，一步……它踩着梯子往上走。

不是幻觉!

净念心想，必须睁开眼，站起身，马上逃跑，不然……

不，不，那个东西是自己臆想出来的，一切都只是自己的幻想，都是因为自己的精神过于集中，才会想象那个家伙在走上来，导致分不清虚幻与现实。

“嘎吱，嘎吱！”

啊，真的！真的听到了梯子因承受重力而发出的声音，虽然很细微，但确确实实回响在耳边，冲击着耳膜。而且，听，声音越来越大，越来越清晰，是它就要上来了吧？的的确确有什么东西上来了，绝对没错。

“咚！”

净念心里明白，这是那个家伙踏上梯子的最后一节，站到了地板上。

“啪叽，啪叽……”

它迈开脚，朝着自己走来。

“啪叽，啪叽……”

湿漉漉的双脚踩在地板上。

“嘎嗒，嘎嗒……”

声音又变了。这是那个家伙走出小屋，踏上了木板。

“嘎嗒，嘎嗒……”

它慢慢地，慢慢地走近自己，已经快要走过木板的一半了。

“嘎——”

一声沉闷的钝响，说明除了净念之外，木板前半部分又承受了另外的重量。

“嘎嗒，嘎嗒……”

它马上就要走近了。

“嘎嗒！”

脚步声戛然而止。净念感觉到一个不可名状之物直挺挺地站在他的身后，一动不动，只是盯视着他。

此时，虽然净念依然闭着双眼面朝大海，明明看不到后面，但摆脱不掉这种强烈的想法。仅凭自己如芒在背的压力，就可以想见背后有多么可怕。

净念感觉自己脖后颈发紧，恐惧顺着脊梁骨一直向下，变化成透心的凉，身体不受控制地哆嗦不停，全身的血液仿佛都凝滞不动了。

尽管木板刚才只是微微一动，担心坠落的恐惧却再次直击心中。但是，比这种恐惧更令人可怕的是身后的状况。

从木板坠落下去固然可怕，但更可怕的是落入身后不知何物的东西手中，再往后会怎么样？简直想也不敢想。

“噗……”

空气微动。不是海风，像是身旁有什么东西动了起来。

“是，是身后的那个家伙……”

净念条件反射般地挺直了脊背。

虽然依然没睁开眼睛，但净念强烈地感觉到有一道视线从右边射来。太令人难以置信了，那个家伙竟然在自己右侧。如果这种感知没错的话，那个家伙是飘浮在空中的吧。

“嗖！”

那道视线突然又到了他的正前方。瞬间，净念预感到有什么要发生了。

“原来不是飘浮在空中的。”

那个家伙是从他身后伸长脖子再转回头看着他。若此时睁开眼，一定会与那个家伙对上视线，如果与他面对面的话……

“嘶嘶嘶！”

好像那个家伙收回脖子，又到了他身后。

“好，好，就这样消失吧！”

净念不停地在心中祈祷，但是背后并没有什么变化，那个家伙依然一动不动地站着，紧紧盯视着他。

“对了！念经！”

虽然有点儿为时过晚，但净念还是立即双手合十念诵起来。他端正坐姿，双手合十放在胸前，虔诚地唱念着。

“叽……”

背后传来微弱的声音。

净念告诫自己不能分心，一心念经。

“叽……嘤……”

但是，背后的声音却一点点大了起来。

“叽……嘤……”

净念感觉那个家伙像是要说什么。突然，他浑身哆嗦起来。

“叽……嘤……呢……安……”

那个家伙，竟然叫的是他的名字——净念。它怎么能知道我的名字？难道它不是从绝海洞偶然爬到瞭望塔上来的？难道说是因为自己偶然发现了它从绝海洞中出来，于是就被它盯上了？难不成它不仅知道自己在这里，而且还是专门来这里的？可是，为什么……

净念脑子里一片混乱，对那个家伙确实存在的感知，再加上自己被盯上的事实，让他陷入深深的恐惧中。

“啪！”

突然，右肩被抓住了。净念差点惊叫出来。

“啪！”

左肩也被按住了。净念简直魂都要吓掉了。

“净——念！”

此时，耳边又响起了叫他名字的声音。

净念终于忍不住大叫起来。

“啊——！啊——！”

身体也随之扭动着，眼看着就要从木板上掉落下去。这时，反倒被死死地按住了。

净念越发疯狂地摆动着身体，极力想摆脱钳制。比起坠落的恐惧，被钳制的可怕更加令人难以忍受。

就在这时，听到了一声“南无阿弥陀佛”。

身体的本能反应比脑子更快，自然停止了扭动。净念很快清醒过来，发现自己横躺在木板上，而按着他的人是住持。

“这，这，到底怎么回事？”

“你终于神志清醒了。”

住持长舒一口气，放松了手上的力量。

“那……那么，刚才喊我名字的，按着我双肩的是……”

“是我。”

住持再次吐了一口气，开始斥责起来：

“你说你，一个劲儿地挣扎，咱俩差点掉到海里，差点就把命丢在这里了，你知不知道？”

“对……对不起。”

净念赶紧道歉。

住持拉起净念，小心翼翼地向屋内走去。

太阳已经落山，周围一片黑暗，一个不小心就可能掉下去了。

终于平安回到屋内，师徒二人不约而同地长舒一口气。

“摊上你这么个徒弟，我真是操不完的心。”

住持还在抱怨，净念只好一个劲儿地道歉，解释说一切都是因为自己刚才那令人不可思议的感受。

“是你的幻觉吧。”

同时，住持告诫净念一定要重新认识冥想的不易和危险，不过他并没有特地解释自己为什么会来到这里。冥想过程中一旦走火入魔，就有可能永远清醒不过来了，住持担心弟子便来看看情况，果不其然出了问题。好在最终唤醒了他，算是不幸中的大幸。

不过，住持在听净念把今天的经历一五一十讲述了一遍后，忍不住吃惊地说了一番令人震惊的话：

“我在村里办完事，正要回寺院，碰到蓬莱走过来。你知道他平时不与人打交道，对什么都漠不关心，这次罕见地露出一副惊恐的表情。我就问他‘怎么了’，结果他频频回头看着上角方向恐惧地说‘刚才，我看到一个怪异的灰色影子飘飘悠悠地向瞭望塔去了’。我马上呵斥他‘别胡说’。但是心里还是不放心，于是就过来看看你。”

这件事发生后没过几天，净念就离开竺磐寺回到了平皿町的寺院，没过多久又还俗了，此后再也没听到过关于他的任何消息。

1　日本年号，使用时间为 1868 年 9 月 8 日至 1912 年 7 月 30 日。

2　神佛分离是指明治元年（1868），明治政府制定了神道国教化的宗教政策，兴起了排斥佛教的运动。各地都出现了破坏佛堂、佛像、佛具的行为。

3　《古事记》中称作天宇受卖命神，天钿女命神是《日本书纪》中的叫法。日本神话中，天照大神把自己关在天之岩屋，诸神都很困扰，天宇受卖命神在外面跳起了舞蹈引诱天照大神出来。

竹林之魔——昭和[1]（战前）

贩卖解毒药的多喜难以置信地看着眼前这条在悬崖峭壁上凿出来的羊肠小道，目瞪口呆。

“简直就像一条蟒蛇爬行在石壁间，世上竟然还有这么险峻的路！”

多喜卸下背上的行李，一屁股坐在了地上。

其实，多喜以前走过的路并非都是一马平川的大道，既然干了卖药的活儿，那就必须游走四方，少不了翻山越岭，曾经心惊胆战地走过山谷中的吊桥，曾在深山老林中披荆斩棘，也曾遭受攀岩走壁的苦，倒是练出了一副敏捷的腿脚，所以碰到比较危险的山路，通常不会大惊小怪、叫苦连天。

可是，眼前的这条路也太……

多喜刚刚顺着一条两侧树木苍翠的山路爬上来，累得大汗淋漓，抬起头的瞬间忍不住高声惊叹起来，眼前是一望无际的大海，在夏日骄阳的照射下闪着耀眼的水光。四下一看，随之两腿发软直打哆嗦，她这才发现自己正站在一处断崖绝壁的边缘，岩壁就像笔直地被劈开一样直落入海，而且岩壁下全是嶙峋的礁石，如果稍有闪失掉下去，肯定逃不脱粉身碎骨的下场。

往左面看去，高耸的岩壁一直向东延伸。看来，多喜辛苦攀登上来的山路至此已是尽头，东西两侧都不能通行，当然也不能直接下到大海里去，这下彻底无路可走了。

其实，东侧峭立的岩壁上悬挂着一条路。准确来说，那是一个个石穴连成字母“C”的形状排列在岩壁上，看上去就像是一条蟒蛇爬行过后留下的痕迹，想必是古人花费数十年的时间用凿子、锤子等简陋的工具一点点开凿出来的。多喜在感叹前人伟业的同时，心里多少涌出些不满。

“既然修了，为什么不能再下点工夫搞得更好爬一点儿？”

多喜深知自己的要求非常无理，这么想就该受惩罚，稍微想象一下先辈在陡峭的岩壁上凿孔的艰辛，就知道自己的抱怨有多么任性。只是，想到接下来自己只能选择这么一条算不上路的“路”，抱怨自然而然地就冲口而出了。

细看之下，石穴呈“C”字形排列，其实仔细看看，更像是左右反转过来的字母“D”，只不过没有了那一条竖线，也就是说，防坠落的那些抓手一个都不剩了，从多喜此刻站立的崖顶能清楚地看清这种情况。靠海的一侧没有护栏，那些石穴的大小也仅能容下一只脚，即便什么东西也不拿空着手往上攀爬也够危险的，更何况多喜还背着沉重的行李。

抄近路是能节省很多时间，但多喜此时从心底后悔当初的选择。然而，再怎么懊悔也无济于事。

每年四月份至十月份的农忙季节，多喜便出来走村转巷地贩卖解毒药。说实话，“解毒药”这个名字有点儿夸大其词，其实并不是什么特别的药物，主要是可以缓解头痛、眩晕、牙痛、食物中毒、腹痛、便秘，促进血液循环，消除荨麻疹。但是，解毒药的可贵之处在于是一种祖传秘药，用祖传秘法配制而成，配方绝不可以外传。

多喜家的村子自古有个传统。农忙季节，各家的女人们都出去卖解毒药。当然，谁也不是从出生就会做买卖的，通常是以拜师学艺的方式跟着师傅一起走街串巷，在实践中学习经商的知识和技巧。而且，出师后也不是一个人单独行动，通常几个人结伴出行，一是因为年轻女子单独行动比较危险；二是外出住宿时，几个人合住一个房间可以节省支出。此外，在尚未完全掌握经商之道的经验欠缺时期，要是遇到什么情况，有个同伴还可以互相帮衬帮衬。

多喜这次就是与发小儿优季子结伴出来的。两个人昨天到了野津野的鲷两町，分别投宿在不同的人家，优季子在帮主人家干活时不慎崴了脚。两人自小受到师傅的教导，如果别人好心让你留宿，一定要主动帮人家干活以示回报，所以优季子谨记师傅的教诲，放下行李就开始帮主人家干活，没想到出了这样的事。

那家人看她可怜，就热情地向她介绍强罗地区的情况，说是那里比较偏远，轻易没有商人过去，所以去那里卖解毒药的话，一定会大受欢迎。不过呢，就是交通不方便，尤其是犊幽村俗称“陆上孤岛”，净是一些崎岖的山路，所以要花费不少时间。而且，虽说是一字排开的五个村庄，但村与村之间也都隔着山，从一个村子到另外一个村子必须要翻山越岭。但是听到这些也不要过于担心，不是没别的办法，可以选择走水路，花钱雇人用小船接送。

听到这里，优季子一下子动心了，虽然自己现在行动不便，但可以让多喜去呀。解毒药的买卖以师傅带徒弟的方式一代一代传下来，师傅会传授给徒弟很多经验和技巧，但唯独不会把自己的老客户介绍给她们，所以徒弟只能从零开始，自己开拓销售渠道。

优季子把主人家说的话以及自己的想法讲给多喜，多喜听了也非常感兴趣，心想这次自己先去那五个村子转转，等下次再跟优季子平分客户就好。考虑到交通不方便，计划一天跑一个村子，于是两人商定第六天在海龙町汇合，因为那里就在第五天要去的那个村子的东邻。优季子希望能在强罗地区的这五个村子发展一些新客户。

现在的问题是如何从鲷两町去第一个村子——犊幽村。目前直通村里的山路叫九难道，但要绕行很远，听名字就知道很难走，途中有九处险要的地方，实际上险要的地方远远超过九处，全是上上下下的陡坡，当然需要耗费大量的时间和精力。虽说多喜走惯了山路，但她毕竟是个女孩子，怎么也得走上整整一天，就算天亮就出发，当天也未必能到。

不过，九难道途中有一个岔道，沿着这个岔路往前就是通往犊幽村的一条近路，顺着那条近路走，差不多半天就能到达。不过，那条路被称为蟒蛇钻山，非常凶险，很少有人走，必须小心再小心。

这是收留优季子住宿的那家的老人偷偷告诉她的，那个老人原来是个渔民。

此时，多喜望着眼前这条挂在岩壁上的路，瞧着那一个个半圆形的石穴，忍不住开口抱怨：

“真是个不靠谱的老爷子啊！”

那个老爷子当真走过这条路吗？该不会是他从别人那里听来的，随口说给优季子的吧？现在想想才明白她们是多么傻，那个老爷子原来是个渔民，怎么可能走过这条山路？想到此，多喜后悔得直跺脚，不禁暗暗责备自己竟然如此粗心。

然而，事已至此，不可能再原路返回了，因为那样的话必定又得浪费一天时间。多喜想到优季子，想到五天后在海龙町会合的约定，这个好友可是会将家人给她的橘子分给自己吃的，就算为了她也要拼一把。多喜如此下定了决心。

“加油！”

多喜大喊一声站起身来，仔细检查整理装束。首先重新捆扎了手背套以及绑腿，然后解下和服护围重新扎紧腰带，再整整头上的斗笠，最后背上重重的行李。

做完这一连串熟悉的动作，她心中稍稍平稳一些，毫不犹豫地抬脚登上了第一个石穴。只要走过这条路就可以到达第一个村子——犊幽村，多喜怀揣着这个信念勇敢地向上攀登。然而，顶多爬了十几步，这份决心就要消耗殆尽。

“决不能往右侧看！”

多喜一边告诫自己，一边目不转睛地注视着前面往上攀爬。但是，有时候往往越是强加给自己某种意识，反倒越是不由自主地想那样做，再加上在岩壁上攀行时每一步都要小心地看着脚下，当然要不时地低下头确认落脚处，结果在低头的同时，右侧的绝壁自然而然地就进入了视线。那个峭壁直插入海的画面，那种巨大的高度差冲击着双眼，让人不禁双腿发软、头晕目眩。多喜赶紧放下抬起的脚，靠在左侧的岩壁上，大口喘气调整气息。

每向上攀爬一步基本都会出现同样的状况，说是寸步难行也不为过，所以明明觉得已过去好长时间，结果回头一看离地面还是那么近。

阻碍前进的不仅仅是在断崖峭壁上攀爬的恐惧，还有海风。多喜走那段山路时热得浑身是汗，登上崖顶后，海风吹来，那种沁人心脾的凉爽别提多惬意。然而，此时却感受到了由内到外的寒意，体感不舒服势必会影响心理，尤其是一股股强风吹来，感觉自己都要被吹倒了，她紧张得腿肚子直打战。海风从海上吹来，身体被吹得歪向岩壁一侧，倒是不至于掉到海里去，但是多喜的心依然提到了嗓子眼，因为岩壁表面渗出的水濡湿了落脚的石穴，当强风吹来时即便被吹得可以斜靠在岩壁上，但是身体的摇晃也会导致脚下打滑，仍然有摔落下去的危险。

这可是生死攸关的时候，稍一疏忽就有可能命丧于此，所以多喜精神高度集中，丝毫不敢懈怠。

她抵抗着横风，仔细看着脚下，尽量不往右侧瞟，奋力地一点一点向上攀升，间或停下来确认前方，总觉得这条石穴路没有丝毫缩短。回头看看，明明前进了不少啊，可上方的险峻怎么还是一眼望不到头呢？眼前的残酷一点点蚕食着她的决心和意志，多亏在师傅教导下的长期锻炼，以及绝不能辜负优季子的信念支撑着她继续攀登下去。

终于到了这条似乎永无尽头的岩穴路的拐角处，心中隐隐的担心让多喜望而却步，说不定拐过去还是这种一直向上延伸的，一眼望不到头的岩穴。想到接下来的艰辛，多喜生出一种深深的无力感和绝望。

她战战兢兢地拐过拐角，万幸，前面二十四五尺的地方没有这种岩穴了，虽然看不清再往前是什么样子，但预感到终于可以走出这条决不想再体验第二次的路了。

多喜按捺住雀跃的心情，越发小心地留意脚下，因为她猛然想起了师傅常挂在嘴边的一句话：

行百里者半九十。

意思是如果走一百里路，走了九十里才只能算一半，比喻做事愈接近成功愈困难，越要认真对待，坚持到最后。多喜清醒地意识到自己目前恰恰就处于这种境地。

终于顺利到达终点，结果眼前又是一个怪石林立的断崖，不过，可以看到再往上是一片竹林。多喜不禁喜上眉梢，听说犊幽村以竹制品加工业而闻名，那片竹林是不是预示着马上就要到犊幽村了？

然而，她却迷失了在竹林中，无论怎么努力也走不出去，不管走到哪里，眼前除了竹子还是竹子，无穷无尽。

“不会吧？！”

多喜不相信自己会迷路，然而越往前走，心里越发不安，慢慢演变成恐惧。她想就此回头，却发现自己已经无法辨清来时的路。

“怎么办？”

多喜在竹林中盲目乱窜。近乎绝望，她猛然发现眼前不再是无穷无尽的竹子，变成了低矮的杂草，此时脚下是一片平地。

“咦？”

映入她视线的又是一片竹林，不过这片竹林位于平地的中央，远看呈圆形。多喜呆呆地看着眼前奇异的景象，发现了一个可疑现象，为了刻意制造出圆形，多余的竹子不是被砍除的，而是被连根拔掉了，竹林外围的地面非常平整。而且，这片独立的竹林明显要比周围的竹林矮上一截且整齐划一，透着一股诡异的气息。

“这，这是什么？”

多喜走上前去，围着这片怪异的竹林转了起来，突然发现了一个缺口，看上去像是竹林的入口。开口很窄，目测仅能允许一人通过，左右两侧的两根竹子之间挂着注连绳。

“原来是祭祀的地方啊。”

多喜端详了这个入口片刻，也没看出什么来。慎重起见，她继续围着这片竹林转起来，回到最初的位置，除了竹子还是竹子，没有任何异样。

“这里边到底有什么呢？”

她扒着竹子间的缝隙往里窥探，但竹子实在太密，枝叶层层交叠，根本看不到里面。于是，她又回到入口处，往里看去只能看见一片黑乎乎，还是看不清里面的情况。

“既然挂着注连绳，那么……”

那么竹林深处一定供奉着某位神灵，也就是说这是守护神社的竹林了。

多喜考虑片刻，决定还是进去祭拜一下。师傅曾经教导过她，到一个新地方后不仅要恭恭敬敬地拜祭神社、寺院，也要好好祭拜道祖神、地藏菩萨等各路神灵。

“一定要好好祭拜当地的神佛，祈求他们保佑生意兴隆！”

师傅的教诲言犹在耳。这是必须的礼节，据说曾经有人没把祭拜放在心上，结果她的解毒药怎么也卖不出去。

多喜和优季子一直以来都谨遵师傅的教诲，现在即便只有她一个人，也丝毫没有破坏规矩、偷奸耍滑的念头。

然而，不知怎么回事，多喜总觉得心里有点不情愿，非常排斥走进这片竹林。她抬头看着注连绳，一遍一遍告诉自己这里是神灵的供奉之地，必须要恭敬参拜，可是依然无法静下心来。以前从来没有出现过这种情况，好生奇怪。

但是，又不能装作看不见，过而不拜。不可以，坚决不行！因为卖解毒药的行业规矩就是不能在旅途中化妆，也不许谈恋爱，还有不能无视师傅的教导。而多喜本来也没有要破坏规矩的想法。

她在注连绳前拜了一拜，犹豫再三还是把背上的行李卸下来放在了竹林外，因为参道实在太窄了，背着行李肯定过不去。如果在其他人多的地方，绝不可以放下行李离开，但是在这里没什么问题，而且这片圆形的竹林看着不是太大，就算神殿在其中心，来回也花不了多长时间。

多喜对着注连绳再次鞠了一躬，然后轻轻抬脚迈进了相当于鸟居的两根竹子之间。

“沙，沙……”

刚一落脚，参道上的石子便发出了沙沙的响声，同时眼前一片黑暗，几乎看不清任何东西。本以为竹子再怎么密实，阳光还是能从枝叶间投射进来，里面顶多暗些罢了，却不曾想完全像是置身于黑暗中一般。

多喜本能地抬头观望，却只看到左右两侧的竹子尖无一例外地向内弯曲，连接成一道弧形，密密麻麻的竹叶层层叠加在一起，难怪阳光一点也透射不进来。她还是第一次见到如此密生的竹林，心中不免生出疑问，难道竹子原本是这样密生的植物吗？

她停下来站了一会儿，眼睛慢慢适应了眼前的黑暗，虽不能说是看得一清二楚，但起码能够分辨出眼前的景象。

令人意外的是，往前只走了几步，参道就拐向了左侧，难怪刚才从外面往里看时黑咕隆咚地什么也看不清。

多喜拐过去后仅仅走了七八步，参道又拐向了右边。她疑惑地拐了过去，走了两三步再次拐向了右边，再往前走了五六步却又拐向了左边。就这样七拐八拐地来到了一个岔路口，多喜试着往右走了几步，结果没路了，于是折返回来向左走，接下来又是连续不断的左拐右拐，她彻底迷糊了。

“简直就是个迷宫啊。”

实际上，从踏上参道的那一刻就等于进入迷宫中了。从外面看竹林不大，本以为马上就能走到中心，却没想到陷入这样的困境，真是大错特错，多喜后悔得不得了。她感觉自己仿佛误入了传说中的富士树海，当然这片竹林的面积根本无法比拟富士树海。如果说置身树海的感觉是无依无靠，不知路在何方的恐惧，那么这片竹林给人的则是密集的恐惧。越往里走，越感觉参道两边的竹子正一点一点向内压挤，这种无形的压迫感越来越强烈，同时担心自己马上就要被挤碎的恐惧也一点一点从心中向外蔓延，本来还觉得参道是能允许一人通行的宽度，现在却感觉不侧下身子就无法通过。参道明明比那条崖壁上的蟒蛇路好走太多，却让人丝毫没有轻松的感觉，反倒像是碰到了一个难以逾越的难关。

唉，现在说什么都晚了。多喜非常，非常后悔进入这片竹林。

“还不是为了参拜当地的神佛嘛。”

多喜极力地自我劝解，但心中忍不住怀疑自己是不是上当受骗了。这片竹林中供奉着神灵，这点毋庸置疑，问题是这位神灵是否对外来者友好，到底愿不愿意保佑外来者呢？

多喜突然一个闪念。

“说不定供奉的不是一个普普通通的小神。”

怪异的圆形、入口处悬挂的注连绳、过于浓密的竹子、迷宫参道……现在想来，一切都是这么诡异。

师傅也好，那些有经验的前辈们也好，她们讲起自己的辛苦经历时，经常会提到各地奇特的风俗和信仰，倒不是因为那些事有多么稀奇古怪，而是作为过来人想借此提醒徒弟和后辈们所到之处应该注意的问题。不知怎么回事，她们的讲述中只要是跟神佛相关的话题几乎都能与恐怖、惊悚挂钩。此时，浮现在多喜脑海中的就是一个有关灶王爷的故事。

很久以前，有一个农民出了趟远门，返家途中遇到大雨，便在道祖神[2]的守护树下避雨。就在这时，一个人骑马路过此地，说是村中有两家要生孩子了，邀请道祖神一同前去给他们起名字。道祖神婉拒了邀请，解释说现在有客人在此避雨，他不能离开，于是骑马人便独自去了。

过了不久，骑马人回来了，向道祖神汇报说本家生了个男孩，分家生了个女孩，不过女孩子有福运，而男孩子没有，但是长大后若娶女孩子为妻则能家道兴旺。

那个农民听到这些话，赶紧跑回村子里，结果发现原来是自己家生了男孩，隔壁的分家生了女孩，于是他便去找分家商量，最终给两个孩子定了娃娃亲。

男孩和女孩长大后，遵从父母媒约成了家，果真像那个农民当年听到的那样，他们家越过越好。然而，丈夫却不想承认是沾了妻子的福气，而且开始处处嫌弃妻子，终于有一天他做了些红豆饭绑在牛身上，强行把妻子推到牛背上赶出了家门。

妻子坐在牛背上伤心痛哭，任由那头牛驮着她漫无目的地游走，走着，走着，到了山中，来到一户孤零零的人家门口。这家主人心地善良，看她可怜便好心收留了她并给予多方照顾，后来看她实在无处可去就娶她为妻了。结果，他们家的日子越过越红火，丰衣足食，家里还雇了好几个佣人。

与此同时，原来的丈夫家家道急速败落，最后不得不把田地都卖了，沦落到卖笊篱为生。

他起早贪黑地四处奔波卖笊篱，但生意一直不好。有一次，他走到了山中，发现一户气派的建筑，便试着敲开了大门，没想到这家人爽快地把他的笊篱全买了。然而，他在别处依然一个笊篱也卖不出去，从此他便天天去那户人家，结果每次都是所有的笊篱被买走。

有一天，一直买他笊篱的女主人看了他半天后悠悠地说：

“你怎么落魄到如此地步？难道连我都认不出来了吗？”

这时，他才认出眼前的贵妇人竟然是当初被自己赶出家门的妻子，又惊又悔，竟然羞愤而死了。

女主人觉得他可怜，就把他埋在了灶台后面的土屋里，并且做了牡丹饼供上。这时，男主人领着佣人回来了，她连忙说：

“今天我在灶台后面供奉上了灶王爷，为了庆祝做了些牡丹饼，你们吃吧，爱吃多少吃多少。”

据说从那时开始，当地的老百姓都在家供奉上了灶王爷。

多喜家的厨房中也供奉着灶王爷，所以她对这位神灵比较熟悉，也感觉比较亲近。不过，当她知道灶王爷的原身竟然是一个猝死的农民时，还是受了不小的打击，而且死亡原因还是那么不足挂齿。或许正是因为这个原因，曾经的妻子觉得他可怜才无奈把他祭祀起来了吧。可是，这跟别人又有什么关系呢？不管怎么说，一个女人偷偷将原来丈夫的尸体埋在自己家的行为终归让人难以理解，甚至毛骨悚然。

当时，多喜委婉表达了自己的看法，没想到讲这个故事的前辈哈哈大笑起来。

“被奉为天神的菅原道真公和将门公，虽然身份不同，但与那个农民一样原来都是普通人而已。因为他们两个一直怨灵作祟，后人才把他们祭祀起来以示慰藉，这一点与成为灶神爷的那个农民不一样。那你说说，哪一个更可怕呢？”

听了这番话，多喜当时觉得很有道理，但后来再想起来，还是觉得不一样。

道真公和将门公，在不清楚他们的原本身份之前，本来就是离自己很遥远的存在，所以没有什么切身感受。但是，灶王爷可就不一样了，可以说他被供奉在家家户户的厨房中，已经与老百姓的生活融为一体，因此当听到他的真实来历，而且原身又是那么令人不齿时，不免深感震惊和恐慌。这么说来，这种反应也是自然的吧。

多喜出师后独自外出卖药，所到之处听到了各种各样的传说，她慢慢明白了灶王爷的传说根本算不上什么奇闻怪谈，各地特有的祭神中竟然有很多都是与灶王爷的来历同样可怕的。

“难道说这个竹林中的祭神也是……”

如果是个祭神还好说，就怕是个被封印在此的妖怪，那可就倒大霉了。

想到这里，多喜突然又想起了另外一个可怕的故事，也是从讲灶王爷传说的那位前辈那里听来的。话说有四个女魔头流窜在日本各地，不管是天上、地下，还是山里、海里，都有她们的巢穴，一旦有人不幸碰上她们，绝对摆脱不了被拽进黑云、深山、大海、地下的厄运。

“要是在这里碰上她们的话，那可就出不了山了。”

多喜在竹林迷宫中乱冲乱撞，猛然想到女魔头四姐妹的故事，心中越发恐慌，虽然她极力劝慰自己说不可能碰上她们，可还是腿脚发软，几乎迈不动步子了。

虽然层层交叠的竹叶遮住了太阳的炙烤，但毕竟是在密不透风的竹林中，本应闷热难当才对，可多喜却觉得阵阵发冷。在入口处的鸟居下站着时还未觉凉意，可踏上参道后越往里走越感觉到气温越来越低。

“这是通往竹林中心的路吗？”

看着周围，多喜满腹疑问。说不定自己只是一直在竹林里瞎转圈，说不定在进入这片圆形竹林的那一刻就注定再也走不出去了。

“没人知道我进了竹林。”

啊！多喜被自己突然意识到的事实吓得呆站在原地，越想越可怕。

如果只是这样瞎转一气，怎么也走不出去的话，那就只有死路一条了。没有任何人知道她的处境，约在海龙町见面的优季子左等右等不见她回去，即便担心她的安危来强罗地区找寻，也根本没有任何线索，怕是最后只能认定她根本没有来过犊幽村。

如果真是那样，优季子一定会去那条蟒蛇路，那么应该能顺着那条路找到这里来吧。

“如果，如果她也进到这片竹林里来的话……”

那么，必定会重蹈自己的覆辙。不，也说不定犊幽村的村民会警示她不要进入这片竹林。

“对了！如果有村民过来的话……”

那自己肯定能得救了，想到此，多喜不禁激动起来，但马上又意识到这份希望有多么渺茫。因为她沿着参道一路走来，途中不知拨开了多少个蜘蛛网，而且脚下的碎石子上也根本没有任何足迹，这充分说明这里已经很久没人进来过了。

“难道我就要在这种地方……”

感受到死难临头的绝望，多喜机械地往前走着，走着……不记得左拐了多少次，眼前突然一片开阔。啊！竟然来到竹林中心了。

“哎！”

眼前的景象根本没有多喜想象的那么可怕和恐怖，她心中登时乐开了花。然而，脸上的笑容并未持续多久。

圆形竹林的正中央，有一片圆形的草地，大概有十几叠[3]那么大，站在竹林外边绝对想不到内部会有这么大的一片草地。既然有这么大的一片草地，那就说明参道不可能太长。是不是因为设置了七拐八绕的迷宫，才让人觉得路那么长？总之，太诡异了。

这片草地和竹林外侧的草地一样，都是些丛生的杂草，看上去没有被修剪过，但是长得并不茂盛。草地的最里边有一座神殿，人字形屋顶，格子门，看上去和各个乡村随处可见的神殿并没有什么不同，却散发着肃穆的神圣气息。

不知怎么回事，多喜看着它却没来由地感到可怕，总觉得背靠密生竹林面朝圆形草地的这个神殿，像是不知其真面目的妖怪的盘踞地。

神殿门口两侧各有一根比多喜还要高的竹子，应该是起到镇殿石狮子的作用吧。呀，不对，上面挂着注连绳，那说不定是鸟居，就像竹林入口处的那两根竹子一样。两根竹子大概有六尺高，根部支支棱棱地生出一些细小的枝叶。

除了这两根充当鸟居的竹子，眼前的神殿看上去和普通神殿并没有什么两样，可是为什么如此令人敬畏呢?

“一定是因为里面供奉着祭神的缘故。”

多喜找了这样一个理由，却依然踌躇不前，看看她脚下就明白了，双脚就像长在了地上一样，一步也迈不开。

“向右转，原路返回。”

这应该是最明智的选择了。就在这儿双手合十鞠躬拜上一拜就行了，虽然平时绝对不可以如此不恭，但在当前这种情况下这样做也没有什么不妥吧。

明明已经下定决心要离开了，多喜却发现神殿反而离自己越来越近。怎么回事？她定睛一看，这才发现自己正一步一步向草地深处走去。不对！这绝对不是自己的意志，而是两条腿自行向前迈去。

“是受到妖怪的蛊惑了吗？”

她看着自己不受控制的双脚，心中怦怦直跳。

“咕噜！”

就在这时，腹中突然响起一声肠鸣，随之感受到了强烈的饥饿感。怎么突然就饿成这样？真是令人不可思议。

此时已到正午了，本来多喜计划到了犊幽村吃午饭。但是，饥饿感一下子就上来了，而且还如此强烈，实在是有点儿怪异。

“果真……这地方，太诡异了。”

从心底升腾起一阵阵恐惧，同时强烈的饥饿感好像一下子消失了。看来，恐惧高高凌驾于饥饿之上。

然而，还没等多喜松口气，肚子又开始叽里咕噜响起来，就像被饿鬼附身一样，饿得难以忍受。

“饿鬼？”

多喜猛然想起师傅给她讲过的饿鬼故事。山里有一种妖怪会附体到人身上，让人饿得动弹不得，弄不好就生生丧命了，除非赶紧往嘴里塞点儿吃的，哪怕一点儿也行。据说这就是为什么吃便当时最后一定要剩下点饭菜的理由，怕被饿鬼附身啊。

“太好了！啊！不好！”

昨夜投宿的那家女主人今天早上给她做了便当，多喜欢呼之后又猛然想起便当在行李包中，而她在进入竹林时卸下行李放在了竹林外。

“怎么办？怎么办？”

多喜快要急哭了。

“哎？哎？”

不知不觉间，多喜已经走到了草地深处，眼前就是庄严神秘的神殿。

“噗通！”

多喜饿得站不住，一屁股坐在了地上。

“饿！饿！”

她满脑子只有这一种感觉，其他什么都顾不得想了。

“难道就这样饿死在这里吗？”

多喜想到这种悲惨的结局，悲从中来。她强烈排斥这种死法，却发现自己现在连摇头的力气都没有了。

“祈祷神殿中的神灵保佑自己吧。”

除此之外，多喜实在想不出还能怎么办，她赶紧双手合十放在胸前，低下头，一时却不知道该说些什么，但是一些话却自然而然地浮现在脑海中。

“神仙保佑，救救我吧，以后我会带着贡品来祭拜您的。”

心中反复念叨着这句话，多喜感觉饥饿感一点点减轻了，虽然还是感觉到饿，但已不像刚才那般强烈。

“此时不逃，更待何时？”

她翻过身来趴在草地上，背向神殿快速向外爬，两只手被杂草刺得生疼也顾不得了。然而，随着她远离神殿，饥饿感卷土重来且越来越强烈。如果在爬出草地之前，那种难以忍受的饥饿感再度袭来的话，肯定会一头栽到地上再也起不了身。

“嗡——”

过度的饥饿让多喜头晕眼花，但她依然拼命坚持往外爬。其实，不管她怎么挣扎，倒下是早晚的事。

前方依稀映出迷宫的入口，可无论多喜怎么手脚并用地往前爬，却感觉依旧是那么遥远。然而，饥饿感还在一个劲儿地增强，同时她感觉浑身的力气正在一点一点流失，最后双手双脚一点儿力气也使不上了。

“扑通！”

终于，多喜无力地趴倒在了草地上，全身松软，杂草贴在脸上，凉凉的，很舒服，真想就这样一直趴着不动了。突然，她意识到自己这样做会带来多么可怕的后果，不禁打了个激灵。

“不行！不能死在这里！”

于是，她重新积蓄起力量，抬起身竭力往前爬。

“噌，噌，噌。”

多喜两只手拽着手边的杂草，一点一点向前挪动。可喜的是，当她爬过草地的一半时，饥饿感慢慢减轻了。她想，照这么下去，等彻底远离神殿后饥饿感就会消失了吧。

“马上就要到了，加油！还差一点儿了。”

多喜拼命鼓励自己，拼尽最后的力气奋力往前爬。

终于，爬到了草地边缘。

“太好了！”

然而，在松气的同时，高度紧张的后遗症也显现出来，腿和腰一点力气也没有了。她只好抓住身边的竹子，东倒西歪地努力站了起来，一分一秒也不想待在这可怕的地方了。

“嘎！”

就在这时，背后响起一个微弱的声音，阻止了多喜抬起的脚。

“嘎吱！”

没错，确确实实有动静，像是破旧的门板被打开的声音。

“是神殿的门吗？”

按理说这是不可能的事，但不知怎么，多喜的第一反应就是神殿的门。她想回头看看，然而身体却不听指挥，一动也不敢动。

“嚓！”

声音又变了。

“嚓，嚓。”

听上去像是有人走在草地上。

“不会吧！”

一个沉寂多年的神殿，门慢慢打开了，有什么东西从里面走出来，踏上草地径直朝她走来，这个场景像放电影一样在多喜脑海中一幕幕闪过。

“怎么可能？”

她告诉自己绝对不可能发生这样的事，却不得不承认，不得不面对一个千真万确的事实，有一种奇怪的动静从背后传来，而且离她越来越近。

“嚓，嚓，嚓。”

脚步虚浮拖沓，感觉像是它已饿了很久，双腿无力，抬不起脚来。

多喜压抑不住心底涌上来的一阵阵恐惧。此时，她还保持着双手扶着竹子摇摇晃晃站立的姿势，心想必须得赶紧逃跑，不然……

然而，心有余而力不足，腿脚根本不听使唤，大概是还没恢复体力的缘故。

“沙——啦，沙——啦。”

虚弱的多喜在碎石子上根本站不稳，但她还是咬紧牙关拼命向前挪脚，因为背后越来越近的动静让她有种不祥的预感。

“讨厌，讨厌，可恶！”

多喜在心中不停地狂喊，几乎快要被逼疯了。

“要是被那个东西追上，可就完蛋了。”

极度的恐惧反倒给了她逃跑的动力，支撑着她拼命地向前挪步。她依稀记得离开草地走上参道后，走不了几步就是一个往右的拐角，只要拐过去就好了，到时再怎么扭头往后看，也不会看到那个神殿了。想到这里，她心中燃起了希望，多少有点放松下来。

终于，多喜步履蹒跚地回到了参道上，扶着左右两侧的竹子踉踉跄跄地往前走。快点儿，再快一点儿，赶紧逃离这个地方，她带着这个唯一的信念竭力往前走，来到了第三个拐角。

“沙，沙。”

这时，耳边传来有什么东西踏上了参道的脚步声。

“沙，沙。”

“沙，沙。”

步调竟然和多喜完全一致。

脚步声从背后传来，回响在竹林中。不，确切地说，不是背后，而是隔着一道竹墙与多喜相呼应，应该是走到了多喜几秒前刚刚走过的那段路，基本就在她的左侧。

“不能看，不能看！”

多喜极力地这样告诫自己，但还是忍不住向左侧瞟去，透过密密的竹林偷偷窥探对面。

一晃，一晃，时隐时现。

多喜只看到一个影影绰绰的影子，像是一个人在走动，但看不清真正的面目。

仅凭一个晃动的人影并不能做出明确判断，但这个信息对多喜来说已足够了，起码让她明白了有一个像人却又不可能是人的东西正在追赶她。明晰这个事实后，恐惧迅速传遍了全身上下。

“哗啦，哗啦。”

多喜只想赶快摆脱背后的不明家伙，不由得加快了步伐，踢得脚下的石子四处蹦散。此时的她，不再是单单用两只手扶着身边的竹子，而是伸开双臂搂住竹子，借助这个力气往前冲，手脚并用，只为赶快逃离。

“死路！”

不知拐了多少道弯，结果前面出现了一道竹墙。多喜慌忙转身，心提到了嗓子眼上，如果那个家伙此时拐过来，岂不是正好迎头碰上？那样的话，自己必定在劫难逃了。

她急急忙忙回到原来的岔路口，重新选择了另外一个方向。

走着走着，脑海中突然又冒出了悲观的想象。

刚才自己误入了一条死胡同，如果这期间那个家伙超过了她，那接下来……

自己早晚肯定会在某个地方追上那个家伙吧？走在它前面的话，还可能有逃离的机会，那现在落在了它后面，岂不变成自投罗网了？

“啊！又是死路！”

看着面前的竹墙，多喜拼命压制住几乎冲口而出的悲鸣，狂乱地再次回到刚才的岔路口，选择了最后一条路。

“沙，沙。”

这时，又传来了脚步声，感觉就在身旁。一开始听着像是从后面传来的，后来又感觉像是从前面传来的，最后多喜彻底辨别不清到底来自哪里了，只知道与自己仅仅隔着一道竹墙。

她无意识地抬起头来，透过层层叠加的竹叶间隙，只能影影绰绰地看到一线阴沉沉的天空。多喜彻底迷失了，根本无法分辨自己身在竹林迷宫的何处。

然而，她依然没有停下行走的脚步，因为那个让人头皮发麻的“沙沙”声一直没有停下来。

拐了一个弯接着又是一个弯，不知道拐了多少次，此时出现在多喜眼前的又是一个岔路口，往右大概五六步远，往左大约七八步远。时间不等人，必须赶紧做出决定。

眼前的场景似曾相识，多喜记得当时进入竹林后踏上参道没走几步，就是这样一条长长的通路，当初大概是在走了差不多一半的位置向左拐弯了。眼前的左右两条通道成圆弧状延伸，看上去就像画了一个圆，根据记忆感觉自己是从左边来到这里的。

所以，她毫不犹豫地拐向了左边，走到尽头一看果然是往右拐的。

走了几步后再次往右拐，然而走了三四步后前面竟然没路了，那里成了一个死胡同。

“怎么会这样？”

多喜蒙了，眼前的场景和记忆中的样子完全不同。

迷宫就是迷宫啊，通路是不可能让人记住的。

"返回！"

多喜急忙转身。

"沙，沙。"

就在这时，那个鬼魅的脚步声再次响起，想必是那个家伙来到了刚才那个岔路口。如果自己这时回去，必定与它迎头碰上。

多喜脸上瞬间血色尽失，心狂跳不止，头嗡嗡直响，感觉快要晕倒了。

"不要到这边来！"

"向右拐，向右拐！"

她在心里拼命地祈祷，一遍又一遍。

"沙，沙，沙。"

然而，脚步声越来越清晰。

多喜感到濒死的绝望。

"完了！过来了，过来了！"

她看了看眼前和左侧的竹林，试图找个脱身之处。然而，竹子一根挨一根，密不透风，一只手勉强还能伸进去，想要整个身体钻进去，那根本不可能，就算强行挤进去也无法动弹。

"沙，沙。"

脚步声越来越近，马上就要到拐角了。

如果那个家伙拐到这个死胡同里来，怎么办？想到这个画面，多喜忍不住想大声尖叫。

还不知道接下来会发生什么，她已经开始狂乱了。

"沙，沙。"

到拐角了，往右拐，然后再往右拐……

多喜绝望地蹲了下来，面对竹墙，双手抱头，身体缩成一团。

“沙！”

脚步声在她背后戛然而止。多喜感觉到一道人影罩住了她全身。

虽然看不到背后的景象，但她能感受到一道视线直射在她的背上，一动不动地紧锁住她。如芒在背，极度的恐惧迅速蔓延了整个背部，冷汗淋漓，多喜觉得自己正坠向死亡的深渊。

“要吃了我吗？”

她被自己这个突然冒出来的想法惊呆了。

其实，这算是当时情形下的一种本能的反应。

“啊——”

那个家伙张开了嘴巴，大大地张开，几乎可以一口将她的脑袋吞下。

虽然多喜看不到这些，但能强烈地感知到这幅画面，浑身像筛糠一样抖个不停。

“咕嘟！”

咽口水的声音，清清楚楚。

多喜身体紧张得像一只拉满的弓。

“完了！彻底完了！”

自己的人生将要终结在这片莫名其妙的竹林中。面对这个事实，多喜心中除了恐惧，还有悲凉甚至愤懑，然而压倒悲凉和愤懑的还是恐惧。

“可恶！我不想死在这里！”

死亡本来就够令人恐惧的了，再一想竟然要被一个根本不知是什么东西的家伙吃掉，多喜简直要崩溃了。光这个恐怖的想象就足以要人命。

“讨厌，讨厌，可恶！妈妈，妈妈……”

眼前浮现出妈妈慈祥的笑容，多喜仿佛闻到了属于妈妈的味道，感受到了妈妈的温暖。

她伸出手抱住自己，就像被妈妈抱在怀里一样，紧紧地，紧紧地，心里有个声音一直在不停地说“不管发生什么，妈妈都会保护我的”。

忽然，她右手触碰到腰包中一个硬硬的东西，本能地伸手掏了出来，原来是一个橘子。

“咦？哦！”

她一时没反应过来，继而猛然想起这是今天早上分别时优季子塞到她腰包里的。本来是投宿的那家女主人送给优季子的，她分了一个给多喜。

多喜右手紧紧握着这个橘子，稍稍扭转身，然后奋力向后扔了出去。

背后霎时安静下来。

橘子脱手而出的同时，多喜感觉到手指尖好像触碰到一片湿漉漉的布，滑腻腻的让人恶心，她连忙抽回手。

大概过了五六秒的时间。

“沙，沙。”

背后终于传来脚步声，当然这次是远去了。

多喜浑身一松，一屁股坐在了地上。

“谢天谢地！”

没想到最后解救她的是一个小小的橘子，多喜心中充满了对优季子的感激。

她一直坐在地上，直到那个脚步声彻底听不见了，才心惊胆战地站了起来，边走边竖着耳朵，丝毫不敢大意。这次倒是没用多长时间就找到了竹林的入口，奇怪的是一路走来再也没碰到死胡同，顺利得简直让人怀疑刚才的绕来绕去不过是一场梦。

一走出这片怪异的圆形竹林，多喜登时感到一阵眩晕。虽然天空阴沉沉的，并没有刺眼的阳光，但她还是感到有点头晕目眩，就像一个人从黑暗的洞穴中猛然走出来重见光明时的那种感觉。

身心俱疲，多喜真想坐下来歇歇，但此时不是休息的时候，最重要的是赶快逃离这个诡异的地方。

她背起行李，重新走进通往原野的竹林。老实说，她现在一眼也不想看见竹子，一步也不想踏入竹林，但又别无选择，因为要去犊幽村必须穿过这片竹林。

她终于走出了竹林，发现来到一处神社的院内，社号为“笹女神社”，果然和竹子有关呢。

师傅不止一次强调过，千万不可无视当地的神社和寺庙，所以多喜觉得应该像以往一样参拜一下笹女神社。

于是，她走出院落，站到门口的鸟居前，整整仪表，平复一下心情，郑重地鞠了一躬，才又重新走进神社。先在净手亭处洗手、漱口，然后踏上参道走向正殿，摇铃，把香火钱轻轻投入捐献箱，行两次礼，拍两次手，最后合掌祈祷神灵保佑她在犊幽村的买卖顺利。

参拜后，多喜来到旁边一个写着“笼室”的房子前。

迎出来的是宫司，听多喜是来卖解毒药的，就热情地说给她介绍村民认识，当听到多喜说想先在此吃午饭时，又赶紧把她迎到主屋的廊下。

一个打杂的女人给多喜端来一杯热茶，多喜拿出便当吃起来。这时，宫司走了过来，闲谈中多喜自然提到了一路上的经历。

当宫司听说她是从蟒蛇路来到这里时，大为震惊。

“很多年没人走那条路了。”

听了宫司的话，多喜不禁又对给她指路的那个老渔民发起火来。

宫司先安慰她一番，接着貌似无意地问了一句：

“不过，总算是平安来到了，很好，很好！那个，路上没碰到什么事吧？”

“哎呀，别提了。”

多喜刚想开口讲述在竹林中的诡异经历，却又马上止住了话头。

她想，既然竹林入口处挂着注连绳，那么祭祀竹林的肯定是这个筵女神社了，所以怎么能对神社的宫司讲述竹林遭遇呢？虽然她是受害者，可毕竟是自己擅自进入竹林的，如果宫司怪罪下来那可怎么办？这样一来，必定会影响到接下来的买卖啊，不行！不可以冒这个险！

“唔，过了那条蟒蛇路之后，就到了一片深不可测的竹林，虽然费了一番劲，但承蒙神灵保佑顺利来到了神社，总算是安心了。”

听了多喜这番无懈可击的回答，宫司似乎松了口气，脸上露出放心的笑容，这反倒让多喜更加确信圆形竹林中的神殿一定有什么隐情。不过，俗话说多一事不如少一事，虽说自己确实遭遇到了诡异事件，但此刻最好还是装作什么也不知道，绝口不提那个可怕的经历为好。

有了宫司的介绍和美言，多喜的解毒药在犊幽村卖得非常好。晚上她就留宿在了神社，第二天一早雇了一位渔民开船送她到了临近的盐饱村。在盐饱村以及后来的石糊村和矶见村，买卖同样出奇得顺利。离开矶见村到了閖扬村后，多喜付了船费就让那位渔民回去了。

最后来到的閖扬村是强罗地区五个村子中人数最多的一个，也是最富裕的一个村子。可能是这个原因吧，在这里不用像在前四个村子那样要先找个权威人士推介一下，而是以客户介绍客户，口口相传的方式就把药卖出去了，就像在城镇上卖药一样省心。

第六天，多喜和优季子如约在海龙町碰面了。两个人互相通报了这几天各自的销售成果后，多喜给优季子讲述了在竹林中的可怕经历。

“啊！太可怕了！”

优季子吓得浑身直打哆嗦，并且表明自己下次坚决不去犊幽村。

“别担心，笹女神社本来就离村子挺远，那片竹林还在神社之外呢，所以不到那边去就没事。就算走到那边去了，只要不进到竹林里面去也不会有什么问题。”

看优季子吓成这副模样，多喜竭力安抚她，优季子好不容易才情绪稳定下来。

接下来，两人继续相伴卖解毒药，等回到家乡时已是晚秋时节。

谁知，两人回来后的第二天，多喜不见了踪影。当然不是又出去卖药了，因为她什么衣物也没拿，只穿着身上的那套衣服就出去了，而且卖药的包裹还好好地在家里放着。奇怪的是，她提走了食盒，里面装上了吃剩的饭菜。

村民们在附近找了个遍，也没任何结果，于是就来问优季子有没有什么线索。优季子犹豫再三，最后还是把多喜在竹林中的遭遇讲了出来。

听了她的讲述，村中的老人猜测。

“当时一定是多喜承诺回来给它拿贡品才得以脱身。看来这孩子是又到那片竹林去了。”

于是，大家赶紧与犊幽村笹女神社的宫司联系，结果得到的回复是多喜根本没回去，也没有任何人看到过她。

听说，后来宫司还专门去竹林宫查看了一下，竹林宫就是那片圆形竹林的名字，结果在神殿门前找到了多喜的食盒，但是里面空无一物，而且像被舔过一样干干净净，一粒米都没剩。

消息传来，大家确信多喜的确是失踪了。

1 昭和：日本年号，使用时间为 1926 年 12 月 25 日至 1989 年 1 月 7 日。

2 道祖在日语中取遮挡之意，道祖神是阻挡恶灵侵入，守护过路人和当地村民不受灾祸的地方神明，通常在村镇、山岭等地祭祀。

3 畳：日本通用汉字，译为榻榻米，亦作为量词使用，一畳相当于 1.62 平方米，即一块榻榻米的面积。

蛇道之怪——昭和（战后）

饭岛胜利驾车行驶在从平皿町通往阴扬村的久重山盘山公路上。刚搬来的那段时间，每天边开车边欣赏着满眼的苍翠，心情无比舒畅，如今则一点兴致也没有了，上一天班本就够累的了，还要集中精力开两个小时的车才能到家。

饭岛上下班必经的这条连沥青也没铺的山路非常狭窄，勉强能通过一辆车，如果对面有车过来，那就必须有一辆车后退到会车点。虽然一路上有不少会车点，但毕竟还是麻烦，再加上山路曲折蜿蜒，开车时必须全神贯注一刻也不能分神，时刻紧握方向盘，不停地踩离合换挡，所以尽管他很喜欢开车，有时也不免叫苦连天。

他在平皿町的日升纺织厂工作，居住在阴扬村。其实，除了那条山路外，还可以走沿海岸线修的大路，但是必须绕行海龙町和海琳町，转上一个大圈，至少要花费四个小时。而走山路的话，两个小时就可以到达，所以虽然比较辛苦，但饭岛基本上都是选择走这条路。

可能会有人说了，既然这样，直接住在平皿町不好吗？然而，现实并没这么简单。

“二”战前，日本纺织业发达，棉布出口一直稳居世界第一，但战后急剧衰落，过了五年时间才慢慢复苏过来，如今再次走向兴盛，日升纺织算的上是棉纺业界的翘楚。

日升纺织带动平皿町迅速发展起来，商业配套齐全，人口不断增加。但是，同时也带来了物价的上涨，再加上可租赁公寓远远不足，租金更是日趋升高。

饭岛有幸进入日升纺织后，暂时寄居在隔壁镇上一位远亲家里。其间，他一直在周边搜寻便宜的房子，但无论哪里都是屋缺价高的情况，无奈之下甚至都跑到更远的地方去了，结果还是没找到合适的房子。

当时，公司的一个董事久留米三琅给他介绍了阴扬村。按常理来讲，普通员工和董事之间不可能有什么交集，但是这位久留米董事素以“喜好巡视”著称，经常到工厂里来转转，一来二去就跟几个工人熟识起来，饭岛就是其中之一。

“什么？住到村子里去？”

饭岛震惊之余，又听说还得开车走两个多小时的山路，就更加兴致索然了。

久留米看他这个样子，意味深长地笑了。

“也就辛苦这一两年，以后你肯定会感激我的。”

“什么意思？”

饭岛好奇地问了一句，久留米便滔滔不绝地讲了起来。

昭和二十八年，日本开始实施《町村合并促进法》，同年内阁会议通过了《町村合并促进基本计划》，今后必将在全国范围内推行市町村合并，平皿町当然也不例外，实际上现在已经有改为平皿市的计划。刚才提到的阴扬村，近年来人口持续增长，所以很有可能与其他四个村合并成一个“强罗町”。

“其他四个村子里，犊幽村大概有一千五百人，盐饱村一千四百人，石糊村一千四百人，矶见村八百人，再加上阴扬村的两千六百人，总计七千七百人，而且这只是旧数据，现在人口肯定超了，基本达到了一个町至少要有八千人口的必要条件，所以强罗町的诞生指日可待啊。”

这样一来，平皿市和新成立的强罗町之间，以及阴扬村和其他四个村子之间一定会修公路，说不定还能通巴士，那么离现在的平皿町最近的阴扬村必定会首先得到开发。实际上，日升纺织已经计划在那里建造职工公寓，不仅仅是单身公寓，还有家属楼。

身为公司董事的久留米对此自然多有了解，所以得意洋洋地向饭岛透露了这个信息。

总之，与其等强罗町成立，阴扬村开发后再搬家，还不如现在就直接住过去为好。饭岛觉得久留米说的有道理，最主要的是不想再给亲戚家添麻烦，于是决定搬到阴扬村住。而且，他早就想买车了，正好借此机会贷款买了辆车代步。他独身一人没多少家当，所以搬家也没费什么事。

唯有一点，饭岛觉得久留米说的“也就辛苦这一两年”不太靠谱。是，没错，一两年后或许能实行町村合并，然而公路可不是说修就修的，估计得拖上一两年，最短也得两年吧，弄不好就得四年以后，那么目前只能天天走山路上下班。

当初他想着反正有车，上下班不会有什么问题，现在看来有点过于乐观。四月下旬搬过来，这才刚刚过了四个来月，他已经深感奔波之苦。

现在是夏季还好，拐进山里，舒适凉爽的清风从车窗吹进来，吹走了从繁华城镇带回来的尘土和疲惫，感觉心灵都被洗涤了。但是，拐上这条被村民称为“蛇道”的蜿蜒山路，那种舒适惬意登时就消失了，唯有打起十二分精神全力应对复杂的路况，往往拧出了一身臭汗，身体上不舒服，精神上也极度疲累。

冬天很快就要来临，到时怎么办呢？万一山里积雪，路面肯定会冰冻，那就必须用上防滑链，自然开车时更要小心谨慎，这样一来，两个小时肯定到不了工厂。

不仅如此，冬季昼短夜长，必定早上离家时天还不亮，晚上下班时天已黑，再加上山路上没有路灯，只能靠着车灯那点微弱的光，精神高度紧张地操控着车子艰难行走在积雪的曲折山路上，稍有不慎就有可能打滑坠下山崖，车毁人亡。

光这样想想，饭岛就感觉到脊背一阵阵发凉。

“可怕……啊！对了！”

突然，他想起来最近山中接连不断出现的一些怪事。虽然他认为不过是碰巧发生的自然现象而已，但心中还是有点儿半信半疑，留下了一些阴影，因为那些情况没人能解释得通。

比如，车子正常行驶在蛇道上，刚下坡，就在前面几米远处，一块大石头掉了下来。

从早上就是大晴天，整天也没下一滴雨，结果下班回来时，却发现有一段路泥泞不堪，车子打滑，差一点儿把不住方向盘。

在为数不多的直线路段上，刚想加速，突然一棵高大的树木从旁边歪倒过来，差点儿被砸个正着。

蜿蜒的蛇道上散落着野果子样的东西，开车过去后，整个轮胎都变红了，就像在血河中趟过来一样。

……

住在閖扬村的日升纺织的员工中有几个人，都碰到过这样的诡异事件。大家都是开车上班，但分属不同的部门，所以下班的时间多少有点差异，因此至今为止还没有出现过两部车子在同一时间遇到同一事件的情况。

“是不是上了一天班太累，出现幻觉了？”

最初，饭岛是这么认为的。其实不光是他，其他遇到此类怪异事件的那些人起初都觉得是自己的精神出了问题，所以没太当回事。主要是到目前为止，所有事件都发生在傍晚下班回来的路上，难怪大家会这么认为。然而，轮胎上沾染的泥水以及被碾成果浆的野果子，强有力地证明了这一切并非个人的幻想和幻觉，所以大家警觉起来，相互交流所闻所见。

这些员工都是出于与饭岛同样的理由搬到了閖扬村，大家共同租住在和平公寓，虽然人数还不是太多。出了这样的事情，有人就猜测说我们是外来者，是不是村民不想让我们住在这里而故意搞的恶作剧？但是想想也不对，因为村民们从来就没有表现出对他们任何一个人的嫌弃，反倒非常热情，因为大家都认为靠着平皿町和日升纺织，自家村子早晚能繁荣富裕起来。所以，可以说除了上班远点儿以外，閖扬村真是个宜居之地。

当然，也有极个别村民羡慕嫉妒他们是町人。但那样的人基本都是脾气古怪，不好相处之人，本来就受到了自家村民的孤立，比如那个叫垣沼亨的五十岁左右的男人。垣沼家本是村中第一大地主大垣家的分家，自然家境比较富裕，再往上追溯，甚至可以追溯到犊幽村的筐女神社，当年他们的祖先入赘到大垣家后分枝散叶，后世子孙独立成了一个个分家。但是，尽管垣沼亨出自这么一个历史源远流长的大家族，如今却落魄到了倾家荡产的地步，一切都是因为他自身无能，性格又傲慢。听说他的妻子带着孩子回了娘家后，给他送来一纸离婚协议书，自那时起，他便一个人住在空荡荡的大房子里，靠隔三岔五地变卖家产为生。

但是不管怎么看，垣沼亨也不像是给饭岛他们使绊子的人。假如说山里发生的那些怪异事件是人为，那也不可能是一两个人就能办到的，必须几个人合伙才能完成，而垣沼亨在村中本就是个孤立的存在，向来随心所欲地过着隐遁式的生活。这样的人怎么可能与那几个讨厌町人的村民合起伙来，接连不断地搞那些恶意恐吓？

而且，不光是他们，最近也有村民遭遇到了那些怪异事件。起初认定是专门针对日升纺织员工的原因，是因为除了他们几个，基本再没有每天来往于平皿町和村子之间的人。

之后，那些怪异事件不仅没停止，反倒变着花样地层出不穷。有一天，与饭岛关系比较好的久保崎下班回来，当时天已经蒙蒙黑了，路过一个会车点时，依稀看到有个人站在那里，旁边却没有车。

“完了，是不是车掉山崖下了？”

他本想停下车过去问问情况，却在瞥了一眼后，慌里慌张地一踩油门急速逃离了。

“那家伙一身白，直挺挺地呆站在那里，而且浑身都湿透了。”

冷不丁看到这样一副形象，久保崎本能地赶紧逃跑了。

在久保崎之后，陆陆续续又有人，而且也包括几个村民碰到过那个奇怪的家伙在蛇道上出没。令人不可思议的是，每个人看到的那个家伙的样子都不同。

“一身白，浑身都湿透了。”

“披着树枝树叶，看上去就像个绿疙瘩。”

“从头到脚都是黑色的，像个鬼魅的黑影。”

“身体冒着熊熊火光，外围却包裹着一圈黑边。”

幸运的是，饭岛还没碰到过它。但是想到说不定什么时候就能碰上了，他就更加不愿意走这条山路了。

不知是不是因为诡异事件，特别是人们最后目击到的那个冒火的情况。从七月中旬开始，村中频频失火，而且都是不明之火，并且失火地点也颇为诡异，不是海边的渔具屋，就是农田中的农具屋，要不就是公共水井的屋顶。农具屋的那股火是从靠近水渠的地方烧起来的，有人说与水有关，但谁也说不上来到底是什么原因。

不仅如此，八月盂兰盆节的时候，又发生了蘑菇中毒事件，受害者多达十几人，万幸的是症状都不太严重，只是轻微的上吐下泻。蘑菇汤的食材准备、制作皆由村里的妇女会承担，每个人都信誓旦旦地说自己没有误摘毒蘑菇，然而保健所对剩余的蘑菇汤进行调查取证后，却发现汤中混有一种叫幽鬼菇的剧毒蘑菇。这种蘑菇猛一看与味道鲜美的岩鬼菇长得一模一样，可能就是这个原因导致有人误采了吧。幸亏这种蘑菇与其他食材混合后多少能减轻些毒性，才未酿成大祸。顺便提一句，中毒的人中没有日升纺织的员工。

事情发展到这个地步，一个以前只是部分村民私下谈论的传言很快就传遍了整个村子，饭岛他们最后也听说了。

“一定是蝇玉怪来了！”

作为一个外来人，饭岛完全不知道蝇玉怪是什么东西。他想，如今这个时代不可能有妖怪作祟这样的事吧。

听了蝇玉怪的传言后，前川不屑地说：

“这帮子乡巴佬，果然很迷信呢。”

前川是饭岛的同事，也住在和平公寓，至今他一次也没碰到过那样的诡异事件。

听他这么说，不仅没人赞同他的话，而且还有人非常认真地忠告他：

“你呀，很快就不会这么从容淡定。”

不久，久保崎费尽心思从和平公寓房东的儿子那里打听到了有关蝇玉怪的情况。为什么说费尽心思呢？因为阴扬村的人怕影响到村子的形象，私下约定绝不能把这些告诉外来者。据说这是以大垣家为首的权势者们制定的规矩，他们的考虑是，不仅仅是日升纺织的这些员工，等以后阴扬村发展成为城镇，这些员工的家人、亲戚也会随之而来。要是出现这样可怕的传言，人家势必会犹豫要不要搬来这里了，那样一来岂不影响到村子的发展吗？

其实，房东的儿子并未讲出实质性的内容来，只是一些无关紧要的话。

位于强罗地区最西端的犊幽村，自古有一个可怕的怪物，名叫“蝇玉”。就是它顺着犊幽村背后的食坏山来到了阴扬村的久重山，不断做出往蛇道上扔石头，把树木推倒在蛇道上等怪异行为。要说它为什么要这么做，是因为它不仅讨厌外人进入强罗地区，而且更加愤怒这里的山林将要被开发，于是就幻化成各种怪异的姿态在蛇道上恐吓路人。其实，从每个人看到它的样子都不同这一点来说，就足以证明它不是一个平凡的怪物。不过，它并没有对閖扬村的人做太出格的事，只是小小地警告了一下，比如连续发生的小火灾以及食物中毒事件。

“蝇玉怪到底是何方神圣？”

对于这个关键的问题，房东的儿子没有给出令人满意的答案。

听了这个传言后，前川推断蝇玉可能是一种“土地神”。

谁也没想到，饭岛抛出了一个令人意外的疑问。

“如果说外来者的入侵，还有土地开发惹怒了当地神灵，也不是不能理解。但是，大家有没有想过，我们以及村民遇到的那些状况，那些所谓的诡异事，当真发生过吗？”

听了他的话，那天聚集在前川屋里的同事们中，只有前川一个人表示赞同，其他人都低下头沉默不语。

过了好一会儿，久保崎抬起头来，意味深长地说。

“我记得小时候我们村为了开路，把村外的一座神殿挪到了别的地方。那个神殿不知道已经存在多少年了，一直在那个地方，连村中最老的长者也不知道里面到底供奉的什么。然而，在神殿被挪走的第二天，离原址最近那家的老婆婆突然死了，几天后，离原址第二近那家的小婴儿也突然夭折了，又过了几天，离原址第三近那家的女主人只是受了点风寒，结果却莫名其妙地死去了。”

说着，久保崎突然目不转睛地注视着饭岛。

“你听明白了吗？”

“明白了，不就是离神殿近的人家依次死人了。”

久保崎一副恨铁不成钢的样子，不满地说：

“死去的都是每一家最弱小的人，因此没有谁天真地认为那只是偶然，于是赶紧把神殿移回到原来的位置，重新把宫司请了回来，结果从距离神殿第四近的人家算起再没死人。”

“你是说这里会发生同样的事？”

“作为一个外来人，我不敢如此断言，但我觉得还是不要对蝇玉不敬为好。”

“呀，你误会了，我绝没有对神灵不敬的意思。”

饭岛赶紧否认。

听着他俩的对话，前川还是那副不屑一顾的样子，好像在说“真是无药可救了！不仅村民，连自己的这些同事也是如此迷信”。

前川如此狂妄，一是自身的性格使然，二是受了同住在和平公寓的一个叫及位廉也的男人的极大影响。及位这个姓氏非常少见，他是一个异端民俗学家，出版了不少书，这次是来强罗地区调研的。他不用付房租，听说是以“研究”之名说动了房东，一切费用全免，但他也只是把这里当作了一个落脚点，平时基本都寄宿在各村的神社、寺庙，或者村中的权势者家里，当然也是免费的。

前川也不清楚及位廉也到底在调查研究什么，只是他们两个人都好酒，比较投缘，所以私下里经常一起喝上几杯。这天，前川追着及位问蝇玉怪的事，结果只得到一句“都是因为你们，连我都被嘲笑说竟然相信那种事”。不过，当时及位廉也紧接着又说了一句莫名其妙的话：

“哪有什么蝇玉怪？不过蝇玉的确可怕。”

说完还问前川明不明白什么意思，未等前川回答，他突然生气地大喊大叫“我哪知道什么蝇玉怪？”前川莫名其妙，只好陪着笑脸尴尬地说了一句“这不是想着你是有学问的人嘛，一定见多识广”。

据房东家的儿子说，及位廉也总是热衷于问村民这事那事，而当别人问他什么时马上就不说话了。可能这就是调研吧，只想从别人那里获得信息，不想发表自己的意见，他在其他村子也是这样的行事方式。另外，不知为何，及位廉也还经常接触垣沼亨，因此引起了阴扬村村民的不安。

行驶在日暮时分冷冷清清的蛇道上，饭岛断断续续地想起了这一连串的事。

先不说及位廉也相不相信，就说饭岛吧，因为他既能理解久保崎那些亲历者的恐惧，也能理解前川对那些人的不屑一顾，所以才会迷茫，不知道该相信还是不该相信那些传闻。实际上，他仅仅遇到过一次山路泥泞不堪的情况，也是在当天并没有下雨的情况，所以不是说一点怪异的感觉都没有。但就他个人而言，他认为那是地下水冒溢造成的，因此并没有觉得有多么可怕，不像那些盲信蝇玉怪作祟的人一提起来就吓得要命。

然而，碰到诡异现象的人越来越多，传闻也越来越神乎其神，如今他只要一走上这条蜿蜒的蛇道，很快就会失去淡定，取而代之的是不安，尤其是每当马上就要到会车点时，明显就会产生压抑不住的恐惧，脑子里不由自主地会冒出一些可怕的想象。

“那个似人非人的家伙会不会站在那里？”

虽然他时刻提醒自己不要往会车点看，却总会下意识地向那边瞥一眼。

开车行驶在路上，如果前方突然出现石头或歪倒的树木，是非常危险可怕的，但一般情况下只会让人想到可能出了什么事故，然而一旦前方出现的是一个似人非人的家伙，尤其是亲眼看到那样一个神秘的存在时，那就不可能淡定了。迄今为止，不是一两个人，而是不少人看到过那个家伙，谁也不知道它是什么怪物，也不知它来自哪里、为什么来到这里，只看到它伫立在那儿，就像是专门等待着自己到来一样……

“不！我可不想看见它。”

饭岛的脑海中不停地翻滚这个念头，同时他在心中暗暗祈祷最好永远不要碰到它。除了他，还有一个人，前川也从来没遇到过那个家伙。

饭岛集中精力一心开车，看着眼前曲折的山路，心想自己恐怕永远做不到在蛇道上悠然飞驰。不久，到了一个急转弯，他放慢速度小心翼翼地入弯，会车点就映入视线。

他心里咯噔一下。

“好像有人。”

蛇道上设置的会车点，有的在山体凹陷进去的地方，有的在突出到山谷的一侧。前者的背景是山体，所以不管那里是车还是人，马上就能看得一清二楚，而突出到山谷的会车点被树木遮挡着，开着车时只是那么抬眼一看，很难看清，尤其是正好赶上拐弯的时候，就更看不清了。

现在这个会车点恰巧就是这种状况，又正好赶上拐弯，只能通过树木的间隙看过去。

饭岛有意识地放慢车速，仔细观察起来。

一晃，一晃，能看到有个影子在那里晃动。饭岛心想那是树木的影子吧，但是又总感觉明显与树不一样。

拐过去，来到会车点的正对面。

饭岛扭头向左看去，是有个人站在那里。

“穿着蓑衣吗？”

定睛一看，果然裹着一个草编蓑衣。

“什么嘛！不就是个村民嘛！”

饭岛暗自责怪自己有点神经过敏，同时放下心来，却在那一瞬间发现会车点上没有汽车。没有车，这个人是怎么到这里的？为什么要站在这里？

再往前靠近村子的地方倒是有大片的农田，村民一般开着小卡车过来干活。下班路上，饭岛碰到过好多次，或行驶在他们前后，或与他们擦车而过。

“可是，这里是山腰啊。”

按理来讲，这边不可能有农田，即便有饭岛不知道的散田存在，那也必须开车才能过来，然而会车点上根本没有车的影子，而且今天根本没下雨，那个人为什么穿着蓑衣？

一时间，诸多疑问萦绕在饭岛心间。他推断那个家伙不是普通的村民，再次看过去，终于看到了蓑衣上的那颗脑袋。

漆黑！

蓑衣上方架着一个漆黑的、圆圆的脑袋，但又不是那种溜圆溜圆，而是有点椭圆形状。在看清楚的一瞬间，饭岛条件反射般地想起一样东西。

“卷心菜！一颗硕大的黑卷心菜。”

看上去像一个人头那么大小的卷心菜，只是不是白绿色的，而是纯黑的。

饭岛下意识地一脚油门踩下去，不顾前面就是急转弯，急速冲了过去。

“吱——吱——”

刺耳的刹车声响彻在山间，同时扬起一片尘土，导致视野变得模糊起来，可饭岛压根顾不得这些，只是一味地狂奔，一门心思逃命。

直到差一点没来得及拐弯，直直地向山谷冲去时，饭岛才终于恢复了理智。

“不行！这样会出事的！”

他慢慢降低了车速。

“那就是……？”

那就是大家碰到过的蝇玉怪吗？然而跟大家口中的样子一点儿也不像啊。想到这里，他倒是记起来一个诡异的事实，那就是每个人看到的蝇玉怪形象都不同。

“蝇玉是个妖怪，所以……”

所以能变成不同的模样，所以每个人看到的蝇玉怪都不一样。这意味着什么呢？自己看到的是黑脑袋，身披蓑衣的形象，接下来到底会有什么厄运降临？

饭岛慢吞吞地开着车，担心地胡思乱想，不一会又到了一个会车点。这个会车点位于山体一侧，视野比较清晰，但饭岛还是不自觉地绷紧腰背。

“什么也没有。”

饭岛长吁一口气，稍微加快了速度。因为山里黑得早，他想尽量赶在天黑之前回到村子。

听大家讲述时，能感受到那个诡异的怪物挺可怕的，不过印象中似乎没有人提起过碰到那家伙后，蛇道上是什么情况。想到此处，饭岛赶紧告诫自己，碰到这家伙已经够倒霉的了，就别再多想了，还是赶紧平安回到村子为好。

他打起精神，又稍稍加了加速，比预想的早地到了下一个会车点，正要快速通过。

“哎！”

一幅可怕的画面瞬间冲进他的视野，那个家伙一动不动地站在那里，与刚才的装束一模一样。

“怎，怎么可能？”

它不可能超越饭岛的车速，从刚才碰到它的会车点更早抵达这里啊！首先它没车，其次就算有车，可只有这一条仅能容许一辆车通过的蛇道，不管怎么说，它也不可能超过饭岛的车，避开饭岛的视线提前到达这里。

临近会车点的前几秒，饭岛脑海中浮出一个疑问。

“难道是穿过森林……”

那是最短的距离了吧？比起绕来绕去的蛇道，穿越森林的确距离最短，但是森林中树木、灌木丛生，到处是滚落的岩石，而且顺着山势高低起伏，不知比这蜿蜒的蛇道要难走多少倍。

“如果它是个普通的人……”

然而，经过会车点时他没敢停下来，还是加快速度赶紧逃跑了。在接下来的两个急转弯处，他有意识地放慢了车速。

“至少不会马上追上来。”

饭岛这样想着，心中的恐惧却没有丝毫减少，反倒越发加剧了。因为，虽然有不少人碰到过那个怪物，但只有自己连续碰上了它，光这一点就快要让人崩溃了。

“到下一个会车点，不会再碰上它了吧？”

如果再看见它，怎么办？当然还是一踩油门逃为上策。连续碰上它，是不是预示着有什么厄运降临？

饭岛战战兢兢地开着车。已经走到这里了，现在回头也不现实。再说，就是要返回，也得开到前面的会车点才能掉头。但是，现在再返回的话，岂不是有点本末倒置。

“已经走了一多半的路程。”

虽然在这条山道上通行了近四个月的时间，但饭岛依然无法辨清自己此时身在何处。主要是因为他每天下班后走到这里时，基本都是太阳快要落山的时候了，非常难以辨认方位。不过，根据仪表盘上显示的时间和距离，大致可以推断出至少已经走了一半的路程。

很快来到了会车点。

“啊，没有！”

会车点上空无一物，饭岛提到嗓子眼的心终于落了下来。

“菩萨保佑，千万不要让它再出现了！”

饭岛在心里默默祈祷。按捺不住想早点回到家的急切心情，踩在油门上的脚不由得加大了力气，但是好歹理智尚存，心里清楚在精神不定的状态下容易出事故，于是强行压下了加速的冲动。

前行了一阵，看到了新的会车点。刹那间，饭岛手握方向盘的双手剧烈抖动起来，车子摇摇晃晃画起了“S”线，多亏车速不是太快，不然肯定出事了。

“为……为……为什么？”

透过拐弯处的树木间隙，依稀看到了那个家伙的身影，还是那样一动不动地伫立在会车点上。

为什么跟别人不一样，自己怎么就这么倒霉！太没天理了吧！饭岛不禁有点恼怒，就算注定要碰上这个怪物，跟别人一样碰上一次不就够了吗！

对这个来历不明的怪物，饭岛是又怕又恨。很快接近会车点，他想装作什么也没发生快速通过，但又想看看那个可怕的家伙，于是忍不住瞥了一眼。

“不会吧！”

他发现一个奇怪的问题，但又实在没有扭回头确认的勇气，一边开车一边在脑子里比对着三次看到的那个家伙的姿态。

“它，它一点一点在转头。”

第一次是背对着自己，所以只看到一个黑乎乎的脑袋，第二次感觉它扭转了一下身子，明显能看出来它转过身来了。那，那下次再碰上的话，岂不是就要跟它面对面了？

想到再次碰到它就要正面相对，饭岛心中的恐惧就加剧一分，后背阵阵发凉。虽然现在已是傍晚，但气温依然很高，而且还是在尘土飞扬的山间小道上，可饭岛却感受到从心底深处散发出来的阵阵冷意。

“不往会车点那边看就行了。”

话虽如此，但饭岛觉得自己做不到，肯定战胜不了好奇心。就比如说刚才，在到会车点之前，一直告诫自己不要扭头不要看，结果还是忍不住看了过去。

饭岛脑海里突然又冒出一幅画面。

“若是因为刻意无视而惹恼了那个家伙，它蹿到车前强行要求对视，怎么办？”

怎么能这样想呢？怎么可能？

饭岛不禁打了个冷战。

“我怎么变得神经质起来了。”

然而，他也不敢决然断定不会出现那样的状况。那个家伙明显盯上自己了，肯定会抢先到达会车点。也就是说，它极力想证明自己的存在，一开始背对自己，然后慢慢转身，最后和自己面对面。

极度恐惧中，饭岛几乎把握不住方向盘了。

一个来历不明的家伙，也不知道它接下来会采取什么样的行动，却让饭岛控制不住地胡思乱想，画面却又如此清晰，就像看清了那个家伙的心思一样。

“肯定是我脑子出问题了。”

于是，他拿出平时驱赶困意时常做的动作，拍拍脸，甩甩头，试图让自己清醒过来。

总之，如果再碰到那个家伙，绝对无视它，就像根本没看到任何东西一样，尽量自然地通过会车点。

刚下定决心，视野中就出现了一个会车点，饭岛条件反射般地一哆嗦。万幸，那里什么也没有。

“呼——”

他长舒一口气，但马上又绷紧了神经。

又过了一个会车点，没看到那个家伙的影子。不出现当然最好不过，但是饭岛又不太敢确信那个家伙就此消失了，心情极其复杂纠结。

“哎？不对！”

他突然意识到一个问题。

迄今为止，那个家伙都是出现在山谷一侧的会车点，从来没在山体一侧出现过，而刚刚通过的这个会车点也是位于山体一侧。

“这意味着什么？”

他百思不得其解，心想这并没有什么特殊的意思吧，说不定只是碰巧，毕竟只有三次。

很快又到了一个会车点，位于山体一侧，那个家伙没有出现。

“难道真的只会出现在山谷一侧吗？”

饭岛心里不禁又打起了鼓。下一个会车点是山谷一侧还是山体一侧？此时，他满脑子都是这个问题，反倒把那个家伙暂时抛在了脑后。

继续往前行驶，前方出现了一个会车点。

“山谷侧！”

饭岛透过茂密的树木间隙凝目注视，似乎看到了蓑衣的影子，上面顶着一个黑乎乎的圆东西。

“又出现了！”

饭岛小心翼翼地拐过弯来，左前方就是会车点了。是加速通过呢？还是减速慢慢通过？他非常纠结。

犹豫不决间，车子接近了会车点，虽然饭岛刻意直视前方，但是那个家伙的身影还是从眼角处进入了视线。尽管只不过短短几秒时间，他却觉得那么漫长，漫长到连车窗外的景色好像都看得一清二楚。

马上就到会车点了，饭岛还在纠结要不要扭过头去看看。就在这时，一个意想不到的情况出现了。

那个家伙竟然弯下腰来，透过车窗盯着他。

“啊！”

饭岛惊叫一声，同时狠狠踩下了油门。一直想象着早晚会和它正面相对，没想到这一时刻这么快就到了。

漆黑的脑袋正中间，只有一只眼。

那只眼狠狠地瞪着他。

通过会车点的瞬间，饭岛从后视镜中看到那个家伙跳上了蛇道。

“完了！要追上来了！”

饭岛正欲再次加速，却猛然看到前面是一个向左的急转弯。

他赶紧踩下刹车，同时向左打方向。

“吱——嗞——！”

伴随着凄厉的刹车声，车尾在扬起的沙尘中剧烈摆动。好歹总算有惊无险地拐了过去，多亏饭岛在这几个月中已经练熟了山路驾驶技巧，如果不是及时地打了方向盘，一定会坠落到谷底去了。

“呼——呼——”

饭岛一边抚摸着几乎快要跳出口的心脏，一边看后视镜。

“没有！”

没追上来吗？可是刚刚明明从后视镜中，看到它从会车点跳上了山道，连蓑衣都被风吹起来了。

“不对！呀，真是吓傻了。”

饭岛忽然想起来，那个家伙根本不用特意在山道上追赶他，反正总能抢先到达会车点，哪用得着在山道上奔跑呢？

“那么，下一个会车点……”

那个家伙会不会在那里等着？这次，恐怕它不仅仅只是站在那里了，可能会直接扑上来，就算自己加速，大概也阻挡不住它的攻击吧。

一路神经紧绷，饭岛心想前面如果是山体一侧的会车点的话，暂时还可以松口气。然而，映入眼帘的是山谷侧的会车点，他的心急速跳动起来，急切地透过树木间隙搜索着那个家伙的身影。

他在心中迅速做出了打算，一旦看到那颗黑脑袋或者蓑衣，就把速度降下来慢慢前行，等到临近会车点时，再出其不意地马上加速逃离。这个简单的作战策略能否奏效，说实话他心里也没底，但目前实在想不出还能有别的什么好办法。

“山谷一侧！啊！不在！”

“山体一侧！太好了！”

“山谷一侧！没有，没有！”

饭岛的心提起来放下，放下提起来，就这样一惊一乍地终于看到了阴扬村的灯火，但是从这里到村头还要经过“暗夜卡”。不要被“暗夜卡”这个名字吓到，并不是什么鬼怪奇谈，而是因为周边的树木太过茂盛，遮天蔽日，即使大白天走进去也跟黑夜似的，因此得名。

换作平时，饭岛肯定平心静气地就开过去了，但是今天不同，因为暗夜卡中有一个位于山谷一侧的会车点，不能不小心啊。

“如果那个家伙要伏击我，一定会选择在这里。”

饭岛放慢车速，慢吞吞地往前开，想争取一点时间思考应对办法。

可是，不管怎么说，通往村子的路只有这一条，不经过暗夜卡就回不了家。到时如果猛踩油门加速通过的话，最大的问题是黑暗，容易出事故，即便打开车大灯，速度也快不起来。暗夜卡就是这样一个让人束手无策的地方。

“那个家伙在这儿。”

“一定在这儿。”

“怎么办？”

再往上就是暗夜卡了，饭岛依然没有想出对策，无奈在上坡处停下了车。

太阳马上就要落山，再磨蹭磨蹭就彻底黑天了，最好赶紧通过暗夜卡。虽然心里这么想，可饭岛却怎么也鼓不起发动汽车的勇气。

无措的饭岛茫然地环视着四周，看到左侧的树木间透露出点点光亮。

“啊！对呀！大垣家……”

看着那点点亮光，饭岛突然想起来久保崎告诉他的事，心中瞬间燃起希望之光。

大垣家是代代担任阴扬村村长的大家族，即便经历了战后的土地改革，但他家依然是村中最大的地主，亮光之处就是他家的一块散田。

隐退的老村长秀寿经常挂在嘴边的一句话就是“不劳动劳动容易老”，所以他几乎每天都开着小卡车到这里来干点农活。

饭岛急忙倒车，拐向左侧的岔路。这大概是蛇道上唯一的岔路了，说是路，其实就是车轮碾过丛生的杂草自然形成的一条小道。直行没多久又往左拐，前方是一个很大的仓库，左边是一片草地，草地间的小路通往农田，那边应该还有一个小点的农具屋，现在从这里看不到。

饭岛下车向那个大仓库走去。大仓库足有普通农家两层楼大小，左侧上部是一排采光窗，灯光就是从那里透出来的。平时看上去昏黄微弱的灯光，此刻在饭岛眼里是那么温暖，让人心安。

“不管是谁在里面，都要放下面子，请求他一块做伴回村。”

饭岛站在门前给自己打气。

“你好，有人在吗？”

然而，没有任何回应。

饭岛没有气馁。

“我是日升纺织的工人，住在和平公寓，刚从平皿町的工厂下班回来。”

屋里亮着灯，门也没锁，应该有人在啊，可为什么没有回应呢？于是饭岛改为敲门，同时提高声音继续叫门。

“不好意思，大垣先生，你在吗？”

可是，依然没有任何应答，唯有一片沉寂。

“我进来了，不好意思。”

饭岛疑惑地轻轻推开一点门缝，探头往里看。

首先映入视线的是各种各样的农具，杂乱无章地堆得到处都是，还有一个柴火炉，周围放着几把椅子，但没有人。

“奇怪？！”

饭岛抬起头来，看到了二楼的部分地板。说是二楼，其实还是与普通的二层楼房有所不同，这间大仓库的前半部分挑空，后半部分在大约二层高的地方铺装上了地板，可以通过右侧的梯子上去。

“大垣先生！”

慎重起见，他向二楼喊了一声，然而依然没有回应，屋里除了沉寂还是沉寂。

“难道晕倒在楼上了？”

大垣先生身体非常好，隐退后还能天天干农活，但也不敢保证……不是经常听说有人干着干着活突然就倒下了吗？

稍一犹豫，饭岛推开门向梯子走过去，心想本来是来求助的，没想到碰上这样的事。不过，现在哪是想这些的时候，如果大垣先生真的倒在了二楼，那必须得赶紧送医院。

他踩着梯子慢慢往上走，视线越过地板，首先看到的是一捆捆麦秆，除此之外再没什么东西，更不用说大垣先生的身影了。他小心翼翼地爬了上去，又到麦秆堆的后面看了几眼，还是没人。

“搞什么嘛！是不是忘了关灯？”

从眼前的状况判断，这是最大的可能了。

突然，饭岛想到了什么，不禁嘲笑自己愚蠢透顶。

“大仓库前面，没停着小卡车啊。”

大垣先生不在屋里，如果说是到地里干活去了，但他开过来的小卡车一定会停在仓库门口。刚才根本没看到车的影子，那不就说明他已经回村了吗？

“真是白绕了个圈。”

饭岛沮丧地低下了头。不过，下车这么一活动，不知不觉间心情发生了转换，刚才在密闭车厢里那种巨大的恐惧，现在基本没什么感觉了。这样的话，应该能有胆量过暗夜卡了吧。

“OK！赶快回去！”

他转回身绕过麦秆堆回到楼梯处，就在这时，随意的一瞥让他瞬间魂飞魄散，像被施了魔法一样定在原地一动也动不了。

窗户上映出一张黑漆漆的脸。

这可是相当于普通民居二层楼的高度，然而有一张黑漆漆的脸紧贴在玻璃窗上，一只独眼死死地盯着他。

饭岛一哆嗦，差点跌落下去，好不容易才稳住了脚跟。他下意识地后退两三步，抬起头来，看到那只眼睛瞪得更大了，眨也不眨地盯着他。

“轰——轰——轰——轰隆！”

突然，一阵奇怪的声音响起。饭岛本以为是那张漆黑的脸发出来的，可没有看到它有什么变化，而且那张黑脸上并没有嘴巴。再一听，又感觉像是从靠近地面处传上来的。

“轰——轰——轰——轰隆！”

“难道是眼睛在上边，嘴巴在下面？”

饭岛猜测，大概这个怪物的嘴巴在肚子附近，低沉可怕的声音以一定的频率从那里发出来。如果是这样，那脑袋和蓑衣怎么连接起来的呢？难道是像脖子可长可短的怪物那样，它的脖子也可以自由伸缩吗?

可怕的想象伴随着耳边怪异的声音，让饭岛寒毛直竖。

“轰——轰——轰——轰隆！”

这个声音一直不停，而且好像还移动起来了，同时那张漆黑的脸也“嗖”地闪向了旁边。从饭岛这个位置看过去，它慢慢地向右移动，慢慢地向房屋的后半部分移动……

这样的话，势必会与那个怪物隔窗正对，岂止如此，说不定它还会破窗而入。可是，如果现在逃跑的话，恐怕会被那个家伙堵到门口，所以此时只能按兵不动，任它往右移动，等到它靠近仓库的后半部分时再赶快跑下楼梯。

饭岛有点震惊，自己在极度的恐惧下全身僵硬，脑子竟然还能如此冷静。

他用眼角的余光捕捉着那张移动中的黑脸，被那个家伙盯着的感觉太可怕了，绝对不能与它对上视线。饭岛真想拿东西塞上耳朵，又怕影响一会儿的行动，只能强忍着那道可怕的声音。

“轰——轰——轰——轰隆！”

饭岛一边忍受着这个让心揪成一团的声音，一边等待着那个怪物通过倒数第三个窗户的时机。

等那张黑脸刚一从窗户玻璃上消失，饭岛便迅速往楼梯下跑。他必须利用那个怪物通过两扇窗子之间的那点有限的时间急速逃离，因为只有那个时候它看不到屋内的情况。

跳下最后几级台阶，刚一落地，饭岛就冲向大门，克制住回头看右上方窗户的冲动，迅速拉开门跑到了屋外。

加速冲到汽车旁，一把拉开车门，还没等坐稳就发动起来，掉头时看到了一个令人生厌的影子。

就在房屋左侧与那片茂密草丛之间的微暗中，一个裹着蓑衣的又细又长的怪物正弯弯曲曲地扭动着身子。饭岛没看清楚上面到底有没有顶着一颗黑漆漆的脑袋，因为那里太暗了，而且看到那个令人恶心的扭动的同时已经调转车头。

饭岛不记得自己到底怎么回到了村子里。肯定是经过暗夜卡无疑了，但他对此没有一点印象。

第二天早上，饭岛一如既往地开车去上班了，但晚上却没能回到村子来。下班时，车子都已经到了蛇道前，他却怎么也没勇气开过去。无奈之下，那天晚上他再次去了原来寄宿的亲戚家。

第三天下班时，他还是不敢一个人开车回去，本想等哪个同住和平公寓的同事下班后搭个顺风车回去，可是一直开不了口，最后只好作罢。迄今为止，同住和平公寓的同事还没有哪个人坐别人的车回去过，想必也是出于同样的心理吧。

等到饭岛终于敢一个人开车回阴扬村，已经是遇到那个怪物的四天后了。

从那开始，饭岛恢复了正常的上下班。但是，虽然敢一个人开车走那条蛇道了，他却无法像以前那样全身心地投入到工作中，干活时老是跟丢了魂似的，结果不断出错，不断受到领导的批评。久留米董事非常担心他，还专程到和平公寓来探望，周围的同事们也很关心，怕他长此下去就要被解雇了。

有一天，同住和平公寓的同事们来到他的房间，给他看一些“砻灵大神祭”的老照片。每年这个时候，村里都要在海湾大搞“辔灵大神祭”，今年的祭祀日马上就要到了，大家提议一块去参观，试图让他打起精神来。

看照片时还没什么事，等大家播放特意从大垣家借来的祭祀仪式的录音时，饭岛突然慌里慌张地起身收拾行李，狂奔出公寓，义无反顾地回亲戚家去了。

为什么会这样呢?

因为饭岛在村民的欢声笑语中，听到了一个声音。

“轰——轰——轰——轰隆！”

没过多久，饭岛就辞职离开了平皿町。

2

第二章 启程

刀城言耶吃惊地看着眼前蜿蜒陡峻的山道。

“太惊人了！”

如今已没人通行的这条废路，不仅陡峭而且曲里拐弯，擂钵状的路面上密密麻麻布满了一个个凸起的树桩，就像是在土中钻行的蛇露出了蛇头，到处都是散落的石头，光看看这副样子就可想而知有多么难走。然而，就是在这样令人望而生畏的山道上，曾经有人负重前行，而且步伐比他们快多了。

“不行了！我不行了！”

从刚踏上这条废路开始，祖父江偲就发出了示弱，到现在已不知说了多少遍了。她在言耶身后五米左右的地方，精疲力竭地坐在一块稍大点的石头上，垂着头耸着肩，大口大口地喘着粗气。

刀城言耶，笔名东城雅哉，擅长写志怪小说和变格推理小说，痴迷于搜集各地的奇闻怪谈作为自己小说的素材。因此，为了创作兼具趣味和价值的怪谈奇谈，他整日在全国各地奔波，用民俗学的概念来说，就是进行“民俗采访”，很少回东京的租住处，一年到头待在家中的时间加起来不到一个月。其作品基本都是在旅居的旅馆里完成的，然后通过村邮政所寄到出版社，收取出版社的校样也是通过这样的方式，所以他被文坛上的同仁们称为“流浪作家”或“流浪志怪小说家”。

不知从什么时候开始，他又有了一个新的名号——“侦探作家”。说来奇怪，他经常被卷入所到之地的怪异事件中，而且几乎都是跟当地流传的怪谈联系在一起的杀人事件，机缘巧合下他充当了业余侦探的角色，并且最终都成功解开了真相。

如果硬要用一句话介绍刀城言耶，那就是“四处流浪的鬼怪小说家、侦探作家”。

祖父江偲是一名编辑，就职于战后成立的出版社——“怪想舍”，主要负责联系刀城言耶等几位作家，同时承担侦探小说专刊——《书斋里的尸体》的部分策划、编辑工作，是个大才女。

作家和编辑的组合非常少见，编辑跟着作家出去采集素材的情况同样少见。实际上，今年六月份，刀城言耶造访奈良的波美地区时，祖父江偲就一同前往了。不出意外地，他又遇到了一起连续杀人事件，与当地的祭祀水怪仪式有关。与以往不同的是，这次把祖父江偲也牵连进去了，让她感受到了一次刻骨铭心的恐惧。

“有过一次那样的经历，祖父江以后一定不会再跟我出去了吧？”

当时，言耶暗自这样揣测，也彻底放下了心。倒不是说他讨厌祖父江偲，其实他一直很欣赏这位编辑，赞叹她颜值才华兼备。按说，该把这份称赞说给本人听才对，但言耶压根没这个想法。一旦说了出来，祖父江偲小姐一定会越发得寸进尺。

当祖父江偲称呼自己为“本小姐”时，要么是心情很好，要么处于极度愤怒中，不管是哪种情况，反正都不会有什么好事。要是得到言耶的赞扬，她还不得更加得意忘形，那么有点什么风吹草动，肯定会毫不客气地拉上言耶，因此言耶不能不慎重。

说实话，有工作能力出色的祖父江偲陪伴在身边，刀城言耶的工作能轻松许多，这一点毋庸置疑。但是，言耶对她那个小性格有点吃不消，总是下意识地想阻止她与自己同行。

没想到，经历过那次可怕的事件之后，祖父江偲并没有被吓到，还是一如既往地有机会就想跟着他往外跑。不管他怎么说“你是个女孩子，太辛苦了”之类的话来婉拒，对方一概不听，每次都自信满满地回应“不用担心，我绝不叫苦”，但是又必定会在旅途中叫苦连天、牢骚不断。为什么会这样呢？因为言耶去的都是一些偏远地区。

那些地方交通极其不便，先坐电车，再换巴士，最后还要乘坐马车、牛车，这已经算是很幸运了，有些地方完全得靠步行，走上几千米、十几千米都不稀罕，而且路还非常难走。

就像此时他们脚下这条早已废弃的山道。

经过长年的奔波，言耶已经习惯了这样的山路，而且还就喜欢这样的地方。

这些空留人类痕迹而不见人影的无人涉足之地啊……

每当踏上这样的土地，言耶总会感慨万千。

“行走在这条路上的都是什么样的人？怎么不见了？到底去了哪里？”

此外，他的目的地中还有一些别样的存在，就是世人避之不及的“恶魔之地”，那些地方不欢迎，甚至可以说非常排斥人类的入侵。

“这条路给人的感觉好奇怪。”

言耶纳闷地看着犹如蟒蛇爬过的蜿蜒坡道，内心有种隐隐的抵触感。怎么回事？言耶凝眉沉思，脑海中突然浮现出另外一条山路。

“乎山的蟒蛇坡！”

言耶想起来了。今年四月份他去了神户地区的奥户村，那里有座令人忌惮的乎山，山中也有一条眼前这种擂钵状的山道，当地人称为

“蟒蛇坡”。

“那起利用六地藏童谣连续杀人的事件何等凄惨啊。”

联想到那起惨案，言耶心中涌起不祥的预感。

“难道……”

难道这是又要出事的前兆吗？眼前的坡道预示着凶险复杂的未来吗？

“不过……”

言耶摇摇头否认了自己的想法。仅凭相似的形状就判断要出事，不免有点神经过敏，首先这条废路并没有乎山蟒蛇坡那种阴森可怕的感觉，不会让人联想到妖魔鬼怪什么的，也不会让人恐怖，更多的是被废弃遗忘的落寞哀伤。

“怎么回事？”

言耶再次抬起头，直直地看着眼前的坡道。

“老师，怎么不走了？在那里发什么呆呢？”

后面传来祖父江偲略带怨气的发问。

“没什么。”

言耶回过头，看到祖父江偲可怜兮兮的模样，不禁“扑哧”笑出声来。

“最适合祖父江小姐的地方，果然还是东京的大街啊！”

显然，她更适合打扮得漂漂亮亮的昂首行走在繁华的街道上，如今艰难攀爬在废弃山路上实在有点难为她了。

实话实说，她已经做得相当不错了，起码脱下短裙换上了长裤，脚上穿的也是登山鞋。或许这是她能想到的最适合走山路的装扮了，然而遗憾的是她不具备相应的体力和精力。

再看言耶，下身穿的还是平时穿的牛仔裤，上身特意换上了一件皱皱巴巴的旧衣服，这样走山路时才不会碍手碍脚。虽说他偏爱牛仔裤，但最主要的还是考虑到利于跋山涉水这一点。

而且他曾苦口婆心地给过祖父江偲出行建议，可这位小姐根本听不进去。

言耶叹了一口气，小心留意着脚下掉头往回走。

“老师，你回头看本小姐时，嗤笑了一声。”

算不上咄咄逼人，但算得上是非常直接的表达了。

“没，没有，没笑。”

言耶毫不犹豫地一口否认。要是承认的话可就麻烦了。

“你不承认也白搭，本小姐可是看得清清楚楚的。”

说完，还不忘扭头向站在她旁边的大垣秀继寻求支持。

“对吧？你也看到了吧？”

“这……”

秀继认真地看了言耶一会儿。

“虽然我不知道老师的真实想法是什么，但刚才确实是微微一笑。”

没想到他竟然说出这样一句话。

哎？哎？

言耶脑子里猛然闪出一个想法。

从某种意义上来说，这次祖父江偲跟着一起出来，原因就出在这个大垣秀继身上，难不成他是为了求得祖父江偲的谅解故意这么说？

要真是这样的话，当时不通知他俩自己独自出门就好了，然而现在再怎么后悔也晚了。

大垣秀继是言耶的大学师弟，不过他入学时言耶已经毕业了。大学期间，言耶就开始了写作活动，毕业后更是到处跑民俗采访，所以他俩虽然都是木村有美老师的学生，但实际上并没有见过面。

秀继毕业后进了一家新兴的出版社——英明馆，干了将近五个月的书店巡访工作，九月份被分配到了编辑部。言耶编著的《民俗学中的怪异现象》一书就是由这家出版社出版的，大垣秀继是当时那个责任编辑的后任，由此他们俩才认识了。秀继上大学时就经常听到恩师提起刀城言耶，于是请木村老师介绍后，才郑重其事地来拜访了言耶，不像祖父江偲那样未经任何人介绍就贸然找过来了，从这一点就能感受到秀继的老实和真诚。

作为刀城言耶来说，既然恩师开口了，再加上秀继又是同一所大学同一个老师门下出来的师弟，自然不能不放在心上。通过几次书信后，彼此也有了初步了解，一见面秀继就提出让言耶写第二本书的请求。就是在那次会谈中，秀继提起自己家乡的一些奇闻怪谈，顺利地勾起了言耶的兴趣。

一共四则怪谈，言耶把前三个命名为“海原之首”“物见之幻”“竹林之魔”，这三个怪谈都是以强罗地区最西端的犊幽村为舞台展开的，分别发生在江户时代、明治时代以及二战前。

最后一则“蛇道之怪”发生在秀继老家阴扬村和日升纺织所在的平皿町之间的山道上，短短数月不止一人看到、听到、遇到了诡异事件，而且目前仍在持续中。

于是，言耶迅速做出决定，准备九月下旬去强罗地区。本来想直接去阴扬村，但是在听秀继的讲述过程中，他又觉得先去最古老的犊幽村为好，因为发生在那里的前三则怪谈更加耐人寻味，而且据说根据这一阶段的观察，最后一则怪谈的元凶——“蝇玉”的真身就是犊幽村的“磬灵大神”。

是去妖怪的原发地犊幽村？

还是去妖怪出没的阴扬村？

言耶犹豫不决，最终还是一个有关及位廉也的消息让他做出了最后决定。听说那个异端民俗学者已经在犊幽村的竺磐寺待了一个多星期，好像在调查什么。大垣秀继看出言耶似乎非常在意已进驻强罗地区的那个民俗学者，便通过阴扬村的一个熟人查明了及位的动向。从秀继的处事方式也能看出他是一个称职的编辑。

及位廉也的研究对象是民俗学中的怪异现象，与刀城言耶的创作领域完全重合，所以按理来说言耶不该刻意踏进先行者正在进行民俗采风的地盘，礼节上应当避开。但是，对方是及位廉也，那情况就不同了，因为他在业界的声誉非常不好，强横蛮干的取材方法受人诟病，大家私下里都指责他不像一个民俗学者。

当然，刀城言耶自身并不是一个民俗学家，他只是为了创作才像民俗学家那样跑到全国各地进行民俗访谈，搜集素材。他一直坚持一个原则，那就是民俗采访时尽量做到不让当地人生厌。探求某个传说旧闻时，有可能会唤起当事人或某个村子已经尘封的悲惨记忆，这是做民俗访谈时常常避免不了的风险。对自己来说，搜寻到自己需要的素材后就可以了无牵挂地离开，对当事人来说却是另一番情况，他们还得在当地继续自己的生活，如果因为自己揭开了某个历史封印导致他们精神上的崩溃，他又该如何承担这个责任？所以，无论如何不能背负这样的骂名。

刀城言耶曾经给祖父江偲强调过这个必须坚持的原则。

“老师就是老师，令人敬佩啊！”

当时，她微笑着表达由衷的赞叹，然后还重重点着头认真说道：

“您说的一点不错，我必将牢记在心！”

说完，突然又狡黠一笑。

“可是，每当老师听到自己不了解的怪物名字或者未听说过的奇闻怪谈时，一下子就像变了个人，不再是忠厚老实的好青年，简直就像一个咬着东西不丢嘴的大甲鱼，打破砂锅问到底，不逼着对方讲清楚誓不罢休。这又怎么解释？”

“……”

事实的确如此，言耶无言反驳。

“这岂不是与老师奉为第一要旨的‘不让当地人生厌’的信条恰恰相反吗？”

祖父江偲歪着头，一副可爱无害的模样，说出的话却一针见血地直击要害。

虽然言耶自身也存在着这样那样的问题，但并不能因此就放任及位廉也的野蛮行径。自己尽早赶过去，多少还可以防止受到及位的连累。

因此，他决定第一站先去犊幽村，从那里一路经盐饱村、石糊村、矶见村，最后到閖扬村，这样可以把强罗地区的五个村子都走访一遍。

依此来看，更改计划的决定是正确的，这是最合理的一个方案。

目的地确定下来后，接下来就是如何去犊幽村的问题了。据秀继讲，虽然平皿町通往阴扬村的那条山路还没有铺修，但阴扬村与其他四个村子的公路已经通了，所以要去犊幽村的话，从平皿町顺着山路先到阴扬村然后再去其他地方最为便捷。

如果秀继的话到此为止，一切再简单不过，那么此时言耶一定正忙着在平皿町雇车直奔阴扬村。然而，偏偏秀继又多嘴说了一句话。

“从这里翻过几座山头就到了野津野的鲷两町，很久以前从那里有两条路可以通往犊幽村。不过，如今这两条路都已成废道了。”

“什么？废道？”

听到这个词，言耶一下子瞪大眼睛。可是，秀继只知道两条路已经废弃了，对具体情况一无所知，于是言耶一个劲地催促他去向老乡打听。

最终得到了这样的信息。一条路是在悬崖峭壁上开凿出来的，被称为“蟒蛇道”，实在是太过危险，已经禁止通行了。另一条路叫“九难道”，穿梭在山林间，虽然已经废弃了，但勉强还能走人，但是务必小心谨慎，千万不可麻痹大意。

言耶一下子来了兴致，决定走九难道。

秀继听了他的决定后，郑重其事地提出方案。

“如果您选择这条路的话，那我先去鲷两町提前走一趟九难道，确认有没有什么凶险，因为我必须对您的安全负责。”

“哎呀，不必，不用费那个劲儿，那样的话，以后我都不好意思去你们出版社了。”

言耶赶紧婉拒秀继的好意。

然而秀继依然坚持己见。

“如果我只是给老师提供了一些奇闻怪谈，您去实地采访时，我可以不陪着去。但是，九难道的事是我主动提起来的，所以如果您决定走这条已经废弃的路的话，我必须负责任。”

“可是，那也用不着特意提前走一趟吧。”

“有必要。万一出点什么事可就晚了。我必须对九难道的情况做到心中有数，才能陪您走那条路。”

“可是……”

“既然是英明馆拜托老师执笔创作的，那您的安危就绝不能说和我们无关。”

“误会，你误会了，我不是说和你们无关。另外，我年轻无为，你一口一个‘老师’地叫，我实在担当不起，换个称呼吧。”

然而，不管言耶怎么说，秀继坚决不改主意，而且还把这次民俗采访活动搞成了出版社的公差。本事着实不小啊！

“不能陪老师民俗采访，实在抱歉。不过，老师的一切花销均由我们出版社负担。”

当时，言耶看着眼前低头鞠躬的大垣秀继，不由得感叹不久的将来他必将成为一名优秀编辑。

就这样，这次出门有了同行者，虽然这并非言耶的本意。不过话说回来，秀继的老家就在强罗地区，而且他还认识犊幽村笹女神社的宫司笼室岩喜，所以他不仅仅是一个引路向导，而且还能为言耶的采访提供许多便利。

于是，言耶迅速转变了想法，开始一心做出发的准备工作。

然而，计划不如变化快，事情又有了新发展。怪想舍的祖父江偲听说了这件事，把他们两人约到神保町的艾丽卡咖啡馆，表达了自己要跟着一起去的意思。

“那个，祖父江小姐好像不太了解我们这次要走的九难道吧。”

言耶小心措辞，想委婉地劝说祖父江偲放弃一同前往的想法。

“没问题啦，大垣君已经给我详细介绍过那条路的情况了。”

谁知，祖父江偲笑容满面干脆利落地给出回答，一副“不在话下”的模样。

“其实，我们不是一起走过那样的山路吗？就是去奈良的波美地区，爬二重山那次。”

“对，我还清楚地记得，因为我先走了，被某人怒骂‘刀城言耶，笨蛋，没人性，魔鬼！’”

“哎呀，哎呀，那种话就不要提了嘛。”

“还有上次下山时，我迫不得已必须先走一步，结果又被骂‘魔鬼、没心没肺、恶魔、没人性、妖怪控、冷血男人’！”

“人家不是个编辑嘛，词汇比较丰富啦，哈哈。”

“先不说我是不是妖怪控，如果跟我们去的话，保不准再说点什么呢。”

“那样也不错呢？”

“嗯！”

言耶认真地点了点头。

“你觉得我说那些话是认真的？”

“嗯！”

言耶毫不犹豫地再次点头。祖父江偲一下子扭过头去，好像在表明自己没有看到言耶的动作和表情。

“我再次重申一遍，九难道废弃已久，多年没人走过，所以途中不知会遇到什么情况，或许要经过一些危险路段，不，不是或许，是很有可能。而且，早晨从鲷两町出发，估计一天都到不了犊幽村，那就意味着不得不在山中露宿。”

祖父江偲脸上闪过的一丝退缩和犹豫没有逃过言耶的眼睛。

“既然是露宿，那肯定无法洗澡，大小便也得在草丛里解决。万一碰上天气不好，周围是伸手不见五指啊，睡觉时耳边还会不停传来一些奇怪的‘沙沙’‘哗哗’声。你想，外来生物入侵了自己的地盘，肯定会引起野生动物们的警觉和好奇，它们还不得过来看看？至于到底会发生什么，那我就不知道喽。”

“什，什么意思？”

“也不能排除有其他来历不明生物的可能啊。”

“呜……”

“深山老林中一定有人类不了解的不明生物存在。到了晚上，它们一定会走过来，悄无声息地出现在你枕旁。”

“啊……”

祖父江偲一脸恐惧。

“你说，我怎么能忍心把祖父江小姐这样拥有闭月羞花之容、国色天香之姿，不，应该说是仙枝玉叶的美女带到那种凶险之地呢？”

“老师，您真好，您这么为我着想。”

祖父江偲感动得几乎要哭了。

言耶的话铺垫到这个份上，不出意外的话，这次外出就是两个男人的旅行了。

然而，偏偏意外就发生了，只因当时大垣秀继又多嘴说了一句话。

“祖父江前辈，不用担心，您就放心交给我来照顾刀城老师吧。”

他本是出于好意和谦恭这么说的，没想到一下子惹火了祖父江偲。

“听好了！能好好照顾老师的，只有本小姐。”

“哎？”

可怜的秀继一脸的不知所措。

“还有，你，和我并不是一家出版社的吧？！”

“什么？”

“所以，你没有称呼我‘前辈’的道理！”

“啊，我……我没别的意思，我是真心把您当成编辑界的前辈看待的。”

“总之，我一定要去！”

祖父江偲看也不看秀继，直直地盯着刀城言耶。

“我说，那个……祖父江小姐，刚才我说的那些……”

“不必担心，我绝不叫苦！”

就这样，本来两个男人的旅行变成了三人行。

大垣秀继比他们早三天出发，先到了鲷两町，本来计划沿着九难道一直走到犊幽村，但往返太费精力又耗时间，最终大概只走了一半的路程。

当日，等候在鲷两町的秀继跑到最近的巴士站迎来了刀城言耶和祖父江偲。

言耶刚见他便赶紧诚恳致谢。

“探查一半路程足够了，已经帮了我很大忙。”

接下来的行程中，不出所料，问题还是出在了祖父江偲身上。

实话实说，无论是从东京出发时，还是坐电车时，甚至换乘巴士时，她一直情绪高昂，虽然看上去有点疲累，但没说什么泄气话。想想也是，如果这样就开始叫苦的话，怎么能陪着言耶去民俗采访。从巴士站到旅馆，大概需要步行二十多分钟，当时她也没表露出不满来。

旅馆的人很热情，饭菜美味，房间漂亮，而且还能泡温泉，一切都无可挑剔。秀继已经提前安排好了一切，所以吃住都很舒服。

旅馆老板向刀城言耶和祖父江偲讲述秀继的辛苦，每天不辞辛劳地去探访九难道，晚上回来都会跟老板夫妇说说今天走到了哪里，发现了什么。

多亏热情好客的老板，不然言耶他们还真不知道秀继如此辛苦。

“真是太感谢你了！”

言耶再次真诚地向秀继道谢，秀继不好意思地低下了头。

“这里真是个好地方啊！”

另一边，祖父江偲听说了秀继的辛苦后也没说点什么，只是舒舒服服地发出一声惬意的感叹，好像已经忘了自己这次到底是出来干什么的。

她的情绪转换始于今天早上，天还没亮就被叫了起来，心情一下子不好了，睡眼惺忪中又被强迫吃老板娘昨晚特地给做的饭团，噘着嘴在那里生闷气。

“早饭不吃好，哪有力气走山路？”

言耶催促了好几遍，她才不情愿地吃起来。

虽然言耶提前对老板夫妇说明天一早他们自己走就行了，不用劳烦他们起来送行，但是忠厚的老板夫妇依然早早起了床，站在旅馆门口目送他们离开。走在黎明前冷清的街道上，祖父江偲慢慢地情绪高涨起来。

“清晨的空气真新鲜，令人心旷神怡啊！”

唯有言耶感觉到这不过是暴风雨来临前的短暂平静。

3

第三章 九难道

三人离开旅馆，向北步行走到了町外的巴士站。刀城言耶和大垣秀继按照原先商量好的线路，马上绕到了用铁皮和胶合板搭建而成的候车点的后面，却没看到祖父江偲跟上来。

“咦？祖父江小姐呢？”

言耶只好返回候车点前面，就见祖父江偲坐在长长的候车椅上，那副迷迷糊糊没睡醒的模样，一个人孤零零坐在长椅上，看上去着实让人心生爱怜。

然而，他口中吐出来的却是硬邦邦的一句质问：

“你在干什么？”

“咦？我们不是要坐巴士吗？”

“喂！你怎么回事？”

昨晚，言耶和秀继不止一次提到九难道的入口在巴士站的后面，这位小姐当时明明在场的。

“你就是坐上巴士也到不了犊幽村。我们要走的是巴士站后面的这条废道。”

言耶一边耐心解释，一边领着祖父江偲往巴士站后面走。

“哇！好漂亮！”

废道的入口周围是参天的杉树和柏树，阳光穿过交叠的枝叶投射在大大小小长满青苔的岩石上，给那些原本丑陋的石块蒙上一层梦幻色彩，美不胜收。祖父江偲看到这幅美景，忍不住惊喜感叹。

怀着新鲜和好奇的心情，最初的一段山路，祖父江偲走得比较顺畅，但差不多一小时后，她开始崩溃了。相对平缓的山路越来越窄，最后根本就不能称之为路了，说是野兽随意踩踏出来的羊肠小道也不为过，脚下的杂草异常茂密，一步一绊，几乎寸步难行。不知什么时候，让人心旷神怡的清新空气也变得阴冷起来，冻得暴露在外面的脸庞和双手冰凉，身上却又不停地出汗，停下来休息时湿溻溻的衣服紧贴在身上，冰凉的触感很快就遍及全身。一路上都会是此等的艰辛。

“不行，本小姐不行了。”

言耶一直担心的这句话，终于从祖父江偲口中吐了出来。接下来，言耶不得不变着花样催着她往前走，时而鼓励，时而用山中的怪谈吓唬她，还拿停歇做诱饵，虽然秀继也在旁边极力帮忙，却尽是让人哭笑不得的倒忙。

比如，祖父江偲气喘吁吁近乎哀求地问：

“还不停下歇歇吗？”

如果离预定的休息时间和地点还有段距离，言耶便努力地表现出明快的表情，轻快地说：

“马上，马上，再走一会儿就可以休息了，加油！”

这时，一般人明知是谎言也会随声附和一下，但天性老实的秀继却是另一番状况。

“不是刚休息过吗？才走了不到半个小时，还得再走半小时才行，到时正好差不多走到一个陡坡处，所以过了那个陡坡再休息比较好。这样的话，大概还得四十分钟吧，不，算上攀爬陡坡的时间，说不定至少得五十分钟。”

听了这番话，祖父江偲立时不干了，绝望地呆立在原地，一步也不肯走了，结果三人不得不停下来。

唉！就该一个人出来啊。

也难怪言耶遥望着前方层叠的山峦生出悔意。然而，如今想什么都已无济于事，只能想法子哄着祖父江偲往前走，不然永远到不了犊幽村，不，别说犊幽村了，就连预计的露营地——远见岭也到不了。

经九难道进入犊幽村的计划，是秀继经过多方考虑后敲定的，但他手中并没有与实地完全吻合的路线图，能参考的只有犊幽村笹女神社的笼室岩喜宫司给他的一封信。

随信附有一张令人惊叹的手绘地图，极其翔实，里面罗列着各种注意事项，从鲷两町巴士站的后方入口开始，山路通往哪里，途中有哪些凶险之处，在哪里休憩，哪里能补水，哪里适合露营等，描绘得一清二楚，甚至包括每段路程大概的距离和所需时间。

然而，说到底那张地图不过是岩喜宫司凭记忆画出来的，路程和时间也只是估算。为什么这么说呢？因为秀继实地考察了九难道后，发现很多地方和宫司的手绘地图有不小的出入，于是他在地图上又添加上了自己的发现和体会，遗憾的是他当时只走了一半路程。

“唉！我还是该露营一晚，一直走到犊幽村才对。”

面对懊悔不已的秀继，言耶连忙出言安慰。

“呀，哪能让你受那个罪呢，现在你陪着我们一起走这条路，已经让我觉得很不好意思了。虽说你只走了一半路程，但起码你知道该怎么走，这足以让我们安心。”

祖父江偲却用白眼瞥着秀继，一副“为了老师的安全，你就该完整走一趟”的表情，最终倒是没说出什么难听的话来。看来，精疲力竭的她连抱怨的心气都没有了。

言耶软硬兼施地催着祖父江偲赶路，给她的最大诱惑是走到前面就停下来吃午饭，而效果最大的恐吓是讲山中的恐怖故事。就这样，言耶所有的心思都放在了祖父江偲身上，把行程的推进完全交给了秀继，他认为这样分工是摆脱当前困境的唯一办法。

显然，这种分工是奏效的。不管怎样，祖父江偲磕磕绊绊地总算走完了上午的路程。顺便说一句，她的行李早就转移到了言耶和秀继的背上。

令人意想不到的是，下午过半的时候，问题却出在了言耶身上。他独自闷着头往前走，把祖父江偲和秀继远远地撇在了身后，好像忘记了还有同行者一样，完全沉浸在奇妙的大自然中。

注意到言耶的古怪行为，大垣秀继不安地小声说：

“刀城老师好像有点不大对劲啊。”

祖父江偲一副司空见惯的模样，非常淡定地说：

“不必大惊小怪，这个状态下的老师正在与自然界中的妖怪神交呢。没办法啊。”

此时，如果有旁观者在场，看到三个人各自的神态，一定会觉得非常奇怪。

拖后腿的果不其然还是她。祖父江偲终于忍不住叫起苦来。言耶猛然想起乎山蟒蛇坡的那次经历。当时她认为言耶是在取笑他，不满地发出质问，言耶只能仓皇地连声否认。

秀继一脸为难地看着言耶。

“这样走下去的话，天黑之前绝对到不了远见岭。”

言耶沉吟了一下。

“那只能更改露营地了。

“是啊，只好如此。”

秀继从口袋里掏出地图，两人打开地图研究。目前，三人已经走完了秀继实地考察过的路程，接下来只能依赖宫司的手绘地图。

“要不，咱们再往前走两三个小时，在这个地方露营？不，到这边差不多要走两个小时，我觉得这个地方比较好。”

又缩短了一个小时，当然还是考虑到祖父江偲的体力和速度。

“好的。不过，就算是走两个小时，照目前的状况来看，也有点困难啊。”

“是啊。可是，到那之前就没有合适的露营地了。”

如果从时间上考虑，也不是找不到适合露营的地点，但那些地方全是陡急的山道。既然是露营，就要找一块平坦的地方才行，哪怕再小。

“这里呢？”

言耶指着“狼烟场”三个字。

“这里是江户时代燃烧狼烟的地方，用以警示过往船只附近是岩礁地带，提醒犊幽村的村民这里易发生海难事故。”

说着，秀继用手在地图上画了一个圆弧，那是犊幽村南面的一片海域。

“这么说来，狼烟场这个地方一定比较平坦了。”

“对。我觉得选这里没错。”

秀继赞同言耶的意见，于是今晚的露营地就从远见岭改到了狼烟场。

“好啦，既然决定下来，那我们就不能再磨蹭了。”

言耶果断说道，然后慢慢转身看着祖父江偲。

“祖父江小姐，走吧，三十分钟后我们可以休息一下。”

“哎？真的？”

祖父江偲有点喜出望外，因为一直以来都是走一个小时才能休息。

“真的。不过，每次只能休息五分钟。”

“哎？哎？”

“而且，只能站着休息，不可以坐下！”

“什么？”

言耶拉起目瞪口呆的祖父江偲，无视她满腹的牢骚，只是一个劲儿地催促快走。于是，接下来听到的全是言耶的鼓励、催促。

就这样，三人总算在日落之前赶到了狼烟场。狼烟场位于一处面海而立的悬崖峭壁上，有一块六畳大小的草地，非常平整，周围一圈竹子。

“是这里吗？我们到了？”

看到言耶无声地点了点头。

祖父江偲欢呼一声，一屁股瘫倒在地上，嘴里还嚷嚷着：

“太棒了！本小姐如期完成了先生的计划，胜利走完了全程。”

听着这自夸的大话，言耶嘴上没说什么，却不禁腹诽“根本不是这样的吧”。而耿直的秀继张口就是“那个，我们本来不是应该……”。

听着秀继又想重提预计在远见岭露营的事，言耶赶紧截住他的话头。

“祖父江小姐！”

“在！什么事？”

祖父江偲虽然累到极致，心情却出奇得好，大概是因为今天不用再赶路吧。

“那个……”

“哎？到底要说什么嘛？”

一时不知该说点什么的言耶左顾右盼，忽然发现草地中央有几块石头，可能是从石堆上滚落下来的。

“你看，快看，那里，一定是火炉的遗迹。”

“火炉？”

祖父江偲不解其意，旁边的秀继也一脸迷惑。

“对呀，为了让狼烟升腾到空中，特意砌的火炉。”

“可是，烧起火堆不就有烟了吗？”

秀继也在一旁不停点头，显然跟祖父江偲想法一样。

“烧火的目的在于火，而狼烟重点在于如何让烟升腾起来。”

“对，对！”

秀继猛然醒悟过来，而祖父江偲依然一副不解的样子。

“烧火也能产生烟雾嘛。”

“但是，火堆冒出的烟却不会升腾到高空中。往那边看！”

言耶指着犊幽村的方向。

“是不是看不到村子？同样，从村子那边也看不到狼烟场。所以，烟雾必须升到一定的高度才能被发现，而普通的火堆不可能产生范围大又非常高的烟雾。”

秀继恍然大悟。

“也就是说不同于普通的生火，狼烟烧的不是树枝和枯叶。”

“当然也要烧树枝、枯草什么的，不过主要还是树脂含量比较高的松枝和松叶。”

言耶的解说像是触动了秀继的某个记忆。

“您这么一说，我想起来有一次烧松叶，冒的那个烟啊，简直让人手足无措。”

他掏出随身携带的笔记本，认真地写着什么。他似乎是准备通过这次民俗采访，把刀城言耶讲过的各种民俗知识全都记录下来，全都记在脑子里。顺便多说一句，记事本的第一页记录的就是言耶关于侦探小说的构思和讲解。

“对，‘松熏’那种刑讯方式使用的就是燃烧松叶冒出的烟雾。还有，驱除附在人身上的狐妖时，也是使用松熏的方法。”

“用松烟熏熏，狐妖就吓跑了吗？”

秀继半信半疑地问。

“人们是这样认为的。但是，很多时候反倒把被狐妖附身的人给熏死了。”

“啊，太可怕了！”

祖父江偲一脸惊恐，然后不解地问：

“老师，明明烧的是松油，为什么要说‘狼烟’呢？”

“不愧是祖父江偲编辑，问题果然犀利，直击要害啊。”

得到言耶的表扬，祖父江偲不好意思地“嘿嘿”笑起来。

“是啊，怎么回事呢？”

秀继也一脸好奇。

“刚才说烧的是油脂高的松枝和松叶，其实最主要的还是狼粪。”

“真的假的？”

祖父江偲难以置信地盯着言耶，秀继也是一脸震惊。

“因为燃烧狼粪产生的烟雾才能扶摇直上。”

“真的吗？”

祖父江偲依然难以相信。

言耶无奈苦笑着说。

“反正这种说法代代相传至今，至于是不是真的，我也不知道。不过，既然记作‘狼烟’，一定有这方面的原因吧。”

“嗯，有意思！”

祖父江偲盯着那几块仅存的疑似火炉遗迹的石头，不知在想什么。突然，她猛地抬起头来四处张望。

“老师，照这么说的话，这附近岂不是有狼出没？”

“嘘——”

言耶把食指竖在唇上，靠近祖父江偲小声说道：

“不要这么大声，把狼招来就麻烦了。”

祖父江偲条件反射般地赶紧双手捂住嘴巴。

看到她这副模样，言耶微微一笑。

“据考证，日本最后一次发现狼的身影，是在……明治时代！”

“老师，你！”

受到作弄的祖父江偲作势挥起拳头，言耶赶紧逃开，跑到了火炉遗迹处。

“奇怪啊。”

言耶看着脚下的滚石，抬起头向犊幽村望去。

“怎么了？”

听到秀继的发问，言耶转向大海。

“如果这里曾是狼烟场的话，那么海上的过往船只一眼就能看到火光，待狼烟升起后，海上和犊幽村都能看得到。”

“对，是这样。”

“但是，只有在天气恶劣的情况下，也就是说在海上有暴风雨时，过往船只在这片海域才可能面临触礁的危险，那么在恶劣天气下，狼烟还能升到高空吗？”

“那样的话就……”

秀继轻描淡写地来了句：

“宫司说了，狼烟场几乎没使用过。”

“你不早说明白。”

祖父江偲忍不住出口埋怨，秀继面不改色地继续说道：

“所以，又寻找了一处新的警示点，就是我们最初预定在那里露营的远见岭，在那上面点燃火把就好了。但是，陡峭的山路上上下下太费劲，所以最终又在牛头湾的上角前端建造了一个瞭望塔。”

“原来是这样。”

言耶重新把视线投向海面，像是在思索什么，然后抬头看了看大空。

“真快，马上就要黑天了。”

说着，开始准备点燃篝火。

三人吃了些饭团和罐头权当晚餐，接下来大致商量起了第二天的行程，然后准备歇息。

言耶想着祖父江偲一定会对艰苦的露营条件不满，所以主动把自己的睡袋给了她。这个睡袋还是从美军手中买回来的。

“什么呀，这是？”

祖父江偲一脸嫌弃，像是拿到的是一个垃圾袋。

言耶不由得苦笑着叹了一口气。

“这是睡袋。美军在战场上就钻到这里面睡觉。”

“是吗？美国还真神奇，创造出各种各样便利的东西。”

祖父江偲不再嫌弃，改为由衷的赞叹。言耶放下了心，手把手教给她如何使用睡袋。祖父江偲发现钻到睡袋里就不必再担心蚊虫之类，大喜过望。

其实，在战场上这种睡袋还经常被用来收尸，言耶当然没敢告诉她这一点。当前最主要的事就是安顿好这位小姐，尽力让她休息好，以免影响到第二天的行程。

要是吓到这位小姐，那可就麻烦大了。

言耶心想如果这位小姐知道了这个情况一定会勃然大怒，所以没再说什么，默默地收拾好自己的床铺躺下了。

没过一会儿，这位小姐又开口了。

“哎呀，这么早谁能睡得着？老师，说点什么呗。”

然而，还没等言耶说几句话，这位小姐就呼呼睡着了，看来是累到了极点。不一会儿，秀继也没了声音。言耶确认两人都睡着后，自己也闭上了眼睛。

第二天一早，几乎是天刚亮三人就起床了。毕竟是在野外露营，光线比较强，不可能像在家里那样睡得安稳踏实，天一亮自然就醒了。这一点从祖父江偲身上就可以得到充分证明，因为她没有对早起发牢骚。

简单吃了点干面包和罐头，三人就出发了。今天必须要在下午到达远见岭，否则就无法在天黑之前赶到犊幽村，那样一来，不可避免地又要在远见岭露营一晚。

第一次休息的时候，言耶向祖父江偲反复强调了其中的利弊关系。

“不要，不要！”

祖父江偲头摇得跟拨浪鼓似的。虽然睡袋里很新奇，但她也不想连续两晚睡在荒郊野外。

“等到了笹女神社，迎接我们的将是美味的晚餐、消除疲劳的温泉、舒服的蒲团……”

刀城言耶又一次使出“望梅止渴”。幸运的是，这一天祖父江偲没再像昨天那样叫苦连天，只是默默地向前走着，言耶自然也就放心了。

“老师，刚才休息时您说到在神社吃饭的事……”

第二次休息时，大垣秀继像是要特别说明什么。

言耶赶紧岔开话题。

“对了，大垣君，咱们今天在哪里补水呢？”

如果耿直的秀继此时挑明神社的饭菜实在令人难以下咽的事实，势必会一下子打消祖父江偲的斗志，所以言耶及时止住了这一话头。

“对，对，补水。”

万幸，忠厚老实的秀继听言耶提到补水的问题，赶紧掏出地图查看起来。

“图中标注了几处补水地点，其中比较有意思的是这里。”

秀继指着“极乐水地狱水”几个字，旁边还备注着“岩穴和瀑布”。其实，之前言耶研究地图时也注意到了这个地方，只不过当时首要目的是制定整体行程，所以先放在了一边，不知怎么就忘了。

“这里吗？恰好在远见岭和犊幽村中间呢。”

“绝海洞就在牛头湾上角的外侧。”

地图上画着犊幽村的简图，秀继轻松找到了绝海洞的位置。

“这个‘极乐水地狱水’什么意思？”

言耶饶有兴趣地问道。

秀继挠挠头，不好意思地说：

“这个，我也不知道。”

“你是怎么办事的吗？”

听到祖父江偲的横加指责，言耶赶紧安抚她，然后又问秀继。

“宫司的信中也没提到吗？”

“提了，但是很奇怪，说是让咱们尽量备水充足一点儿，咱们到那的时候还不知道能不能补上水呢。”

“哦？”

言耶一听，瞬时瞪大了眼睛。

“好啦，那就快走吧！”

“不行啊，老师，距离‘极乐水地狱水’还远着呢。”

可是，还没等秀继说完，言耶已经起身走了。

“只要遇到怪异传闻，刀城言耶是停不下来脚步的。”

“那可怎么办啊？”

听了祖父江偲的话，秀继面露难色。

没想到祖父江偲又气定神闲地说道：

“不必担心喽。只要我说一句‘不行，走不动了’，老师肯定也没辙，只能停下了。”

想想还真是如此，秀继不由得对祖父江偲佩服起来，可是转念一想，她这不是故意磨人吗？所以又觉得不妥。他隐隐觉得作家刀城言耶和编辑祖父江偲之间关系非同一般，深感自己要想成为一名出色的编辑，必须多向前辈学习。

被秀继在心中一会儿贬低一会儿抬举的祖父江偲，明显与昨天不同，像是变了一个人。随着距离和时间的延长，她虽然也会不时抱怨几句，甚至有时干脆一屁股坐下来喊着“不行了，不行了”，但是没过多久就顽强地站起身来继续往前走。

午饭后，除了陡峭的岩石路段较难对付之外，路程基本比较顺畅，所以三人顺利到达了食坏山的远见岭，虽然比预计时间晚了一点点。

言耶站在与狼烟场同样陡峻的悬崖峭壁上指着左下方问。

“那个就是犊幽村的上角吧？”

“是的。您看它的最前端，那里就是怪谈中提到的瞭望塔。”

秀继站在言耶身旁，不胜感慨地说：

“小时候经常跑去那里，但是像这样登高远眺它还是第一次。熟识的风景，换个角度欣赏，感觉很新奇啊。”

“是啊，换个全新的视角审视熟悉的人、物、场所，颇有意思。”

两人正说着话，祖父江偲走过来。

“老师，站那么靠边，太危险了吧。”

说着往下看了一眼，瞬间猛地一把抓住了言耶的胳膊。

“喂，喂，你这种动作才更危险好吧。”

面对言耶的指责，照往常祖父江偲早就开口反驳了，此时却只是紧紧抓着言耶的胳膊，小脸惨白，一个字都没说。

言耶并没有马上将祖父江偲带离危险之地，而是在确认她安全后，将视线从犊幽村转向峭壁下，幽幽地说了一句意味不明的话：

“不可思议……”

“怎么了？”

祖父江偲急切地追问。

言耶再次抬起头来远眺大海。

“望着眼前的景象，不知怎么回事，我想到了康沃尔？”

“康……什么鬼？”

“位于英格兰西南端的康沃尔半岛。”

“景色很像吗？”

“嗯，康沃尔也有这样的悬崖峭壁，而且海岸线上到处都是奇形怪状，满是孔洞的岩石。”

“像碆灵大神那样的岩石吗？”

祖父江偲兴奋地问道。

言耶点了点头。

“其实，我并没有去过康沃尔，只是从书上看到的。但是，很不可思议，看到这里的景象，马上就联想到了康沃尔。”

“对啊，您怎么回事呀？又不是只有它，肯定还有其他与这里相似的地方。”

“如果硬要说出个理由的话，大概是因为康沃尔的民间传说很多吧。虽然都不及著名的亚瑟王传说那般流传甚广，但凯尔特人聚集的康沃尔地区流传着很多妖精传说。”

“哇，好可爱啊。”

看着单纯的祖父江偲喜笑颜开的样子，言耶只能苦笑以对。

“说是妖精，其实里面多是邪恶之物，可不是什么可爱的家伙。”

“老师真是的，不管什么，总是能马上拐到那上面去。”

祖父江偲不满地埋怨。

秀继却一副认同的样子，头头是道地分析起来。

“老师听我讲了关于犊幽村的三则怪谈，现在又亲眼见到这样的景象，所以无意识中就把恐怖传说、岩礁地带与曾经在书本上了解到的康沃尔联想在了一起。”

“有道理。”

言耶似乎非常认可秀继的解释。

“或许吧。”

言耶虽然嘴上这样说着，但依然一副迷惑的样子。

这时，秀继突然捕捉到一直盯着言耶的祖父江偲，眼中闪过一丝不安。

或许此时已经预示着有什么事要发生了，那就是后来被刀城言耶命名为“怪谈杀人事件”的恐怖事件。然而，此时的他是预见不到那些的。

冥冥之中，有什么已经悄然拉开了序幕。

4

第四章 犊幽村

“还……还不休息吗？”

看着祖父江偲气喘吁吁的模样，刀城言耶无奈停下脚步。

此时，他们刚下了一个陡坡，正要踏上顺着小溪曲折蜿蜒的小路。

“又？”[1]

言耶难掩吃惊地看着祖父江偲，因为应她的要求在下坡前已经休息了一次，而且在上陡坡之前也休息过了。

“怎么‘哞’呢？老师，您又不是头牛，嘻嘻。”

“还能开玩笑，看来还不累。”

“怎么会呢，累，累死了。”

祖父江偲瞬间收回笑脸，有气无力地摇着头。

“刚才那两回只是停下站了下，还没等喘口气呢，您又催着走了，根本算不上是休息好不啦。”

“可是，如果按你想的那样休息，咱们今晚又得露宿野外了。”

“呜！”

祖父江偲无言以对，噘着嘴生闷气。

大垣秀继拿出地图，仔细研究了一会儿。

“我们好像离‘极乐水地狱水’不远了。”

“哎？不是说还挺远的吗？”

言耶吃惊地回过头来，端详地图。

“本来我也觉得是这样。看来，地图上标注的狼烟场到犊幽村的距离与时间有误。”

“这样的话，时间上能比预定的充裕不少吧？”

“太好了！那我们就在这里休息休息吧！”

祖父江偲理直气壮地提出了自己的要求，结果被言耶一口否决。

“不行，要走到‘极乐水地狱水’才能休息。”

“哎？什么嘛！”

祖父江偲大声抗议。言耶边安抚她，边再次拿出了恐吓利诱的招数催着她往前走。既然没多远了，按说可以稍稍放慢脚步，但是言耶的心思早已飞到了神秘的“极乐水地狱水”，恨不能一步走到那里。

沿着小溪走过一段相对平缓的山路，右前方出现了一道像是瀑布的水流。

“是不是那里？”

言耶指着一块岩石。岩壁顶部裂开了一道口子，水就是从那里流下来的。

“这哪能称得上是瀑布呢？”

就如秀继所言，水量和水流都太小了，完全没有人们心目中瀑布的样子和气势，看上去就是一道涓涓细流顺着岩壁流下来。

“以前大概很有气势吧。”

言耶奋力跳过小溪，来到岩壁下。

“等，等等，老师，您要干什么啊？不可以！”

无视祖父江偲慌里慌张的阻止，言耶开始往上攀爬。岩壁凹凸不平，既有抓头也有落脚的地方，也不是很高。刀城言耶就是这样的性格，只要条件允许，凡事都要自己亲眼看看，现在他想爬上去一探究竟。

“老师，请不要这样！”

听到秀继的劝阻，言耶顿下了脚步。

“九难道已经冒了很大的风险，不过那是没办法。除此之外，请老师不要再进行这般危险的行为。”

“我们不是还有时间吗？”

言耶恋恋不舍地观望眼前的岩壁，扭回头讨价还价，却看到秀继坚决地摇着头。

“我相信凭老师的能力不用费太大力气就能爬上去再爬下来，可是对我们来说，绝不能允许‘万一’的出现。”

“是啊，是啊。”

祖父江偲也连连点头。言耶只好放弃了。

“不，还有……”

祖父江偲像是有什么重要话要讲，出人意料地轻松跳过小溪，来到言耶身旁。

“您无视我的劝阻，为什么大垣君一说，您就听了？”

“哪，哪有。”

言耶心虚地否认，但依然迎来祖父江偲小姐绵绵不绝的声讨和埋怨。

“啊啊，嗓子干得冒烟了。”

对着言耶发泄了一通不满后，祖父江偲感觉心情一下子舒畅了，同时觉得嗓子有点干，于是自然而然地对着岩壁上的涓涓水流张开了嘴巴。

“呜哇！什么吗，这是？”

她一口吐出了嘴里的水，不停地“呸，呸”。

“怎么了？”

“太咸了！”

“哎？是吗？”

言耶用手指沾了点水，伸出舌头舔了舔。

“是海水！”

“什么？”

祖父江偲完全搞不懂状况。

秀继看着岩壁上方的裂缝，突然“啊”地一声惊呼起来。

“我知道了，这个岩穴一定是通着赛场的。”

“哦，是吗？所以才被叫作‘极乐水地狱水’。”

言耶想明白了其中的缘由。

只有祖父江偲还是一副懵懵懂懂的样子。

“抗议！你们俩都知道怎么回事了，不公平！”

“好啦，好啦，祖父江小姐，这条小瀑布和这条小溪平时一定都是淡水。但是，先声明这只是我的个人想法，因为潮汐的关系有时就混杂了海水，或者受气候的影响，比如惊涛拍岸的时候，也有可能出现这种情况。总之，不要喝它就是了，因为不知道什么时候是淡水什么时候是海水。”

“所以淡水的时候就叫极乐水，海水的时候就叫地狱水，对吧？”

难得祖父江偲温顺地认真一回。

可接下来的一句话又让人哭笑不得。

“哼，为什么本小姐喝它的时候偏偏就变成海水了？”

按照她一贯的行事风格，自然又是拿言耶当出气筒。

话说回来，在“极乐水地狱水”嬉闹一阵倒是得到了充分的休息，所以祖父江偲接下来的脚步明显轻快许多。

三人来到了一个陡峻的悬崖前。

秀继看了看说：

“这应该是最后一处难关了。”

登上这个悬崖，再爬上一个陡坡，前面有一座狭窄的吊桥，没有任何扶手。

“大垣君，是谁刚才说‘这应该是最后一处难关了’来着？”

祖父江偲看着眼前的吊桥，不满的语气中夹杂着些许不安。

秀继也有点儿焦躁。

“宫司的信上写着走过吊桥马上就能到达犊幽村，所以我没有特别注意。”

他郑重其事地向祖父江偲鞠躬致歉。

“对不起，是我没有仔细调查。”

言耶赶紧帮他解围：

“以前这座桥一定很安全，所以宫司先生才没有做特别说明。”

“嗯，这样的桥在其他地方也有不少。”

秀继顺着言耶的话说下来，但依然一脸的不好意思。

“很好，我们可以提前到达犊幽村了。”

“是啊，多亏老师制订了合理的计划。”

觉察到言耶丝毫没有怪罪的意思，秀继恢复了常态。

“哪里，哪里，是因为有了宫司先生的信和地图，我们才如此顺利。能取得这两样宝贝的最大功臣当然是大垣君了。”

“不，不，我……”

“不好意思喽，二位，打扰一下。”

两个人客气地彼此恭维着，祖父江偲不耐烦地插话进来。

她看了看两人淡定从容的模样，一下子变了脸色。

“难道我们真的要过这个小破桥？”

“对，必须。”

听到言耶不容置疑的回答，祖父江偲头摇得像个拨浪鼓。

“不行，不行，太危险了！”

“放心，没问题。而且……”

言耶四处看了看。

“而且也没其他路可走啊。不，也不能说没有，那我们只能退回到刚才的小溪，从那里再花上几个小时翻越险峻的山崖。你说，一时的恐怖和长时间的苦行，哪个更……”

“呜……”

迫于眼前的形势，祖父江偲沉默了。

“祖父江小姐，请吧！”

“为……为什么让我先走？”

她吓得连连后退。

“老师，您准备拿我当试验品来确认吊桥是否安全，是吧？”

“那个……”

“老师，您好过分！竟然拿本小姐以身试险！”

“唉，真服了你了！”

言耶仰天长叹，然后耐心给她解释：

“这座吊桥看上去很破旧，其实一直在正常使用。但是就怕万一，所以我想着让咱们三人中体重最轻的你先过比较安全。”

“啊！”

看着她视线闪躲、装糊涂的模样，言耶只能苦笑了。大概是刚才言耶那番话起了作用，祖父江偲沮丧地乖乖走上了吊桥，小心翼翼地挪步过去，起码比言耶和秀继多花了三倍时间。

过了吊桥，山路上和左右两边的山壁上整整齐齐铺着石板，让人一下子感受到了村落的气息，但是石阶上密密麻麻的青苔分明提醒着他们这里依然是山中。十几年前，此地应该是分界，吊桥这头是村庄，那头是山，然而山一点一点侵蚀着人类的领地，先是石板路，然后是铺着防滑坡石块的山壁……

不过，不久的将来，就会迎来大山节节败退的日子。

言耶最后走过吊桥，扭身回望，对着让他们吃尽苦头却又仁慈地护佑他们平安到达的大自然不胜感慨。

当平皿町发展为平皿市的时候，当犊幽村等五个村子合并为强罗町的时候，背后连绵的山脉将被开发，以后再也见不到现在的样子了。

这种石阶层叠的风景也会消失吧？

此处潮湿阴暗，绝非舒适之地，却别有一种难以用语言描述的妙趣。在久远的过去，当村民们经过险峻的九难道回来时，看到吊桥，看到吊桥这边的石阶和山壁，想必心里一下子就踏实了。

“老师，我们到了。”

言耶一动不动仍站在那里，祖父江偲等得有点不耐烦。

“唔。”

言耶含糊地回应了一声，一步三回头地向前走去。

石阶上的青苔越来越少，前方越来越亮。走着，走着，两边的山壁到了尽头，眼前一下子开阔起来。

“啊！”

言耶情不自禁地惊呼出声。

祖父江偲和秀继在他前面几步远，同样被眼前的景色震撼到了，忘了迈步，只是呆呆地站在原地。

“我竟然不知道这里有这么美。”

秀继喃喃低语。

祖父江偲奇怪地问。

“你不是以前就认识神社的宫司吗？”

“是的。小时候我来过很多次，但是经九难道来这里，还是第一次。”

言耶看着眼前的景色，眼睛不舍转动一下，只是在嘴上回应秀继。

“咱们在远见岭不是讨论过吗？换个全新的角度看待熟悉的场所，会有全新的感受。”

“是啊，此刻我切身体会到了这一点。”

翻过食坏山，犊幽村的风景一览无遗，从高处望下去就像一个山水盆景。陡急的山坡延伸到海中，山坡上是一块块村民们辛辛苦苦开垦出来的农田，顺着山坡散落着一座座农家小院，还有纵横交错的迷宫一般的道路。

他们现在位于村庄的东北方向，附近就是竺磐寺，西北方向是笹女神社，二者遥遥相对。从竺磐寺一直往南就到了牛头湾的下角，同样从笹女神社一直往南可以到达上角，但寺庙和神社之间没有直达路，必须穿过夹在两者之间的犊幽村才能互通。

村庄东西两侧伸进海中的两个岬角围成牛头湾，夕阳照在水面上，波光粼粼，折射出梦幻般的光芒，三人沉醉在眼前这幅世外桃源的画卷中。

“这么美丽的山村，怎么会忍饥挨饿呢？”

大概是想起了秀继讲过的“海原之首”怪谈，祖父江偲一脸同情地感叹。

“只是看上去是个渔村，其实根本无法进行真正的渔业，所以先辈们受尽了苦难。”

大概言耶也是同样的感受，一脸凝重，不过，很快收敛了情绪，转而用轻快的语调问祖父江偲：

“我说，祖父江编辑，你知道这个村子为什么叫‘犊幽村’吗？”

“即兴问答？”

祖父江偲不解言耶为何突然提出这样的问题，但她已经习惯了言耶时不时的怪异言行，随即开动起脑筋来。

“犊幽村的‘犊’字太令人费解，我实在想不出代表着什么，但第二个‘幽’字，我觉得是幽灵的意思，大垣君不是讲过了吗，这里流传着许多奇闻怪谈。”

“可是，最古老的伍助怪谈也不过发生在江户时代，然而在那之前，犊幽村早就存在了。”

“是这样吗？”

祖父江偲不放心地向秀继确认，得到了肯定的答复。

“是的，据神社和寺庙的文书记载，确实如此。”

“犊幽村的‘幽’字并不代表幽灵，而是‘岩石’的意思。”

面对言耶不留情面的指正，单纯的祖父江偲绷着脸赌气说。

“我怎么能知道吗？”

“犊幽村的‘犊’字是小牛的意思。”

言耶意有所指地直接说出了答案。

祖父江偲似有所悟，慢慢将视线转向了牛头湾。

“啊！本小姐明白了！”

她兴高采烈地欢叫起来。

“村东村西的这两个岬角像两只牛角一样伸进海中，所以也有上角和下角之分。”

“哈哈，不愧是祖父江偲编辑！正解！”

“嘿嘿。”

连祖父江偲自己也意识到这不过是言耶给她面子，但是率真的她依然满心欢喜。

“老师，明明是幽灵的‘幽’字，为什么在这里却代表岩石的意思呢？”

“用到这个字的地形地貌多是山脉或山谷，岩石在古代的发音为‘yiwa’，慢慢演变成‘yuwa’‘yuhu’，最后音变为‘yuu’，后来用汉字幽灵的‘幽’或夕阳的‘夕’来标记。这里夕阳映照，我觉得沿用夕阳的‘夕’字叫‘犊夕村’更合适吧。”

“那也就是说犊幽村的‘幽’并没有什么特别的意义。”

“嗯，可以这么说。”

“搞什么嘛！大垣君讲了这个地方那么多的怪事，所以当他告诉我犊幽村是哪几个汉字时，我还期待着会是个多么恐怖的地方呢。”

祖父江偲虽然嘴上这么说，其实心里是害怕的。正因为言耶了解她这一点，所以此时硬是压下了逗弄她的念头，而且秋天的傍晚看似挺长，其实转眼天就黑了，所以现在也不是开玩笑嬉闹的时候。

“好啦，走吧！”

言耶催促他们。

秀继嘴上答应着“好的”，却怎么看都觉得他有点儿不对劲。

“怎么了？”

“我的记事本丢了。”

“丢在哪了？”

“在‘极乐水地狱水’时还没丢。”

秀继极力回忆着。

“而且，在那之后，我还拿出来好几次。”

这时，祖父江偲横插了一嘴。

“他呀，把老师讲的民俗学知识都记下来了。”

听她这么一说，言耶总算明白了秀继一路上为何动不动就掏出记事本。

“秀继君真好学。”

“老师，你这是话里有话吧，嗯？”

祖父江偲又开始找碴。

这时，秀继突然扭头就往回走。

“不行，我得去找回来。”

言耶吃了一惊。

“现在？胡闹！等你找到记事本，天就完全黑了，能不能很快回来还是个问题。”

“现在赶紧去，我觉得能赶回来。”

“可是你又不清楚到底丢在哪了呀。”

“我大致锁定了几个地方，您请放心。”

“即便如此，也不行！山里人不是有个规矩吗？丢失在山里的东西，不能当天回去找。”

“为什么？”

祖父江偲好奇地问。

“因为回去找东西的人再也回不来了。”

“讨厌！太可怕了！”

“倒是没有明确的理由，如果硬要做出说明的话，可以说是先人体恤辛苦劳作一天的人，不想再让他们劳累的一种说辞吧。所以，大垣君，还是明天再去为好。”

秀继听从了言耶的劝告，带领言耶和祖父江偲向笹女神社走去。神社看似很近，眼看着就在对面，但是从这里没有通路，只能先顺着山坡下到村子里，然后穿过村子再上去。

途中遇到几位村民，他们都认识秀继，有的秀继不大认识，对方也热情地打招呼“啊，这不是阴扬村的大垣先生吗？”故意装出一副什么都了解的样子。大家好像都知道他在东京的出版社工作，大概是因为秀继出自阴扬村有名的大垣家的缘故吧。

但是，奇怪的是，与秀继说话的时候，不管是谁，一眼都没看过言耶和祖父江偲。给人的感觉又不像是无视，反倒像是他们非常在意两人的存在，只是硬忍着不打听。

实际上，当秀继与人说话时，路过的人则会毫不客气地盯着打量言耶和祖父江偲，一旦对上视线，又马上把头扭向一边。明明很好奇的，毕竟是从未见过的生人，所以才采取这样的态度吗？

他们接下来的行为足以证明了言耶的推测，当秀继向他们介绍说“这是作家刀城言耶先生和……”，还没等他把话说完，大家就七嘴八舌地搭起话来，亲昵地询问从哪里来的呀，来干什么呀……但是一看到言耶想加入会话时，马上又不吭声了，让人不知道怎么办好。

村里很少有车通过，一旦碰到车辆经过时，就要尽量贴着路边走才行，因为路太窄了，人和车几乎是擦身而过。

一路上到处可见地藏菩萨庙、石碑、稻荷神社……无不小巧而整洁，大概这样就不必占用太多的土地资源吧。从每处地方都摆放着贡品来看，笃信神灵的村民应该很多。言耶自然注意到了这一点，而且他还发现了……

“笹舟！”

小巧的地藏菩萨脚下，孤零零地放着一个用竹叶编成的小船。

“哇，好可爱！”

祖父江偲一把拿起，托在手心里仔细端详起来。

“不光这里才有。”

听了言耶的话，她歪着脑袋问：

“其他的地藏菩萨那里，也供奉着这样的小船吗？”

“不仅仅是地藏菩萨，那些稻荷神社啦，石碑啦，都供奉着笹舟。”

“是这样吗？”

祖父江偲转头向秀继确认。

“是的。强罗地区自古把笹舟当作祭品，不过也有像阴扬村那样早就废除了这一习俗的村子。如今，坚持传统的也就犊幽村了。”

“犊幽村虽是个小渔村，但好像竹产品加工业很兴盛呢。”

“没错。”

对上祖父江偲寻求确认的眼神，言耶点了点头。然而，不知为什么，他一直盯着那个笹舟挪不开眼，连他自己也说不上来什么原因。

祖父江偲的判断是正确的，犊幽村的确是这种状况。

静静立在祖父江偲手心里的竹船牢牢地拽住了言耶的心神，直到她放回原处，言耶还是移不开视线。

“老师，您怎么了？”

“我想起来一件事，江户川乱步老师上中学时和朋友创办了《中央少年》同人杂志，那时他的笔名就叫‘笹舟’。”

在祖父江偲关心的问询下，言耶随口说了一个高深的文学知识。实际上，牵动他心神的另有他事，然而此时他也想不出到底是什么。

向西穿过村子，眼前出现了两条岔路，一条是长长的台阶路，一条是长长的坡道。两条路都可以通往笹女神社，秀继选择了前者。

台阶尽头是一个鸟居，走过去右边是净手池，三人洗手、漱口，然后沿着参道走到神门，进了神殿。

“宫司家就在院子的西边。”

参拜后，秀继领着他们返回参道，大约走到一半的位置向右拐，再走过一段石板路，来到一栋破旧却不失素雅的大平房前，门牌上用毛笔写着“笼室”两个大字。

"有人吗？"

秀继边询问边拉开滑门，语调中能听出一丝紧张。

一位身穿窄袖便服，下着红裙，面貌清秀的年轻女孩应声走了出来。

"筱……筱悬小姐，你好，好……好久不见！"

言耶和祖父江偲都看出了秀继的紧张和羞涩，两人拼命地憋着没笑出来。

"欢迎，欢迎！"

女孩跪在玄关的地板上，深深弯腰致礼，然后抬起头来再次看向言耶，两朵红云飞上雪白的脸颊。

尽管言耶一副风尘仆仆的疲惫样子，但仍不失非凡的气质。

祖父江偲心中暗自得意，与荣有焉地转头看向旁边的言耶，却忍不住惊呼出声。真稀奇，向来对女性不动声色的言耶，竟然罕见地被笼室筱悬惊艳了双眼，看入迷了。

"老师——"

还未等祖父江偲抬手唤醒言耶，里面又走出来一个男子。

"啊，龟兹先生！"

秀继看到他，立刻出声打招呼，样子却怪怪的，手脚好像都不知往哪里放好。而那个叫龟兹的三十岁左右的男子同样让人觉得奇怪，他只是一动不动地盯着秀继，却一句话也不说。

"他，他刚好要回去了。"

就连那个筱悬也变得极不自然，一股微妙的气息在三人之间盘旋，连带着周围的空气也怪异起来。

言耶明显感受到了这种怪异，特意装作什么也不知道的样子没话找话。

“筱悬，名字不错。”

又转过头问祖父江偲。

“是吧？你觉得呢？”

“哎？啊！哦，是的，是的。怎么说呢，反正很可爱，非常秀气。”

听祖父江偲这么说，筱悬扑哧笑了。

“是啊。”

言耶也笑着附和，随后又说。

“不过，祖父江小姐，实际上，筱悬的本意是山野中修行的僧侣们身上穿的僧衣。”

“啊？是衣服的名字啊。”

“筱悬发源于奈良大台原的大峰山。僧侣们是修验道的行者，所以他们在那里登山修行，而且必须去险峻的山中才行，比咱们经过的九难道凶险多了。大峰山有一面山坡完全被箭竹覆盖，几乎无路可走，僧侣们便穿梭其中进行修行。因为箭竹的叶子太坚硬了，很容易就划伤了手脚，于是他们就穿上僧衣保护自己。”

“听您这么一说……”

“对‘筱悬’这个名字的感觉一下子变了吧？”

“哎呀，咱们怎么说起和尚的僧衣这种佛教的事了，这里是神社啊。对，对不起啊，是老师多嘴了。”

“哪有，老师说得很对。”

“不，就是我们不好。”

祖父江偲作势要打言耶，惹得筱悬笑出了声。

而秀继和龟兹两人对此无动于衷。先不说脸色难看的龟兹，若在平时，秀继肯定早就插话进来了，此时却一直沉默着。

顺便提一句，从一开始龟兹就像是根本没看到言耶和祖父江偲一样，与村民的反应一模一样。不，准确地说，他应该瞟了祖父江偲一眼，瞳孔瞬间放大了，大概是因为看到了一个不同于村妇的外来美女。

言耶和祖父江偲的笑闹似乎把筱悬从那种微妙的气氛中解救出来，她说话的语调明显轻快了许多。

"哎呀，我真是糊涂，怎么让客人一直站在门外呢。不好意思，失礼了，快，快进屋。"

"谢谢！"

"打扰了！"

言耶和祖父江偲道了谢，在门口的横框上坐下来开始脱鞋。

这时，龟兹生气地扭头走了出去。扭头时没忘迅速扫视一圈筱悬和秀继，眼神中蕴含的感情却是天壤之别。前者充满了藏也藏不住的爱慕，后者却充满了厌恶和怒火。如果说视线能够杀人的话，秀继早就死在了龟兹的眼刀之下。

1　日语"又"的发音与牛叫声相近。

5

第五章 笹女神社

“喂，喂，大垣君，进屋啦！”

在祖父江偲的催促声中，呆站在那里的大垣秀继终于回了神。

“爷爷去石糊村参加集会了，不过很快就回来。”

据笼室筱悬介绍，强罗地区五个村子的代表（并非官方代表）定期在某个村子聚会议事，这次轮到在石糊村。一直以来这些代表们被称为“强罗五人众”，其中就有大垣秀继的祖父。

筱悬将三人迎到会客室，热情地提出建议：

“我不知道爷爷具体什么时候能回来，要不几位先泡个澡解解乏吧。”

“不，不，在宫司大人回来之前，我们不可如此妄为。”

刀城言耶婉言谢绝了，但筱悬依然不泄气地执意相劝。

“老师，要不我们就接受这番好意吧。”

听祖父江偲竟然这么说，言耶赶紧告诫她不可无礼，然而祖父江偲却说：

“那个，老师，您可能没意识到，我们这满身的土、灰，还有臭汗。”

一句话促使言耶改变了主意。本着女士优先的原则，在两位男人的坚持下，祖父江偲先去洗浴。等会儿客室里只剩下言耶和秀继时，言耶突然开口问：

“刚才那个龟兹，是什么人？”

“是这个村里持有‘竹屋’名号，从事竹制品加工业家的次子，叫龟兹将。您看他那嚣张劲儿，活脱脱一个顽固的小手工业者。”

“大概是想证明自己本事大吧。”

言耶没有随声附和，不动声色地避开秀继对龟兹的奚落，但心中不禁打了个问号。

自认识秀继以来，还从未从他口中听到过对他人的不满和批判。人与人的交往，即便认识时间不长，也能从一个人的言行举止中很快看清他的禀性，其实秀继是一个非常忠厚的人。

然而，今天他却对龟兹做出带有如此主观倾向的评判，由此看来，两人之间，不，还要加上筱悬，这三人之间一定有什么事。言耶正想开口问问，秀继却巧妙地岔开了话题。

如果是与强罗地区奇闻相关，或是曾经有所关联的事件调查等，言耶势必要追问到底，但这事似乎涉及到男女间的微妙关系，既然对方有意不想说，他也不便强问强求。这时，秀继提到犊幽村每年秋季举行的辔灵大神祭，一下子转移了言耶的注意力。

祖父江偲出来后，言耶接着去洗浴了。翻山越岭后洗个澡格外清爽，尤其是这次还在野外露宿了一晚，泡泡澡就更加舒服了，洗去灰尘的同时，还能消除身心的疲惫。

将全身浸泡在温水中，言耶闭上眼迷迷糊糊地想着这次民俗采访的事。

原本打算先巡访强罗地区的其他四个村子，结果最先到访的却是犊幽村，而且四则怪谈中的三个都发生在这里。被称之为“现代怪谈”的第四个怪谈发生在阴扬村，但归根结底还是缘自辔灵大神信仰。可以说四则怪谈全都与犊幽村密切相关，所以言耶认为有必要沉下心来踏踏实实地在这里深入挖掘。

可是转念一想，言耶又觉得必须重视起第四个怪谈——“蛇道之怪”。因为它与其他三则怪谈明显不同，不清楚它的蔓延方式，而且目前仍在进行之中，不可忽视之处太多。所以他又决定即便不在盐饱村、石糊村和矶见村停留，也一定要去阴扬村看看。

言耶沐浴完毕，轮到秀继。

秀继刚一离开，祖父江偲就嘀咕上了。

“据本小姐观察，这三人绝对是三角关系。”

“哎？什么？”

瞅着言耶一脸迷糊的样子，她难以置信地瞪大眼睛。

“大垣君、筱悬小姐、还有那个叫龟兹将的，三人之间的关系多明显啊，您这都看不出来？或许筱悬小姐目前对这两位男士还没什么特别的想法，但是这两位男士对她绝对有爱慕之情。”

“当，当真如此？”

仔细想想，好像还真是这么回事。

祖父江偲对着震惊的言耶耸了耸肩，一副“真服了您”的表情。

“不过，老师您没觉察出来也情有可原，因为他们还没挑明关系。”

“三角关系这件事，你是从秀继君那里刺探出来的？”

祖父江偲得意洋洋地点点头。听了她的讲述，言耶总算弄明白了到底是怎么回事。

小时候，秀继经常跟着爷爷大垣秀寿到笹女神社来。今天刚到笹女神社时，筱悬提到五个村的代表聚会的事，大垣秀寿和笹女神社的宫司笼室岩喜分别是阴扬村和犊幽村的代表。所以，秀继和筱悬两个人虽然生长在不同的村子，但自小就认识。

“筱悬小姐还救过大垣君的命呢。据说当时大垣君眼看着就要沉到海里去了，筱悬小姐像河童一样快速游过去把他救了起来，可她平时根本不是这样的。”

言耶听出祖父江偲话语中酸溜溜的味道，但他什么也没说，因为他知道一旦插了话，就别再想听正题了，还不知道祖父江偲会拐到哪里去。

龟兹将是犊幽村竹屋家的次子，也是从小就常来笹女神社，早就看上了筱悬，等到筱悬长到十六岁时，他便来找岩喜宫司提亲。可是，当时筱悬根本就没结婚的想法，所以爷爷宫司就替孙女婉拒了这门亲事。然而龟兹却误会了，他固执地认为是宫司反对筱悬嫁给他，而且想把孙女许配给大垣秀寿的孙子秀继，所以逆着孙女的意思推掉了他的求婚。

“怎么会出现这样的误会？”

言耶奇怪地问。

祖父江偲想都没想地给出了答案，就像她一直在旁边见证了整件事情的经过一样。

“还不是因为筱悬小姐不管对谁，都一视同仁地温柔相待，搞得龟兹将误以为她对自己有意思呗。”

“喂，怎么能对人直呼其名？”

“一介女子，既漂亮又温柔，对男人而言这就是罪过啊。因为我就是如此啊，当然深有体会喽。”

“喂，你有没有听到我的话？祖父江小姐。”

显然她根本没有听进去言耶的提醒。

“所以，自那之后，龟兹将都是趁宫司大人不在的时候才来筵女神社的哟。”

“哦，是这样。那么大垣君呢？”

听到言耶问到大垣秀继，祖父江偲一下子兴奋起来。

“哎呀，他可真没出息，不管是对筱悬小姐还是对宫司大人，直到现在还没敢表明自己的心意呢。”

“等等。你向大垣君确认过他的想法？”

“哎？不是……”

祖父江偲露出不耐烦的表情。

“还用问吗？您看他刚才的言行举止，不是一目了然？”

“唔，可是，我总觉得不是这样。”

“错不了！”

祖父江偲果断地下了定论。

“不过，我感觉大垣君很怕宫司大人，听说他们大垣家和笼室家世代不和呢。”

“嗯，曾经有笼室家的人入赘到了大垣家，就是分家垣沼家的祖先，但是垣沼家如今已经没落了。除此之外，好像还有点什么问题。”

“上辈的家族恩怨吗？不过，不管怎么说，为了老师的民俗采访，大垣君还是向宫司大人求到了九难道的信和地图。”

听了她的话，言耶心头闪过一丝不安。如果笼室岩喜宫司是个很难接近的人，那么势必会影响到在犊幽村的民俗采访。

幸运的是，一切不过是言耶的杞人忧天。

刀城言耶和祖父江偲正说着话，突然走进来一位老人，穿着一件有点脏兮兮的劳动服，但看上去又不像能干得了什么活的样子，大概是宫司好心雇他打个杂，借此给他份收入吧。

“失礼了，让您们等这么长时间。”

没想到，这位老者竟然就是笹女神社的宫司笼室岩喜。

“啊？”

“哎？”

两人一时没反应过来。也难怪两人是这样的反应，宫司的装扮不应该是白色和服配水色裤子吗？而这位老人穿着劳动服，而且是已经穿了相当长的时间，相当破旧，所以怎么看怎么像神社的男仆。

毕竟言耶一直奔波在外，见多识广，经验丰富，随机应变能力比较强，他很快回过神来。

“啊，宫司大人，您回来了。您不在的时候我们冒昧闯了进来，实在不好意思。”

“这是说哪里的话呢，多礼了。”

“失礼了。”

言耶鞠躬致歉，然后介绍自己和祖父江偲。这时，秀继洗完澡走了过来，看到岩喜宫司后一下子怔在了原地。

“噢，秀继。很好，你们顺利到达了，我的地图还有用吧？”

“有，有用。”

言耶看着两人的互动，明显感觉秀继在宫司面前畏手畏脚。与豪放磊落的宫司相比，秀继太拘谨了。

待宫司沐浴后就可以吃晚饭了。

大概是不想让言耶他们等待，宫司如乌鸦点水般地很快洗完出来。

饭桌上，宫司略带遗憾地说：

“如果是春天就好了，可以吃到鲜美的竹笋。现在这个季节，实在没什么好吃的。”

实际上，端上来的每一道菜都很味美。一问才知，这些菜基本都是出自筱悬之手，帮工的妇女只是打打下手。

“谁要是娶了筱悬小姐，那可真是天大的福气啊。”

祖父江偲意味深长地看向秀继，可是秀继却只是闷着头吃饭。

“哈哈，她还是个孩子。”

不知宫司是不是看到了秀继的反应，苦笑一下否定了这个话题，像是表明“结婚还早”。

“真希望她长大后能像这位女士，既漂亮又可爱，还很稳重。”

听了宫司的话，祖父江偲高兴得眉飞色舞，傲娇地看着言耶，像是在说：“听到了吗？”

然而言耶却故意转头问秀继。

“女士？说的谁呀？”

照往常，祖父江偲早就一蹦而起怒喊“肯定是本小姐我”，但在此时这个场合，她只是轻轻地瞪了言耶一眼。正好这时筱悬端菜上来，祖父江偲笑着看她，像是有意延续结婚的话题。

“村里的男青年们，肯定不会放任筱悬嫁到外面去的吧。”

谁知，言耶不识相地插话进来：

“宫司大人，说到犊幽村这个名字，我认为……”

宫司立刻被言耶的话题吸引过去了，关于筱悬的话题就此结束。

祖父江偲竟然罕见地没有生气，大概是意识到刀城言耶不会轻易做出打断别人话头的无礼之举，一定是有他自己的考虑才有意岔开话题。凭着长年的经验，她觉得这是唯一合理的解释。

现在无所谓了，随他去吧。不过，她事后铁定要问言耶，如果只得到一句“我只是对三角恋爱关系不感兴趣”的解释，她一定会暴跳如雷。

宫司听了言耶对犊幽村这个名字的解读后，表示由衷的佩服。

“您太厉害了！事实的确如此。”

“村子是什么时候形成的？”

“这个，我也不清楚。”

岩喜宫司说，竺磐寺天正十九年（1951）的史册中有“犊幽村太郎左卫门”的记载，那说明犊幽村在安土桃山时代[1]就已经存在了，至于何时形成了村庄，大概是在江户时代以后。

“笹女神社，没有这样的记载吗？”

听了言耶的询问，宫司不好意思地挠挠头。

“有倒是有，就是不如竺磐寺的文献悠久。”

“一般来说，寺庙中的史册都相当古老。”

“老师您到各地，都会翻阅寺庙的史册吗？”

在回答岩喜宫司的问题之前，言耶郑重地做出回答：

“您是阅历丰富的老前辈，怎么能称呼我这年轻小辈‘老师’呢？万万不可，我实在担当不起啊。”

“哪里，哪里，老师不用想那么多。您是一直关照秀继的作家老师，我当然应该叫您‘老师’啦。”

“可是……”

“既然您说我是老前辈，那我看人的眼光可不比寻常，我认为称您为‘老师’再合适不过。”

“不，不能……”

“每到之处，您都会去看寺院的史册吗？”

宫司又回到了刚才的问话。

面对这接二连三的追问，言耶只好抛开刚才的话题作答。

“是的。因为寺院的史册中一般都会有死亡、葬礼的记录，从中可以获取大量的信息。不过，我最关心的不是亡者的名字，而是他的出生地。”

听言耶这么解释，祖父江偲疑惑地问：

“老师，亡者不都是那个村的人吗？”

“大部分是，但也有外来者。简单说吧，就是仅凭史册就能看出当时的人口流动情况。”

“老师就是老师啊！”

岩喜宫司越看言耶越顺眼。

“我们神社也有历代宫司记录下来的日志线装本，如果需要的话，您可以看看。”

“真……真的？那真是太感谢您了！”

言耶的兴奋溢于言表，兴奋地向宫司深深鞠躬致谢。

接下来谈到关于詟灵大神的话题，言耶貌似无意地说：

“对了，我听说有一位民俗学者现在就寄宿在竺磐寺。”

“你说他啊。”

听了言耶的话，一直开心聊天的岩喜宫司突然变了表情和语气。

“那个人怎能称得上是‘学者’‘老师’？”

“怎么了？”

“竺磐寺的真海住持，还有我，虽然允许他翻看寺院的史册和神社的日志，但不过是出于礼节而已。”

喝红了脸的宫司，大概是真动了气，此时脸更红了。

“那个叫及位的男人，还真是人如其名，不知廉耻地窥探别人家的隐私。不管哪个村子，谁还没有点不可触碰的心酸往事，就拿犊幽村来说，就是贫困，难保温饱。当然，如果真是为了学问，需要了解情况的话，我定当竭力支持。但是那个家伙不同，素质太低，简直就是偷窥成癖，而且不单单是兴趣的问题，我觉得他就是本性恶劣，不怀好意。”

看来，异端民俗学者及位廉也触碰到了岩喜宫司的逆鳞，听说如今他已经被禁止出入笹女神社了。

“竺磐寺的住持，怎么想的？”

目前及位并没有被赶出寺院，所以言耶才这么问。

“他呀，就是个不守清规、没有原则的和尚。”

宫司无奈地回答。

“怎么说？”

“只要能赚点住宿费，他就满足了。”

不过，岩喜宫司的语气中倒是听不出丝毫责备的意思，反倒有点让人觉得他很高兴看到真海不守清规的事实。

“而且，他还喜欢女人。”

竟然说到了这种程度。言耶大为震惊，一时不知该怎么回应。

看到言耶的反应，宫司赶紧撇清自己。

“就是因为这个真海，许多不明真相的人都指责说强罗五人众都是一路货。我可不是这样，五人里边也就那个和尚不着调。”

“呀，真没想到……”

言耶不知该说点什么，又绕回到本来的话题。

“那个及位竟然还能付住宿费，还真是出人意料，听说他可是非常吝啬的。”

宫司却再次苦笑着摇了摇头。

“哪是他出的钱呢，是与他一同住在寺院中的那位，日升纺织的久留米先生付的。”

听到这个答案，连秀继也忍不住惊异地出声询问：

“为什么？”

宫司摇着头，一副惋惜的表情。

“久留米先生待人真诚，是个很正派的人。他说五个村子合并后，虽然跟日升纺织打交道的只是原来的阴扬村，但是与其他村子也要搞好关系，所以就从犊幽村开始做些前期工作，谁知不幸的是，被那个及位利用了，真是可怜。”

及位不仅花言巧语地骗取了和平公寓房东的信任，就连日升纺织的董事久留米三琅也被他笼络了。

“如果只是久留米先生，也就罢了，可他连犊幽村的村民也不放过。”

“村子里有谁与及位走得比较近？”

“竹屋的龟兹将。”

听到宫司说出这个名字，言耶、祖父江偲，还有秀继大吃一惊。

“估计他是觉得龟兹家拥有‘竹屋’名号，而且还是村子里古老有势力的家族，一定能派上用场。此外，听说他还跟垣沼亨的关系比较密切，垣沼家是閖扬村大垣家的分家，不过如今已经没落了。从某种意义上来说，这个及位的心机很深啊。”

宫司揶揄说“不能不佩服人家的本事啊”。

“有一次我不在家，那家伙和龟兹一起来了，把筱悬缠磨得不轻啊。筱悬呢，就是性子太软，对谁都好言好语的。”

言耶注意到岩喜宫司说到孙女时，挑起的眉、眼弯了下来，犀利的眼神温和了许多。

“筱悬很小的时候，父母就相继去世了，跟我当年的遭遇一样啊，我能痛彻体会到她内心的凄苦。”

祖父江偲不停地看向秀继，好像在说：“现在可是趁势向宫司提出娶筱悬为妻的最佳时机啊！”然而，秀继却一直盯着宫司，压根没注意到她的小动作。

“但是，我绝对没有娇惯她，也不允许她不懂道理。”

铿锵有力地说出这句话时，宫司脸上露出骄傲和自豪。

“筱悬小姐就是在宫司大人深沉的爱和教育下才成长为这么好的姑娘。”

“老师您可真会说活。”

岩喜宫司脸上乐开了花，眼圈却红了。

突然，他盯着言耶。

“老师，您还没结婚吧？”

“啊！”

祖父江偲发出一声不明其意的惊呼，言耶随即强行转移了话题。

“我们听大垣君讲了这地方的四则怪谈……”

言耶长舒一口气，感激地看了祖父江偲一眼，然后顺势说出他给四则怪谈起的名字，接着又讲了自己的感受。

“可以看出‘海原之首’和‘物见之幻’都是关于死者的怪异事件。而‘蛇道之怪’，假如说蝇玉是碆灵大神的化身，可我一点儿头绪也没有，不知该从何解释。”

“还有阴扬村里发生的那些怪异事件。”

祖父江偲补充了一句，但言耶并没有接她的话茬，因为他觉得此时最好不要把村里发生的小火灾以及村民中毒事件与这个怪谈联系起来。

“与这三则怪谈相比，‘竹林之魔’的特点在于我们只知道是神殿里的某种祭神，但不知其本来面目。”

“哦？‘竹林之魔’，总结得真绝妙啊。”

宫司赞叹地说。

“为什么这么说？”

言耶本能地追问了一句。

“因为自古传说竹林宫神殿里祭祀的就是竹魔。”

听到这个答案，言耶一下子暴露出听到奇闻异事就兴奋的老毛病。

“竹……竹……竹魔！”

听到他突然的大喊大叫，岩喜宫司和秀继惊讶得一瞬间脸都变色了。

“嗯，好……好像写着‘竹魔’。”

宫司连连点头。

“哦，原来是竹魔啊。我在学生时代曾经偶然遇到两个孩子消失在武藏茶乡的箕作家竹林中的事件，两个活人不可思议地莫名失踪了，而那个竹林中也有座神殿，祭祀的虽是宅神[2]，却是像被称为天魔的天狗一样的存在……”

言耶兀自唠叨着。

“抱歉，让您们见笑了。”

看着言耶沉醉在自己的世界里痴迷神道的模样，祖父江偲替他向宫司致歉。

而言耶根本没有注意到她的行为，也根本没听她说了什么，只是兀自嘀咕着。

“天狗这个名称最早出自《日本书纪》。流星自东向西划过京城的天空，书上记载着‘非流星，是天狗也’，意思是那不是流星，而是天狗。”

“刀城老师一遇到自己不了解的奇闻怪事，就会忘我地开始唠叨。”

“不过，在中国，历史上曾经有段时期认为天狗是预示凶祸的星星，大概就是由此传到日本来的吧。”

“您们等着看吧，老师是不会停下来的。”

“其后，天狗之名自平安时代[3]开始屡见不鲜，出现在《大镜》《宇津保物语》等古书中。《宇津保物语》中有段‘遥远的山中传来乐器声，原来是天狗在演奏’的记载。由此可以看出古人用天狗来解释自然界的奇妙现象。”

“一开头就收不住了，老师非得把脑海里浮现的东西全都一股脑地讲出来才罢休。”

“《今昔物语》把天狗说成是一种抵抗佛教的妖怪。天狗一直以来都被认为是一种神奇之物，这本书却把它刻画成佛教的敌对者。不过，由于佛教色彩过于浓厚，要有保留地看待它的内容。”

“接下来该说到镰仓时代[4]了。”

“有意思的是《平家物语》中的记述，‘天狗像人，像鸟，又像犬，有人的手脚，狗的脑袋，还有一对鸟的翅膀，会走能飞’，这比较接近我们想象中的天狗形象。书中讲到人们笑说‘无情无趣，知康被天狗附体了’。由此可见，天狗能附体到人身上。还说有个高傲自大的僧侣‘变成了上不能成佛下不能入地狱的天狗’。”

“照这么看来，一时半会儿是停不下来了。”

“在这之后，《源平盛衰记》中也提到有个骄横无礼的法师变成了天狗。不过，虽说一概而论都是天狗，其实……”

“要想控制住这种狂乱，除非将老师的兴趣拉回到原来的怪谈上。”

直到这时，视线一直在言耶和祖父江偲间来回游移的宫司才猛然回过神来。

“啊！我忽然想起来，刚才说的竹魔，在古日志上被写作‘蓄魔’，就是储蓄的那个‘蓄’字。”

言耶的喋喋不休戛然而止，猛地转向宫司。

“蓄魔！这，这是什么意思？”

有了刚才祖父江偲的解释，宫司好像已经完全适应了言耶的古怪言行，这次他没有露出丝毫的惊讶，而是自然地微笑着说：

“我也不清楚竹林宫的神殿何时，又是因何而建。怎么说呢，竹林宫本身就是谜一样。”

“神社保存的日志中，没有关于竹魔的记载吗？”

“有倒是有，只是推测神殿里祭祀的是饥饿年代的饿死者。”

“原来如此啊。这么一说，‘竹林之魔’就不难理解了。我们是不是可以认为怪谈的内容就是对神殿由来的解释？”

“这不正是怪谈原本的作用吗？”

“啊，说的也是。那么，蓄魔是怎么回事？”

看着言耶的急切模样，宫司觉得很好笑。

“有一个节俭成性的村民为了应对饥饿，平时非常注意积攒食物，可是等饥饿真正来临了，他却又不舍得拿出能救命的食物。”

“真是的，明明是为了不挨饿才积攒的。”

“本末倒置有时也能将坏事变成好事。因为不舍得，那个男人和他的家人活活饿死了，为了用这个惨痛的事情警示后人，所以在竹林宫的神殿中祭祀这家人。”

“这是好几代之前的宫司大人进行的考察吧？”

“与我的碌碌无为不同，前辈都非常优秀。”

宫司与有荣焉地笑了，言耶也报以微笑。

“以前有没有发生过这些亡灵出来作祟的事件？”

“有。但是日志上没有相关记载。”

“是特意没有记录下来吧。”

“有这种可能。”

“总之，那位宫司大人认为不是竹魔而是蓄魔，对吧？”

“由此看来，前辈是个乐观派呢，原本的故事毕竟太凄惨、太可怕了。”

“还有一种说法由来已久，说是竹林宫的妖魔是瞽灵大神。”

听言耶这么说，宫司脸上露出复杂的神色。

“瞽灵大神可比竹魔的历史久远多了。但是，村子一出点不好的事，便会统统推到瞽灵大神身上，长此以往慢慢就有了竹魔的真身是瞽灵大神的说法。”

话题从竹林宫转到了牛头湾的瞽灵大神。秀继已经跟言耶他们说过很快就要举行瞽灵大神祭的事，就是不知什么原因，日期还没确定下来。

“过去一直都有固定的日期。”

听宫司这么说，言耶甚感意外。

“这，我还是第一次听说。日期上有什么说法吗？”

“不能说没有，一般都是夏末秋初的时候，至少也是在冬天来临之前。”

“这个时间范围也太大了吧。”

“按如今的年历，应该是八月下旬到九月中旬之间。”

“可是，今年还没……”

看着宫司阴沉下来的脸色，言耶赶紧闭上嘴。涉及到当地的传统仪式，该注意的礼仪礼节必须要注意。

“您已经知道近期阴扬村发生的各种怪异事件了吧？”

岩喜宫司调整一下情绪，问了这么一句话，显然还是听到了刚才祖父江偲的那句补充。

“是的，听大垣君讲过了。”

“礐灵大神祭虽然在犾幽村举办，实际上和閖扬村也有关系，因为小唐食船就是从那里出海的。”

“海原之首”怪谈中已经提到过唐食船，就是传说中从海那边满载食物而来的救命船。

“啊，我明白了！”

像是想通了什么似的，言耶大叫起来。

宫司不由得感叹：

“不愧是老师！我稍微一提，您就马上明白了。佩服，佩服。”

“哎？什么，什么？我不明白啊。”

祖父江偲迷惑不解。

言耶给了她答案。

“掀起閖扬村风浪的元凶是蝇玉的谣言四起，而且也有人说蝇玉的真身就是礐灵大神。这种时候举办礐灵大神祭，唐食船按照惯例从閖扬村出航的话，閖扬村的人会怎么想？”

“也是啊。”

祖父江偲点了点头。

岩喜宫司补充说道：

“当然，大部分村民还是能理解的，但是不知道年轻人和外来者会有什么反应。因此，考虑到这种不安因素，五人众商定暂缓举办礐灵大神祭。”

不过，说是暂缓，基本已定在后天进行。

言耶和宫司两个人有说不完的话，直到祖父江偲打了个大大的哈欠，秀继困得都打盹儿了，两个人仍相谈甚欢。

“大家都累了吧。”

最后多亏了过来看看情况的筱悬的一声提醒。祖父江偲和秀继不禁在心里对她千恩万谢。

果不其然，言耶露出不满的表情，但岩喜宫司的一句话顿时又让他喜笑颜开。

“明天早饭后，我领各位去竹林宫吧。”

此时的言耶完全忘记了他在远见岭上产生的怪异感觉，直到在竹林宫中遇到匪夷所思的恐怖状况时才猛地再次想了起来。

1 安土桃山时代：1573 年（或 1568 年）至 1603 年。

2 宅神即屋敷神，是宅邸所在土地的神，通常供奉在家中或者属于自己的土地山林中，其历史悠久，现在已从守护一家一族的神明升级为地域守护神明。

3 平安时代：794 年（或 784 年）至 1192 年。

4 镰仓时代：1185 年至 1333 年。

6

第六章 竹林宫横死

晚上，刀城言耶他们住在神社的另外一栋房子里，言耶和秀继一间屋，祖父江偲住在他们隔壁。两天的长途跋涉，再加上晚上喝了点酒，三人很快睡着了。

第二天清晨，言耶最先醒来。需要外出搜集情报时，祖父江偲向来比言耶起得晚，作为一个编辑有点不应该，但好处是言耶可以趁她未起床时悄悄外出，所以他从来没对此表示过不满。先不说祖父江偲，就连作息时间规律的秀继都还在呼呼大睡，不免有点惊讶。不过稍一想就明白了，秀继这两天陪同他们一起翻山越岭，而且之前独自往返了九难道的半途，自然比他们更加疲惫。

吃过早饭，笼室岩喜宫司领着他们前往竹林宫。

笹女神社的周围，只有南面是犊幽村的家家户户，其余三面全是茂密的竹林。宫司说除了竹林宫周边，村民们可以来随意砍伐竹子。

几个人走在竹林中细细的小道上。虽然外面已经大亮，但竹林中还是微暗的状态。

“犊幽村靠竹林也靠不了几年啦。”

“为什么？”

“五个村子合并为强罗町后，听说这里要修成一条大马路。”

宫司语气中明显带着落寞。

“有点可惜啊！”

望着周围密密麻麻的竹子，言耶不无遗憾地回应。

“想到祖祖辈辈靠它讨生活的竹林就这样没了，真是觉得愧对祖先啊。”

“您反对村子合并？”

“不，当然不反对。”

面对言耶的试探，宫司一口否认。

“随着时代的推移，村子不断开拓领地，越来越大，这是发展。然而，这片背山临海的狭窄区域很难获得发展。”

所以，几百年来，犊幽村只能沿着海岸线向东，再向东，分成几个村子。不过有意思的是，紧接着犊幽村之后形成的并不是相邻的盐饱村，反倒是离得最远的阴扬村，其后才慢慢依次出现了盐饱村、石糊村和矶见村，最终形成了如今五个村子构成的强罗地区。

“强罗五人众这个组织过去就有，五个村子分别出一个代表，干什么的都有，并不统一。像我是神社的宫司，盐饱村的代表是一名医生，石糊村的是村长，矶见村的是寺庙的住持，阴扬村的是原村长。”

阴扬村原来的村长，就是大垣秀继的祖父大垣秀寿。

“不过，有一点是统一的，那就是各位代表的祖先一定出自犊幽村。”

“也就是说各个代表必须是当初开创新村庄的领头人的后世子孙。”

“是的。其实，代表们并没有特别的权利，反正只要是这个家族的后人，有时候不管愿不愿意就得成为强罗五人众的成员。”

“强罗五人众不会是背后的掌权者吧？”

言耶嘴上开着玩笑，其实内心非常认真地在问这个问题。

每个地区往往有一些在当地极有势力的组织或互助会，根据言耶以往的经验，如果不提前了解清楚，很大程度上会影响到民俗采访的成败，所以他此时非常关心强罗五人众是不是这里的隐形当权者。

听了他的话，岩喜宫司放声大笑起来。

“哈哈，如果真是那样的话，我肯定能穿上高级衣服了。”

宫司身上的衣服与昨天穿的差不多，也是有点脏兮兮的，像是下地干活时才穿的衣服。

“您随便去村里打听一下就明白了。大家可能会说五人众作用可大了之类的话，其实那是给我们面子故意含混其词，要让他们说说我们具体有什么实权，一个也说不出来的。”

“换句话说，强罗五人众只是一种名誉职务。”

“哈哈，不愧是作家老师！就是能一语中的。其实就是村民们抬举我们，仅此而已。”

继而，宫司眉开眼笑地说。

“五人众虽然没有什么利益和好处，但必须得感谢我们的先人是各个村的开山始祖啊。”

“此话怎讲？”

宫司回视着诧异的言耶，脸上浮现出孩子气的笑容。

不过，祖父江偲突如其来的一声惊叫打断了他们的会话。

“啊——”

“怎么了？”

言耶关切地问。

祖父江偲表情僵硬，结结巴巴地说：

“有……有……有东西！”

“哎？在哪？”

言耶赶紧四处查看，却什么也没看到，四周唯有密密麻麻高耸的竹子。

“祖父江小姐，在哪边，你看到了什么？”

言耶再次询问，这才注意到祖父江偲呆呆地盯着地面。

“从那边竹子的根部传来‘沙沙’的声音。”

“女士，可能是蛇吧。”

对宫司满不在乎的解释，祖父江偲默默地没有理会。对她来说，这可是非常不得了的危险时刻。

“老师，咱们回去吧。”

“不行，去竹林宫。”

“不要！”

看到两人各不相让，秀继出来打圆场。

“前辈，放心吧，没事的。只要我们跟在宫司后面，留意脚下就行了。”

“我不是你的前辈，都说多少次了，听明白了没有？！”

虽然祖父江偲一再抗议，但秀继认定她与言耶关系紧密，所以从未听从。

“喂，喂，注意地面！”

言耶忍不住出声提醒。

但是，话还没说完，就被宫司的一句话吸引了过去，再无暇顾及背后的祖父江偲。

“回到我刚才说的……”

“哦，您刚才说强罗五人众必须要感谢先人是各个村的开山始祖。”

“没错。您看，这片竹林呢，归属笹女神社所有，其他成员在村北也都拥有各自的山林。比如说秀继的祖父大垣秀寿，阴扬村的久重山就是他家的。所以，如果要修贯通五个村子的大路，那么每一家拿到的土地赔偿金将会非常可观。”

“原来如此。”

非常现实的话，一般人说出来，可能让人觉得俗不可耐，但是同样的话从率真淡泊的宫司口中说出来，反倒让人不由得想向他道贺。

但是，言耶依然放不下心中的疑问，直言不讳地问：

“所以，您能坦然接受竹林的消失？”

“五个村合并是国家的政策，纵然我们着急抗议也没什么用，所以还不如坦然接受。这事起码对村子发展有好处，而且我也终于能有钱修葺一下破旧的神殿了。若是这样，天宇受卖命大神一定会宽恕我吧。”

“笹女神社的主祭神天宇受卖命大神，是传说中的‘舞神’……”

说到此，言耶猛然醒悟过来。

“《古事记》中记载，天照大神躲藏到天岩户时，就是天女受卖命女神手持竹叶跳舞才引出了她。柳田国男老师在《巫女考》中也提到过，巫女跳舞时手中之所以拿着小竹叶就是源自天女受卖命女神的传说。总之，神社周围竹林环绕，而且名字叫‘笹女’，其祭神为天女受卖命大神，就是在完美阐释这一古老传说。”

言耶首先讲述了自己的一番推理，然后才导入关键的问题。

“但是，如果是这样的话，那竹林宫又是怎么回事呢？”

“竹林宫残留下来的确没什么意义，神殿可以移到别处祭祀。”

岩喜宫司说着，突然停下了脚步。

“竹林宫，到了。”

言耶却呆愣在原地，因为他四下看了又看，眼前并没有竹子，而是高高的茂密杂草。

“竹林宫周围看上去像是一片原野。”

“自古就是如此吧，反正在我成为宫司之前，就是这个样子。”

“里面的神殿也……”

“不，不，虽然也祭祀，不过好几个月才来一趟。”

宫司领着大家沿着草地，往对面竹林的左边走去。

“这样看去，比起我们刚才走过的竹林，竹林宫的竹子密度实在惊人。”

听了言耶的感叹，祖父江偲和秀继也不约而同点了点头。

很快来到一个草地明显被人踩踏过的地方，眼前是一条杂草被随意劈开，杂乱无章的小道，尽头处连着一处没有生长竹子的空间，里面黑乎乎的什么也看不清，看上去就像是庙会上鬼屋的入口。

竹林入口处两侧的两根竹子之间挂着一根注连绳，让人联想到神社的鸟居。

“这就是竹林宫的入口。秀继小时候来过，还记得吗？”

被点到名的秀继脸色稍变，表情僵硬，看来当年留下的不是什么美好的记忆，甚至说他现在满脸恐惧也不为过。

宫司在鸟居的注连绳前拜了一拜，走了进去，一下子消失在昏暗中，就像被竹林宫的入口吸进去了一样。

言耶正要随之进去，衣服突然被人拉住了。

“哎？”

他吃惊地回过头去，看到一脸惶恐的祖父江偲。

“真，真要进去吗？”

“当然。我们不就是为此而来的吗？”

“可是……这里面不是有迷宫吗？”

“正因为如此，才更加富有乐趣。”

祖父江偲眼神中是浓浓的怀疑，可言耶已经迫不及待地要进去了。

“好不容易来一趟，咱们三人最好间隔开进去。”

“什，什么？！”

面对祖父江偲震惊之下的诘问，言耶脸上露出怪异的表情。

“里面不是有迷宫吗，三人同行肯定不如独自探索有意思。”

“老师，您脑子坏掉了吧。”

听上去像是玩笑话，但祖父江偲的表情极其认真。

“您要找乐子也得分什么时候啊。”

“那要不这样吧，祖父江小姐，你在原地等我们。”

言耶说着，欲抬脚进入竹林宫，不料被祖父江偲一下子抓住后背。

“喂，喂。”

“不要，我不要一个人进去，也不要一个人等着。”

“我说……”

这时，秀继像是领悟到了什么。

“老师，我认为我们应该一起进去。”

“哎？说什么嘛，好不容易碰到个迷宫。”

“要不，你们一起，我等会自己进去。”

“好啊，好啊。”

祖父江偲迅速响应，言耶却又改变了主意。

“好吧，三人一起。”

话音未落，人已经走过了鸟居。祖父江偲赶紧追了上去，接着秀继也走了进去。

刚才走在笹女神社周围的竹林中就感觉比外面暗了许多，竹林宫中越发昏暗，显然竹林的密度有不小的差异。抬头寻求光亮，却看到两边高高的竹尖向内弯成圆弧状，竹叶层层叠加，遮天蔽日，同样是黑乎乎一片。迷宫的小路比想象的还要窄，勉强能使一个人通过，给人非常强烈的压迫感，感觉两边的竹子正在朝自己慢慢挤压过来。

就连起初提议各走各路的言耶，每到转角时也不止一次突然就冒出了幸亏背后跟着祖父江偲的念头，有人做伴心里踏实了许多。当他发觉自己竟然产生了这种意识时，心里不免一惊。

“沙啦，沙啦……”

不断从竹林宫深处传来行走在石子路上的脚步声。言耶虽然明知道是岩喜宫司，但不知怎么回事，心里隐隐有种莫名的恐惧。

这种预感挥之不去，言耶索性停下脚步，凝神静听。

“那是宫司大人吧？”

祖父江偲在背后嘀咕了一句，看来她也同样不安。

“当然了。”

虽然嘴上如此肯定，但言耶的语气中带有不确定。祖父江偲敏锐地捕捉到了这一点，但她什么也没说。

两人谁也不说话，站在那里侧耳倾听，看上去就像两个被施了定身法的人。

“老师？”

直到秀继感觉不对劲，试着喊了一声，言耶才猛然回过神来。

“哦，继续走吧！”

言耶迈开步子，祖父江偲依然紧随其后，秀继走在最后。

“沙啦，沙啦……”

静静的竹林中只有三人单调的脚步声。

祖父江偲什么话也不说，动不动就突然贴近言耶，同时扭头往后看。言耶察觉到她的动静，被她弄得也莫名紧张起来。

“你在干什么？”

言耶终于忍不住回头问。

“我要确认一下跟在后面的是不是大垣君。”

没想到是这样一个始料不及的回答。不过，此时的言耶完全能理解她的紧张不安，所以没说什么。

“哎？说什么呢，当然是我了。请不要说奇怪的话。”

听了祖父江偲的话，一直面无异常的秀继突然惊慌起来，看来他也感受到了此时氤氲的恐怖气息，下意识地向祖父江偲越靠越近。

“不要贴在我背后啦。”

“前辈还说我，你看你不是紧贴在老师背后吗？”

“不要叫我前辈，都说多少次了！我和老师关系好，跟你又不熟。”

“喂！不要说让人误解的话！”

言耶立即发出抗议。

“啊呀！不得了啦！”

突然，从竹林宫深处传来岩喜宫司的喊叫。

“快过来！”

“出什么事了？”

言耶一边大声回应，一边一溜烟地向前跑去。

“啊，老师，等等我嘛。”

祖父江偲和秀继赶紧跟着往前跑，但已经看不到言耶的身影。眨眼间，三人在迷宫中走散了。

“老师——您在哪里？”

言耶虽然听到了祖父江偲害怕的呼喊，却没有停下脚步，心想她跟着秀继不会出什么事。

其实，就算是把祖父江偲一人丢下。此时的言耶也一定会不管不顾地直奔竹林宫深处。

中间遇到了几处死胡同，等言耶走过一条长长的通路后，往左边拐了个直角弯，眼前猛然开阔起来，同时一幅不可思议的景象飞入他的视线。

眼前是一块杂草丛生的圆形草地，位于正中央的位置，躺着一个男人。看上去像是呈“大”字在那里熟睡，其实可以确定已经死去多日了，因为尽管还有一段距离，但一股腐尸气扑鼻而来。

尸体的旁边跪着一个人，是脸色苍白的岩喜宫司，表情变幻莫测，恐惧、震惊、意外。也难怪他会是这种反应，因为比发现尸体更可怕的是那具尸体的外观。

最引人注目的是深陷的眼窝和脸颊，立刻让人联想到“眼窝深陷”“骨瘦如柴”等词语。而且，整张脸的皮肤不自然地紧紧贴在骨头上，一点肉感也没有，就像头骨上紧紧包裹着一层皮。

尸体给人的第一印象就是一具骸骨。

“这，这个人是……”

言耶本想问问是不是犊幽村的人，但宫司的回答让他震惊无比。

“是及位廉也。”

“什……什么？”

言耶再次看向那张脸，但他只看到过及位廉也的照片，此时无论怎么看也认不出来。

“真的是他？”

比起确认死者到底是谁，他还有更关心的问题。

“是饿死的吧？”

这应该是造成及位死亡的原因。从他那张惨不忍睹的脸就可以推断出来，不是饿死还能是怎样？

“照这个样子，目前只能这么判断。”

宫司也赞成言耶的推断。

“不过，奇怪啊……”

及位并没有被绑住，手脚也没有受伤，按理说轻轻松松就能走出去，却怎么活活饿死在了竹林宫的中央？如此怪异，到底发生了什么？

“太好了，终于找到了。”

一道不合时宜的欢叫声响起。祖父江偲和秀继终于走出迷宫，摸索到了这里。

“老师，您看，您看，身上都是蜘蛛网，手也被竹叶划破了……”

声音戛然而止。祖父江偲身后只露出一张脸的秀继也震惊地呆立在原地。

“这……这……这个人……”

祖父江偲终于能发出了声音。

“死了。”

言耶淡淡地回了两个字，转而关心地问询宫司。

“您，没事吧？”

“啊，没什么。”

宫司晃晃悠悠地想站起来，言耶连忙伸出手去。

“必须尽快报警，同时要好好看守，保护现场。”

“对。”

宫司点点头。

“秀继，你赶快去叫警察。”

“知，知道了。”

秀继慌慌张张地扭头就走，却又回过头不安地说：

“那，那个迷宫……”

“祖父江偲小姐，你和秀继君一起去吧。”

听言耶这么说，祖父江偲哭丧着脸抗议。

“我要知道迷宫怎么走，早能找到这里了。”

“那我和你一起吧。”

宫司催着秀继快走，转眼发现祖父江偲的手心出血了。

“被竹叶划伤的话，很疼的。”

说着，他从脏兮兮的劳动服口袋里掏出一块同样脏兮兮的手巾。

“谢，谢谢！”

嘴上说着谢谢，祖父江偲却没有用它擦手、包手的意思，而是用手巾擦掉了身上的蜘蛛丝。她毕竟是个城市人，没有乡村生活经验，遇到蜘蛛网只会一头闯进去，无法做到像宫司和言耶那样巧妙避开。

虽不及祖父江偲那么明显，接下来的秀继也重复了同样的动作，看来他已经不适应乡村生活了。

宫司看着秀继，眼神中带着心酸、痛惜，然后又把视线移到祖父江偲身上。

“我再给你一块手巾包一下手吧。”

“啊，不用了，没事，没事。”

祖父江偲明显地抗拒，宫司却好像误解为她是在客气。

“还有一块呢，不必客气。”

说着掏出一块更加脏破的手巾。

“老——师！”

她求救似的叫了一声，言耶只好挺身出来。

“用我这个吧。”

他拿出一条洁净的手帕，祖父江偲欣喜地接了过去。

岩喜宫司没再说什么，轻轻点头行了一礼，然后与秀继扭头走进了迷宫。

他们“沙啦、沙啦”的脚步声远去之后，周围寂静无声，偶有风吹竹叶的“沙沙”声，沉寂得让人心慌。

“老师，到这边来嘛。”

不知为何，祖父江偲忽然压低声音喊起来。刚才，言耶离开了她身边，走到尸体旁这儿看看那儿瞧瞧。

“怎么了？”

言耶只是嘴上应了一声，没有回头，拿出一块不同于刚才那块漂亮手帕的布巾捂住口鼻专心研究尸体。

“我一个人害怕。”

“我不是在吗？”

“离我再近点嘛。”

“那你到我这边来就是了。”

“讨，讨厌，我才不要去尸体旁边。”

祖父江偲坚决拒绝了。

言耶便不再理她，围着尸体转来转去，不时陷入思考。

“及位到底在这里遇到了什么呢？”

祖父江偲虽然心有恐惧，但又按捺不住好奇。

“死因，是什么？”

“从尸体的状态来看，应该是饿死的。”

“哎？就在这里？”

祖父江偲警觉地环视了一圈竹林宫中央的开阔空间。

“为什么他没能出去？”

“是啊。从外观看，及位并没有被缚住手脚，应该不是被囚禁在这里的。”

“就算被绑住，滚着爬着也能逃出去呀。”

“是啊，如果知道会饿死，任谁都会拼命往外逃吧。”

“对啊。可是，这个人为什么……”

她想问这个人为什么没有逃出去，突然像是想到了什么，脸上露出恐惧。

“对及位来说，这块草地就像是个无法逾越的密室。”

“什么呀，四周又没围起来。”

“唔。不过，说不定对他来说就是一个彻彻底底的密室，对，是个无形的密室。”

“老师……”

听了言耶的话，祖父江偲越发害怕了，怯怯地说：

“怎么感觉有点像是‘竹林之魔’啊。”

“对，怪谈的女主角多喜，也是在这里感受到了急剧的饥饿感。”

“原版再现吗？”

祖父江偲吓得哆嗦起来。

言耶冷静地指出。

“但是，多喜最终回到了迷宫中，而及位却未能逃出。问题出在哪呢？”

祖父江偲歪着头想了一会儿。

“是不是多喜刚察觉到不对劲就赶快逃出去了，而这个人磨磨蹭蹭地没来得及跑出去？”

“及位应该是为了调查什么才进入了竹林宫，所以当他觉察到身体的异样时，并没有想着马上离开。”

“所以，等他意识到不妙时，已经来不及了。”

言耶像是要坚定某种想法似的小声说了一句。

“如果真是这样的话，完全可以证实竹林宫的确诡异。”

“是啊。”

祖父江偲小声附和着，然后又惊恐地环视了一圈。

“如果不是这样的话，就无法说明人怎么会饿死在这里。就算有迷宫，也不至于一直迷路，一直迷路走不出去啊。”

祖父江偲的话像是给了言耶某种提示。

“是吗？但是，如果他知觉上有什么障碍的话……”

“什么意思？”

“进竹林宫时，有人陪着他，所以没任何问题。但出去的时候，如果只剩他一个人……”

“老师是不是想说‘或许就走不出迷宫了’？”

言耶沉吟了一下，还是摇了摇头。

“不，还不是这种感觉。”

“人哪会有什么知觉障碍？”

“当然有了，有各种各样的知觉障碍。不过，如果他有某种知觉障碍的话，尸体就该在迷宫中才对。”

“啊！对啊，对啊！他想走出迷宫，结果迷失了，怎么也走不出去，结果在途中耗尽体力死去了。对，一定是这样。”

“嗯？可是，及位却死在了草地的正中央。”

前面已经描述过，尸体呈“大”字形状，两只手臂平伸出去，个子不高不低，身材属于微胖的标准体格，两腿分开，与身体基本同宽。

看上去就像是一个人豪迈地躺在草地上，只不过这里是杂草覆盖的竹林宫中心，而且他竟然就这样活活饿死了。

令人费解的是，尸体上穿着的是一套黑色的僧衣。如果现在是天寒时节还好理解，可能是他离开竺磐寺时感到寒冷，于是就借了套僧衣穿在身上。当然，一般人是不会随意向住持开口借僧衣的。但他不同，他是以厚颜无耻著称的及位廉也啊，还有什么事是他做不出来的？然而，如今还是夏末，他怎么会这样做？而且僧衣过于肥大，根本不合身。为什么是这样一副奇怪的装扮？里面的衬衫和裤子，至少没让人觉得怪异，但是跟僧衣一样皱皱巴巴，脏得不像样。

此外，还有疑点，他伸开的右手中握着一根长长的竹竿。是咽气之前一直握在手中的吗？为什么特意在手中拿着一根竹竿？

不仅如此，为什么他要穿着僧衣，手持不知作何用的竹竿，在竹林宫中央的圆形草地上走来走去？看看被踩倒的杂草就能想见他当时的模样，像是找不到迷宫的入口而在草地上来回穿梭。

言耶再次把视线投向尸体右手中的竹竿。

“这根竹竿，是神殿门前的吧？”

他绕过尸体走向神殿，祖父江偲也跟了上来。

“看，这里有根一样的竹竿。”

“还挂着注连绳，这根与及位手中的竹竿，曾经分别立在神殿门前的左右两边。”

“对呀，‘竹林之魔’中不是说到，神殿门前左右两边各有一根比多喜还要高的竹竿，就像守护神殿的石狮子。”

“左边这根被及位拔走了。”

“您怎么看出来的？”

“你看看这些地方，可以推测及位用手中的竹竿打倒了挂着注连绳的这根竹竿，然后又暴打神殿。”

正如言耶推测的那样，神殿的屋顶、格子门的上面都有明显的击打痕迹，而且是暴力敲打，但是又奇怪地让人隐隐觉得施暴者力气不是很大。

“为什么他要特意击打神殿？”

祖父江偲小声附和了一声“是啊”，突然两眼放光地说道：

“就像老师刚才推理的那样，他有某种知觉障碍，所以走不出去。不过，他自己一定不知道自己有知觉障碍，正因为不知道，所以当他明白无论如何也走不出去的时候，就绝望了，发狂了，因此乱打一气。”

“我实在想不出他为什么走不出去。不过，你说的也不是没有可能。”

“那个人可是个异端民俗学者。”

祖父江偲突然冒出这样一句话，当她看到言耶竟然也颔首认可，不禁有点扬扬得意。

“所以，是他突然的狂乱之举吧。”

“什么？”

“啊，对了，也说不定是竹魔作祟呢。”

言耶没有说话，祖父江偲兀自喋喋不休。

“他肯定是来这里调查什么的。您想啊，他是那种异类的民俗学者，绝对听说过‘竹林之魔’的怪谈，也知道‘竹魔’这个名称，当他陷入某种难以控制的局面时，一定怀疑是竹魔在作怪，所以就想着破坏神殿，打败竹魔，这样自己就有救了。这不是很自然的想法和做法吗？”

“哦，不错，祖父江偲小姐，竟然做出如此合乎逻辑的推理。”

“老师又表扬人家，本小姐都害羞了，不要夸我，哈哈。”

言耶没有理会她的插科打诨。

“如果他认为是竹魔作怪，所以要破坏神殿，可为什么击打的力量这么弱？不是有点矛盾吗？”

“这个嘛……”

祖父江偲顿了一下，马上给出了解释。

“太饿了嘛，使不上劲。”

“你知道一个人饿几天能死吗？”

“一星期？十天？”

“只要不缺水，能活很长时间。但是，如果没水的话，一般也就只能撑四五天。”

“这么短？”

祖父江偲张口结舌，脸上露出恐惧的表情。

“假如说五天饿死，那至少前三天还是有力气的吧。”

“对啊，第一天和第二天应该还很有力气。”

“他不至于等到没力气破坏神殿的时候才想到是竹魔作祟。”

“是，是的。”

祖父江偲的语调中明显失去了刚才的底气。

“还有，祖父江偲小姐，及位廉也这个人是个彻底的合理主义者。”

“哎？”

她高声抗议。

“这个信息，您为什么不早说？”

“你呀！你不是也听了秀继君讲的‘蛇道之怪’？饭岛向前川讲述了蝇玉的事，前川为此找及位询问、求证，结果被及位嘲笑说‘怎么能相信那种荒诞事？’由此可见，他不是一个轻易相信世上有妖魔鬼怪的人。”

“哦，您是从这里推测出来的啊。”

祖父江偲没心没肺地说了一句，接着又眉飞色舞起来。

“最初他不相信是竹魔在作祟，但是等他怎么也走不出竹林宫的时候，就不得不相信了。不过，这时他已经饿到了极限，力气也耗得差不多了。怎么样，这样就能解释通了吧？”

“有道理。”

言耶罕见地认真考虑起祖父江偲的解释来。

“好像还真有能证明你的推理的证据。”

“哪里？哪里？”

言耶看了看周围的杂草。

“既然草被踩踏成这个样子，那只有一个解释，说明及位在这个圆形空间中不停地来回走动。他到底怎么了？”

“竹魔把迷宫的出口隐藏起来了，所以他像个无头苍蝇似的乱冲乱撞，拼命寻找出口。”

祖父江偲害怕地环视了一圈，肯定了自己的推理。

“您看，看上去不就是这样吗？”

“还有三处证据。”

言耶离开神殿，稍微往右走了走，指着竹林的某处。

“你看，竹林宫内周的竹子密度是不是比外围的要小？”

“您这么一说，还真是的。”

“而这里，竹子与竹子间的间隔比较大。你仔细看看，是不是有强行通过的痕迹？”

“啊，真的呢！”

“类似的痕迹，这些地方也有。”

这次，言耶走到了神殿的左边，指着两个地方。

“看，是不是也有想要强行通过的痕迹？”

“不过，最终也是徒劳无功啊。”

“但是明明有参道通往迷宫，为什么他却屡屡尝试从这些地方出去呢？”

“因为知觉上的障碍呗。”

“要想充分证实你的推理，必须首先探明这个事实。”

“当真？”

看到言耶竟然爽快地接受了自己的推理，虽然有附加条件，但祖父江偲仍喜不自禁。可能是这个原因吧，言耶回到尸体旁时，这次她毫不犹豫地跟了上去，见样学样地用刚才言耶给她的手帕捂住了鼻子。

“失礼了。”

言耶低下头，用布巾包住右手，开始查看尸体身上的僧衣。

“等等，老师，不可以吧。”

祖父江偲下意识地退了一大步。

“我又不动尸体。”

言耶姑且找了个理由，把僧衣检查了一遍。

“没什么啊？”

接下来开始检查翻领衬衫。

“咦？”

言耶从衬衫的前胸口袋里掏出了一样东西，定睛一看，不禁大吃一惊。

“切，不就是个笹舟嘛。”

祖父江偲倒是没什么不寻常的反应。

“与村道旁地藏菩萨那里供奉的一模一样呢。”

“嗯。可是，及位怎么带着这样的东西？”

“嗨，捡的呗。”

祖父江偲丝毫不觉得有什么奇怪，但言耶却陷入了沉思。

“看看，还有什么东西吗？”

直到祖父江偲等得不耐烦了开口催促，他才又开始查看起来。

“没有了。裤子里不知有没有？”

“老师，差不多了，停手吧。”

“有了！”

这次从裤子的后口袋里掏出的是一个记事本。

翻了翻，第一页上记录的就是那四则怪谈，还有很多关于强罗地区的记述。

“应该是他本人的东西。”

“这个人到底在调查什么呢？”

“从记事本上的内容来看，应该是与这地方的传说有关。”

“呀，这不和老师您完全一样嘛。”

“但是，及位这个人……”

言耶刚想开口讲讲这个人的行事风格以及后续危害，又及时闭上了嘴。

“您要说什么？”

言耶没有理会祖父江偲的追问，展开记事本的某一页给她看。

“哎？奇怪，这是什么意思？”

纸上写着两句莫名其妙的话，而且笔迹歪歪扭扭：

一切皆相反？

碧灵大神的真身——美人鱼？

7

第七章 竺磐寺

“人鱼……”

刀城言耶呆怔在原地喃喃低语。

“老师？”

祖父江偲试着叫了他一声，没有反应。

“喂喂，喂！”

祖父江偲跑到他身边呼喊，还是没有任何反应。

“喂，刀城言耶！”

祖父江偲急得直呼其名，言耶这才终于回过神来。

“啊，不好意思。”

对上祖父江偲探寻的目光，言耶自己也是一副困惑的样子。

“太奇怪了，康沃尔突然又浮现在我脑海中。”

“那里是不是流传着人鱼传说？”

“嗯。塞纳亚村的教堂里，摆放着一把中世纪的椅子——美人鱼的椅子，肋板上雕刻着一个手拿梳子和镜子的美人鱼。”

“哎？什么故事？快说说。”

“很久以前，有段时期一到星期日，就有一个身穿黑衣的貌美女子来教堂参加礼拜，嗓音悦耳动听，只是唱完赞美诗马上就离开。村里的人陶醉在她那美妙的歌声中，没有人想着去查她的来历。”

“光用声音就征服了全村人啊。”

“可是，每当黑衣女子离开后，人们就发现她坐过的椅子总是湿漉漉的。”

“怪谈吗？”

“拥有动听嗓音的不只是黑衣女子，还有教堂管理人的儿子玛希。两个人情投意合，不久就陷入热恋。”

“好美的爱情。”

祖父江偲听得入了迷，完全忘记了自己此时就在一具饿死的尸体边上。

“然而，两人不久失踪了。”

“私奔了？”

言耶不理会祖父江偲的插嘴。

“几年后，村民们发现每到月光如水的夜晚，就会从海湾那里传来两人美妙的歌声。”

“也就是说，女的是美人鱼，男的跟着她走了？”

“此外，还有其他相关传说。话说有一次，一艘船在海湾下锚停航，不一会儿水下冒出一条美人鱼，跟船长说：‘您的船锚堵住了我们的出口，玛希和孩子们被堵在里面出不来了，请您换个位置吧！’”

“果然是两人在一起了嘛。”

“多年之谜终于真相大白。船长回来一讲，村里人都为他俩结婚生子幸福地生活在一起而感到高兴。”

“好感人啊。”

言耶却意味深长地说：

“听上去的确如此，不过……”

祖父江偲疑惑地看着他。

“什么意思？”

“如果站在玛希父母的立场上，你会怎么想？怕是在他们眼里，黑衣女子就是一个抢走他们儿子的恶女吧。”

“哎？怎么能这么想呢？人家是自由恋爱啊。”

“可是，对方是一条鱼。作为父母，不可能心无芥蒂地送上祝福。”

“可是……”

“而且，美人鱼的传说不仅仅这一个版本，更多的是说男子被人鱼的歌声诱惑，迷失心智跳进大海，将美人鱼妖魔化了。实际上，在康沃尔另一个海湾中，有一处叫‘人鱼石’的地方，只要过往船只在这附近听到人鱼的低声吟唱，必定会遭遇海难。此外，受歌声诱惑跳入海中想游到那里去的年轻人，也没有一个能活着回来的。”

祖父江偲一脸的不解。

“可是，老师，这里供奉沉船遇难者亡魂的不是礐灵大神吗？”

“对，对，说得没错，祖父江小姐。”

言耶突然兴奋起来。

“因为这一带是岩礁地带，所以自古以来常常发生触礁沉船事故，供奉那些亡者的就是你说的礐灵大神。礐灵大神的‘礐’本就是岩礁的意思，‘灵’大概就是魂灵吧，顾名思义，单看名字也能知道是镇魂的意思。这个事实和解释，及位不可能不知道，但是他为何还要怀疑礐灵大神的真身是人鱼呢？太奇怪了。”

“另外一句‘一切皆相反？’说的就是这个意思吧。”

“如果是这样的话，那句话就该写在‘礐灵大神的真身——美人鱼？’后面才对。既然写在了前面，由此可以判断他是先意识到了这一点，然后才产生对人鱼的怀疑。”

“说的也是。这么说来，难道强罗地区也有人鱼传说？”

“根据之前的调查，这里并没有人鱼相关的传说。假如有的话，说明大垣君对我有所隐瞒。”

“就算大垣君没说，昨天您跟宫司大人聊天时，他也会提到吧。”

祖父江偲不由得心有余悸地看向记事本。

“如果是这样的话，这个人鱼……”

“一定别有深意。”

“比如？”

“我突然想起……”

就在这时，岩喜宫司突然从迷宫中走了出来，后面跟着一个警察，接着秀继也出来了。

“刀城老师，这是由松警官。”

由松大约三十五六岁的样子，表面上看似客气，但掩饰不住周身的傲慢自大。

“我是巡查部长由松。”

打招呼时还特地提到了自己的职务。他看了一眼地上的尸体，随即转向言耶。

“你，不是什么侦探嘛，说说吧，这个男的到底怎么回事？”

非常傲慢无礼的语气。

“哎？不，我不是侦探。”

“不用隐瞒了！”

由松爆喝一声，言耶一时不知该说什么好。

祖父江偲不乐意了，马上对着秀继嚷嚷起来：

“怎么回事，大垣君？你到底是怎么介绍老师的。”

秀继老老实实地开始陈述：

“本职是作家，也是一位民俗学家，思维缜密，多次在民俗采访中完美侦破了各种事件……”

话未说完，就被祖父江偲打断了。

“废话，说这些有什么用！”

说着，猛地转向由松。

“巡查部长，我说几句吧。”

“什，什么？你是？”

由松似乎有点被祖父江偲的时尚靓丽扰乱了心神。

“我叫祖父江偲，是刀城老师的责任编辑，在民俗采访的旅程中还兼任他的秘书。”

言耶心说“哪有的事？”但表面上一语不发，因为他瞬间想到或许伶牙俐齿的祖父江偲能挫挫这个由松的傲气。

“巡查部长，你知道被誉为战前‘昭和名侦探’的东城牙城老师吗？”

“那个……我只听说过名字。”

“刀城言耶老师……”

“祖父江小姐！”

言耶想阻止她，但她选择无视，自顾说了出来：

“刀城言耶老师，就是东城牙城侦探的儿子。”

“啊？”

由松张口结舌。

几乎就在同时，言耶冷冷地说了一句。

“父亲的事和我无关。”

“可是，老师您明明有侦探能力……”

祖父江偲还想继续，但言耶冰冷的眼神像箭一样直直射来，吓得她心里一颤，悻悻地闭上了嘴巴。

只要一提到父亲的事，言耶便会变得冷硬起来，是不是父子两人有什么矛盾？

纵然祖父江偲和言耶认识合作已久，但她对此还是一无所知。

战前，厌倦了豪门生活的刀城牙升（东城牙城是做侦探时的别名），毅然决然脱离了家族，拜师私立侦探大江田铎真，此后成为了昭和名侦探。这并不是什么秘密，连祖父江偲都知道。

与父亲一样，言耶也是离开家自立门户，但从未听他说过到底为什么与家族决裂。每个编辑都知道决不能在言耶面前提他父亲，但业界中并没有人清楚刀城父子到底怎么回事。

但是，所有人都选择尊重这个事实，没有谁恶意揣测和散播。

“这个男的说得没错，出了事，跟爹是谁没有任何关系。”

被祖父江偲的爆炸性发言堵得一时无话可说的由松，觉得言耶自身丝毫没有仰仗父亲之名的意思，气焰又嚣张起来了。

“你不会动尸体了吧？”

言耶似乎不在意由松的趾高气扬，反而像个邀功的孩子似的，喜不自禁地拿出了那个笹舟和记事本。

“看，发现了这些。”

“什么，这是？”

由松瞪大眼睛，斜睨着言耶。

“在哪里发现的？”

“笹舟是从衬衣口袋，记事本是从屁股口袋里掏出来的。对了，另外一个屁股口袋还没检查。”

言耶正要靠近尸体，由松人喝一声：

“不许动！”

“这两样东西交给本官就行了，你离尸体远点！”

祖父江偲看到由松对言耶颐指气使，顿时不愿意了。

“你，怎么回事？怎么能对老师‘你，你’的？”

“好啦，好啦，祖父江小姐。”

言耶赶紧出言相劝。

在这之前，由松已经走向了岩喜宫司，看来是不想与祖父江偲正面交锋。

由松听宫司讲述了发现尸体时的情况后，留下了两名村青年团成员看守现场，他们之前就在竹林宫外面待机。随后自己返回了派出所，说是要向县警察局汇报。

按照由松的安排，言耶四人在笹女神社待命。

由松刚一离开，言耶就问宫司：

“县里的警官什么时候能来到？”

“再怎么快，也得中午吧。”

“那我……”

“老师，您要去哪？”

面对祖父江偲的问询，言耶装糊涂。

“我在村里转转。”

“别糊弄人啦，您肯定是要去竺磐寺。”

言耶没说话，但他那吃了一惊的表情就是最好的回答。

“呀，不是，说不定走着走着，顺路去一趟。”

“为了破案吧。”

“不，不是。”

“那我陪您一块儿。”

祖父江偲理所当然地要同行，言耶赶紧阻止。

“不用，不用。”

“刚才不是都跟警官说了嘛，民俗采访时我就是您的秘书。”

“不让你跟着，是为了方便圆谎。”

“撒谎？什么意思？”

言耶认真地看着祖父江偲，郑重其事地说：

“你看，如果由松警官来神社发现我不在，那不就麻烦了，所以到时候需要你帮我打掩护。这种事情我只能拜托你了，除了你我还能靠谁？”

“哎？是，是啊。”

祖父江偲被捧得有点不好意思，脸上洋溢着喜悦和满足。

“那，这件事就拜托你了！”

言耶向岩喜宫司鞠躬告别，然后对秀继摆了摆手，转身步下石阶。

他的目的地当然是竺磐寺。

行走在村道上，言耶思绪万千。

及位廉也怎么会饿死在竹林宫中？目前一点头绪没有，但是有一点是可以预见的，那就是他的死必将会引起村里的骚动。为了探明真相，首先要去他一直逗留的竺磐寺看看。

“但是，这算不上探案。”

就像是让自己坚信这种想法似的，言耶在心里一个字一个字地说了一遍。

如果及位的死亡是咎由自取，那么他肯定是先加害于人才成了被害者，而被他加害的当然就是村民了。假如说那个人就是杀害他的嫌犯，那么自己一定要搞清楚，这也是自己的责任，因为就像及位廉也一样，自己也是来进行民俗采访的。

如果纯粹只是一场意外事故……

那么，虽然对及位廉也来说是不幸的，但起码可以放下心了。

言耶突然感觉到一种异样，明明与昨天一样行走在村中，感觉却大不相同。不过就隔了一晚上，村中的氛围好像一下子变了。

“怎么回事？”

他怎么想也想不明白。

走着，走着，他突然发现究竟哪里不同了。

今天，路上碰到的村民看都不看他。

昨天，村民有点无礼地盯着他和祖父江偲看，等秀继介绍后大家七嘴八舌地上来搭话，问这问那，全是关于他和祖父江偲的问题，弄得他们都无暇回答。但是有一点是肯定的，村民们当时没有任何恶意，态度友好。

而此时的态度则非常冷淡，甚至可以说唯恐避之不及，像是碰上了什么忌讳的东西，就怕沾染上霉运一样。

“难道是竹林宫中的事故已经传开？”

言耶思量了一阵，确信就是这样。消息不会是由松散布出来的，但负责看守现场的是村青年团的人，那两个人守候在竹林宫外面，很有可能碰到其他成员，于是……

而且，死者是饿死的，简直就是“竹林之魔”的真实演绎。更巧的是，死者是外来人，发现者也是两个外来人。

古语曰“不招惹鬼神就不会有是非，多一事不如少一事”。

难怪村民们会是这样的反应。

与周围格格不入的言耶太过显眼，为了避免给村民带来不必要的恐慌，他屏息疾步快走，结果刚走了几米就觉得憋得不行，然而他没有丝毫停顿，只是一个劲儿地往前走。

终于到了竺磐寺的石阶下，他忍不住长舒一口气。

沿着石阶慢慢往上走，脑海中浮现出昨天刚到达竺磐寺附近时俯瞰到的风景。走到台阶一半的位置，他转身回头想看看早晨的犊幽村。

却在刹那间僵立在原地，背上一阵发凉，没有失足跌落已是万幸。

从村子的各个方向，投来一道道视线。

但在他转身的一瞬间，那一道道视线全都迅速收回了。待在家中的撤回了身子，走在路上的再次迈起了步子，船上的将脸转向了海面……

糟糕!

如果村民有抵触，那将无法进行民俗采访，尤其是那些相对闭锁的村庄，以前言耶不止一次遇到过这种情况。虽说言耶不是轻易服输之人，但此时也觉得这次实在有点棘手。

仔细想想，也不难理解村民心中的疑惑和恐慌。异端民俗学者及位廉也打着民俗采访的旗号，本来是以阴扬村的和平公寓为大本营在调查什么，为什么出现在了犊幽村？没过多久，一个带着同样目的的作家和一个美女编辑也来到这里，同行的是阴扬村的大垣秀继，听说他爷爷和笹女神社的宫司笼室岩喜关系不好，这个秀继自身也有问题，为了宫司的孙女笼室筱悬，与竹屋的龟兹将结下了梁子……哎呀，千万别出什么事端才好，可是正当村民担心之际，又传来及位廉也横死竹林宫的消息，而且是饿死的，怎么就偏偏饿死在竹林宫了呢？他到底遭遇了什么？

言耶将视线转向牛头湾，又望向奥埋岛，深感必须搞明白竹林宫死亡事件才能展开后续工作。自己不是侦探，但是为了早日探明真相，如果有必要，他甘愿承担这个任务。

登上最后的几级台阶，他正要跨过山门，差一点迎头撞上一个男人，身穿西服，大概四十五六岁的样子。

“啊，不好意思。”

对方礼貌地颔首致歉。

言耶马上想到了这是谁。

“呀，是我不好，突然走了进来，抱歉。您是日升纺织的久留米先生吧。”

“是的，我叫久留米三琅，您怎么……”

久留米一脸困惑。

言耶简单做了自我介绍后问道：

“及位廉也先生的事情，您已经知道了吧？”

听到这单刀直入的问话，久留米不由得皱起眉头。

“嗯，刚听真海住持说起。”

看来是有村民来寺院报告了。

“听说是笹女神社的宫司大人，还有外来的作家老师发现的。”

久留米的话中带有明显的试探意味。

“对，就是我，不过谈不上是什么老师。除了我和宫司大人，还有一男一女两名编辑。”

“嗯，我知道男编辑是阴扬村大垣秀寿老人的孙子。”

“您认识大垣秀继君？”

“不认识，不过常听秀寿先生提起。”

大垣秀寿是阴扬村最大的地主，久留米作为外来的日升纺织的职员，应该不会不知道他孙子的事。

“老师，您和及位先生一样，也是从事民俗学的吧。”

言耶没有直接否定久留米自以为是的理解，因此也没再继续纠缠“老师”的称呼。但他不愿明着撒谎，于是委婉地含糊说道：

“怎么说呢，虽然没有直接关系吧，但在本就不大的学问圈里总归是有各种牵扯的。”

“是的，不管哪个行业大抵都是如此。”

听了久留米的回应，言耶松了一口气。

“大垣秀继先生作为一名编辑，也跟老师您的工作有联系，对吧？”

久留米又误解了。

不过这次言耶将错就错。

“是的。我来这里呢，主要是想问问住持大人，及位先生到底在进行什么样的民俗调查，虽然这个时候探讨刚刚意外身亡者的事有点不合适。”

“不，您别这么说，我非常理解您的工作，就算担当者突然出了意外，工作还是要继续的。”

听了久留米诚恳的话，言耶心里不免有点愧疚对他的利用，不过最终还是假装无意地问。

“久留米先生，您听及位先生说起过他在这里的工作吗？”

久留米凝眉思索了一阵。

“很遗憾，没听他提过，不过即便他说过什么，我也不懂也记不住那些学问上的事。”

不过，他随即又添了一句，好像只是顺嘴一说的样子。

“可能跟民俗学没什么关联，我倒是听他说起过强罗地区五个村子合并的事，对此他持反对意见。”

一个着实令人意外的信息，言耶有点震惊。

“为什么？”

“说是这样一来，这个地区的自然和传统就被破坏了。”

言耶心中赫然一动，这可不像及位廉也能说出的话。

久留米又开了口，一副坦诚相待的态度和语气。

“其实，我正在从事日升纺织业务以外的其他工作。我们在开发拓展旅游业，等到贯通五个村子的道路修好后，计划整合强罗地区的各沿海区域，建立海水浴场。”

“呀，这么重要的事，您告诉了我……”

“没事，没事。这是我们公司最近刚决定的旅游规划，不过我已经向笹女神社的宫司大人等强罗五人众汇报过了。”

久留米微笑着毫不在意地说，言耶索性也不客气地问。

“宫司大人什么反应？”

“我给他详细介绍了公司的计划，不仅是建海水浴场，还有其他诸多方案，比如可以建立从牛头湾到绝海洞的海上观光线路等等，但是宫司大人好像有顾虑。”

言耶心想有道理。

久留米接下来的话让他再次意识到强罗地区的严峻现实。

“不过，宫司大人，大垣先生，以及五人众的其他三名成员，考虑到毕竟对村子的发展有利，最终还是都同意了。反过来直言不讳地说，只要不推行这项旅游开发计划，就算五个村子合并了，除阴扬村外，其他四个村子的发展前景也不会光明。”

明明不是当事人，不知为何，言耶心里有点不愿直面这个现实。

“久留米先生待在竺磐寺，就是为了推动这个旅游规划吗？”

“唔，有这方面的原因吧……”

言耶很奇怪他为什么说得含糊不清。

“其实，其实我是接到了及位先生的电话，说有事跟我商量。”

言耶震惊地欺身向前。

“什，什么事？”

“我来了，他却什么也没说，只是让我在这里稍等，说他跟真海住持讲好了让我在寺院待一阵子。可是，他出去后再也没回来。”

“这是什么时候的事？”

“及位先生二十日到的竺磐寺，我是二十二日来的，二十三日早晨他出去后再也没回来。”

今天是二十八日，也就是说及位廉也离开竺磐寺已经五天了。一个人不吃不喝，五天足以饿死了。

“不好意思，我问一下，您与及位先生是在哪里？怎么认识的？”

“在阴扬村的和平公寓，我们集团的很多年轻员工都住在那里。”

久留米的话证明了“蛇道之怪”中饭岛胜利的描述。言耶顺势将对话自然引到了那则怪谈上。

久留米心情沉重地说：

“饭岛君，很可怜啊。”

“久留米先生，您遇到过那种诡异现象吗？”

“没有。”

从语气中能听出他对那种事的否定，不是否定至少也是怀疑。

言耶像是猛然反应过来似的，向久留米致歉。

“啊，对不起，拉着您说了这么长时间的话。耽误您外出了，实在不好意思。”

“哪里，哪里，我只是想去竹屋了解一下及位先生的事情，没想到在这里碰到刀城老师，省得我跑一趟了。”

言耶闻言心中一动，表面却装得若无其事。

“您说的竹屋，是龟兹将先生家的屋号？”

“您连这都知道？”

“听大垣君说起过。”

“哦，怪不得呢。”

听话音，久留米好像清楚秀继、龟兹将、筱悬三人之间的纠葛，言耶正想着要不要拐到这个话题上。

“关于及位先生的事……”

听着这委婉地催促，言耶不得不讲讲在竹林宫的发现了，毕竟听人家讲了这么多，自己也不好什么也不透露。

听了言耶的讲述后，久留米无比震惊。

“哎？怎么会饿死呢？”

“冒昧地问一下……”

言耶借此问了问他是否知道及位有无知觉障碍。

“怎么说呢，自从我和他熟识以来没发现过这种情况。至于有没有，我还真说不上来。”

“说的也是。谢谢啦！”

两人在山门前告别。

言耶在杂役的带领下见到了竺磐寺的住持真海，但两个人只是站在门口聊了一会儿就结束了会面，因为真海住持对及位廉也的事也是一无所知。

住持利落地说：

“我只是给他提供食宿。”

言耶觉得奇怪便问道：

“寺院的史册，您给及位先生看了吧？”

“啊，那种东西，随便他看。”

听上去绝对不是糊涂行事，而是真正的放任。

“跟笹女神社没法比啊，我们寺院的藏宝阁里没什么宝物。”

“神社里有？”

真海住持笑了。

“他们藏宝阁里的东西，虽算不上真正的宝物，但在民俗学家眼中可都是宝贝啊。”

“哦，是吗？”

言耶心想，他说的应该是岩喜宫司曾经提到的历代宫司记录下来的日志吧。

“对了，听说及位先生五天前离开这里一直没回来。”

“是这样。”

“您没注意到他一直没回来吗？”

“我倒是听厨房的人说起过他这几天没来吃饭，不过我只管收房租，其他一概不问。我们还想着他是不是回和平公寓了。”

这位住持一副漠不关心的态度。

突然，又问了一句：

“你住在笹女神社？”

话题转换得太快，言耶一时没反应过来，只是机械地回答：

“是的。”

“搬到我这里来，怎么样？与同行的美女编辑一起过来，我给你们便宜点。”

真是荒唐！

“不是还有大垣家的秀继？他住我这边更自在吧。”

言耶感觉他话中有话，好像在含沙射影地嘲笑笼室岩喜和大垣秀寿，或者可以说是暗指笼室家和大垣家的不和，也有可能在影射秀继、龟兹将、筱悬三人之间的关系。

“感谢您的好意，不过秀继君已经介绍我们在笹女神社住下了，不好意思再搬到这里来。”

“哦？这个秀继……”

真海住持一脸怀疑，好像在说“这个大垣秀继一定有所企图”。

“住持大人，我想问一下，您的一件僧衣是不是不见了？”

“我的？僧衣？为什么这么问？”

“其实……”

言耶刚一开口，住持就着急地催促。

“有什么话，直接说。”

于是言耶又把刚刚给久留米讲过的话重复了一遍，详细描述了当时在竹林宫发现及位廉也的尸体的情况。

“怎么会发生这么可怕的事？！”

住持神情一敛，突然正经起来，一改不拘小节、圆滑的形象。

“尸体穿着僧衣，这事您怎么看？”

听到言耶的问话，住持突然又恢复到原来的神情。

“他肯定是擅自拿走了我的一件旧僧衣。”

“您觉得他为什么要这么做？”

“一定是想偷偷潜入笹女神社。”

言耶闻言大吃一惊。

“我听说那位学者在神社过于随便惹恼了宫司，被禁止入内了。”

“好像是这样的。”

“不过，他可不是那种因此就善罢甘休的家伙。”

在不长时间的交谈中，言耶感觉到这位真海住持的确像岩喜宫司说的那样有点不守清规，但同时也觉得他看人的眼光还是挺准的。

“穿着我的僧衣，嗯，一定是，是那个……”

“乔装？”

“对，对。寺院和神社允许自由出入，说不好听点，人人都像进自己家一样随便。但是，如果被禁止入内的人在那里转来转去，一定会被盘问了。”

“所以，他就假扮成您？”

“唔，怎么说呢，与其说是假扮成我，倒不如说是那个学者不想让人认出来吧。你想，他再怎么假扮我，要是撞上宫司、筱悬，还是会穿帮的嘛，所以他还是为了不让人认出来而做了准备，穿着僧衣的话，远远看过去还是能误导下吧。”

“一种隐身手段？”

“总结得很到位。”

“及位先生到底在调查什么呢？”

“笹女神社的秘密。”

“有，有这种事？”

面对言耶的惊疑，真海住持嗤笑一声说道。

“所以，被戳破秘密的宫司就指使竹林宫中的妖怪饿死了那个学者。接下来你准备怎么办？”

“哎？”

“换到我这里住吧。”

住持说着放声大笑起来。

言耶却敏锐地注意到他根本笑不达眼，不禁后背一阵发凉。

8

第八章 竹屋

刀城言耶离开竺磐寺，站在高高的石阶上，视线依次移过犊幽村、牛头湾、海中的奥埋岛，心中犹豫不决。

回笹女神社？去竹屋？

自己不在神社的事恐怕早已暴露，由松此刻正处在暴怒中吧，不，也有可能天生能说会道的祖父江偲已经成功骗过了他。无论如何，这时候县里的警官应该还没到。

即便县里的警官来了，也未必能有什么新进展，估计也就是听听汇报，最终冷冰冰地来上一句“外人就不要插手了”。但是，迄今为止自己已经碰到过很多次类似的状况，多多少少积累了一些分析、推理经验，所以这次不管怎样还是要尽一份心力。

为了充分利用时间，现在去竹屋见见龟兹将也不错，正好久留米三琅也在那里，经过他的介绍，同龟兹的交流肯定能更顺利。虽说已经在神社见过一面，但龟兹能不能记得他还不好说，况且是在当时那种情景下，就算记得也不会是什么好印象。所以，还是利用一下刚认识的久留米比较好，虽然这样做好像有点过分。

目前面临的困难是不知竹屋在哪里。言耶走下竺磐寺的石阶进入村子里，不知该往哪里走，沿着昨天秀继走过的路步行一段，也没看到有类似竹屋的建筑。本想找个村民问问，可是那些人一见是他，不是扭头拐向另外的路就是直接进家关上大门，照这样下去，永远也问不到竹屋的具体所在。

“这是把我当瘟神了。”

言耶自嘲地一笑，一筹莫展。

不过，马上又自己给自己打气。

“自己转着找找吧。”

一来犊幽村不是很大，再者时间还很充裕。其实，除了搜集奇闻怪谈，在陌生的地方转转也是言耶的一种爱好。

然而，转了一会儿，言耶再次陷入迷茫。

“这样瞎转，什么时候才能找到竹屋呢？”

犊幽村的农家顺着山势错落地拥挤在食坏山到牛头湾的斜坡上，家家户户之间的通道狭窄而错综复杂，而且高低落差比较大，根本不适合闲逛，甚至可以说稍一疏忽就辨别不出自己身在何处。虽然参照着东北、西北向的笹女神社的鸟居和竺磐寺的山门，大致能判断出具体位置，但知道方向也没有什么用。

言耶心中隐隐升起不安。

“怎么感觉像在竹林宫中的迷宫里？”

不同的是，竹林宫属于平面上的迷宫，而这里恰如一个立体的迷宫，比竹林宫复杂多了。村子虽说不是太大，但与竹林宫相比还是大多了。在这样的村子里转来转去，想想就能知道让人多么焦躁和辛苦。

“不，未必如此。”

言耶脑海中不时闪现出及位廉也异样的死状。他走不出竹林宫，活活饿死了，而自己日前起码不会有饿死的危险，实在找不到路，怎么也能找到村民求助，当然肯定会有人装作家里没人不理睬自己，但只要坚持敲门的话，总能有一家回应吧。

及位在竹林宫中直面的是未知的状况，而自己目前的处境比他要好多了。

“不能再这样下去，得找个人问问。”

自己瞎转，解决不了任何问题。不知不觉间，言耶来到村子的下端，参照鸟居和山门的位置，此时已经穿过了村子的三分之二，再往下走很快就要到海边了。

“呱嗒，咕隆咕隆。”

突然，转来一阵奇怪的声响。言耶定睛一看，从狭窄的坡道上滚下来一个小竹桶，后面追着一个小男孩。言耶看到他的脸时，吓得心里扑通一跳。

小男孩竟然戴着一个鸦天狗[1]的面具。

言耶弯腰拾起竹桶，小男孩一下子停下了脚步，僵在原地，好奇而又不安地看着他。

“你好啊！”

言耶跟他打招呼，但小男孩一动不动，也不说话。

“你是竹屋家的孩子吧？”

言耶之所以会这么问，是因为他看到小男孩玩着一个竹桶。当然，这一点作为证据不免太过微弱，可言耶此时就是有这样一种强烈的直觉，而且他没有说“龟兹家”而是采用村民惯称的“竹屋”，也是一种下意识的行为。可以说这样的直觉和说话技巧都是他在长年的民俗采访中积累起来的经验。

小男孩一把扯下面具，露出一张渔家孩子少有的白净脸庞，非常可爱。

他满脸戒备，却又飞快地点了下头，那样子像是很为自己是“竹屋”

家的孩子而骄傲自豪。言耶微微一笑，看来历史悠久的竹屋在村里很被看重啊。

“我正要去你家呢，可是迷路了，你能领我去吗？”

言耶笑眯眯地递过去竹桶，小男孩也随着咧嘴一笑，但不知为何又突然强忍住笑意，绷起脸皱起眉来接过了竹桶，像是要努力摆出威严之态。难不成他父亲一直教育他“男人必须不苟言笑”吗?

言耶像是被自己的猜测戳中了痛点，没来由地一阵心痛。这时，小男孩对着他招了几下小手，率先转身走上了坡道。

没想到离竹屋也就几步的路。路右侧矗立着一栋明显大于其他人家的房子，玻璃窗大开着，工作间里有两个男人正在默默地干活，一个六十来岁，另一个大约三十五六岁。

“早上好，忙着呢！”

言耶高声向他们打招呼，却没得到任何回应，气氛尴尬极了。

“我是住在笹女神社的刀城言耶，请问龟兹将先生在家吗？”

言耶没有气馁，再次出声，可那两个人依然默不作声，就像没看见他这个人一样，整个工作间里只回荡着“嘶——嘶——”削竹子的声音。

言耶无奈向小男孩求助，一扭头却发现这个关键人物不见了踪影，慌忙四下张望，看到小家伙在前面一栋房子的屋角处露出小脸，一个劲儿地点着小脑袋，好像在说“这边，这边”。

“打扰了。”

言耶行礼告辞。这时，那个年轻男子终于抬起头来，瞥了言耶一眼，同时左右环视，大概是在确认有没有多事的领路人。

言耶走到小男孩身边。

“你找将叔叔有事？”

“对啊，你知道将叔叔在哪吗？对了，你叫什么名字？”

“这边，快点。”

小男孩“蹬蹬”地跑在前面。

“我叫刀城言耶，你呢？”

言耶坚持追问，小男孩侧转身有点害羞地说：

“龟兹……竹利。”

特意郑重地将姓和名分开说了出来。

“竹利君，请多关照！对了，刚才那两个人是你的爸爸和爷爷吗？”

小男孩点点头，但没有回头。光看他这个动作，就知道他对父亲和祖父抱有畏惧之心，或许惧更甚于畏。

这是言耶无法容忍的，但又有什么办法呢？毕竟是与自己毫无关系的别人家的事，而且自己不过是为了民俗采访临时在这里待一段时间。再说，这也不是他能解决的问题。言耶心里非常清楚，而正因为如此，心中越发不好受。

言耶满腹心事，闷闷不乐地走着。

前面的竹利看了看周围，突然停下了脚步。

“你是侦探？”

说完，赶紧用小手捂住嘴巴，好像担心被人听到似的，小模样可爱极了。

言耶闻言心里咯噔一下。

“所以，你一下子就猜到我是谁了。”

“你怎么……”

言耶本来想问小男孩怎么知道自己是侦探，但猛然意识到这样岂不是等于承认自己就是侦探了吗？正思量着该怎么说时，小男孩得意地说了一句出乎言耶意料的话：

“叔叔说的。”

“龟兹将君……”

谣言已经疯传到连小孩子也知道的地步了吗？言耶有点慌神。仔细回想一下，久留米和真海住持都未提到有关侦探的任何字眼。且不说外来人久留米，要说竺磐寺的住持竟然不知道村子里的传言，这也太奇怪了吧。而龟兹将又是怎么知道的呢？

眼前闪现出大垣秀继和笼室筱悬的脸，是他们两人中的一个吗？不过，言耶马上否认了自己的想法，因为从当时三人在笼室家大门口的互动来看，秀继和筱悬似乎对龟兹唯恐避之不及。再者，就算他们有见面的机会，也不可能特意提到自己的事吧。

言耶心中涌起不好的预感。

他思绪纷乱地往前走着，不知什么时候来到一个破旧简陋的餐馆前，招牌上写着“矶屋”两个字。

竹利轻车熟路地拉开拉门，走了进去。

“哎呀，小竹利来了。”

里面传来一个温柔的中年女声，见到言耶掀开暖帘走进来后，却换成了冷冰冰的语调。

“我们十一点才营业。”

前后态度的差异太过鲜明，惊得言耶一愣。

“大娘，这位老师是将叔叔的客人。”

“老师？”

矶屋的老板娘重新看了一眼言耶，脸上露出不好意思的神情。

“不过，将先生和久留米先生正在……”

说着，意味深长地瞄了一眼最里面的拉门。看来两个人在里面，听她的语气，像是正在密谈什么。

“啊，久留米先生也在啊。”

言耶心想，我当然知道久留米在这里，只是嘴上装糊涂。

“老师，你认识久留米先生？”

“是啊。我去竺磐寺时，和他聊了很多。”

“那，你和住持大人也很熟了。”

言耶内心实在抗拒堂而皇之地撒谎，所以只是笑着点点头。

“那么……”

老板娘顿时没那么警惕了，转身走到最里面的格子间前，特意压低声音叫门，尽管此时店里没有客人。拉门被轻轻推开，露出一张满是问号的脸，是久留米三琅。

他看了一眼老板娘，将视线投向言耶，脸上露出窘迫的神情，但那只是一瞬间的事，马上若无其事地换成笑脸。

“啊，是您，刚才失礼了。您这么早就吃午饭吗？”

明明刚才听到老板娘说言耶有事找龟兹将，他却故意装傻。

不过，言耶没有理会他的这种刻意。

“您客气了。我们分开后，我又去和住持大人聊了一会儿，出来后想着要到著名的竹屋看看，结果却迷路了，多亏碰到了小竹利，由他领着才来到了这里。”

“哦。不过……”

虽然不清楚久留米到底要说什么，但那副语调明显是在委婉地下逐客令。

就在这时，龟兹将从里面走了出来。

“哎呀呀，很荣幸见到侦探老师。”

“将君，这……”

久留米对龟兹将口中的“侦探”二字颇为震惊，但他似乎还是想让言耶离开，龟兹将却根本不理会他。

“怎么让侦探老师站在门口呢，快请进。”

龟兹将热情地招手邀请，完全不是在笹女神社时的那副冷漠样子。他好像有点喝醉了。

进屋之前，言耶蹲下身平视着竹利。

“谢谢你啦。”

竹利明白这表明自己的任务已经完成，小脸上流露出失望和落寞，但言耶心中再怎么不忍也不能带他进去。

“老板娘，这孩子有没有什么想吃的，钱由我来付。”

老板娘一副“我懂”的样子连声回应。

“好的，好的，明白。”

言耶这才进了屋。久留米什么也没说，大概是明白了他已经无力阻止。

“老师，来，来这里。”

龟兹将让出自己原本坐着的上座，言耶赶紧婉拒，但是被龟兹将强行拉了过去。

“来，来，先喝一杯。”

龟兹将拿出一个杯子倒满酒。

言耶接了过来，闲聊般地问出了心中的疑问。

“对了，将君，您怎么说我是侦探呢？”

“老师，我在杂志上看过你大显身手的事迹。”

听了龟兹将的回答，言耶心中不好的预感越发强烈，虽然大致有所猜测，但还是想确认一下。

“什么杂志？”

“什么杂志来着？啊，对，对，是《猎奇人》。”

果然……

意料之中的最坏结果。

《猎奇人》是一种糟粕杂志，创刊于战后初期，以充满色情、怪奇的真人真事为卖点，其极具挑逗性的封面抓住了大众处于娱乐荒原的饥渴之心，迅速占领了市场。虽然打着“纪实”的旗号，其实内容根本不可信。

“糟粕杂志”是一种蔑称，取自劣质烧酒之名。这样的杂志不仅封面低俗，而且使用的是廉价纸张，装订也非常粗糙，不出三天准能翻烂，因此人们用只喝三合[2]就能烂醉的劣质烧酒来比喻它，称之为“糟粕杂志”。

《猎奇人》好像经常刊登“东城雅哉怪奇香艳侦探故事”。说是“好像”，是因为言耶没亲眼见过实物。“怪奇”也就罢了，这香艳从何说起？

据祖父江偲说，里面全是一些令人恐怖的内容。

“写的全是老师民俗采访时被卷入村中各种稀奇古怪事件的故事。不过，到处穿插着老师在探案过程中不是与貌美寡妇私通啦，就是诱惑黄花大闺女等内容。”

“为，为什么会这样？！”

“可能是故弄玄虚，为了引出线索而设定的噱头吧，其实并没有任何关联，估计是作者为了吸引男性读者故意这么编造的。假如老师真有这些淫乱行为……”

“没有，绝对没有。哎？你这怀疑的眼神是什么意思？”

总之，《猎奇人》就是这样一本低俗恶趣的杂志，言耶不胜其扰。

为什么他们单单盯上言耶了呢？这至今仍是个谜。言耶与被誉为“昭和名侦探”的父亲东城牙城不同，他不是什么名人，也就少数书迷、编辑、警察知道他，在一般大众中的知名度甚至可以说基本为零。

然而，不知道为什么，《猎奇人》却大肆宣扬他是“实有其人的侦探作家”，而且写得非常过分，内容虽然大体没错，但关键事件以及他的言行全是一派胡言。

“是不是因为您父亲的缘故？”

祖父江偲曾经罕见认真地这样说过。她推断东城牙城出身名门望族，自己是名侦探，儿子是志怪奇幻作家，而且的确遇到过不少事件并且完美揭开了真相，所以《猎奇人》那样的低俗杂志为了吸引读者的眼球，就以此为素材编造了一些荒唐文章。

唯一值得庆幸的是，他们没有使用“刀城言耶”的本名，而是用了“东城雅哉”的笔名。这也是令人头疼的问题，如果找他们交涉，他们肯定会耍赖说写的是别人。那样的话，拿他们也没办法。最近，言耶感觉像这样一开始就被误解的情况越来越多。

“那本杂志写的都是假的。”

每当言耶断然否认时，对方基本上都是先呆怔一下，然后立即哈哈地回应说“老师又谦虚了”，满脸的不相信，一副“我们都懂”的样子。几乎所有的男性读者都自行解读为言耶不是否认那些怪谈和破案，而是怕别人议论他那些淫乱行为。

百般解释也没有作用，言耶索性将错就错，既然被误解为侦探，那干脆利用这个身份获取想要的信息吧。

因此，此时言耶也没有辩解，而是直截了当地问龟兹将：

“及位死在竹林中的事，你已经知道了吧？”

“嗯，村里已经传遍了。这不，我正在听久留米先生讲述详细情况呢。”

看来久留米已经将言耶转述的事情原原本本告诉了龟兹将。不过，这也无可厚非。

“那我就直接问了，听说将君和及位先生私交甚好，你觉得是怎么回事？”

言耶看着龟兹将像是喝醉了，心想说不定他会胡说八道一通。

没想到龟兹将清醒果断地说道：

“一定是这样的。”

说着，对言耶勾着一只手指头，等到言耶倾身过去后突然压低声音说：

“肯定是及位先生窥探到了笹女神社的秘密。”

“什么秘密？”

龟兹将顿了一下。

“具体是什么，我也不知道。本来及位先生说最近要告诉我的，结果还没等他说出来就被人害死了。”

“被谁？”

龟兹将奇怪地看了一眼言耶，随即恢复如常。

“当然是宫司了。老师，你没事吧？你不是名侦探嘛，镇定，镇定。”

“你的意思是，笼室岩喜宫司被及位廉也窥探到笹女神社的秘密，为了不让秘密泄露出去就设计饿死了他？”

龟兹将脸上浮现出扬扬自得的表情。

“虽然没有亲耳听他说过，但我知道及位先生准备以此要挟宫司。”

“他对村里人这么说的吗？”

“主要是对外人吧。如今不是都在传五个村要合并吗，听说此后还要开发成旅游地，每个村子当然都很期待了，强罗五人众也在私底下努力促成此事，这个时候要是传出笹女神社的秘密，弄不好合并的事就成了泡影。及位先生为了更加有力地要挟宫司，还联合了阴扬村的垣沼亨。总之，他在竭力组建反对合并的小团体，听说以垣沼亨为首的阴扬村的四个人已经明确表明支持他了。”

可能是真醉了，龟兹将一口气吐出信息量巨大的一番话。

“哈哈，这不成了强罗四人众了嘛。”

龟兹将闻言笑起来。

“我也想加入呢，这样就成了与强罗五人众对抗的新五人众。村子合并后得不到任何好处的大有人在，所以宫司……”

“不，不，将君，不是你说的这样。”

自从打完招呼就一直保持沉默的久留米突然插话进来。

“即便笹女神社有不愿意被外人知道的秘密，就算泄露出来，村子合并的规划也不会流产，因为推动市町村合并的是国家。而且，只有村子合并，这里才有可能发展成观光地。”

“有可能不只是神社的秘密，而是全村的秘密哦。”

久留米敏锐地抓住他的话，直接问道：

“那么，将君你对此一无所知吗？”

龟兹将一下子语塞了，含含糊糊地说：

“只有宫司、住持那样的一小部分人才知道。”

这时，言耶插话进来。

“我插一句，横沟正史先生写过一部名叫《八墓村》的推理小说。”

龟兹将惊喜地说道：

“对，对，我听说过这个小说，以前我还看过滨尾四郎写的《博士家的怪事件》。”

言耶心想这个龟兹将不简单，因为很少有人看过滨尾的那本小说。

“小说开始讲述了一个可怕的背景，四百多年前，八名败走的平家武士流落到村中，起初受到村民的热情招待，慢慢地村民开始垂涎他们手中的军用资金，于是就设计让他们喝下毒酒，残忍地杀害了他们，夺走钱财。然而，可能是八名武士的亡魂作祟，参与事件的村民接二连三地死于非命，于是为了村子的安宁，村民们敬奉他们为八墓明神，意图镇守不甘心的亡魂。”

“所以，村子就叫‘八墓村’了，对吧？”

看来，龟兹将也不过只是喜欢这样的推理故事，估计《猎奇人》可能只是顺手拿来翻了下。从他竟然读过滨尾四郎的小说来看，充分说明他喜欢侦探小说。

久留米虽然一副急着想说什么的神情，但并没有打断言耶的话。这么做是性格使然？还是想先听听被称为侦探的言耶的讲述后再作决定？

“是的，村名来自于四百年前的传说。”

言耶首先回答了龟兹的问题，然后继续讲述。

“小说的主要事件发生在昭和二十四五年，在那之前的二十年间，村里连续出现了杀人事件。有个男人精神错乱，一夜之间杀死了三十二人，足足是当年被杀武士的四倍。所以，村民们惊恐地判断一定又是八墓明神在作怪……大致就是这样的内容。”

言耶特意看向久留米。

“假如《八墓村》这样的事件发生在犊幽村，势必会给村合并以及旅游开发带来巨大影响吧？”

“不，不会的。”

对此，久留米坚决否定。

“败走武士的事件毕竟发生在四百多年前，如今还有几个人在乎？再说，二十年前的杀人事件，是一个人的作为，有罪的只是那个凶手。当然，村子里发生过如此规模的惨剧，可能会给人留下不好的印象，但国家推行的町村合并政策并不会因此就随随便便终止了。”

“反过来，会怎样？如果说四百年前的事件是一个人造成的，而二十年前的事件是全村人的行为……”

“这……其他村的人当然会嫌弃。不过，如果犊幽村发生过类似事件，不管怎么隐瞒，至少邻村还是能知道的。呀，再怎么也瞒不住村子里面像将君这样的年轻人吧。”

“你的意思是说，如果是很久以前的秘密就根本影响不到现在，如果是新秘密，那瞒也瞒不住。”

看着两人聊得越来越投机，不知怎么回事，龟兹将突然又唱起了反调。

“一定只是笹女神社的秘密。”

久留米再次强调。

“我刚才已经说了，这样影响不到合并计划。”

龟兹将继续重申自己的意见。

“如果真是这样的话，那只能威胁到宫司一个人。”

“及位虽然没有明说，但他会不会以此暗示这关系到村子的合并？”

听了言耶的话，龟兹将挠了挠头。

“啊，我已经什么也想不清了。这样的事，就拜托侦探老师给查明吧。反正我想说的就是及位先生一定是被宫司害死的。”

说完，赌气似的闷头喝起酒来。

将近中午，言耶准备返回笹女神社，久留米挽留他一起在矶屋吃午饭，他婉拒了。言耶心想，县里的警察应该快到了，这个时候尸体发现者之一的言耶竟然不在神社，那可就说不过去了。

走出房间，已看不到竹利的身影，言耶替他付了点心钱，又问了问回神社的路，便离开了矶屋。

半路上，言耶猛然想到一个问题，久留米为什么去见亀兹将？

久留米肯定是通过及位廉也结识的亀兹将。及位和亀兹两人都对岩喜宫司心怀叵测，这一点上怕是臭味相投。按理来说，竭力推行村合并的久留米应该是他们的对立派才对。

走着，想着，言耶突然想通了其中的缘由。

“嗯，是这个原因吧。”

岩喜宫司和亀兹将都曾提到，及位频频接触阴扬村大垣家的分家，也就是如今已没落的垣沼亨。据亀兹将讲，垣沼亨为了自己的利益正在集结反对村合并的小团体，目前已经组成了四人众。

久留米早就察觉到了他们的行动，说不定他已经面见过垣沼亨，但是没有得到理想的回应，正好此时及位向他介绍了亀兹将，他发现亀兹将也有意加入反对派，所以此番是来游说的，想把他的想法扼杀在摇篮中。

“虽不中，不远矣。”

言耶觉得自己的推断八九不离十。抬头一看，发现已经到了笹女神社的石阶下。他慢慢拾级而上，思绪又飘向了竹林宫的诡异死亡事件。

自己虽然在矶屋表现得一无所知，但根据目前的种种试探和调查，可以看出所有的矛头都指向了岩喜宫司，他是杀害及位的最大嫌疑人。

只是杀人动机不明。如果是因为笹女神社的秘密，但又无法查明到底是什么秘密。反之，假如说不是笹女神社而是全村的秘密，结果也是同样。好歹是，只要不查明杀人动机，就不能确定宫司的嫌疑。

言耶带着隐隐的乐观继续往上走，突然一道声音自头上响起。

“我说，你的心还真大，就这样满不在乎地回来了。”

原来是由松，一脸的骄横和不屑。

言耶心想，人在屋檐下不得不低头，正欲鞠躬致歉。

没想到，由松一声断喝。

“刀城言耶，因为涉嫌杀害及位廉也，你被捕了！”

没等言耶反应过来，一只手已被由松抓起，“咔”地一声扣上了手铐。

1 鸦天狗是传说中有着像乌鸦一样的嘴的小天狗。

2 合是日本的体积计量单位，1 合相当于 180 毫升。

9

第九章 怪谈杀人事件

刀城言耶愣了片刻才反应过来。

“不管怎样，这……”

他抬起被铐住的双手向由松抗议。

“未经许可擅自外出，的确是我不对，但也不能说逮捕就逮捕，有点过分了吧。”

“不要胡搅蛮缠。我刚才已经说得非常清楚，逮捕你是因为你涉嫌杀害及位廉也。”

“怎么能这样？你有什么证据？”

“留着这些话说给御堂岛警部听去吧。我只是奉警部之命前来缉拿你。”

言耶心中涌起非常糟糕的预感。这个御堂岛警部在知悉及位廉也是饿死的情况下，并且知道刀城言耶只是发现人之一，还依然下达逮捕令，那说明事态非常严重。

言耶心想，肯定不是真的将我视为重要嫌疑人才这样做，一定有别的原因。正因为他心中清楚这一点，心情才格外沉重。

“父亲吗？”

东城牙城作为民间侦探，迄今为止帮助过无数警察，再加上本就出身豪门，所以与警察组织的上层领导交情非同一般，但是并不是所有的警察都从心眼里佩服他，尤其是一部分担任现场搜查工作的警察在他的衬托下显得很无能，所以简直视他为蛇蝎。当然，到目前为止还没有一个人胆子大到敢当面对他不敬。

东城牙城的儿子——传闻也在从事侦探工作的刀城言耶落在自己手里时，有些人简直像是终于等到了报仇的机会，自然要“好好”招待一番。此外，不可否认也有父子不和传言的原因，那些听说过这种传言的人会越发肆无忌惮。

言耶猜测这个御堂岛警部也是这样的货色，难免心情沉重起来。

“快走！警部还在等着。”

由松一脸喜气洋洋，就像是自己搜查出的言耶，并将其抓捕到案，立了大功一样。

由松像对待凶手一般，粗暴地拉拽着言耶走上参道，到了笼室家门口，志得意满地向站立在那里的警察敬了个礼，然后拖着言耶走进会客厅。途中，言耶没有看到岩喜宫司、祖父江偲以及秀继的身影，估计是被隔离到其他房间了。

会客厅里，几个身穿西服的男子正在谈论什么，当见到由松和言耶两人时，不约而同地闭上了嘴。

“御堂岛警部，我是巡查部长由松，奉命将刀城言耶缉拿归案。”

与在大门口敬礼时不同，此时的由松一脸紧张。

不过，比他更紧张的是言耶。言耶迅速瞥了一圈在场的人，宽大的矮桌对面坐着一位容貌精悍、眼神犀利的男子，想必这就是御堂岛警部了。言耶看到他的第一眼，心中的绝望便达到极点。

从外表看就是个极其顽固的人，发起火来肯定非常恐怖。

特别是被他瞪视之后，言耶随即预感到今后的工作必将困难重重。不，现在哪还谈得上今后，这不都已经被抓起来了吗？

“嗯——”

这个人物上下左右打量了言耶一番。

“你就是那个刀城言耶老师？”

听到这句话，由松和言耶的反应出奇一致，就是震惊，但震惊的原因绝对不同。

“我是县警御堂岛。”

他对着言耶以目致意，然后眼神突然变得严厉起来，冷冷地扫向由松。

“准备铐到什么时候？还不快打开！”

由松整个身子已经发抖了，还不忘结结巴巴地为自己辩解，但明显已没了底气，像是已经用尽了所有的勇气。

“不……不是您……下……下的命令吗？”

御堂岛扭头看着左边的一个刑警。

“森肋，怎么回事？”

那个叫森肋的刑警又转向左边，问一个比他年轻的刑警。

“村田，怎么回事？”

村田面红耳赤地喝问由松：

“谁说要逮捕了？”

言耶明白了，御堂岛说的可能是等那个叫刀城言耶的回来后，第一时间带到他这里来。结果离奇地越传越离谱，最终“带到”变成了“逮捕”。但是，在场的人都能看出来，归根结底问题还是出在由松身上。

“呀，还真是吓了我一跳。”

言耶笑着说，但其他人没一个笑得出来。别说笑了，森肋、村田，尤其是由松脸色都白了。

“那个，我……”

由松还想垂死挣扎，村田连忙把他赶出了会客厅。

“非常抱歉。”

御堂岛对着言耶深鞠躬，森肋赶紧过来打开了手铐。

言耶对森肋点头致谢，然后用一种复杂莫辨的眼神静静地观察御堂岛。

刹那间，他感到自己身心放松下来。御堂岛既然称呼他为“老师”，说明他肯定知道自己的情况，问题是他怎么知道的?

言耶暗想，他是父亲的崇拜者吗？如果是这样的话，从某种意义上来说，反倒是个麻烦。但是，在没有确认之前，他不知该如何应对，于是索性直截了当地问：

“御堂岛警部，您知道我？”

“这是第一次见你。”

果然是这样。

这时，御堂岛问言耶：

“你还记得奥多摩终下市署的鬼无濑警部吗？”

瞬间，言耶的脑海中浮现出鬼无濑那张严酷的脸。

“啊，当然记得。今年四月份我在神户的奥户，曾经遇到过一起利用当地童谣的‘六地藏连续杀人事件’，当时承蒙鬼无濑警部诸多关照。”

“我和鬼无濑是警校的同期同学。”

“是吗！”

“我听他讲过很多关于你的事迹，所以这次听说发现人里有一个叫刀城言耶的，就想着是不是你呢。”

言耶再度不安起来，因为他不记得自己当时给鬼无濑留下了好印象。

但是，等他听完御堂岛下面的话后，不禁瞪大了眼睛。

“鬼无濑那家伙很少表扬人，尤其是在案件搜查上更是如此，在他手下干活的人很辛苦啊，而且那家伙最讨厌私家侦探了，但是让我震惊的是，他唯独对你赞不绝口。”

“这话，是鬼无濑警部说的？”

言耶下意识地反问。

御堂岛严肃的脸上第一次微微露出笑意。

“对，就是那个鬼无濑。是不是有点难以置信？”

“是啊。”

言耶情不自禁地随声附和一句，但马上反应过来这样不妥，慌里慌张地想收回说出的话，一时却又不知该如何补救。

御堂岛却对此毫不在意。

“所以，我对刀城言耶其人非常感兴趣啊。今天机缘巧合，有幸见到您。”

御堂岛给部下分配了任务，然后领着言耶离开客厅，到了另外一个小房间。

“我们开门见山地说吧。”

御堂岛刚在榻榻米上盘腿坐下，就催促起来。

“不好意思，有点着急，但是我非常想听听你的意见。”

“我，我的？”

“对，就是你的想法。别紧张，我不会像鬼无濑那样，说什么‘侦探退出’之类的话。只要有利破案，什么意见我都愿意听。”

“不，不，鬼无濑警部没那样说过。而且，我也不是侦探。”

“好啦，你站在什么立场上都行，就说说对于这起事件有没有什么看法？”

在御堂岛一连声的追问下，言耶本能地回答：

“有。”

“说来听听。”

无奈之下，言耶只好讲述了一下自己和祖父江偲当时在事发现场针对及位死亡原因的探讨，接着又把他在竺磐寺和久留米三琅、真海主持的交流，以及在矶屋与龟兹将的交谈如实说了一遍。

听了他的话，御堂岛颇为震惊。

“我一直以为侦探只是一味地从警察那里探听信息，而且不到最后时刻决不说出自己的调查和推理，然而你与他们不同。嗯，难怪鬼无濑对你评价如此高。”

言耶趁他此时心情比较好，想问问搜查情况。

“警察的判断是？”

然而，御堂岛可不是那么好糊弄的。

“这个，恕我不能透露。”

“呀，理当如此，我能理解。”

言耶不好意思地客气一句，心里却有点犯起愁来。非专业人士难以完成鉴别、辨认这样的侦破工作，可是如果无法获取这些信息的话，将很难解开及位廉也横死之谜。

御堂岛面无表情地看着神色有点急躁的言耶，突然说了一句：

“目前正从事故和他杀两方面进行侦破。”

言耶没有马上回应，停了一会儿才说：

“基本可以排除自杀吧。”

“啊？是，是的。”

没想到，御堂岛又淡淡地说了下去。

“具体情况要等验尸结果出来才能作推断，目前根据现场搜查的情况，初步判断是饿死的。尸体上没有明显外伤，死亡时间大概是在昨天傍晚到深夜之间。及位廉也二十三日清晨离开的竺磐寺，当时应该没有吃早饭。”

如果那天吃了早饭的话，等言耶他们发现他时，或许尚有气息。但是，即便如此还是难以救过来吧？

御堂岛豪不在意言耶一时的情绪波动，继续说道：

“你判断死者试图避开迷宫离开竹林宫中心，证据就是竹林边上有三处横冲直撞的痕迹。”

“迷宫中有什么发现吗？”

“从草地进入迷宫处的竹子也有擦损痕迹，不过比起那三处来轻微多了。”

“也就是说，及位本欲离开迷宫，但是因为某种障碍怎么也走不出来，就想从竹林里穿出来，结果还是没能成功。”

御堂岛没说话，只是点了点头。

言耶顺势提议。

“我只是顺嘴一提啊，可不可以找人尝试一下，试试能否从草地通过竹林走出来。”

“其实我们已经找了一个近乎死者体格的刑警试验过了。他比死者踏入了更深的竹林，但是很快就走不动了，因为碰到了迷宫的墙。说是墙，其实是竹子一棵挨一棵，密密麻麻挤在一起形成的一道竹墙。后来还顺着迷宫的外侧往外走呢，实际上根本行不通。”

“那看来还是走迷宫简单一些。可是，为什么及位没这么做呢？”

御堂岛没有回答言耶抛出来的问题，而是反问：

“那个‘竹林之魔’的怪谈跟这起事件有没有关系？我想请你站在志怪侦探作家的立场上谈谈看法。”

“您知道那个怪谈？”

“你的秘书告诉我的。”

言耶本想否认祖父江偲是他的秘书，但又一想无谓的解释只会浪费时间，而且有时候越解释越说不清，便果断放弃了。

“如果说及位廉也因妖怪作祟而饿死，那无论如何也解释不通尸体为何出现在了草地中央。如果他是像怪谈中的多喜那样遭遇到了什么，尸体应该在迷宫中被发现才合乎逻辑吧。”

“妖怪？道理？”

从御堂岛的语气中听不出他到底是觉得有趣，还是在揶揄。

“还有一种解释，及位廉也为了调查什么而进入竹林宫，觉察到自身的异样时没有立即逃命，结果等想逃时已经为时已晚。他拔下神殿前鸟居的一根竹竿疯狂敲打，是不是可以理解为这是他想摆脱妖怪的垂死挣扎？”

“唔，有道理。”

“如果是事故的话，还可以考虑一下及位是不是有某种知觉障碍导致他无法回到迷宫。”

“这个推理，也听你秘书提到过了。东京方面已经开始着手调查死者是否有精神或身体上的障碍。”

“如果是他杀的话，不好意思，目前我一点儿头绪也没有。但是有一点是肯定的，凶手一定利用了‘竹林之魔’怪谈。”

“会不会是凶手故意诱导大家认为死者是因妖怪作祟而饿死的？”

御堂岛警部面露担心，紧紧地盯着言耶。

“不，不会，村民可能还会相信妖怪作祟这种说法，但其他人未必相信，绝对会有人提出怀疑，更何况凶手还要考虑如何才能骗过警察的眼睛。总之，不可能的。”

“你这么说，我就放心了。”

“不过，如果是凶手在怪谈起源地伪造出饿死的死亡现状，且无论如何也找不出他杀的证据，结果会怎样？恐怕最后连警察也只能认定是意外事故吧。”

“哦？凶手是算计到这一点了吗？”

“如果真是他杀的话，恐怕……这样一来，及位廉也被杀事件可以称作‘怪谈杀人事件’。”

“不愧是作家风格的命名。”

御堂岛淡淡地感叹了一句。

“我刚才也说了，警察正从事故和他杀两方面进行侦破。事故的话，首先调查死者是否有某种障碍，这是至关重要的。他杀的话，就不用调查这些了，而是要全力锁定嫌疑人。”

言耶心想这是典型的警察思维，不管竹林宫密室如何诡异，只要找出嫌疑人，审问之后就什么都清楚了。

为了获取更多信息，这时候不能提出任何质疑，只能跟警方保持思想一致，于是言耶顺势问道：

“目前，警察认为谁的嫌疑最大？”

结果再次被拒绝了。

“这个，恕难奉告。”

御堂岛虽然如刚才一样拒绝了，但之后还是透露了许多。言耶有点哭笑不得，这就是所谓的原则和真心吗？

真是个难以捉摸的人呢！

照此看来，还是鬼无濑警部更好打交道。

被拒绝后，言耶不知接下来该将话题引向何处。

这时，御堂岛反问他：

“你觉得谁比较可疑？”

言耶突然有点焦躁起来，因为他脑海中首先闪现出来的是岩喜宫司。

刚才言耶并没有对御堂岛和盘托出所有情况，而是隐瞒了真海住持和龟兹将咬定宫司杀害了及位廉也的事情。虽然当时真海住持是半开玩笑，龟兹将却是非常认真地说出来这样的话，但不可否认的是两个人心中都认定凶手就是宫司。其实，说不说的也没什么用，警察随便去竺磐寺和竹屋查访一下，马上就能了解到这一情况。

可是，言耶非常抵触说出这件事，是因为受到了宫司的款待，还是根本就不相信他是嫌疑人？还是说目前没有足以证明宫司是凶手的证据？

言耶自己也说不清到底是因为什么。

御堂岛看了看一直没有回应的言耶。

“难道你怀疑宫司？”

突然听到御堂岛嘴里说出宫司的名字，言耶本能地反问：

“警察认为宫司大人是凶手吗？”

几乎就在同时，他预感到问也白问，听到的又将是一句“恕难奉告”，结果却……

“我们已经查明宫司和死者之间有不小的矛盾。”

没想到，这次御堂岛竟然给了明确的回应。不过言耶高兴不起来，因为听到的是警察怀疑宫司有杀人动机的信息。

“说起这个矛盾……”

言耶想起了久留米三琅在矶屋说的那些话，于是便把久留米说的那套即便及位廉也要挟宫司，宫司也不至于产生杀意的推理复述了一遍。

“哦？是因为神社或村里的历史秘密吗？”

御堂岛饶有兴趣。

“不过，就像日升纺织的人说的那样，这还不足以构成杀人动机。”

听到御堂岛也赞同久留米的看法，言耶不由得松了一口气。

“老师，你认为神社或村子的秘密是什么？”

突然被问到这样的问题，言耶一下子语塞了。

“尽管还没能了解到真相，先说说你的感觉吧。”

“哎？警部先生，您不是认为这与及位的死亡没关系吗？”

“还不能最后断定。确实，不管怎么想，久远的往事并不能构成现代的杀人动机，但是这个关键的秘密目前还不明了，所以还不能妄下定论。”

“说的是啊，不过……”

“你是怎么想的，说来听听。”

“我还没考虑这个问题。”

“考虑不成熟也没关系，想到什么说什么就是了。”

御堂岛低头拜托。

既然都做到这个份上了，言耶不能再继续搪塞。

“我们是经九难道来到犊幽村的，途中经过了狼烟场和远见岭，还远远地看到了瞭望塔，有个疑问一直在我脑子里盘旋，那就是为什么村民会如此关注海上来往的船只？”

“有道理。村民如此在意过往船只，你觉得是为什么？”

“我推测是为了袭击。”

“海盗？”

御堂岛对言耶的话甚感意外。

不过，他马上讲述了一件事，像是在声援言耶的推理似的。

“你这么一说，我倒是想起来曾听前辈讲过一个小偷村的故事。”

“村里所有人都是小偷？”

“嗯。所以他们很团结，外人根本不知道他们的所作所为。根据这种传说，犊幽村有没有可能是个海盗村？”

“不可能！”

“为什么？”

“自古以来，犊幽村受地理条件的限制，根本无法驾乘大船出海，怎么可能实施海盗作为？”

言耶简单地给御堂岛讲了那四则怪谈，然后说：

“如果犊幽村是个海盗村的话，‘海原之首’中的伍助不可能不知道这事。”

“或许吧。但那毕竟只是个故事而已。”

“不，正因如此，才具有一定的真实性。不过，‘海原之首’的传说怎么就成怪谈了呢？”

“学问上的事，我不懂。不管怎么说，为了守住祖先是海盗的秘密还不至于杀人吧。其实，像濑户内海那边，不知有多少人的祖辈都做过海盗。”

“是啊。就像久留米说的那样，这构不成及位廉也要挟宫司的动机。”

“但是，两人反目成仇是不争的事实。不过，从动机方面考虑，暂且可以说宫司并不是最大嫌疑人。”

御堂岛的话让言耶一阵欣喜。

然而，他接下来又说道：

“可是，竹林宫毕竟是个非常特殊的地方，如果不是笹女神社的相关人员，谁能想到那里？”

“这个……”

言耶一时也不知该如何应对。但是，他马上想起了那四则怪谈。

“只要知道‘竹林之魔’怪谈，不管是谁都能想到那个地方吧？”

对于言耶的反驳，御堂岛没有提出异议，但脸上完全一副“命案现场离宫司最近的事实是改变不了的”神情。

“宫司大人有没有不在场证明？”

话刚说出口，言耶马上想到及位廉也是饿死的，问这个没有任何意义。

“死者二十三日离开竺磐寺，宫司没有整天的不在场证明。不过，无论是谁都提供不出全天的证明吧。”

“这样的话，还是要先解开竹林宫的密室之谜。”

“凶手究竟是怎样做到让死者饿死的？只要知道了这个方法，那么不在现场的证明也有了新的意义，是这样吧？”

“是的，可以帮助我们锁定嫌疑人。”

“那么，就拜托老师你解开密室之谜吧！”

“哎？”

震惊之余，言耶又有点窃喜，这样是不是就可以光明正大地向警察询问搜查进展了？可是，他马上又患得患失起来，担心还是像现在这样问点什么都会被一句“恕难奉告”搪塞回来。

最终，言耶在没有任何约定的情况下，承担下了解开竹林宫密室之谜的任务。

10

第十章 再入竹林宫

第二天，即九月二十九日，是举行砻灵大神祭的日子，已经比往年延迟了不少时日。

“计划不能再变了。”

吃早饭时，宫司提到举办祭祀仪式的事，言耶不禁有点意外，不过听了宫司的说明后，也觉得挺有道理。

“已经一拖再拖，村里也不想再拖下去了。昨天傍晚召开了紧急村议会，多数人认为近期诡异事件频发，应当举办祭祀仪式驱邪。”

“是啊，祭祀包括这样的功能。”

“我们试探了一下阴扬村的口风，没想到他们也没什么意见，所以定在今天下午按原计划进行。老师和这位女士一起来参观吧，秀继也很久没看过祭祀仪式了吧。”

顺便说一句，宫司一直称呼祖父江偲为“女士”。

言耶担心地问：

“警察那边，没什么问题吗？”

宫司扯了一下嘴角。

“跟他们说明了这是自古以来的祭典，警察爽快地同意了。”

虽然餐桌上只有言耶他们几个，宫司还是压低了声音。

“如果死在竹林宫的人是村里人，估计不管是村议会还是警察都不会同意举办砻灵大神祭。”

听话音是说因为死的是外来人，所以不会对村子、祭祀有什么特别的影响。

早饭后，言耶决定再去竹林宫勘查一番。昨天就向御堂岛警部打了报告，他同意了。慎重起见，今天早上言耶又跟宫司打了招呼并获得了他的许可。

御堂岛警部和那些县警昨晚住在村里专门为他们准备的场所，因为昨天已经勘察完了现场，所以他们今天主要在村中走访，预计傍晚返回警察局。

言耶嫌有人同行会碍事，决定独自前往竹林宫，便安排祖父江偲向笼室筱悬打听有关及位廉也、竹屋的龟兹将，以及日升纺织的久留米三琅的信息，让秀继去探听村民对本次事件的反应。两个人干劲十足，估计直到中午才能回来。为了不惊动警察，言耶小心翼翼地低调行事，以免被他们盯上。

他细致周到地做好了万全准备，以保证自己在上午这段时间能够一个人清清静静探访竹林宫的案发现场。

走在笼室家后面广阔的竹林中，言耶想到了祖父江偲和秀继两个人。祖父江偲在自己身边时，总是叽叽喳喳地说个不停，偶尔她的话能给自己带来重要启示，但更多时候会妨碍自己的思考。而秀继呢，话太少，本来这也没什么，但若是有人就在你身边转悠却保持沉默，也会相当别扭。其实他本人非常希望能帮上言耶，但又过于谨慎小心，言耶能够体会到他这份心意，所以越发注意不能冷淡了他。这样一来，从某种意义上来说，反倒不如与祖父江偲相处来得自在。

今天安排他们去探听情况，不光是为了摆脱他们，而是想要解决地方性事件，必须充分了解当地独有的信息和知识。本来言耶打算亲力亲为，但借着今天这个机会正好一举两得。

清晨的竹林幽暗沉静，可怕的沉寂令人有点毛骨悚然，甚至让人忘记了其实不远处就是笹女神社和犊幽村，越往里走，远离人世的感觉就越强烈。此时回头的话，马上就能回到笼室家，但是言耶感觉自己像是被一股神秘的力量牵引着，一步一步不受控制地走向另外一个神秘的空间。

言耶倒是非常享受这种异样的气氛。刺激的感觉，再加上得以独自前往竹林宫的清净，实在是令人喜出望外。

然而，言耶的好心情没有维持多久，在刚走出竹林的瞬间一下子就消失得无影无踪。

“由松警官！”

在迷宫入口处站岗放哨的竟然是由松。

“辛，辛苦了！”

言耶对他行了一礼，但由松只是瞥了他一眼，一个字也没说。

“那个，我……”

言耶心想由松肯定不会允许自己进入竹林宫，一时不知该怎么说。如果抬出御堂岛的名号也许管用，但言耶又不想做以权压人的事，这可是他平时最不齿的行为。

言耶呆呆地站在原地，却惊奇地发现由松满脸不情愿地往旁边挪了挪。

“我，可以进去？”

由松看都不看他，只是轻轻点了下头，毫不掩饰那种“我才不想让你过去，可是……”的态度。

言耶猜测，大概是御堂岛警部提前告知他了，不然由松这微妙的态度实在无从解释。

管它怎么回事呢，言耶心中暗自庆幸此行还算顺利。

“打扰了！”

言耶行了一礼，踏上了通往迷宫的小路。

刚进去的瞬间，言耶决定把自己当成来此调查的及位廉也。不清楚他当时有没有同行者，权当是他独自一人吧。言耶试图完全放弃自我，化身成那个怪癖的民俗学者，模拟他进入迷宫后的行动。

然而，想归想，实际做起来却很难，因为自己的思想是无论如何也控制不了的。

比如，行进在迷宫中的及位廉也，绝对不会产生自己再也走不出竹林宫的想法。

不久，言耶又忍不住担心自己会不会遭遇及位廉也那样的灾难，脑海中浮现出一幕幕悲惨景象，及位廉也像无头苍蝇一样乱跑乱撞，想尽一切办法也走不出草地，饿瘫在地，越来越饿，最后连动都动不了啦，眼睁睁看着死亡一点一点降临。

想想就心惊肉跳，言耶有点想打退堂鼓了。

“没事，由松一定老老实实地在入口守着。”

言耶给自己壮胆，但心中又不太相信由松。

换种思路，祖父江偲和大垣秀继都知道自己来竹林宫了，笼室岩喜宫司和御堂岛警部也清楚，如果自己一直没有回去，他们一定会过来寻找，所以没什么好担心的。

言耶安慰自己一番，再次鼓起勇气往前走。

奇怪的是，与昨天早上不同，心里一直安稳不下来。

“大概是因为发现及位廉也的尸体了吧。”

这是最大的原因。昨天也不能说不紧张，但更多的是充斥着新鲜好奇的想法在迷宫中摸索，而今天则不同，不仅是去诡异的死亡现场，而且没有任何同伴，只有孤零零的一个人。

“怎能没有恐惧呢？”

进入口时决定化身及位廉也的想法早已崩溃。他还是切换成了刀城言耶的身体和思想走到了竹林宫的中心。

“到了这里，及位首先会探查神殿吧。”

言耶尽力推测死者当时的行动，同时一个字一个字地大声说出来，用以给自己壮胆。

尸体位置周围还残留着警察现场勘查的痕迹，言耶在草地上转了一圈到了神殿前。这里也有搜查过的痕迹，一扇格子门已经完全被卸了下来，可怜巴巴地歪倒在一边，估计是被及位敲打坏了，现场取证时不得不取了下来。

言耶悄悄往里一看，只见里面供奉着一块孩童头部大小的石头，那一定是供祭拜的神体了。神体前面摆放着一个三方（带座方木盘，用以摆放贡品），三方上铺着一张四方红（供纸，寓意天地四方），上面供奉着堆成山形的白色颗粒状东西，山顶上摆着一只笹舟。

“什么，这是？”

言耶刚想伸出右手食指，又本能地缩了回来。

“失礼了！”

他赶紧双手合十，垂头祭拜了一会儿，然后才仔细查看木盘上的白色颗粒，但是也没看出来是什么。

“请恕罪！”

言耶深深鞠了一躬，然后捏起一些白色颗粒舔了舔。如果此时祖父江偲在场，一定又要大声呵斥：“老师，您干什么？”

“盐？”

根据味蕾上的咸味，言耶判断这个山形的块状物是盐，大概是因为时间太过长久，盐粒凝结在一起了。

宫司发现尸体的时候，那扇格子门并没有掉下来，说明及位没舔食过这些盐，估计他当时已经饿得没有力气打开门了。

“如果他能吃点这东西，至少还能稍稍延续生命，说不定还有可能获救。”

言耶一边自言自语，一边把卸掉的门扇安上，然后仔细检查了神殿及其周围，最后又环视一圈草地。

再怎么找，也找不到需要调查的地方了，除了通往迷宫的开口，围绕草地的只有密生的竹林。

“再没什么可看的，这时候及位应该准备回去了吧。”

言耶站在神殿前，望着通往迷宫的开口，推想及位此时自然该往迷宫走去。

绕过尸体位置，言耶走到了开口处。

刹那间，他好像忽然想起什么，几乎就在这时，耳边响起“沙沙”的声音，他下意识地看向左边。

一条蛇溜溜地钻进了左侧充当迷宫墙的密集竹林中，没能看清是什么种类，也不清楚有多长多粗，言耶突发一阵恶寒。

“毒蛇！”

听到他自己的惊呼，言耶忽然想明白了及位廉也为何没能从迷宫中逃出去。

“如果迷宫中有很多毒蛇的话……”

那一定无法从那里通过了，所以及位廉也不得不返回到神殿前，拔下鸟居的一根竹竿用以驱赶毒蛇。同时，这也揭开了御堂岛提到过的迷宫开口处的竹子有轻微擦损痕迹的真相。

但是，一根竹竿起不了多大作用，无法驱走所有的毒蛇，他无法安心通过迷宫，于是转而寻找从竹林中穿过去的通路，但是未能如愿。而且，包围草地的竹林中一定也有毒蛇，所以这条路也行不通。

“竹林宫就是毒蛇的老窝。”

言耶这样推测。然后，猛然想起第一次进竹林宫时祖父江偲怕蛇的事。

“难不成真是……”

但是，他瞬间又沮丧地摇了摇头。

“不，不可能。如果是这样的话，那些毒蛇藏到哪里去了？为什么在及位饿死之前没有咬他？”

问题越想越多，还很复杂。假如凶手是利用毒蛇置及位廉也于死地，其实也并非易事，首先他是如何做到驱使毒蛇的？

“口哨吗？”

言耶想起来海外某著名侦探小说中的情节，不过又无奈地摇摇头。

慎重起见，他再次检查了及位想从竹林中穿出去的那三处痕迹，并且亲自试着挤了进去，结果每一处都窄小得让人进退两难，动弹不得。而且，他恍惚听见脚底下传来可怕的“沙沙”声，后背一阵阵发凉。

“没有毒蛇！”

他故意大声说出来给自己壮胆，但是下意识地在脑海中描绘的一幕幕可怕景象不仅没有消失，反倒越来越清晰。

言耶鼓足勇气，终于亲身试验完了这三处。然而遗憾的是，还是同样的结论。

想穿过竹林逃出去是不可能的。

而且，这次没有任何新发现。

他打算回去了，可是每次走到迷宫口，又不甘心地退回来一遍遍检查草地和神殿。

然而，还是没有任何发现。眼见就要到中午了，他无奈地空手而归，走出竹林宫时发现外面守卫的人已经换成了别人。

回到笼室家，祖父江偲和秀继已经在等他，不过他没等跟他们交流情报就去吃午饭了。饭后，宫司正要去换衣服，现在的他还是穿着那身脏兮兮的劳动服，一点不像要去参加祭祀仪式的样子。

“让您们久等了。怎么样？”

三人抬起头来，不禁瞪大眼睛。

“太气派了！”

“庄严，太神圣了！”

就连小时候已经见识过这身装扮的秀继，此时也是目瞪口呆的样子，可想而知言耶和祖父江偲会有多吃惊吧。

“哈哈哈，这套衣服一直没舍得穿。”

宫司上身穿着一件白色礼服，下身是同样白色的和服裤子，头戴一顶黑漆帽，右手托着一个笏板[1]。与长久以来的那身劳动服的形象简直是天壤之别，此时的宫司散发出了非常强大的气场。

“喂，听到了吗？这位女士说‘庄严神圣’，哈哈。”

宫司得意地对着帮他整理衣服的筱悬炫耀，筱悬露出一副替这样的爷爷害羞的神色，低下头小声告诫。

“爷爷，淡定啦。”

但语气中听不出丝毫指责，而是对爷爷浓浓的爱意，可爱极了。

“主持遻灵大神祭的一定是宫司您吧。”

没想到宫司却自嘲一笑。

“哪里，只是名义上的。”

“哎？可是……”

“过去，遻灵大神祭的一切活动的确都由笹女神社的宫司掌管主持，但是随着造船技术的提高，牛头湾的触礁沉船事件越来越少，祭祀仪式原本的镇魂目的越来越淡薄，慢慢就流于形式了，祭祀内容也一点点发生了改变，这些都在神社的日志上有所记载。结果，就变成如今连我这样的无能宫司也能承担起的活动了。”

“您太谦逊了。”

“不是谦虚。既然是祭祀仪式，所以我必须郑重对待，得换上合适的衣服才行。”

宫司在玄关处换上穿不习惯的浅沓[2]，脚步踉跄地往外走。下台阶时，搞得言耶他们比他本人还紧张。

“咦？筱悬呢？”

“自古女人不可参与祭祀。”

宫司淡淡地回答。

“那，祖父江偲去参观，能行吗？”

“不是村里的人，没事。”

完全不同于往日模样的宫司走在村中，村民络绎不绝地过来跟他打招呼，但他并没有停下脚步，不知是因为祭祀仪式快要开始了，还是因为后面跟着言耶他们。

出了村子，前面就是牛头湾，已经有几十名身穿白色和服的人在那里了。言耶定睛一看，果然没有一个女性，不仅如此，也没看到孩子的身影，全都是成年男性。

其他地方也有女人禁足的祭祀，看不到女人的身影可以理解，但是为什么小孩子也不行呢？

言耶觉得不可思议，更奇怪的是，这么多的男人竟然没有丝毫交流，全都静静地站立在现场，根本看不出马上就要开始祭祀的样子。

“暴风雨前的宁静……吗？”

眼前的异常让言耶忍不住这样想。

死气沉沉，这就是旁观者当时唯一的感受。

为什么谁也不说话？

此外，还有一个景象吸引了言耶的目光。一个个用大大小小的石块堆砌而成的临时灶台，自西向东一字排开，上面各架着一口大锅，火光熊熊，每个锅灶前都站着一名男子，而且锅灶的排列也很奇怪，上角一侧少，下角一侧的数量明显多。

“那是在制盐吗？”

“哦？您很懂嘛。”

宫司赞赏地看着言耶。

“是咱们吃的那种盐吗？为什么要烧？”

祖父江偲满头雾水。

言耶给她解释：

“与正规制盐不同，这是小渔村自己研究出来的简易制盐方法。首先找到几个平底箱子装满海岸上的砂石，然后用木桶提取海水注入箱中，接着放在阳光下曝晒，等到水被晒干，沙子干燥以后，再提取海水冲洒。然后得到的海水就是盐分比较大的，最后再把海水放在锅中熬制，水分都被熬干后剩下的就是盐了。”

“哇，好有意思。”

言耶扭头问宫司：

“制盐，也是碆灵大神祭的一项内容吗？”

“是的。熬制出来的盐，以后要供奉到神社里。”

“竹林宫的神殿中供奉的盐也是……”

“对，就是祭祀时熬制出来的盐。”

满含期待来到海边，却是这样的祭祀准备，完全没有想象中祭祀仪式的热闹气氛，先不说言耶，祖父江偲和秀继两人是一点兴致也提不起来。而且，两个人罕见地意见统一起来，齐声抱怨“沙子灌进鞋里了”。

海边的参观结束后，接下来宫司要去位于村西的上角前端。刚踏入上角，言耶便注意到了岩壁下那间蓬莱居住的小屋。

“呀，还保存着呢！”

言耶诧异地感叹。

宫司一副当然如此的口气。

“蓬莱一直住着。”

“哎？那他得多大岁数了？”

宫司奇怪地看着言耶。

“不是，那个蓬莱早就死去了，现在的蓬莱都不知是第几代了。”

“世袭制吗？”

宫司忍不住哈哈大笑起来。

“哈哈哈。第一位蓬莱死后，小屋有段时间没人居住，后来不知从哪里来了新的蓬莱。他们都是从海上流落到此地的，所以村民不可能对他们不管不顾，可能大家都认为他们的到来是一种吉兆吧。不可思议的是，他们对村里的事情一清二楚。据我观察，村民好像对他们抱有一种畏惧感。村子里无能为力的时候，就由笹女神社负责照顾他们。现在这位蓬莱，就是筱悬在照顾。”

宫司突然问言耶，语气中明显有种试探的意味：

“说到第一位蓬莱，老师您能猜出他是谁吗？”

言耶停顿了一会儿。

“莫不是‘海原之首’的伍助？”

“我有眼不识泰山。”

宫司特意停下脚步，对着言耶鞠了一躬。

“老师，您太了不起了。”

宫司的言行让祖父江偲喜上眉梢。

言耶却冷静地对她说：

“宫司大人会这么问我，说明那个人物是我所知道的，根本不难猜出来。”

他又转向宫司。

“真的是伍助？”

“终归是个传说，不过我觉得比较可信。”

“第二位呢？”

“这个，我就不清楚了。哦，对了，现在的蓬莱是个女人。”

言耶震惊之下，条件反射般地回头望向岩壁下方，不料正好对上一道从屋子窗后直视而来的目光。同时，言耶听到了旁边祖父江偲的抽气声，想必她也注意到了。

那个目光一直盯着他们，就像冷眼注视从外部降临的灾祸一样。

1 笏板是一种长形的板子。明治以来，神职人员通常手持木笏主持传统祭祀，笏板是用于礼仪的专属物品。

2 浅沓是古代日本贵族所穿的一种鞋子，后来作为神职人员的正装之一，制作工艺相当讲究。

11

第十一章 潳灵大神祭

言耶他们来到上角前端，瞭望塔下站着一位浑身白色装束的年轻人。他看到笼室岩喜宫司过来，便上前来郑重地行礼，没有说话。

“女士和秀继可以在这里观看，如果既想看到海湾，又想看到绝海洞，可以登上瞭望塔……”

“不，不，在这里就行了。”

“好吧。不过祭祀期间不可以再上瞭望塔，你可不要后悔。”

“不会的。真的，在这就行。”

祖父江偲的担心溢于言表，生怕宫司让他们登上瞭望塔。

“上去看看多好啊。”

言耶恋恋不舍地，无限憧憬地抬头望着瞭望塔，结果遭来祖父江偲的一记白眼，好像在告诫他“不要多说话”。

不过，宫司接下来的一句话让言耶喜出望外。

“如果愿意的话，老师可以到近处观看，不用担心。”

“多谢，多谢！”

“跟我一起坐小船去绝海洞吧。”

“那我也……”

祖父江偲话说了一半，马上闭上了嘴巴，脸上露出不安的神情，因为她看到停靠在岸边的小船实在是……

言耶也忍不住问宫司：

“就那艘小船？一定晃得很厉害吧？”

“晃肯定会晃了。老师，您晕船？”

“不，我没问题。”

于是，祖父江偲喋喋不休的叮咛开始回荡在耳边。

“老师，您可一定记好了。第一，当听到自己没听说过的怪谈时，不可以兴奋地在小船上站起来。第二，被什么吸引了目光时，不可以在小船上猛地站起来。第三，不管祭祀仪式多吸引您，都要记得自己待的是什么地方，不可以随随便便就在小船上站起来。第四……”

“祖父江小姐，你这是干什么呢？”

言耶被祖父江偲的碎碎念惊呆了。

“我又不是个小孩子。”

“哼，是个小孩子倒好了，小孩子还能听话。老师，您说说，您都有多少次，多少次前科了？”

“我名声这么不好吗？”

“远的不说，就说最近在波美地区的青田村那次，您突然在行驶的马车上站了起来，差点弄出大乱子。”

“有吗？”

不知言耶是在装糊涂，还是真不记得了。

“我说的都记住了吗？本来……”

祖父江偲又要开始说教。

宫司及时插了一句话，终于将言耶解救出来。

“女士，我会保证老师的安全。”

言耶与宫司一起离开瞭望塔后，还专门为此向宫司表示感谢。

“谢谢，多亏了您。”

“没什么。不过，老师，那位女士对您真上心呢，可得珍惜啊。”

言耶无精打采地“嗯”了一声，惹得宫司大笑起来，一直走到用来服务祭祀的那两艘小船时，笑声都没停下来。

途中路过祭祀期间临时在海边搭起的帐篷，言耶发现了御堂岛警部的身影，于是对他行礼致意，对方轻轻颔首回应。如果此时能随意开口打招呼的话，估计御堂岛警部会吃惊地说：“你去参加祭祀？好奇心可真大！”

御堂岛身边端坐着四位与宫司年龄相仿的男人，身量都差不多。如果此时祖父江偲在场，大概会调侃说“像是一字排开的地藏菩萨”，但是他们的样子可让人联想不到地藏菩萨那副闲静形象，而是让人感到像宫司那种超越年龄的矍铄和矫健。

他们是强罗五人众的其他四位吧？

言耶暗自猜测。其中，最右边那位估计就是秀继的祖父大垣秀寿，因为明显能看出两人容貌上的相似。

宫司领着言耶来到下角根部稍偏西的海边，笑声还没彻底停下来。这里正对碆灵大神岩礁，海面上停着两艘小船，两船之间有个一抱大小的竹制帆船随着海水起起伏伏。这个小帆船应该是竹屋制造的吧。

“这就是唐食船？”

宫司正要登船，听到言耶的询问，停下脚步。

“是的。不过，我们现在要去迎接亡船。”

“啥，亡船！”

言耶瞬间两眼放光，身体前倾，眼看又要开始他的长篇大论。幸亏宫司及时意识到危机，赶紧抢先开口。

“亡船的亡是‘亡灵’的‘亡’，‘船’当然就是‘船’啦，就是死于海难的亡者乘坐的船，被安放在绝海洞那边，我们现在要去迎回来。”

“啊，这，这样啊。”

言耶领悟过来，好像还想继续说什么，宫司干脆利落地给出结论。

“总之，就是通常俗话说的幽灵船或船幽灵。”

看来宫司清楚地记得昨夜言耶说到竹魔时的狂乱，还有刚才祖父江偲的千叮万嘱，所以迅速做出了正确判断。

“与老师同行期间，可不敢随便说话啊，呵呵。”

“哎？为什么？”

“没什么，我就这么随口一说。”

宫司率先登上船，转身招呼言耶上船。

言耶微惊，他以为自己是乘坐另一条船。

“能跟您坐一条船吗？”

“当然。那艘船是引领唐食船到涾灵大神那里去的引导船。”

说着，宫司向在海边待命的一位白衣老者点了点头，发出起航的指令。于是，那位老人又向另外一个男人传达指令。

砰——啪！啪！啪！

烟花在阴沉沉的天空中炸开，响声震耳欲聋。

“这是给阴扬村的信号。”

宫司解释说发出信号后，阴扬村的一艘小船将引导一条小于犊幽村的唐食船启航。因为那艘唐食船太小了，再加上从阴扬村到涾灵大神的距离挺远，所以实际是装载在那艘引导船上的。

其间，宫司先去绝海洞迎接亡船，然后在驶向涾灵大神的同时发出信号，犊幽村这边的唐食船的引导船看到信号后也开始出发。

最终，三艘船将在辔灵大神那里会合。

介绍完仪式的程序后，宫司催促言耶：

“出发吧！”

言耶登上小船，向船夫致意。

“辛苦，请多关照！”

可能是一身白衣的缘故，本就皮肤黝黑的老船夫显得越发黑了。他没有说话，只是对着言耶点了一下头。

“这是渔民佐波男，这位是刀城言耶老师。”

宫司相互引荐后，言耶再次向佐波男致意，对方却依然只是点了点头。

小船离开海岸，驶入风平浪静的牛头湾。虽然船尾安装着发动机，但是佐波男依然手动摇橹，动作娴熟。

“阴扬村的船也是这样摇橹而来吗？”

言耶好奇地回身询问，但佐波男看也不看他，只是严肃地注视着海面。

“佐波南君，必须要手动摇橹吗？”

言耶不甘心地继续发问。

坐在船头的宫司忍不住回过头来。

“听不到回答，老师不会罢休吧。”

“哪，哪有？”

言耶赶紧否认。

宫司对言耶苦笑着以示安慰，用一副劝解的语气对佐波男说：

“你趁早放弃抵抗吧，赶紧回答为好。”

话音未落，耳边的海风骤然加剧，言耶忍不住惊叫一声，同时不忘低头感谢宫司的善解人意。

背后传来一道没有温度的声音。

“开发动机了。”

“是，是的呢。”

言耶扭回头，发现佐波男依然目不斜视地注视海面，双唇紧闭。不过，言耶毫不气馁，兴致盎然地从近岸捕鱼的技巧一直问到箸灵大神信仰。

“你问这些干什么？”

佐波男终于招架不住了，无奈地看着言耶。不过，他开始有一句没一句地回应起来。宫司坐在船头，背对着他们听两人聊天。

不久，小船来到上角前端的海域，站在瞭望塔下的祖父江偲和大垣秀继兴奋地朝他们挥动着双臂。岂止如此，祖父江偲的喊叫也回荡在牛头湾中。

“老师——不可以总提一些奇怪的问题哟！”

言耶恨不能找条船缝钻进去。

而且，还遭受了佐波男的补刀。

“你应该按那位女子说的去做。”

佐波男不像是开玩笑的样子，一脸认真。

小船驶过上角前端进入茫茫大海，好像失去了左右岬角的庇护一样，突然剧烈摇晃起来，让人心生不安。而且，正因为清楚地知道这里是风平浪静的牛头湾与凶险的大海之间的分界——赛场，心中的恐惧越发强烈。

言耶暗想，没让祖父江偲跟着过来是绝对正确的。就在这时，前方高耸的绝壁下赫然裂开的一个洞口吸引了他的目光。

迎着呼呼的海风，宫司几乎是喊出来的。

“看，那里，就是绝海洞。”

言耶正想问问佐波男对绝海洞的看法，小船猛然晃动起来。

牛头湾内外的差别竟然如此之大吗？

以往进行民俗采访时，言耶有过几次乘坐渔船的经历，但是从来没有像现在这样心绪不宁。并不是小船本身重心不稳，而是言耶自己的情绪由内而外地起伏不定。

怎么有种似曾相识的感觉？

言耶暗暗奇怪。突然，他想起今年六月份在波美地区的沈深湖参加祭祀水魑湖神的仪式后，乘坐的也是这样一条小渔船，不过是他自己亲自驾船。当时，正安稳地行驶在湖面上，突然莫名其妙的有种按捺不住想跳入湖中的冲动。

那里是水魑神栖息的沈深湖，这里是祭祀亡魂的绝海洞附近的赛场……

二者都不是普普通通的地方，所以言耶此时难免产生一种莫名的恐惧。

他不由得绷紧了身子，小船抵抗着滚滚浪涛慢慢靠近了绝海洞，一切多亏了佐波男高超的驾船技术。宫司好像对他极其信任，进入外海后将一切都放心地委托给了他。

迎面是高耸的绝壁，抬起头来仰望的瞬间，一阵眩晕袭来。这还不是自上往下，光这样从下往上看一眼就能深深感受到坠海的恐怖，可见压迫感是多么强大!

小船进入绝海洞，周身瞬间被湿冷的阴气笼罩，眼前发花什么也看不清。言耶眨眨眼睛，定下神来，看到右边岩壁上燃烧的火把，火把旁边高高吊起一个小船。

在此等候的两位白衣男子上前恭敬地迎接宫司，可能是没想到言耶会跟来，两人一愣，但是没说什么，大概是读懂了宫司泰然自若的神色。

下了小船，言耶紧随宫司以及那两位白衣男子走进湿漉漉的岩石间，佐波男则留在了小船上。

林立的岩石间起初什么也没有，脚下逐渐出现了一些大大小小的石子，越来越多，最后成了一片石滩，与传说中的冥河滩极其相像，心中的恐惧随着这种变化也越来越甚。一路上借着火把的光亮，可以看到冥河滩两侧星星点点地冒出来一个个小石塔。

“是谁……”

言耶想问问走在前面的男子，但此时实在不是交流的时机。若是平时，他肯定就直接开口问了，现在不由得打消了这一念头，洞内阴冷的气息也有点让他失去了谈话兴致。

小心翼翼地走过蜿蜒的石滩，眼前出现了一块沙地。大大小小的石块堆积在石滩和沙地的交界处，宛如一道低矮的城墙。石墙的中央有一个缺口，左右两侧各插着一根高高的竹竿，中间挂着注连绳，竹竿的根部丛生出许多细小的枝叶，简直就是竹林宫神殿前的景象再现。

两根竹竿的外侧，堆放着鱼叉、钓竿、渔网、海草耙子等祈愿渔业丰收的渔具，看来已经有些年头了，很多已是锈迹斑斑。

沙地大约有六畳大小，最里边的正中间位置安放着海难者的供养碑，碑后是耸立的崖壁，一眼望不到顶。从最初林立的岩石到冥河滩，再到这片沙地，右侧是布满孔洞和坑洼的绝海洞石壁，左侧是从赛场流过来的海水，像一条川流不息的小河。

水深约一米，没有围栏，如果不慎失足跌入水中，当然轻松就能爬上来。但是，脑海中想象着那个场景，再看看这黑乎乎的流水，还是让人毛骨悚然，再加上形似冥河滩的石子路，让人情不自禁地联想到冥河，内心的恐惧便越发加剧。

小河大约三米宽，对面漆黑一片，什么也看不清，疑似绝海洞另一侧的洞壁。但是，这边火把的亮光照不到那里，再怎么审视也看不清，然而当你注视着那边时，总觉得那边有什么东西也在盯着你，那团黑暗中像是隐藏着什么。一直凝神看去，好像看到那个东西正冲出黑暗，踏过冥河向你走过来，而自己因深深恐惧肢体变得僵硬，想逃命都迈不开腿脚。

“胡思乱想什么呢！”

言耶在心中呵斥自己，赶紧转过身，正好看到宫司在鸟居前祭拜后抬起身来。

宫司小心翼翼地踏入画有规整波纹的沙地中，“沙，沙”地一步一步走向供养碑，碑前供奉着竹子做的亡船。宫司站在亡船前，慢慢地念诵祷文。言耶第一次听到如此奇怪的祷文，他想抓住其意，而那些词句却像一道电波一样迅速划过脑际，根本不在他脑海里停留。

就在言耶想努力抓住只言片语之时，祷文已经结束了。宫司双手取下亡船，回到鸟居，接着一个手拿沙耙[1]的男人走进沙地，转瞬间重新画出了原有的规整波纹。男人娴熟的动作和沙地上显现出的漂亮纹路深深震撼了言耶。

宫司领着大家走回来时的路，言耶却不由自主地三番五次回头，因为他总觉得背后有人叫他，可是他明明走在最后，后面肯定再没人了。回过头去，除了近前的火把，身后是无尽的黑暗，但是言耶却一直感觉有人在叫他，直到过了冥河滩回到林立的岩石间，那个叫声依然没有停息。

佐波男在小船上等着他们。言耶在看到他的一瞬间，心里踏实下来。

小船载着宫司和言耶，悠悠地驶出绝海洞。重见天日的同时，小船停了下来，宫司迅速将眼神投向上角，在那最前端，站着一个浑身白衣的青年男子，还有祖父江偲和秀继。

那个白衣男子望见宫司的身影，便马上转身闪到了瞭望塔的后面。不一会儿……

啪——啪！啪！

烟花在空中炸响，比第一次的声音稍小一些。看来又是在发送信号了。

声音传来的同时，小船再次发动起来，好像就在等着这一刻似的。上角前端，祖父江偲对着他大力挥动双臂，言耶轻轻抬起一只手挥了几下算是回应。

宫司坐在船头直视着前方，对身后的言耶说：

“老师，接下来辔灵大神祭的仪式正式开始。”

小船绕过上角前端驶进牛头湾，同时，右方外海驶过来一条小船，左方停在海边的那艘小船也动了起来。从阴扬村过来的小船原本是开着发动机的，接近这里后换成了摇撸方式，另外两艘小船一开始就是手动摇撸模式。

从祖父江偲他们的位置看过来，三艘小船一定是像竞赛一样，竞相奔向磐灵大神的岩礁，都想第一个到达。

实际上，三位船夫似乎在随时调整着速度以保证能同时到达磐灵大神。言耶看看佐波男的手势就明白了，另外两艘小船一会儿快一会儿慢的速度也能证明这一点。

考验三位船夫驾船技术的时刻到了。

不久，三艘小船几乎同时到达了磐灵大神的岩礁，开始围着岩礁转起圈来，同时，所有的男人们一起发出奇怪的喊叫声。

轰——轰——轰——轰隆——

像是从腹底发出来的声音，有力地冲击着耳膜，让人莫名地心生恐惧，而且随着小船围绕磐灵大神的转动，喊叫声一圈比一圈高，最后简直成了歇斯底里的狂叫，直到戛然而止。

三艘小船在磐灵大神面前一字排开，中间是从犊幽村海边过来的引导船，两侧分别是阴扬村过来的小船和言耶他们乘坐的小船。接下来，有人用绳子将大唐食船和阴扬村的小唐食船，以及供奉在绝海洞的亡船连成一体。

宫司目送犊幽村的引导船，引领合体后的新唐食船向牛头湾外侧驶去。

“这是唐食船本来的样子。”

“唐食船是要漂向我们刚才经过的那片大海吗？”

“对，回到它来的地方。”

突然，言耶心中冒出一个疑问。

“如果本该返回原处的唐食船又回来了，会怎样？”

他只是突然想到了这个问题，并没有什么恶意，但宫司的回答却让他不寒而栗。

“整个村子将走向灭亡。”

1　沙耙原为海盐生产工具，晒盐时用来把盐扒松。有些地方也会用于扒沙。

12

第十二章 唐食船

言耶他们回到岸边，祖父江偲和秀继上前迎接，看他们那一脸的嫌弃就知道一定是沙子又灌进鞋子里了。

“老师，您没晕船吧？”

祖父江偲人未到声先到，言耶只是对着她摇摇头，先对佐波男表示了感谢。船上意外地出现了一个本没有资格乘船的外人，想必他这个船夫一路很辛苦吧。

“你这人挺有意思的，净问一些稀奇古怪的问题。”

佐波男小声说了一句，语气竟然很是柔和，好像是与刀城言耶同行中收获了某种乐趣。

对他言行最为吃惊的是宫司，他环视着两个人，脸上露出欣慰的微笑。宫司邀请言耶去祭祀帐篷，路上不断地表示对言耶的敬佩。

“我算是明白老师是怎么在地方上进行民俗采访的了。”

“哎？这话从何说起？”

“您竟然能让生性冷淡的佐波男由衷地说出那样的话，了不起啊。”

言耶还未开口，身后的祖父江偲先嚷嚷起来：

“老师就是善于抓住中老年人的心，获得他们的认可和厚待。黑先生，哦，就是老师大学时代的前辈，曾经称赞他是‘中老年杀手’。”

“祖父江小姐，那可不是称赞。”

“老师，那是黑先生哟，从来都只贬低人，绝对不会对别人说出赞美之词的，唯独对老师，那是发自内心的认可啊。”

言耶本想出口否认，但想想为了阿武隈川岛这个人争论，实在是没意义，姑且就听任祖父江偲爱怎么说就怎么说了。

人称“黑先生”的阿武隈川岛是一位民间的民俗学者，虽然出自京都由绪的神社，却是个品行不端甚至可以说有点卑鄙的人，而且极其贪吃，在全民处于水深火热的战时，以及忍饥挨饿的战后初期，他竟然也能吃得脑满肠肥。而且，这个人极度自恋，别人在他眼里一文不值，言耶上学时曾跟他打过交道，也被他贬得一无是处，但两个人却一直没断联系，因为阿武隈川岛总是主动给言耶送来一些不知从什么门路搞到的各地方的独特祭礼、奇风异俗等情报。

其实他是有企图的，虽然他像言耶一样到处进行民俗采访，但是他生性懒惰，而且他那个肥硕的体格也无法去交通不便的偏远地方，所以就盘算着让言耶代他去，也就乐此不疲地提供一些足以引起言耶兴趣的情报。

对此，言耶心里也十分清楚，但阿武隈川岛的情报网又实在让人难以割舍，所以两人至今一直有所联系。不过，到了祖父江偲嘴里，就成了“老师，您对黑先生就是没有抵抗力，就是个受虐狂”。跟她辩驳也辩驳不出结果，言耶索性什么也不解释了。

“糟了！我忘得一干二净。”

祖父江偲突然狂叫起来。

“那个黑先生给老师发来了电报，发到笹女神社的地址了。”

“哎？什么时候？”

言耶大吃一惊。祖父江偲说是在举行祭祀仪式的时候。

“就算他再神通广大，也不会知道竹林宫事件吧。”

阿武隈川岛总是自诩为“名侦探”，如果他听说了及位廉也莫名其妙死在竹林宫的事，恐怕早就插手了，所以言耶判断他还不知道此事。

“那……那个……不是那件事。”

不知怎么回事，祖父江偲一副欲言又止的样子。

“说吧，到底什么事？”

“他住在平皿町的鬼柳亭旅馆，说让老师给他带无骨章鱼过去。”

“真是的。”

言耶一脸的扫兴和嫌弃。

听到两人的会话，宫司在旁边说：

“那个阿武隈川岛，是个美食通啊。”

“不，谈不上是美食通，他就是嘴馋。”

言耶大力摇头否认。

“他只是想吃无骨章鱼，其实是想知道到底有多不好吃。大概是在平皿町的旅馆中听人说起无骨章鱼多么难吃，所以就想尝尝。”

言耶难得出现这样强烈的反应和表情，再听他说出这样的话，宫司震惊得张着嘴巴愣在那里。

“阿武隈川岛这个人啊，就不能允许世界上有他没吃过的东西，只要听说有这样的东西存在，那是一定要搞到手，如果没人给他弄，他就亲自上阵。哪怕是仅仅听一个人说起过，也绝对不会忽视，无论如何也要吃上，就是这么顽固。”

“毒蘑菇也吃？”

“是的。不过，这种危险的食物，一定会事先找人试吃。在不确定安全无毒之前，他是不会吃的。”

“哎？难不成他是让老师……”

宫司脑子里忽然闪过一个疑问，迟疑半天还是半遮半掩地问了出来。

“嗯。通常我都能意识到，总算平安活到现在，但说不定什么时候就有可能被毒死了。”

大概是言耶的表情过于严肃，宫司一时有点不知所措。

“我去平皿町的鬼柳亭送无骨章鱼吧。”

“那怎么行？现在正是箬灵大神祭的关键时候。”

“仪式已经结束，接下来只剩吃吃喝喝啦。”

“可是，还有后续的……”

“从明天开始就休渔了，连休三天，所以不用担心。”

可能是因为已经到了帐篷，宫司中止了话题，随即摆出一副精气神十足的样子，微笑着向在座的那四位老人介绍。

“这位是刀城言耶老师。”

四位老人好像都喝了酒，脸上泛着红色，依次做了自我介绍。

“我是盐饱村的医生米谷。”

“我是石糊村村长井之上。”

“我是矶见村鹿杖寺的住持善堂。”

“我是閖扬村的大垣秀寿，我孙子秀继承蒙老师关照，不胜感激。”

正如在箬灵大神祭开始之前言耶推测的那样，最右边的这位老人果然就是秀继的祖父大垣秀寿。他们的座次也是按照强罗地区从西往东的村子顺序安排的。

“哪里，哪里，是大垣君给予我诸多关照。”

言耶依次对他们行礼，尤其对着大垣秀寿深深弯下了腰。

这时，盐饱村的米谷医生开口。

“听说又来了一位民俗学者，我还想着是什么样的人呢。今天一见，哎哟，这不是个青年才俊吗？”

他直直地盯着言耶看，弄得言耶有些不知所措。

矶见村的善堂住持又接上了话。

“及位廉也同样是学者，你们的差别怎么就这么大呢？”

两人一唱一和地说个没完。言耶终于回过味来，原来是受及位廉也的连累，这里的人都是戴着有色眼镜看他的。

“好啦，别丢人啦，当着人家的面怎能这么说？”

石糊村的井之上村长出来打圆场，但那两人好像喝醉了，根本听不进劝说，依然说个不停。

“跟那个偷窥狂及位廉也不同，这位一看就很正派。”

“那个家伙肯定是受到礬灵大神的惩罚才饿死的。”

“这一位有种贵族气质，面相富贵。”

“听说还是个侦探哩。”

“是吗？那我们可得小心啦。”

“喂，对我的客人尊重点。”

两人越说越离谱，连宫司也看不下去了，阴沉着脸抗议。

“小心？什么意思？难道我们还有什么秘密怕让侦探老师查出来不成？”

说要小心的米谷医生还没说什么，善堂住持却伸着右手小拇指[1]回答起来：

“嘿嘿，一定是这个啦。”

看着米谷医生呆怔的样子，善堂大喝一声：

“喂，笨蛋！”

说着，又一个一个地伸出无名指、中指、食指、大拇指。

“这，这个数……”

迷迷糊糊的米谷好像有点清醒了。

数量有那么多吗？

言耶不禁暗暗吃惊，同时觉察现场的气氛顿时有些尴尬。实际上，不仅米谷，井之上村长也变了脸色。言耶想起竺磐寺的真海也是这副德行，似乎强罗地区寺院的住持说话都是如此口无遮拦。

“好啦，开玩笑也要适可而止。”

最后还是大垣秀寿一句话敲醒了他。

“说这样的话，小心自食其果。”

善堂住持好像忽然意识到什么，突然正经起来，在米谷医生和井之上村长的小声指责下，一个劲地道歉，完全没了醉酒的样子。

宫司和大垣秀寿也低头致歉。

“这么大年纪的人竟然还说出这样的话，让您见笑了。”

“实在是不好意思。”

然而，令人难以置信的是，这边善堂住持已经开始向祖父江偲有话没话地搭讪起来。

最终，宫司领着强罗五人众先回了笹女神社。祭祀宴会以往都在村公所举办，如今县警们待在那里，所以就分散到了矶屋等几家饭店。五人众自然要参加宴会的，不过在这之前他们要在神社先进行一场以祭祀总结会为名目的小酒会。

宫司极力邀请言耶他们参加酒会和宴会，但被言耶婉拒了。

“来，我有话对你说。”

言耶他们刚走出帐篷，等在外面的御堂岛警部就把言耶叫到了一处没人的地方。

“参加了祭祀仪式，感觉如何？有没有发现及位廉也在调查什么？”

“很遗憾……”

听了言耶的话，御堂岛警部倒没表现出明显的失望，只是淡淡地说：

“徒劳无功吗？”

“不，就我个人来讲，还是有收获的。我好像有点明白他写在记事本上的‘一切相反’那句话的意思了。”

“真的？说来听听。”

御堂岛罕见露出急不可待的神色。

“碆灵大神祭中出现了三艘小船，一艘是从犊幽村出发的大唐食船，一艘是绝海洞中供奉的亡船，还有一艘是从阴扬村那边过来的小唐食船，但是这三艘船都是竹子做成的，并不是真正意义上的船。”

“这三艘船都以碆灵大神的岩礁为目标。”

“是的。而且它们最后被绑成一体，漂向外海。虽说这是碆灵大神祭，但我感觉原本是反着来的。”

“什么意思？”

突然响起祖父江偲的声音，言耶吓了一跳，再一看，秀继也在。言耶又看了看御堂岛，发现他似乎并不介意两人在场，于是继续说道：“我说的这个‘原本’，不是指磐灵大神祭，而是实际发生的事。”

“什么事？”

“船只失事。过往商船触礁沉船，犊幽村的人赶来救助，将船拉到岸边，将船上的遇难者祭祀到绝海洞中。也就是说，事故发生后，以磐灵大神的岩礁为基点，破损船只被拉到岸边，身亡的船员则被送到绝海洞。”

“啊，对啊，祭祀仪式就是把它们送回原来的地方。”

祖父江偲兴奋地两手一拍，继而又不解地问：

“可是，这与阴扬村又有什么关系呢？”

“我认为阴扬村的‘扬’本来写作‘上下’的‘上’。”[2]

言耶解释说阴扬村以前不仅记作“阴上”，也有可能记作“淘扬”或“淘上”。

“要说为什么叫‘阴上’，应该是风浪将海里的泥沙、漂浮物等带到了海边。比如强罗地区，有可能洋流方向是从犊幽村的赛场到阴扬村的海岸，所以遇难船只的残骸，以及船上的物资等就随波逐流地漂到了阴扬村的岸边。我们都清楚，犊幽村之后形成的村子不是紧邻的盐饱村，也不是再往东的石糊村和矶见村，而是离它最远的阴扬村，这一事实也能证明我刚才的推测。”

“是这样啊。”

祖父江偲恍然大悟。

“对了，还有我以前跟您说过，犊幽村笹女神社的笼室家和阴扬村的第一大地主大垣家世代不和……”

“祖父江小姐！”

言耶一声叱喝，祖父江偲有一瞬间的愣怔，但马上意识到大垣秀继就站在她身边。

“啊，这个，不好意思，我……”

“没什么，的确就是前辈说的那样。”

“哎呀，不是说了，我不是你的前辈。”

看祖父江偲有意岔开话题，言耶赶紧说：

“虽然有点对大垣君不敬，但是我们还是听听祖父江小姐的看法吧。”

祖父江偲听言耶这么说，马上若无其事地说了起来。

“明明是犊幽村的人竭力营救出事船只和船员，船上的物资却被閖扬村不劳而获地得到了，所以代表两个村子的权势之家自然而然地关系就恶化了呗。”

“不是这样。”

没想到自己的推测被言耶一口否定了，祖父江偲面露不满。

“哎——为什么？”

“不管怎么出力救助遇难船只，如果把装载的货物据为己有的话，那可就是犯罪了。这艘船要是藩主的，那藩主就会沿着航线仔细搜查，这样一来，在牛头湾遇难的事实无论如何是瞒不住的。一旦盗窃货物的事情败露，恐怕整个村子都会被问罪，而且罪名还轻不了。”

“被砍头示众吗？”

“嗯，村里的掌权者可能会受到这样的刑罚。而且，如果船上的货物在事故中不幸被冲走了，哪怕村民没有任何过错，一旦被官差怀疑偷盗了货物，同样也会受到惩罚。”

“太可怕了！”

祖父江偲抱紧了双臂，秀继则不停地点头。

“所以对犊幽村来说，狼烟场、远见岭、瞭望塔太重要了。”

“是的。一旦发生沉船事故，整个村子都有可能遭受无妄之灾，所以村民们不得不采取多种防护措施。”

“原来是这样。老师就是老师，懂得太多了。”

祖父江偲一脸崇拜。

“过去的犊幽村，日子很艰难啊。”

秀继同情地感叹。

而御堂岛则一脸严肃地说：

“跑题了，回到刚才的祭祀话题上来。”

“通过祭祀仪式再现当时的触礁沉船事故，是为了让船只回到遭遇海难前的状态，这样可以把亡者也就是那些船员送回到原来的地方。我认为这才是簭灵大神祭的本来面目。”

“在普通人看来只是为亡者做的一场法事。唔？想法还真新奇。”

虽然是与本次事件无关的话题，但就连御堂岛警部也不禁发出了感叹。

“可是，老师。”

祖父江偲还是一脸迷糊。

“簭灵大神那里，还有绝海洞那里，都祭奠着亡者，祭祀仪式不就矛盾了吗？”

“好，问题就在这里，祖父江小姐！”

言耶突然的兴奋让祖父江偲和秀继大惊，御堂岛却依然面不改色。

“箬灵大神祭的真正目的到底是什么呢？”

“祭奠亡者？”

“可是，像你刚才说的那样，有箬灵大神和绝海洞那里的祭奠就足够了。”

“为了让死者复活？”

秀继小声嘀咕了一句，言耶敏锐地捕捉到了。

“从某种意义上可以这么说。但是，没有‘复活’这个词语让人联想到的光明和希望，倒不如说是一种深深的绝望。”

“什么意思？”

“你想啊，本来被安葬、祭祀在绝海洞的亡者强行被推上亡船，流放到茫茫大海上。”

“不是说让他们回归吗？”

“那不过是好听的说法，实际做的不就是驱逐亡魂吗？”

“哎？为什么要这样做？”

连御堂岛也起了兴致。

“大概是害怕亡魂作祟吧。”

御堂岛听了，一脸的难以置信。言耶给他讲了那四则怪谈，然后进一步解释。

“这一代自古流传着箬灵大神就是惠比寿神的说法，惠比寿神是笹女神社的祭神。而且，渔民把漂在海上的尸体叫作‘惠比寿’，并且把被祭祀起来的海难者看作是惠比寿神，但是没能得到超度的死者就成了漂荡在海上的亡魂。此外，这片地域自古就有这样的传说，说是这些亡魂到了奥埋岛上，夜晚就成了飞来飞去的鬼火，鬼火飞到陆地上进入竹林中就成了竹魔，竹魔登上食坏山就成了山鬼。就像那四则怪谈中提到的那样，这里的人们讨厌这样的怪物却又不得不生活在他们的阴影之下。而这一切的根源就是祭祀在绝海洞内的亡者，所以通过撘灵大神祭把那些亡魂驱逐到茫茫大海的彼岸，这样一来没有了妖怪的元凶，天下就太平了。我认为这是当今撘灵大神祭的真正起源。”

不仅祖父江偲和秀继，连御堂岛也不说话了，一时间现场陷入诡异的沉默中。

“同时，这里还有一种传说，当饥饿降临村子的时候，撘灵大神就会派来唐食船。满载食物的唐食船来自海的那边，解救处于饥寒交迫中的村民。这是一种美好的精神信仰，唐食船的‘唐’指的是中国古代的唐朝，也就是说借用这个‘唐’字表明船来自海那边的异国。这个比较好理解，比如我们日常生活中的唐纸、唐锹、唐玉米，以及称呼欧美人为‘毛唐’都是同样的道理。撘灵大神祭中一共有三艘船，除了那艘亡船，另外两艘就用了村民心目中的宝船的名字。在村民看来，运送死者的船是担当不起如此宝贵的名字的，但是最终三船合一后还是叫作唐食船，一来是为了表示对死者的尊重，二来也是借用吉庆的名字多少去除一点祭祀的不祥吧。总之，就是想借唐食船的功用讨个吉利。”

现场还是一片沉寂。

突然，御堂岛警部扔下一句话，掉头走了。

“我回县警察局一趟。”

“这个警部真高冷。”

祖父江偲感叹说。

言耶笑了笑。

“看上去很冷酷，其实私下里给我透露了不少搜查情况。”

“哎？真的？”

祖父江偲一脸的不相信。

“没想到，还是个大好人呢。”

“别高兴得太早。好啦，咱们回神社吧，路上听你们说说调查的情况。”

结果，可以说是一无所获。祖父江偲向笼室筱悬打听了及位廉也和竹屋的龟兹将，以及日升纺织的久留米三琅的情况，但是筱悬说的都是言耶已经了解的信息。秀继向村民探听他们对这次事件的反应，但是村民们根本不接这个话题。

祖父江偲美滋滋地说：

“筱悬说‘我也想成为祖父江小姐这样美丽可爱的女白领’。嘻嘻，本小姐怎么就那么美丽可爱？”

言耶当然无视了她的自恋，转头问秀继：

“村民们什么也没说？”

“聊天还行，说到竹林宫的死亡事件就都不说话了。”

“是真的什么也不知道？还是怕扯上关系？”

“两方面原因都有吧。净问一些我的，还有爷爷的事，真是受不了他们。”

“辛苦啦。”

三人到了笹女神社，笼室筱悬迎了出来。

“爷爷说请您们参加酒会。”

强罗五人众的小聚会已经开始了。

“多谢，不过我们还要商量工作的事，就不参加了。”

言耶找个合理的借口婉拒了邀请，笼室筱悬也没再勉强。她突然说谢谢言耶，弄得言耶一头雾水。

“哎？为什么谢我？”

“刚才竹屋的小竹利来了。”

据筱悬说，那个小家伙跟着叔叔龟兹将来笹女神社，跟筱悬混熟了后，就经常自己跑来玩。

“小竹利说他在路上碰到您，领着您到了矶屋，结果您教了他很多知识，还给他买了点心，他高兴得不得了。啊，不好意思，我净说方言了。”

筱悬白净的脸上飞起两朵红云，弯下腰对言耶致谢。

“感谢您厚爱那孩子。”

说完，害羞地走回屋里去了。

“从她嘴里说出来，怎么感觉方言这么好听呢。”

要是宫司听到祖父江偲的这句话，估计要深受打击了。

“老师，您刚才说要商量工作上的事，是什么事？”

看着一脸认真的秀继，言耶哭笑不得。

三人先去洗了澡，然后清清爽爽地坐到餐桌前，听筱悬说五人众的小酒会已经散场，他们去参加村里的宴会了。

“那筱悬小姐一起用餐吧。”

筱悬坚决拒绝言耶的邀请，一脸“万万使不得”的表情，但在祖父江偲的热情劝诱下，最终还是答应了。

餐桌上基本是言耶在说，祖父江偲时不时地插话，筱悬开心地笑。其间，祖父江偲意图提及筱悬和秀继的关系，但没能如愿，最大的原因在于秀继根本不懂顺梯而上。

秀继实在是太老实愚钝了。

祖父江偲一次次地想往这个话题上引，急得屡屡用眼神示意言耶，因为不管她怎么提起话头，秀继就是领会不到她的意图。

作为言耶来讲，他觉得这种事要靠当事人自己，外人不该插手，就用眼神向祖父江偲传达此意，显然祖父江偲也没领会到他的意思。

晚饭后，他们回到住处，祖父江偲刚要开始她的恋爱指南，却被秀继一口打断了。

“前辈，不好意思。”

他转头问言耶：

“老师，当初咱们的计划是从犊幽村经盐饱村、石糊村、矶见村去阴扬村，现在怎么办？”

“是啊。”

本来，言耶想尽可能地五个村子都走一遍，但是现在遇到了怪异事件，如果就这样离去的话实在有点遗憾。

言耶毫不掩饰地表达了自己心中的纠结，秀继马上说：

“明白了。那我去跟爷爷他们五个人说说。”

看着秀继远去的背影，祖父江偲愤愤地埋怨。

“怎么不把这个积极劲头用到筱悬身上？”

言耶委婉地规劝她：

“祖父江小姐，不要过于热心，小心帮倒忙。”

“哎呀，我还用老师您这个恋爱白痴教育？”

结果，言耶不得不替秀继听了一通她的恋爱指南。

不久，秀继喜气洋洋地回来了。

“老师，盐饱村的米谷医生、石糊村的井之上村长、矶见村鹿杖寺的善堂住持都说欢迎您住到他们家，当然我爷爷也非常欢迎您。”

“这可太好了，大垣君，谢谢你。”

祖父江偲却阴沉着小脸。

“住处有了着落的确可喜可贺，可是我不想住到米谷医生和善堂住持那里。”

祖父江偲之所以如此不情愿，大概是想起了当时两人在帐篷中的言行，尤其是那个善堂住持还轻浮地纠缠了她。

看到她不安的样子，言耶安慰说：

“安心啦。我们在盐饱村待一天，晚上去石糊村的井之上村长家住，第二天在矶见村待一天，晚上去大垣家住，这样没问题了吧。”

“老师伟大！”

祖父江偲登时喜笑颜开。

言耶怕她开心起来又要给秀继灌输刚才的恋爱指南，赶紧转换了话题。

“我上午不是又去了一趟竹林宫吗……”

祖父江偲一下子来了劲头。她自称刀城言耶的秘书可不只是为了摆摆样子。

然而，三人探讨了一阵，最终也没解开竹林宫的密室之谜。祖父江偲的“毒蛇假说”似乎最有说服力，言耶在进竹林宫的途中好像也感觉到有蛇，但是他还是觉得“毒蛇假说”的疑点太多。

至于及位廉也到底有没有知觉上的障碍，目前只能等待御堂岛警部的反馈了。

第二天早上，言耶他们洗漱后来到餐桌前，却没看到宫司的身影。

筱悬一脸歉意地说。

“爷爷好像去冥想了。”

“这么早？”

“为了赶在日出时进入冥想状态，估计天还没亮就走了。”

言耶想去看看宫司坐在瞭望塔木板前端冥想的样子，哪怕只是站在岬角根部看看也好。突然，他注意到筱悬神情有点奇怪。

“出什么事了吗？”

“没，没有。”

筱悬摇摇头，但她的神情明显不对劲。

在祖父江偲的追问下，她才终于声音颤抖地说。

“刚才我去爷爷的房间，不知道怎么回事，一瞬间觉得心绪不宁。”

“我能去宫司大人的房间看看吗？”

筱悬先是一愣，继而连连点头。

“拜托您了！”

走进宫司的房间，首先映入视线的是乱糟糟的被褥，还有胡乱扔在一边的劳动服。

“看样子是昨晚参加宴会后回来睡了。”

“爷爷什么时候回来的，我不清楚。如果他能睡上几个小时，我也就不担心了。”

“有什么不对吗？”

“爷爷向来都是自己整理被褥的，像这样没收拾就出去了，那只能说当时很急。”

“是吗？”

言耶虽然嘴上这样应着，实际上心里却在想，从这随处乱扔的衣服来看，不整理被褥倒像是宫司的风格。

“可是，就算是去冥想，也用不着这么急吧？”

听筱悬这么一说，言耶也意识到有问题。

“其他有什么不正常的吗？”

筱悬检查了一遍，发现宫司祭祀时穿的那身衣服也不见了。

“看来，爷爷是去冥想了。”

言耶看到筱悬依然心神不宁，于是提出建议。

“我们去瞭望塔找找吧。”

“谢谢。可是，我不想打扰爷爷冥想，再者也说不定他去了别的地方。”

“冥想的地方，还有竹林宫吧？”

“是的。如果是去了竹林宫，那从外面也看不到。另外还有一个地方，可是我也不知道具体在哪里。”

“时间长的话，差不多得一整天吧。”

“冥想的地点不同，时间长短也不一样，一般在瞭望塔那里最短，竹林宫稍长，那个秘密地方最长，日常冥想选在瞭望塔，高度冥想会去秘密地方。不过，虽然不常发生，但有时候爷爷也会变换不同的地方连续冥想，不过这时一般都是按照从大到小，就是先在秘密地方，然后到竹林宫，最后去瞭望塔，或者反过来按从小到大的次序。当然，不管哪种形式，肯定都是一个地方的冥想结束后才会换到下一个地方。”

一口气说了这么多，筱悬停下来喘了口气。

“现在发生了竹林宫事件，我感觉爷爷不是去冥想，应该是去祈祷神灵保佑平安了，所以那个秘密场所最适合。不过，毕竟是那么大年纪的人了，就算去了秘密地方，也做不到长时间冥想了吧。”

筱悬像是在安慰自己似的轻轻说着这些话，但难掩心中的担心。

雪上加霜，就在这个当口，又从阴扬村传来一个令人震惊的消息。

筱悬接完电话回来说：

“阴扬村又发生了食物中毒事件。”

原因依然是毒蘑菇汤。接受上次的教训，这次是大垣秀寿亲自挑选的蘑菇，没想到还是出事了。在昨天祭祀后的宴会上，喝了蘑菇汤的人中有二十多个出现了上吐下泻的症状，而且有三个孩子生命垂危。

言耶他们也跟着心情沉重起来。

“一定是故意混入了毒蘑菇。”

祖父江偲嘟囔了一句，看到旁边秀继吃惊的样子，马上反应过来，慌里慌张补充：

“啊，不是，大垣君的祖父不可能做那种事的。”

“你祖父肯定仔细挑选了蘑菇，有可能是在那之后有人偷偷混入了毒蘑菇。”

“只能这么想了。”

秀继的语气中透着无力。

“大垣君，你回家看看吧。”

没想到，秀继坚决拒绝了言耶的提议。

“不，我是来工作的，不能放下这边的事回家。”

“可是……”

“如果我这样做了，不仅帮不上爷爷，还会被他训斥，而且我回去也起不到什么作用。”

祖父江偲和筱悬也劝他回去看看，可秀继根本不听。碰到这种一板一眼的老实人，还真让人挠头。如果宫司在的话，说说他可能还管用。

早饭后，慎重起见，言耶还是去瞭望塔转了一圈，但是没看到宫司的身影。本来想再去竹林宫看看，但想想筱悬说的就是去了也没用，只好作罢。而那个秘密场所，根本不知在哪儿，想去也去不成。

没什么担心的，他又不是个孩子。

话是这么说，直到傍晚，午后开始下的小雨都停了，眼看着天就要黑了，宫司还没回来。于是大家商量了一下，分头行动，言耶去竹林宫找，秀继去瞭望塔，祖父江偲去村公所向留在那里的县警报告这件事。

言耶先在竹林宫外叫了几声，没有回应，又走到了中央的草地，结果也没有宫司的身影。而且，竹林宫内的样子与言耶第二次进来查看时没有任何变化。

秀继回来报告说，宫司不在瞭望塔外面的木板上，他还爬上梯子看了看瞭望塔的小屋，也没有宫司的影子，不过，地板上晾着撑开的雨伞和雨衣。

森肋刑警接到祖父江偲的报警后，向御堂岛警部作了汇报，但是得到的答复是现在还不到出警的时候。

一直到了深夜，宫司依然没有回来。

次日天明，猝不及防地发生了一件诡异的意外变故。就在那个不会有其他人，只有宫司冥想时才会登上的瞭望塔木板上，笼室岩喜宫司忽然之间就不见了踪影。

1 伸出小手指的手势在日本有代表异性的含义。

2 日语中的扬和上属于同音不同字。

13

第十三章 瞭望塔上的消失

送走九月，迎来十月的清晨，大家体恤情绪低落的笼室筱悬，在祖父江偲的指示下，刀城言耶和大垣秀继也加入了做早饭的行列。突然，大门口传来喧哗。

筱悬急忙走了出去，很快脸色惨白地踉跄着回来了，无力地瘫坐在地上。

言耶急忙走到她的身边，后面跟着小跑的祖父江偲，秀继保持弯着腰的姿势惊慌不安地看去。

这时，森肋和村田两位刑警步入大门。看到他们的身影，言耶突然涌起一种不祥的预感。

“是这样的，今天早上有人看到宫司从瞭望塔坠入了海中。”

森肋面无表情地说出一个爆炸性的消息。

“欸……”

言耶三人震惊地一句话也说不出来。

“是谁看到的？”

言耶终于能张开了口。

森肋露出纠结的表情。

“叫蓬莱的那个来历不明的女人。但是我们目前还不知道她的话有几分可信。”

“她，她……”

筱悬依然低垂着头，声音暗哑，像是尽力从嗓子眼挤出来的一样。

“我听爷爷说过，每次爷爷在瞭望塔冥想的时候，她总会透过小屋的窗户用目光守护着爷爷。”

“一个叫佐波男的老渔民也说看到宫司坠海了。”

佐波男就是簭灵大神祭时为宫司和言耶驾船的那个老人。

“我们不是昨天接到宫司下落不明的报警了吗？所以，慎重起见，还是决定来问问情况。”

“能给我说说具体情况吗？”

听了言耶的请求，森肋有一瞬间的犹豫，身旁的村田别有深意地等着前辈指示。

可能是想起了御堂岛让他们协助刀城言耶的指令，森肋一改刚才的态度，一副公事公办的语气讲述起来。

黎明前，蓬莱在她的小屋里沉睡，突然听到岬角上传来脚步声。因为宫司一直都是在黎明前后到瞭望塔冥想，于是她就起身透过窗户往外看，首先看到水色的裤脚一闪，然后便是身穿白色和服的人正往上角前端走，所以她想一定是宫司来冥想了。

往常宫司很快就会登上瞭望塔伸向海上的瞭望板前端，可是这次却迟迟没有现出身影，她就担心是不是出了什么事。等了很长时间，宫司的身影终于出现了，而且一如既往地坐下冥想起来，她这才放下心，像以往一样注视着宫司。但是，也不是眼珠不转地盯着宫司，一阵困意袭来，她不由自主地打起盹来。

片刻之后，蓬莱猛地清醒过来，再抬头看时，却发现瞭望板上没了宫司的身影。

要是以往，她会认为宫司冥想结束回到瞭望塔里面去了，可是这次却明显感觉不对劲，因为刚才抬眼的瞬间，依稀有个人影落入海中。

蓬莱听筱悬说过宫司不太会游泳，于是她赶紧跑出小屋，爬上上角，一直跑到瞭望塔下，往赛场方向一看，一件白色和服被卷入海浪中。

就在同一个时间，佐波男正站在上角附近的海边。他虽然已经不再出海打渔了，但还是改不了观察黎明前海面状况的老习惯，所以早早来到了海边。他发现蓬莱站在岬角的前端，挥舞着双臂，奇怪地跳来跳去，眼看着就要掉到海里去，所以赶紧跑过来想把她领回去，没想到她连说带比画地描述“宫司从瞭望塔上掉下去了”。于是，佐波男急急忙忙去找由松，由松又赶紧去村公所报告给了森肋。

“现在，村里的渔民正在瞭望塔下的海域搜救。但是，考虑到蓬莱不太像正常人，所以我和村田来这里打听一下。”

言耶向他们讲述了昨天早晨的情况。

“宫司大人屋里堆着没收拾的被褥，有睡过的痕迹，旁边散落着劳动服。筱悬小姐检查了一下，发现衣柜里少了白色和服，搭配水色裤子的那套衣服。”

“也就是说宫司参加村里的宴会后回家来了，然后天明前起床，换上衣服去了瞭望塔……”

说到这里，森肋猛地抬起头来，瞪大眼睛。

“从昨天早上到今天早上，宫司整整冥想了一天一夜吗？”

“不是，他好像没去瞭望塔。”

言耶给他解释，宫司一共有三处冥想地，而其中一个谁也不清楚在哪里。森肋一听，脸上顿时露出无可奈何的表情，大概是想到要追查宫司昨天的踪迹可能会大费一番工夫吧。

“前天晚上，宫司是什么时候回来的？”

“不，不知道。我平时没留意过……”

话未说完，筱悬再次崩溃倒地，“呜呜”大哭起来。祖父江偲赶紧走上前，轻轻地抚摸着她的背以示安慰。

“先让筱悬小姐回去休息，可以吗？”

言耶向森肋请示。

“当然可以。在御堂岛警部到来之前，让她平静一下吧。”

“祖父江小姐，交给你了。”

还没等言耶开口，祖父江偲已经轻轻扶起筱悬。两人随即离开了厨房。

“两位警官要去瞭望塔吗？”

“嗯，可能吧。”

森肋含糊其词地回应。

“我可以一起去吗？”

听到言耶的要求，森肋的眼神中露出戒备。

“我不会打扰你们工作的，拜托啦！”

言耶放低了姿态，但语气中满含不容拒绝的坚持，森肋无奈答应了。这次，村田看着森肋前辈的眼神中露出藏不住的担心。

穿过村子来到海边，与辔灵大神祭时的静默完全不同，此时人声鼎沸，尤其是上角前端挤满了人。

这是……

言耶被眼前的景象惊呆了，当看清人群里有很多女性和孩子的身影时，突然明白过来。

“好啦，让让，让让。”

森肋和村田向前走了几步，发现等在这里的由松正在态度恶劣地驱赶着村民。当言耶的身影出现时，他明显吃了一惊。

森肋没有理会由松的反应，漫不经心地询问搜救情况。

“现在什么情况？我走后有什么进展吗？”

“没有任何进展，连衣服也没找到。”

言耶拨开拥挤的人群，好不容易才冲到瞭望塔下。

往赛场方向望下去，海面上停着十几艘渔船，一个又一个的男子相继潜入水下，却在浮出水面时无一例外地摇了摇头。

“我可以上去看看吗？”

言耶抬头望着瞭望塔，谦卑地向森肋请示。

没想到这次森肋却皱起了眉头。

“在御堂岛警部到来之前，不可以。”

“说的也是。”

言耶掩饰住失望之情，提出一个建议。

“森肋警官您一定也是这么想的，趁着御堂岛警部没来的这段时间，我们来调查一下宫司大人从前天晚上到今天早晨的行踪。”

“我们？”

言耶敏锐地听出森肋变了语调，赶紧解释。

“前天晚上，宫司大人离开家去村里参加了宴会，这一点毋庸置疑。问题是宴席分在几个不同的地方，说不定后来还有所增加，这就意味着要调查宫司大人的行踪需要些人手。可是，县里来的警察大部分都撤回了，所以我想着尽下微薄之力。”

森肋似乎有点恼火，像是要驳回言耶的提议，但言耶的一句话又促使他改变了心意。

“最好在村民们记忆还没有模糊之前赶紧调查。”

最终，两人商定，森肋他们去找祭祀的执行委员会要各个宴席的名单，言耶他们分别给强罗五人众中的其他四人打电话，询问宫司离开家后的去向。

单单这项工作就耗费了一上午的时间。言耶和秀继回到笼室家，先向祖父江偲询问筱悬的情况，然后随便吃了点村里的帮佣做的午饭，然后就前往县警们临时驻扎的村公所。

赛场那边的搜索到中午也停止了，没有任何收获。据渔民分析，宫司很有可能顺着海流漂进绝海洞中去了，所以他们下午又驾船进了绝海洞，沿途进行了仔细打捞，一直到了冥河的位置，但也一无所获。

在村公所，言耶和森肋交流了各自掌握的情况，几经讨论，最终大致推断出宫司这两天的动向。不过，因为蓬莱没有钟表，只是靠自己的感觉猜测时间，所以她说的那些时间点还有待商榷。

前天晚上七点左右，强罗五人众离开笼室家去村里参加宴会。在神社先行进行的五人酒会上，不知何故，宫司喝着喝着突然就不喝了。

七点十分左右，五人分别去了不同的酒席，宫司去的是矶屋。

七点二十分左右，宫司离开了矶屋，当时一点儿酒也没喝。

七点二十分到七点五十左右，宫司依次去了矶屋之外的其他五桌酒席，但是在每个地方都没待多久，也没喝酒。

七点五十之后，就再没人知道宫司去哪里了，六桌酒席上都不见他的身影。村民们，五人众的其他四位，当时都没在意，以为他一定是在哪桌酒席上。

具体不知几点钟，宫司回了家。证据是他脱下的劳动服，以及睡过没收拾的被褥。

昨天早上，具体时间不明，宫司起床后，换上白色和服和水色裤子离开了家。

昨天一整天，宫司行踪不明。

今天清晨五点半左右，蓬莱看到宫司去了瞭望塔。

五点三十五分到五点四十分期间，宫司走出瞭望塔。

七点左右，宫司坠海？

七点刚过，佐波男看到在上角前端手舞足蹈的蓬莱。

从行踪考虑有两大疑点。第一个疑点是“前天晚上从七点五十分至回到家的这段时间，宫司到底去了哪里？”。到底是什么事，或者说是要去见什么人，让他不得不在那个时候离开宴会？

宫司在宴会上滴酒未沾，说明他是与某个人约好了要见面，这个可能性最大。那么，他去了哪里，见了谁？恰逢一年一次的盛大祭祀，这个人为什么没有露面？

村田刑警去笹女神社询问筱悬有没有怀疑的人，筱悬张口就说出了龟兹将的名字。但是听了筱悬给出的理由后，村田表示不可信，并且不停地追问，结果招来祖父江偲“不要纠缠筱悬小姐”的指责。村田大为恼火地回来，当然又是言耶替祖父江偲道了歉。

言耶认为，当前该首先调查一下前天晚上七点五十分以后没有不在场证明的人。在这点上，森肋与言耶意见一致，于是决定趁着御堂岛还没到来的这段时间再去走访一下。

第二个疑点是“昨天一整天，宫司到底在哪里”。最有力的解释是“冥想”，但是这种可能性必须建立在“冥想是在谁也不知道的第三个秘密地进行”的条件下。

“昨天清晨至傍晚在第三个秘密场所，傍晚到今天早晨在竹林宫，最后到瞭望塔，宫司按照这个次序进行了三次冥想，有没有这种可能？”

“你的意思是说宫司因疲累过度，所以不小心从瞭望塔上掉下去了。”

森肋虽然嘴上好像赞同言耶的推测，脸上却一副不认同的表情。

这让言耶心中一阵慌乱。

“您是不是怀疑这不只是一场事故？”

“作为一名警察，不能一开始就妄下断论。更何况从前天夜里开始宫司就下落不明，而且这里刚刚发生了及位廉也莫名死亡事件。”

然而，森肋话里话外根本不把言耶提出的瞭望塔的密室性当回事。言耶预感到恐怕御堂岛也会是这样的论调，心中不免担忧起来，因为如果认定是他杀的话，这个密室之谜是绕不开的问题。

根据蓬莱和佐波男的证词，言耶进一步详细梳理了思绪。不过与上面的推论一样，时间点仍无法确定。

今天清晨（初步认定为五点三十一分），蓬莱察觉上角上有人往瞭望塔走，于是透过小屋的窗户往岩壁上看，依稀看到一个身穿白色和服和水色裤子的身影，她以为是宫司。

五点三十五分到五点四十分期间，宫司出现在瞭望塔伸向海面的瞭望板上，抬起头挺直腰身端坐在木板前端，像往常一样双手合十，进入冥想状态。

七点左右，蓬莱一愣神的工夫，发现木板上没了宫司的踪影。因为之前看到宫司的姿势多少有点不稳，所以担心是不是出了什么状况。她只是因为困倦打了个盹儿，不过短短几秒的时间，而且她保证除此之外视线绝对没有离开过宫司。

那么问题来了，也就是说蓬莱没有亲眼看到宫司坠入海中。她看到的只是有个影子一闪掉到了岬角外侧，不过她认为是宫司，所以慌里慌张爬上岬角，跑到瞭望塔，往赛场方向一看，看到一件白色和服正被海浪吞没。

佐波男天亮时分起床后，例行在村子里转了一圈，然后一如既往地到了海边观察海面的情况，此时大概刚过七点。他发现蓬莱在上角前端蹦来跳去，急忙跑过去想把她领回来，没想到得到了宫司坠海的消息。他往赛场海域看了看，没有看到人影，慎重起见，又登上了瞭望塔，也没看到有人在，于是就报告给了警察。

此处有个不可忽视的问题，那就是蓬莱从看到宫司走向瞭望塔到她自己跑到上角前端的这段时间，没看到其他人。也就是说从早上五点三十分一直到七点刚过，上角和瞭望塔上只有宫司一人。

这个事实，再加上蓬莱说看着宫司姿态不稳的证词，基本可以认定是一起意外坠海事故，似乎也是最为合理的解释。但是，前有及位廉也横死竹林宫的事件，再加上从前天晚上开始宫司就下落不明，如果简单地认定是事故，总觉得难以令人信服。在这点上，言耶与森肋意见也是一致的。

假如说及位廉也死于他杀，那么宫司也极有可能遭此厄运，说不定凶手是同一个人……

这一点也是言耶和森肋共同的怀疑。

“您说，那个叫蓬莱的女人的话，有几分可信？”

“她的小屋建在岬角根部的岩壁下，从屋里往上看的话，视线范围有限。假如是有人进入瞭望塔谋害了宫司，从她那个位置很有可能目击不到。”

看来，森肋似乎不太相信蓬莱这个目击证人。

“的确如此。如果是他杀，那么宫司大人一定是被凶手推下海的。”

听了言耶的推断，森肋无言地点了点头。

“蓬莱担心宫司大人是不是坠海了，慌里慌张跑出小屋爬上上角，这个过程大概需要十几秒的时间。凶手必须在这十几秒内从瞭望塔下来，再从岬角前端跑到岬角根部，而且要想不被蓬莱发现，只到岬角根部还不行，必须逃到村子里。这样的话，仅仅十几秒的时间是不可能的，再怎么快，至少也得一分钟吧。”

“唔——”

森肋一时没说话，看上去正在努力思索什么，大概是在脑海里描绘着上角的情形。停了一会儿，他才慢慢说道：

“如果全力奔跑的话，跑回村里也得一分钟吗？”

“不可否认，蓬莱的时间概念比较模糊，但是从宫司坠海到她爬上岬角再跑到瞭望塔下这个过程中，她没看到任何人，这个证词不会有错吧。”

森肋再次无言地点点头。

“在佐波男来到岬角前端之前，蓬莱一直待在那里，假如说当时凶手还在瞭望塔上，那么他根本没机会逃跑，而且佐波男还特意上去查看了一下，并未发现有人。”

“有没有这种可能，凶手把宫司推下海后，自己也跳下去了？这个时间，蓬莱正往上角爬，恰好看不到这一幕。”

“不会。您想，凶手选择把宫司推下海，就是考虑到了下面是岩礁密布的赛场，掉下去肯定不能生还？所以他怎么可能……”

“这个……”

森肋沉默了一会儿。

“那，凶手应该还是从瞭望塔逃出来的，一定是蓬莱没发现。”

完全是一副警察结案的语气。

言耶感觉再跟他纠缠下去也没有意义，于是问出了一直萦绕在心头的疑问。

“及位廉也莫名死亡，宫司大人从前天晚上就下落不明，你们是不是将这两点联系起来，才认为宫司事件是他杀？”

“什么意思？”

森肋没有回答，反倒眼神陡然一缩反问过来，旁边的村田也一副紧张的表情。由此，言耶确信一定存在什么隐情。

“呀，没别的意思，我只是觉得在没有明确的第三人在场的情况下，作为警察的破案程序，不是该首先考虑意外事故或自杀吗？”

“那也得看具体情况。”

“而且，没有人亲眼看到有人把被害者推下了海，蓬莱看到的只是疑似宫司大人的影子。”

“您想说什么？”

“我突然预感到除了那两个明显的事实之外，您们还找到了其他疑似他杀的线索，比如说在瞭望塔上找到了什么之类。”

“嗬——”

森肋上下打量了言耶几眼，迟疑了一下。

“在御堂岛警部到来之前，我不能回答您的任何问题。”

听他这么一说，村田马上神情放松下来。看来他在担心前辈做出有违规定的事啊。

没过多久，御堂岛警部到了，一脸严肃地听着森肋的汇报。然后，恢复到原来面对言耶的和气神色，抬手招呼言耶过来。

“我要去瞭望塔上看看，您跟我一起去吧。”

“这样好吗？”

言耶不禁有点喜出望外。

“现场勘查工作已经结束了。不妨碍，走吧。”

御堂岛淡淡地回应。

不过，秀继没被允许同行，他只好先回笼室家了。

在去瞭望塔的路上，言耶把他和森肋讨论的内容讲给御堂岛警部听。

“我也反对在目前情况下轻易判定宫司死于意外事故。”

御堂岛警部首先表明了自己的观点，然后又说：

“至于老师您指出的瞭望塔和岬角的密室性，在这个问题上，我赞成森肋的判断。”

“您也认为凶手在蓬莱眼皮子底下逃跑了？”

言耶一副“不管怎么说，都不可能”的语气，但御堂岛对此无动于衷。

“目前，我最关心的问题是，没有办法找到目睹凶手在瞭望塔上实施犯罪行为的目击者。”

“凶手持凶器殴打了坐在瞭望板前端的宫司大人，然后快速逃回瞭望塔内。这期间恰好蓬莱转移了视线，等她再看过来时，宫司恰好坠落下去。嗯，这么想的话，也不是说不通。”

“您认为凶手能如此幸运吗？”

“逃离上角的凶手竟然没被唯一的目击证人蓬莱发现，您说他幸运不幸运？”

言耶戏谑地回应。他还担心自己的话会不会惹怒御堂岛，结果人家根本没在意。

“逃离上角时没被发现，与在瞭望板上的罪行没被发现，情况截然不同吧。”

“那也不能简单地说前者容易，后者就难，倒不如说推被害人下海的瞬间恰巧没被看到的推测，比凶手从瞭望塔逃回村里时没被目击者发现的推理更加容易、自然。”

“明白了。”

御堂岛机械地点点头，然后试探着问：

“老师您也认为凶手在瞭望板上实施罪行的时候没被发现，只是碰巧？”

“是的，我认为一定有什么原因。只是，目前我还不清楚这是不是凶手设下的圈套。”

说着说着，两人到了瞭望塔下。

位于上角前端的瞭望塔，其实就是搭建在四根柱子支撑起的木质高台上的一个山形小屋，屋内伸出一块木板，悬空在海面上。看上去感觉怪怪的，这种奇怪的感觉当然来自那块悬在海面上的瞭望板。

驻守在此的由松“啪”地向御堂岛敬了个礼，然后无视抬头观察瞭望塔的言耶。

御堂岛对他点头回礼，随后登上了梯子。梯子在瞭望塔小屋的正下方，位于四根柱子的中央。

瞭望塔只有普通两层民居那么高，响个不停的“吱嘎，吱嘎”声让人不由得担心梯子是不是有崩塌的危险。

御堂岛上去以后，言耶对由松稍施一礼，也踏上了梯板。

“嘎——吱！”

突然响起的梯板声吓了言耶一跳，同时，这道比刚才御堂岛上去时大了许多的声音提醒他，要去确认蓬莱在她屋里能否听到这个声音。不管他本人再怎么否认，遇到情况以后，深入骨髓的侦探意识就自动开启了。

抬头向上看去，梯子的尽头是一个四方形的开口。大概是听到了刺耳的“吱嘎”声，担心言耶的安危，御堂岛正从那里看下来。

言耶一级一级走了上去，心中默数了一下，一共十三级台阶。十三，在欧美人心目中可不是个吉利的数字，不过在这里没有什么特殊的含义。

脑袋刚露出开口，言耶惊讶地发现瞭望塔的小屋竟然如此狭小。对着大海的南墙上有一个类似门洞的长方形开口，瞭望板就是从那里伸出去的。其他三面墙壁上都贴着木板，一扇窗户也没有。山形屋顶下是一个普普通通的天棚。

唯一的家具是位于东北角上的柜子。“物见之幻”怪谈中提到，柜子里放着毛巾、替换衣服以及雨伞等。不过，还是有一点引起了言耶的注意，那个柜子并没有紧靠在东北角的墙壁上，而像是被人刻意挪向了中央的开口处。

为什么会这样放置呢？

言耶满腹疑惑，正想走过去一探究竟，视线却被一样东西吸引过去。在瞭望板伸出口的左侧，挨着墙壁整整齐齐放着一双草屐，应该是宫司的鞋子。

“啊！”

再仔细一看，他不禁惊呼出声。

草屐上，孤零零地摆放着一只笹舟。

14

第十四章 笹舟

“原来是因为这个啊。”

听到言耶的喃喃低语，御堂岛疑惑地看着他。

“我一直疑惑森肋刑警为什么怀疑宫司大人的坠海是他杀，现在终于明白了，原来他们发现了留在现场的这只笹舟。”

言耶转身直视着御堂岛，直截了当地问：

“警部您认为这是连续杀人事件吗？”

“就凭这两只笹舟？”

御堂岛嘴上好像是在否定，但语气中完全听不出那个意思。

“我一直以为及位廉也衬衣口袋中的笹舟是他自己随身带着的，当时的情况下自然会那么想。但是，现在又发现了摆放在宫司大人鞋子上的笹舟，我觉得事情没那么简单，一定事出有因，不管怎么说他也不可能在走上瞭望板之前特意放上去，调查清楚这个问题非常重要。同样，现在再回过头想想及位廉也身上的笹舟，我觉得也很可疑。”

“你认为是凶手故意留在现场的？”

“这应该是一种杀人标识。”

听言耶这么说，御堂岛脸上隐隐露出一丝讥笑。

言耶继续解释：

“这两起事件，目前都无法断定是他杀，甚至可以说现场的种种迹象反而指向意外事故。目前，我还不好说这是不是凶手故意设的圈套，但我认为这种考虑是有必要的。”

“如果凶手想把他杀诱导为事故，当然要伪造现场了。”

“可是，为何又会在现场留下线索？”

“是啊，这不是自相矛盾嘛。”

话虽如此，但御堂岛似乎并不排斥言耶提出的杀人标识说。

“凶手在杀人现场留下这样东西，目的何在？”

“或许笹舟体现了凶手的复杂心理，一方面希望能诱导警察将事件定性为事故，另一方面又在表明自己的罪行是深思熟虑后的行为。”

“哦？你觉得笹舟的出现别有深意？”

“是的。虽然目前还想不出它到底寓意什么，但我相信对凶手来说，笹舟一定承载了某种想法。”

言耶再次将视线移到草履上的笹舟。

“如此强烈的意愿却寄托在一只小小的笹舟上。对当地人来说，笹舟再平常不过，村里的稻荷神社、地藏菩萨等地方随处可见，也就是说不管是被害人随身携带的，还是凶手故意留下的，都不至于引人注目。”

“听你这么一分析，似乎还真是大有文章。”

“就拿这起事件来说，作为遗留在现场的杀人标识，笹舟最合适不过了吧。”

御堂岛环视一圈瞭望塔的小屋。

“那么说，这个瞭望塔和竹林宫一样，也是老师口中的密室杀人。”

言耶向御堂岛请求查看一下小屋。

“我四处看看，可以吗？”

得到许可后，他先转一圈观察四面墙壁，然后又检查了天棚和地板，但是什么也没发现。

“我可以打开柜子看看吗？”

再次得到许可后，言耶从下往上依次拉开了四层抽屉。最下层抽屉里放着雨伞，第三层是雨衣，第二层是毛巾，最上层放着的是劳动服，并没有什么可疑的东西。

“最下层的雨伞和第三层的雨衣，早就有吗？”

“我没收到这方面的报告，应该是早就有的。”

“昨天傍晚，我们分头寻找宫司，大垣秀继君到这里找过，当时他看到这里晾着雨伞和雨衣。”

“这里下雨了吗？”

“昨天午后开始下小雨，不过，傍晚我们开始寻找宫司时，雨已经基本停了。”

“那是不是表明宫司昨天下午打着伞来到的瞭望塔？”

“冥想结束后，他去了别的地方。当时雨已经停了，所以他就把雨伞晾在了这里，今天再来瞭望塔时，又把晾干的雨伞收进了柜子里。”

“嗯，合乎逻辑。不过，雨衣怎么解释？”

“既然打着伞，那就用不着穿雨衣了，下大雨的时候或许还有可能既穿雨衣又打伞，但是昨天下的小雨，那么是不是有一个穿雨衣的人来了这里。这么想，比较合理吧。”

“难道是凶手？”

听着御堂岛的推理，言耶不断点头，嘴上也做出了回应，但是仍然一副深思的样子。

“你又想到了什么？”

“凶手到底为什么来到瞭望塔？既然特意来到了这里，为何没在当时对宫司下手？”

“从雨衣也晾在瞭望塔小屋这点来看，两人像是心平气和地一起离开了这里。”

“此外，冥想的地点……”

言耶向御堂岛讲述了筱悬讲过的三处不同的冥想地点，然后接着进行分析。

“宫司大人通常按照从大到小的顺序冥想，即先秘密地点再竹林宫最后瞭望塔，或者反之从小到大。如果说昨天午后到傍晚的时间他在瞭望塔的话，那顺序岂不是乱了？”

“对，这样的话，瞭望塔就排在了第二。”

御堂岛面无表情地看着言耶，又接着说：

“我明白你的意思，但我认为无关紧要。从前天晚上到今天早晨，没有任何人见过宫司，这就表明他一定是在那个秘密场所，可能是其间想起了什么，临时去了竹林宫或来到了瞭望塔。”

“但是，筱悬说过，一个场所的冥想结束后才会转移到下一个场所。”

“好啦，这个问题到此为止。还有没有其他注意到的问题？”

御堂岛不容拒绝地结束了这个话题。

“有，就是这个柜子的位置。您看，它不在墙角，好像是被刻意挪到了这里。”

言耶指了指东北角的方向。

“现场勘查的时候，它就是这么摆放的。”

“是凶手挪动的？”

“也不能如此断言，也说不定是宫司挪的呢。”

言耶走进东墙与柜子之间的空隙。

“差不多能站开一个大人。”

他又尝试弯下腰身，躲在了柜子后面。

“不好意思，警部大人，能不能请您下去再走上来？”

御堂岛警部意外地没有表现出任何不满，而是迅速按照言耶说的行动起来。

“怎么样？”

“你在我的左后方，上来时完全看不到，所以如果只是为了藏身的话，没有必要特地挪动柜子，只要悄无声息地站在楼梯口和北墙之间就好，因为这样正好位于走上楼梯的人的正后方。”

“没错。所以如果他赶在宫司到来之前潜伏在小屋中，至少不会被蓬莱发现。估计凶手就是这么考虑的吧。”

“你的意思是他从开始就算计到了可能会被蓬莱发现的危险。”

“是这样的。”

“这么说来，凶手一直都有顾及蓬莱。”

言耶从柜子后面走出来，站到了楼梯口和北墙之间。

“嗯，的确像您刚才说的那样，躲在柜子后面远不如站在这里。”

“假定凶手提前埋伏在这里，宫司上来以后，他会怎么做？”

“肯定就在这里。”

说着，言耶的脸色突然凝重起来。

“埋伏在这里的凶手，当时一定会从背后袭击宫司。然后，无论是打死还是打昏，都要把宫司拖到瞭望板再推下赛场海域。”

“或许吧。”

“等等！不对！在宫司大人坠海之前，蓬莱明明见他端坐在瞭望板上进入了冥想状态。”

“所以？”

“所以，凶手只是打昏了宫司大人，然后把他拖到了瞭望板上。过了一会儿，宫司恢复了意识，但头脑还不清醒，身子一歪就掉下去了。”

“这样好像能说得过去。”

“是的。不过，还是跟蓬莱的证词对不上，她不是说当时宫司是端坐在木板上的吗？”

“是，她说宫司抬起了头，伸直了腰身。”

“所以宫司大人是正常端坐在瞭望板上的。”

“你的意思是宫司自行走到瞭望板前端坐下来，遇袭是在这以后的事？”

然而，御堂岛接着又吐露出一句蓬莱的证词，而言耶压根不知道，闻听大吃一惊。

“实际上，蓬莱见到了宫司是如何从瞭望塔移动到瞭望板前端的。”

“哎？”

“宫司保持端坐的姿势，一下，一下，慢慢挪到了瞭望板的前端。”

“就是像在茶室里那样，保持端坐的姿势，两手撑地，像划船似的一步一步往前挪吗？”

“对。宫司到瞭望塔冥想，年轻时的确是走到瞭望板前端才坐下来，但是上了年纪后就不这样了。这一点，强罗五人众的其他四位都可以作证。”

“还有这么回事？真是的！警部大人，这么重要的信息您怎么不早说？有点过分了啊。”

“因为听老师推理是件有趣的事，哈哈。”

御堂岛开玩笑地躲过言耶的埋怨，觉察到言耶好像还不肯罢休，赶紧转移话题。

“你说凶手到底是怎么把坐在瞭望板前端的宫司推下海的？”

只用这一句话，果然成功转移了言耶的注意力。

“我首先想到的是……”

言耶走到瞭望板的伸出口，望着木板的前端。

“凶手用长竹竿，就像及位手中握着的那种竹竿，从瞭望塔内伸出去戳宫司大人的身体。”

“可是，被害人是坐着的，不是站着，用竹竿戳身体的哪个部位才能把人给推下去？”

“头部？”

“嗯，这样把人捅下海的可能性是很大。不过，这个瞭望板可足有两米长。”

“从这儿拿竹竿捅头部，冲击力也不小吧。”

“有没有可能用方木？”

“方木当然力道更大，可是上哪里去弄呢？”

“船橹，很容易就能找到。”

言耶表示认可御堂岛的推测，但是仍然表明了自己的疑虑。

“不管是竹竿还是方木，手里拿着那么长的东西，不想引人注意都不可能啊。”

“所以凶手才会像老师推理的那样，提前隐藏到这里，等着伏击宫司。”

“那也得有个前提条件，就是凶手必须事先知道今天早晨宫司大人要来这里冥想。”

“也可能是凶手把宫司叫到这里来的。”

“您说到这，结合前天晚上宫司异常的行为，说不定就是这么回事。宴会中，有人避开大家的注意，悄悄告诉宫司几点到什么地方。可以这么推理吧？”

“我也是这么想的。不过，这与今天早晨的事件怎么联系起来？”

“凶手在叫宫司出去之前，就已经知道今天早晨宫司要来此冥想的事，于是见面后偷偷给宫司吃了迟效性的药，有可能是安眠药，也有可能是其他类似的药，反正是在宫司冥想时药性才会发作。在犊幽村这个地方弄这样的药还不容易？蛇颜草、幽鬼菇都有这样的功效，其他类似的药草也不少。蓬莱不是也说了，她感觉宫司在坠海之前姿态不稳。估计就是药性发作了的缘故吧。”

“有这种一天半后才会起效的药？”

“可能是昨天才吃下。”

“好，不管怎么样，调查之后再说。”

“前天晚上到昨天的某个时间，凶手偷偷让宫司吃下了药，然后今天早上提前潜伏到这里，待药效发作时，用竹竿将宫司捅下了海。”

“是不是只让宫司吃下这种迷魂药就行了？”

“只要药性一发作，宫司大人自然就无法自制地掉下去了。话说回来，这种真实性还有待确认。”

“感觉凶手用不着这么绕来绕去的啊。”

“采用这种迂回的方法，当然是做给蓬莱看的。”

“你是说细长的竹竿，从蓬莱的小屋不容易看清？”

“不是。您想，如果蓬莱目击的是像往常一样进行冥想的宫司突然身子一歪掉下了海，那么警察是不是就会据此理所当然地判定为意外事故了？”

“原来如此，嗯，是这个道理。”

可还没等面部表情放松下来，御堂岛马上又皱起了眉头。

“蓬莱天明而起日落而息，只要是白天发生的事，一切都逃不过她的眼，怎么偏偏就看漏了宫司坠海的瞬间，岂有此理！对凶手来说是失算，对我们来说是打击。这么关键的一幕，她竟然什么都没看到。”

“我总觉得……”

言耶意味深长地停顿了一下，御堂岛奇怪地看着他。

“我总觉得这个凶手怎么如此恶运亨通呢。”

“喂，喂，不要说这么丧气的话。”

御堂岛故作轻松地调侃，但他那瞬间严厉起来的眼神出卖了他内心的凝重。

“凶手究竟是怎么避开蓬莱的视线逃出去的？这是问题关键。”

“这么说，警部大人您也觉得瞭望塔是个密室杀人了？”

“我以前说过这是老师的工作。”

御堂岛不作正面回答，果断地把皮球踢了回来，然后直截了当地问：

“如果是他杀，您认为谁的嫌疑最大？”

“调查密室是我的工作，搜查凶手不是警察的强项吗？”

听了言耶踢球似的回应，御堂岛冷厉的面庞上难得露出一丝笑意。

“我算是体会到鬼无濑为什么如此看重你了。”

“是吗？”

“最大的嫌疑人，是竹屋的龟兹将。”

言耶没想到御堂岛直接说出了龟兹将的名字，甚感意外。

“然后是英明馆的编辑大垣秀继。”

“不，不会吧？”

“在探查及位廉也饿死事件的过程中，龟兹将、大垣秀继以及笼室筱悬的三角关系浮出了水面，不可否认，这里面有宫司的原因和责任。因为跟及位事件没什么关系，所以当时就没有深入调查下去。”

“等等，我有点不解。龟兹将的确有杀害宫司大人的动机。假定这次是连续杀人事件，那么龟兹将杀害及位廉也，不是很奇怪吗？”

“是。目前来看，找不到龟兹将杀害及位廉也的动机。”

御堂岛爽快地承认了当前的事实。

“再说大垣秀继，他怎么可能杀害宫司大人？”

“杀害及位廉也的最大嫌疑人，目前来看仍是笼室宫司，但是大垣秀继同样也有杀人动机。如果说宫司是为了保护神社，大垣秀继则是为了守护笼室筱悬。”

御堂岛的推理无可反驳，言耶心里一阵慌乱。

“不，不，大垣君有确凿的不在场证明。及位廉也离开竺磐寺的时间是九月二十三日，人不吃不喝大概能撑上四五天，我们二十八日发现了他的遗体，正好是五天的时间，也就是说及位在二十三日一早就困在了竹林宫的密室中。那么重点来了，二十三日那天，大垣君还没来到犊幽村，当时他正在野津野鲷两町的旅馆等待我和祖父江偲。显然，他不可能是杀害及位廉也的凶手。”

御堂岛思索了一阵。

“唔，及位廉也死亡事件中能提供不在场证明的，好像只有大垣秀继一人。”

听御堂岛这么说，言耶放下心来。然而，御堂岛的下一句话又让他的心重新提了起来。

“难道是笼室筱悬？”

“哎？话可不能乱说。先不说及位廉也，宫司大人可是她的亲爷爷。”

与其说言耶非常震惊，倒不如说他已经有点发怒了。

“为了自己钟情的男人不惜杀害亲人的案例并不少。”

御堂岛冷冷地回答。

言耶慌忙继续找词辩解。

“可是，笼室筱悬好像对这两个男子并没有爱慕之情，这不仅仅是我的感觉，祖父江偲也这么说，她的话还是比较可信的。所以，筱悬小姐不可能为了男人杀害自己的爷爷。”

御堂岛沉默不语，停了一会儿，突然声明：

“接下来必须侦查一下谁有杀害及位廉也和宫司的动机和机会，这项工作交由我们来做，老师就放手去解开两个密室之谜吧。”

然后，催促言耶离开瞭望塔。

没想到，言耶又提出了请求：

“我想去瞭望板上看看。”

看着言耶近似乞求的眼神，御堂岛瞪大了眼睛。

“老师，您的好奇心也太重了。”

“一切不是为了破案嘛，拜托啦！”

“并不是单纯为了案件吧。”

御堂岛虽然有点不情愿，但还是应允了。于是，言耶趴在瞭望板上，慢慢爬了出去。

这，这，这也太可怕了。

爬过瞭望板的一半，正下方便是波涛汹涌的赛场，离水面大约有几十米高。

这样趴着，恰好直视海面。不行，不行！

言耶小心翼翼地将趴姿调整为盘腿坐在木板上，然后借助两只手臂的支撑，一点一点向前挪。

宫司也是这样做的吗？

终于挪到了瞭望板的最前端，言耶意外发现右边的视野一下子开阔起来，不由得向西侧望去，同时猛然想明白了一件事。

绝海洞所处的那道崖壁已到了尽头，向西望去，是一望无际的茫茫大海。

原来这才是木板真正的作用吗？

如果在木板前端吊起篝火，海上航行的船只进入犊幽村的岩礁海域之前，马上就能清楚地看到。而如果在上角前端点燃篝火，绝海洞所处的崖壁就会挡住火光，即便在瞭望塔上点燃篝火，也同样如此。

可是，使用铁棒不是更好吗？不怕风吹日晒。

为什么非要用木板呢？

这时，御堂岛的叫喊声打断了言耶的思考。

“老师，你不会在那儿冥想起来了吧？”

言耶准备返回。他一边慢慢往后退，一边向绝海洞看去，但没有船的影子，可能搜救船都进到绝海洞里面去了吧。

言耶和御堂岛离开瞭望塔，走到上角根部时，言耶再次提出请求。

“我想顺便去蓬莱的小屋看看。”

御堂岛半是吃惊半是敬佩地看着言耶，应允的同时不忘提醒他。

“蓬莱虽然能听见，但不会说话，而且性格还很古怪，交流起来非常困难。”

“所以，您在侦查时，采用的是笔谈方式吗？”

“写东西不正是老师的强项吗？”

“其实，我没什么要向蓬莱求证的。”

从蓬莱的小屋能否听到楼梯吱嘎声？这个疑问已经有了答案。刚才走到岬角根部时，言耶听到哗哗的海浪声远远压过了楼梯的吱嘎声。

“那你还去干什么？”

“我想确认一下从小屋里看瞭望塔是什么样子。”

两人没有顺着岩壁爬下来，而是专程走到海边绕了过去，因为言耶说这样去拜访才显得“正式”。

“你好，打扰了。”

言耶叫过门后，过了好一阵子，简陋的木门才慢慢开启了一条缝，赫然露出一个蒙着布口袋的脑袋，一只眼睛从那道门缝中警惕地看着门外。

就连见多识广的言耶也被眼前的怪异惊呆了，不过那只是一瞬间的事。他先做了自我介绍，然后说到宫司的事情。一番无懈可击的话下来，他已经站在了小屋里，把仍处于目瞪口呆中的御堂岛留在了门外。

向蓬莱确认的主要是以下两个问题：

一、宫司来瞭望塔冥想时，是否一定带着笹舟？

二、昨天下午到傍晚，宫司是否在瞭望塔？

两个问题，蓬莱都给出了否定的回答。不过，关于第一个问题，她似乎也不清楚，但她仍然坚定地给予否定的回复。

她说曾经问过很多次宫司关于冥想的事，宫司告诉她最重要的是要“用身体感知”，所以她认为宫司在秘密场所冥想时一定是全裸的。总之，不可能随身携带笹舟。然后她又保证说昨天下午宫司没来过瞭望塔。

征得蓬莱的许可，言耶参观了一下小屋。门旁竖着一根竹棒，看起来是当顶门棍用的，大概是蓬莱出于女性的自卫意识才会如此用心。言耶不由感慨，从这根小小的竹棒上就可以看出即便隐居也摆脱不了险恶的现实。

言耶靠近窗子，扭动脖颈，转换着不同角度观察着上角和瞭望塔。可能在旁人眼里动作比较滑稽，蓬莱哈哈大笑起来。

等言耶走出小屋时，与蓬莱已经像是熟人一样了。御堂岛饶有兴致地守着他们。

“不好意思，让您久等了。”

两人离开蓬莱的小屋，漫无目的地漫步在海边，御堂岛突然说：

“你真是一个神奇的人。”

“哎？怎么突然这么说？”

言耶吃惊地停下脚步，看到御堂岛一脸认真，不像是开玩笑的样子。

“我觉得你适合做侦探。”

接着又问道：

“你发现了什么？能跟我说说吗？”

言耶不知该怎么回应，暗自决定只回答跟他提过的一个问题好了。

“首先从蓬莱的小屋只能看到瞭望板的前半部分，所以可以推断当时凶手只走到了木板的中间位置。”

“从那个位置，用细竹竿什么的将宫司推了下去？”

“嗯，站在那个位置的话，就不用像从瞭望塔里面那样使劲推，但前提条件是凶手必须事先知道蓬莱小屋中的视野只到木板的前半部分。除了宫司，还有谁知道这个事实？”

“那我们就查查吧。”

“还有，我认为凶手未必非要先于宫司大人到瞭望塔潜伏下来，在宫司大人之后也能避开蓬莱的视线来到瞭望塔。”

“蹑手蹑脚走过上角？”

“尽量不发出声音的确有效，但是蓬莱往外一看就能看到啊。”

“对，对，宫司就是那样不出声音地挪出瞭望板的。”

“蓬莱今天早晨的证词中提到‘先看到水色的裤子一闪，然后看到一个身穿白色和服的身影向上角前端走去’，也就是说她先看到的是下半身，然后才是上半身，而且还只是看到了裤子的一部分。但是据我刚才实地观察，从小屋中只能看到在岬角上行走人的上半身。”

“您的意思是如果趴在地上爬过去，蓬莱是看不到的？”

“这个最好再确认一下，但我觉得不会有错。不过……”

看到言耶欲言又止，御堂岛好像预感到他接下来要说什么，不过还是问了一句：

“什么？”

“蓬莱看着宫司大人登上瞭望塔，出现在瞭望板上，而且在宫司大人消失不见后，她马上跑了上来。这期间，凶手理应还在瞭望塔上，可他是怎么逃脱的呢？这依然是个未解之谜。也就是说，案发时上角和瞭望塔处于密室状态。”

15

第十五章

绝海洞怪死

当天，在绝海洞内冥河的搜救工作一直持续到傍晚。遗憾的是，依然没有找到笼室岩喜宫司，以至于言耶他们对参与搜救的渔民产生了不满和怀疑。

他们到底有没有沿着河道仔细搜索？

这么想也不是毫无道理可言，言耶只跟着宫司去过一次绝海洞，就深深体会到了冥河的恐怖，他一个外人尚且如此，就更不用说了解一切情况的当地渔民了。估计他们不会用心搜索河道，即便搜索了，恐怕也只是在绝海洞的洞口附近找找，绝不会深入到绝海洞深处。不可否认，宫司一向受村民们爱戴，但这与生死安危相比毕竟是两码事。

言耶与御堂岛在村公所前分开时，问起及位廉也是否有知觉障碍的调查情况，御堂岛说还未收到相关报告。御堂岛曾说起过要调查磐灵大神祭当天，即二十九日晚上参加宴会人员的行踪，还有及位廉也和笼室岩喜宫司的关系，所以言耶又顺便问起此事，结果也没得到想要的答复。

理当如此吧？

言耶心知这是警察该有的原则和职责，但还是忍不住思量起御堂岛对待自己的态度和方式。虽然御堂岛嘴上总是说“这一点，恕难奉告”，但每次都会有意无意地透露一些已经查明的情况，是因为他觉得我具有侦探能力吗？

呀，想什么呢？我本来也不是侦探。

估计御堂岛听到这句话，又会饶有兴趣地看他了吧。

言耶一路思绪万千，回到了笹女神社。一进门，就问询笼室筱悬的情况。

“筱悬小姐怎么样了？”

祖父江偲的脸色不像早晨那么紧张。

“还是情绪不佳，但稍微好点了。好在竹屋的小竹利过来了，玩着闹着多少分散了她的注意力。”

“是吗？我得再给那孩子买些点心什么的。”

言耶放下心来，但祖父江偲的下一句话又让他蹙起了眉头。

“黑先生又发电报来了。”

“又发？这次让给他送什么？”

“只写了一个词。”

“什么？”

“难吃。”

哦，看来他是在分享品鉴无骨章鱼后的感受了。言耶转头就把阿武隈川岛的事扔在了脑后，平时都不愿意跟他多打交道，更何况现在这个焦头烂额之际。

他去探望了笼室筱悬，果真像祖父江偲说的那样，她没有什么大变化，但让人感觉到在原来那种文静柔弱的气质上，多了一点“我必须振作起来”的坚强。

言耶说起在瞭望塔上发现笹舟的事情，问她有没有什么线索，但筱悬对此也是一无所知。

“不过……”

她欲言又止。

“我认为爷爷不可能把笹舟放在自己的鞋上。”

“为什么这么说？”

“既然这么做，肯定就有某种寓意，我想一定与冥想有关。可是，如果是与冥想相关的事，爷爷一定会告诉我的，但我从来没听他提起过笹舟。”

言耶又问她是否知道宫司参加磐灵大神祭宴会时，有没有在什么地方见了什么人。

“警察也问过我这个问题，但我……”

筱悬摇摇头，表明什么也不知道。但她的神态让言耶生疑，与刚才回答笹舟问题时的镇定不同，表情明显有点不自然。

她是不是知道什么？

可是，为什么不能明说出来呢？照理来说，如果担心爷爷的安危，一定不会隐瞒任何事情。

是在庇护谁吗？

不期然地，言耶脑海中突然浮现出龟兹将的脸庞。

不，不可能！

言耶马上又否定了自己的想法。

不用祖父江偲提醒，言耶也能感觉到筱悬似乎对龟兹将并没有特殊的男女之情，所以不可能特意去保护他。

可是，她到底在隐瞒什么？

不管言耶如何迂回试探，筱悬自始至终就是一句“不知道”，弄得言耶也束手无策了。

与筱悬一起吃过晚饭，言耶他们回到了自己住的地方。言耶把今天下午了解到的情况说给了祖父江偲和大垣秀继。

“又是密室？还是连环杀人？”

祖父江偲在短暂的惊愕后，很快恢复了平静。

“不过，既然跟老师一起出来，碰不到这种事反而不正常。”

“哎？真的吗？”

秀继掩饰不住自己的吃惊。

祖父江偲不慌不忙，源源不断地吐出一些让秀继惊讶的话。

“喂，我说，能不能别说一些传出去不好听的话。”

可是，祖父江偲选择无视他的抗议和警示。

“总之，的确就是这样。现在，我只祈祷别再发生什么流血事件。”

“怎么会……”

秀继好像彻底被吓住了。

“祖父江小姐，宫司大人目前下落不明，不可以乱说话。”

言耶敛起神色，提高了音调。

“啊，我竟然……”

祖父江偲一本正经地低下头。

“竟然说了对筱悬小姐这么不礼貌的话。”

一副泫然欲泣的模样。

鬼灵精怪的祖父江偲啊，还真是花样百出。

“说到筱悬小姐……”

言耶向他们二人说起自己刚才跟筱悬交流时的异样。

“您说的这些我倒没注意，不过，我也觉得有点不对劲。”

祖父江偲后知后觉地说了一句让人难以忽视的话。

“哪不对劲？”

“人吧，稍微吃点饭睡点觉就能稍微恢复点精气，是很正常的。但是，恢复的幅度好像大了一点，那就让人觉得，觉得……”

祖父江偲停了下来，好像找不到一个合适的词描述自己的感觉，言耶忍不住替她说道：

“古怪？”

“对，对。理由我说不上来，反正就是觉得不像是振作起来的样子。”

“说说你眼中筱悬的样子。”

“怎么说呢，她像是下了某种决心，或者说做出了什么决断。”

言耶转头问秀继：

“你能猜到什么吗？”

“没有，完全没有头绪。”

秀继把头扭向了一边，好像为自己不能帮上言耶而不好意思。

“那今天就这样吧，明天早饭后我再跟筱悬小姐谈谈。”

此时的言耶压根想不到第二天早晨他会多么后悔自己的这个决定。

第二天，十月二日，天还没亮，秀继就起床开始换衣服。

言耶奇怪地问他：

“怎么这么早？”

“啊，吵醒您了，不好意思，我本来想悄悄起来的。”

“没有，我也早醒了。起这么早，有事？”

秀继迅速穿戴整齐，然后在言耶对面坐下来。

“在当前这个时候，我离开老师身边实在不该，但是我必须去一趟九难道。”

言耶难以置信地看着秀继。

“哎——现在？怎么回事？”

“咱们刚到犊幽村的时候，我不是说记事本丢了吗？这几天发生了一连串的事，就把那事一时抛在了脑后，昨天突然想了起来，所以准备回去找找。”

“哦，是这样啊。”

言耶非常想劝阻他“这事先放放吧”，但又怕万一秀继反问“什么时候可以”这样的话，而自己无法给出明确的回答。而且，言耶也很清楚不知丢到何处的记事本对秀继来说是何等重要，所以更不能强行挽留了。

“那你起得也太早了吧。”

“我想着早去早回，尽量别因为自己的事影响到老师的民俗采访。”

“多谢费心。如今这种形势下也没法进行民俗采访，所以我就安心待在这里好了。”

言耶本想着吃完早饭送秀继到村头，没想到秀继说已经让昨天来帮忙的大婶准备好了饭团。

“不愧是大垣君啊，一切都安排得井井有条。”

最终，言耶在大门口目送秀继离开了笼室家。

“老师，您在干什么？”

祖父江偲睡眼惺忪地走了出来。大概是言耶和秀继的说话声吵醒了睡在隔壁房间的她。

“哦，是大垣君要……”

言耶正想给她说说大垣秀继的事，没想到祖父江偲听到大垣秀继的名字就抢过话头去。

“我一看到他那凡事都一本正经的样子，就想起我家的狗。”

“说什么呢？祖父江小姐！”

“声明，我不是在取笑他。我家的小狗叫卡伊，可聪明了，真的。它要是对一个事较起真来，其他的一切都顾不得了。有一次，它叼了一根树枝回来，一进家门就直奔狗窝，可是树枝有点长，挡在狗窝门口怎么也进不去。若是平时，对卡伊来说，这点小事不在话下，早就解决了。可是，那天不知怎么，可能是太喜欢那根树枝了吧，它一直不舍得丢口，结果怎么也进不去，急得在那儿团团转。那个傻乎乎的莽撞劲儿与忠厚老实的大垣君太像了，我以前就这么觉得，真的。”

“我明白你的意思。”

看到言耶竟然认可了她的说法，祖父江偲不禁得意起来。

“对吧，我说的没错吧。”

“你不会把这些话说给大垣君听了吧？”

听到言耶的问话，祖父江偲的眉飞色舞一下子消失了，神情不自然起来。

“说过了？”

“那个……哎呀，都已经是来这里之前的事了。”

“这不是时间的问题。祖父江小姐，你说你怎么能……”

“啊，我得去做早饭了。”

祖父江偲一溜烟地跑走了，没听到言耶接下来的一句话：

“不过，按大垣君的性格，应该不会在意的。”

若是她听到了这句话，一定又会露出“正合我意”的得意神色。

“我也去帮忙。”

言耶追了上去，不过刚进厨房，就被祖父江偲和那个帮佣大婶赶了出来。于是，他决定去客厅读报纸，可是心思却怎么也安定不下，可能是在后悔刚才没去送送秀继。

做好早饭，祖父江偲去叫筱悬。

“老师，老师，不好了，筱悬不见了。”

很快，只见她慌里慌张地叫喊着跑了回来。

“被褥收起来了，卫生间里没有，其他屋里也没有，应该是早就出去了。”

“有没有可能大垣君根本不是去找记事本，而是他们约好偷偷跑了？”

“不，不，不可能。”

祖父江偲坚决地摇着头。

“就算是大垣秀继误会了什么，在某个地方等筱悬，但我觉得筱悬也绝对……绝对不会去的。”

“这么肯定？”

“您想啊，他又不是别人，他可是大垣秀继。您觉得他会对老师您撒谎吗？”

言耶觉得祖父江偲的话不是没有道理。可是，如果是这样的话，那筱悬到底去了哪里？

猜来猜去，最后言耶和祖父江偲一致认为筱悬可能是因为神社的事暂时外出了，他们不必瞎着急。话虽如此，但心中的担心一点没有减少。他们草草吃了早饭，又将昨天筱悬的状态重新梳理一遍。

忽然，言耶好像想到了什么，起身就要往外走，祖父江偲见状理所当然地跟了上去。

“祖父江小姐，这件事交给我就行了，你……”

“讨厌，不要，我要一起去。”

看她寸步不离的样子，言耶为难地说.

“这事比较紧急，同时必须慎重。”

“我要一起去！”

“与其两人兴师动众地闯过去，还是我自己……”

“我要一起去！”

“恐怕……”

“本——小——姐，要一起去！”

言耶无计可施了，不过心念一转。

“好吧，一起去也好，小孩子一般都喜欢漂亮姐姐吧。”

祖父江偲不明白言耶怎么突然冒出这么一句话。

“哎？您说的什么呀？”

“就这么定了，走吧！”

说完，言耶自顾向大门口走去，回头看到祖父江偲还呆怔在原地。

“祖父江小姐，愣着干什么呢？还不快跟上。”

他们离开笼室家，向犊幽村走去，目的地是制作竹工艺品的竹屋。

“老师，您刚才说小孩子，是指小竹利吗？”

还未等言耶回答，两人就找到了正在竹屋旁边的小巷子里玩耍的竹利。

“喂，小竹利。”

言耶压低声音叫了一声，小家伙闻声扭过头来，看到言耶的身影，两眼登时一亮，旋即又扭捏起来，可能是看到了言耶身旁的祖父江偲。

“老师，您怎么偷偷摸摸的？”

“我们不受村民欢迎，跟村里的小孩子打交道还不得小心点啊。别问这些了，现在最重要的是，祖父江小姐，快，快微笑。”

祖父江偲一下子心领神会，虽然不清楚言耶到底为什么要她这么做，但她马上对竹利露出温柔的笑容，还一个劲地招着手。果然奏效，竹利慢慢走过来，很快跟祖父江偲亲昵起来。

言耶领着两人走向一个隐蔽的场所，同时给竹利讲着自己破案的趣事，甚至连随身携带的“怪奇小说家探案七大道具”都拿出来了，竹利兴奋得不得了。

言耶观察着他的反应，有意无意地提起了信鸽，绘声绘色地讲述着飞鸽传书的故事，连祖父江偲都听入迷了。等到竹利表现出了对信鸽的浓厚兴趣时，言耶突然问：

“呀，小竹利也是一只棒棒的信鸽呢，是不是帮将叔叔给笹女神社的筱悬姐姐送信了？”

闻听此言，祖父江偲吃惊地抽了一口气。突然紧张的气息让竹利情不自禁点头的动作猛地停了下来。

完蛋!

言耶后悔得不得了，后悔带祖父江偲来了这里。

“不好，暴露了！您不愧是个大侦探！”

伴随着竹利一声由衷的感叹，言耶内心一阵狂跳。

“信里写的什么呀？”

他压制住自己的兴奋，不动声色地追问。

没想到费了不少时间和周折才弄明白，因为竹利不认识信中的字。

“小竹利一定认识一二三四这样的数字吧。”

“嗯，我能认到十以上呢。”

竹利得意扬扬地回答。言耶装出很佩服的样子，大大夸赞了他一句，然后询问信中有没有数字，结果竹利回答说有个“七”。

“是今天早上七点吗？”

祖父江偲小声地自言自语，声音中透露出焦急，因为现在已经快八点了。

“关键问题是地点。”

言耶拿出时刻不离身的取材本，一个一个地写出犊幽村的一些场所，一个一个地拿给竹利看。待指向“绝海洞”时，竹利有了明显的反应，但好像又不太确定。

“谢谢小竹利，你可帮了我大忙了。”

言耶郑重地向竹利道谢。

竹利喜不自胜，又夹杂着些许不安地寻求安慰。

“啊，我能帮上大侦探的忙？”

他那小脸略带紧张，祖父江偲微笑着摸了摸他的小脑袋。竹利布满笑容的小脸是多么可爱啊！

“还有一件事需要小竹利帮忙呢。带我们去佐波男家，好吗？”

竹利马上蹦蹦跳跳地领着他们往前走去。

路上，祖父江偲小声嘟囔：

“筱悬小姐情绪有所好转，也是这个原因了。”

“嗯，恐怕是龟兹将在信中说自己知道宫司大人的下落。”

“可恶！”

很快，他们来到了佐波男家门口。

“祖父江小姐，你送小竹利回竹屋吧。我让佐波男开船去绝海洞。”

言耶做出这样的安排，但没有明说自己的意图。

“你把小竹利送回竹屋后，还有一个重要任务，去我写在本子上的那些地方看看。”

“怎么感觉老师您像甩包袱似的要甩掉我。”

“当然，也有这个想法。”

“您……您……老——师！”

没想到得到这样的回答，祖父江偲连生气都忘了，只是吃惊地看着言耶，张口结舌地说不出话来。

言耶安慰她说：

“我这么安排自有原因，你看你晕船，佐波男愿不愿意让女性坐他的船也是问题，另外还不知道绝海洞那边会是什么状况。再者，我写的那些场所，确实有必要去查看一下。”

说着，言耶瞥了一眼竹利，祖父江偲立刻明白了他的意思，同时意识到一个现实问题。竹利识字不多，很有可能记错了信上提到的场所，为了保险起见，她确实有必要去那些地方确认一下。

看着祖父江偲和竹利走远了，言耶回身敲响了佐波男家的大门。很快，佐波男走了出来，但一听言耶让他驾船送自己去绝海洞，便断然拒绝了。言耶无奈说出了心中“筱悬小姐怕是被龟兹将骗到了绝海洞”的担心，结果佐波男的态度马上来了个一百八十度大转弯，慌忙往海边跑去，还不停地催促言耶快跟上。

牛头湾在朝阳的照射下，波光粼粼，平静祥和。若在平时，言耶一定要好好欣赏眼前的极致美景，但此时无心留恋这些，所有的心思都飘向了绝海洞，脸上的表情也越来越凝重。

佐波男什么也不说什么也不问，只是一心操纵着引擎，加大马力快速前进。很明显，他与言耶一样，也恨不能一下飞到绝海洞去。

很快，小船越过上角，进入了赛场海域，前面不远处的峭壁下方张着口的绝海洞进入视线，但是从当前这个位置看不到洞内有没有停着小船。

随着小船靠近绝海洞，言耶认定洞内出现了异常，好像有什么东西在一闪一闪。

火把!

在判断出是火把的同时，言耶确信。

笼室筱悬和龟兹将一定在洞中!

小船驶入洞内，果不其然，右边的岩壁上燃烧着火把，而且有两艘小船停靠在那里。

“两人……”

言耶刚想说两人应该在洞里，佐波男忽然指着那两艘小船示意他，阴影中依稀看到地上好像倒着一个人。

言耶赶紧跳下小船，一个箭步冲过去。

“是筱悬小姐，不过好像没大碍。”

言耶长舒一口气，佐波男紧张的表情也放松下来。

“筱悬小姐，你怎么了？没事吧？”

可是筱悬没有任何回应，虚弱不堪地瘫倒在地上。仔细一看，她像是处于半昏迷状态。

“身上没有外伤。你觉得哪里不舒服吗？”

筱悬微微摇了摇头。就这样一个简单的动作仿佛已耗尽了她所有的气力。

“请您赶紧把她带回去看医生。”

言耶把筱悬抱到小船上，拜托佐波男送筱悬回去，自己转身走向了绝海洞深处。

“小心点。”

背后突然响起佐波男的低声叮咛。

言耶心头一惊，佐波男向来沉默寡言，此时竟然特意出声提醒他，这不得不让人生出不祥的预感。

幸运的是，与磐灵大神祭时一样，所有的火把都亮着，一路上不至于那么艰辛。走过林立的岩石区域，脚下出现了大大小小的石块，又慢慢变成无数的小石子，言耶心知这是到冥河滩了，两侧是一个又一个小石塔，在火把的微弱光亮中散发出恐怖气息。

穿过蜿蜒的冥河滩，踏入低矮石墙围起来的沙地，刚走到供养碑前，言耶猛地停下了脚步。

“龟兹……将先生？”

一个男人倒在地上，就在供养碑和冥河的正中间。火把的光亮无法完全照到那里，但借着那点昏暗的光亮，依稀像是龟兹将。

他一动不动，似乎全身的气力都被抽走了，像一块破布堆在地上。仔细一看，头部和双手满是鲜血，左侧腰窝处插着一把折断的鱼叉。而且，肚子上方赫然摆着一只染血的笹舟。

“第三个被害人吗？”

第一个是及位廉也，然后是笼室岩喜，这次是龟兹将。与前两位不同，龟兹将明显死于他杀。

“奇怪……”

眼前的场景让言耶产生了极大的困惑。

从充当鸟居的两根竹竿之间一直到供养碑，到处都是龟兹将留下的脚印，而且能够看出他还不停地往返于供养碑和冥河一侧的岩石之间。奇怪的是，沙地上其他地方的神秘纹路依然保留完好，没有任何足迹。

凶手到底是怎么做到不留痕迹地杀人的？

等待言耶的又是一个密室之谜。

16

第十六章
日志和史册

刀城言耶在冥河滩与沙地交界处的堆石前来回踱步。

果真是连续杀人事件？笹舟就是杀人标识吗？

为何凶手单单这次留下了杀人痕迹？

既然如此，却又为何把杀人现场制造成密室状态？

诸多疑问涌进脑海，却理不清一丝头绪。如同火把极力用光亮驱赶着洞内的黑暗一样，言耶也竭力寻求着撕破迷雾的智慧之光。

就在这时。

“哗！”

不知从哪里传来一道微弱的声响。言耶吓了一跳，停下脚步，凝神静听。

“哗！哗！哗啦！”

好像有人行走在冥河滩上。脚步声回荡在空寂的洞中，恐怖从脚底一点一点蔓延上来。

是谁？

闪念间，一声惊呼几乎要冲出言耶紧紧抿着的嘴角。

凶手吗？

是不是他杀害了龟兹将后正欲逃走，却不想筱悬正巧进了绝海洞，无奈之下只好躲进黑暗中伺机而动？

不过，言耶马上又推翻了自己的推理，因为他听清了那个脚步声不是向洞外，而是朝着自己走了过来。

不会是亡灵吧？

言耶赶紧四处搜寻有没有可以充当武器的物件，结果也没找到称手的家伙，顺着石墙倒是堆着一些破烂的鱼叉、钓竿什么的，就是不知还能不能用。

咦？所以，凶手也是先重击龟兹将的脑袋，然后又刺杀的吗？

言耶下意识地在脑海中描绘着当时的凶杀场景。

就在这时，一道身影从黑暗中闪了出来。

眼前的人影现出真身时，言耶暗自庆幸刚才多亏拼命控制住了几乎冲口而出的绝望喊叫。

原来出现的是佐波男。

“啊，你回来得还真快。”

两人交谈过后，言耶才警觉是自己的时间感知系统出了偏差，因为距离佐波男带着筱悬离开已经过去很久了。

听说筱悬无大碍后，言耶将龟兹将被杀一事告知了佐波男。佐波男听了，也没有表露出惊慌之色，言耶就放心地将报警的任务交给了他。

这意味着在御堂岛警部到来之前，他还要一个人待在绝海洞中，但此时的心境与佐波男到来之前截然不同。当时他面对眼前无数的未知相当亢奋，所以没有特别恐惧的感觉，直到听到佐波男的脚步声。

但是冷静下来就不同了，他清醒地意识到自己正待在祭祀海难者的绝海洞深处，而且只有他一个人。这可是“海原之首”中提到的亡魂出没之处，纵然听惯了各种怪异事件，但刀城言耶此时心中也不免惶惶然。

那就整理下事件吧，以免胡思乱想吓自己。

就在这一瞬间，言耶突然警觉到他忽略了一个重要问题。

杀死龟兹将的最大嫌疑人，不就是笼室筱悬吗？

笼室筱悬是被龟兹将叫到这里来的，其后言耶追了过来，先在洞口发现了倒在地上的笼室筱悬，然后又在沙地内发现了龟兹将的尸体。而且，除了这两个人之外，洞内再没其他人。

事实真是如此吗？

言耶掏出一个细长的布卷，从中取出一个圆珠笔形状的手电筒。这个布卷就是被相熟的编辑们称为“怪奇小说家探案七大道具”的东西，里面还装着蜡烛和火柴、小刀、锉刀、钳子，以及细麻绳、铁丝、吸铁石等。

言耶借着手电筒的光亮，一边探照着火把照不到的黑暗地带，一边从沙地慢慢退回到停放着小船的洞口。一路上就连最为黑暗的地方都没放过，结果也没看到什么人影。绝海洞内只有他自己，确定无疑。

但他还是反反复复地又调查了好几遍，其实不过是给自己找点事做而已，生怕自己一旦停下来就会控制不住想一些可怕的场景。

终于，洞口处传来说话声，御堂岛警部带着部下赶来了。听言耶介绍了情况后，警察们便开始了现场搜证工作。警部的指导方针是：鉴定专家还得过一段时间才能到，那就趁这段时间把能做的工作提前做好。

“鬼无濑说了。”

御堂岛警部突然说了一句没头没脑的话，弄得言耶一头雾水。

“他说，刀城言耶所到之处，一定会发生诡异事件。”

“哎？”

“当然，他这么说并没有什么恶意。不过，想想也是，自从老师到了犊幽村后，接二连三地发生了不可思议的事件。从竹林宫出来不是什么难事，及位廉也却饿死在那中央。在没有其他人在场的情况下，宫司竟然凭空消失了。这次明显是他杀，却又找不到凶手的任何足迹。在我多年的警察生涯中，还是第一次碰到这么多诡异现象，而老师你却不止一次地经历过了。我说的没错吧？”

“呀，这……话说得倒是没错。”

“而且，老师最后都完美地解开了真相。”

“呀，哪里，哪里。”

“所以，我想问问老师，这次的事件你怎么看？”

御堂岛表情极其严肃认真，但经过短短几天的打交道，言耶清楚地知道绝对不能当真，所以没有轻易开口。然而，对方也不说什么，只是一直盯着他看。

“那个……我想先问个问题。”

“什么？”

“筱悬小姐，有没有嫌疑？”

“当然有了，她就在现场嘛。”

在言耶还未提出异议之前，御堂岛紧接着补充说：

“不过，我们也正在寻找目击者，看看当时有没有其他出海的小船。时间范围嘛，是从她被叫出来的七点前到你来到绝海洞的八点后，空间范围是从牛头湾一直到赛场海域。”

“可是，现在恰逢礐灵人神祭的休渔期，明天才能解禁。所以今天不可能有一早出海的船吧。”

“难道龟兹将正是考虑到这一点，才把笼室筱悬叫来？”

“嗯，恐怕是这样。”

言耶附和了一声，心中却忽然冒出一个疑问。

为什么祭祀仪式之后要休渔，而且竟然还是一连三天？

听出言耶语气中的迟疑，御堂岛投过来疑问的眼神。

言耶解释说：

“现在这个时期来这里，被人看到也无所谓，进入洞中就更不用担心了，所以绝海洞是最佳密会场所。不过，反过来说现在是休渔期，不，正因为处于三天休渔期，驾船出海不是反而更显眼吗？”

“是这个道理。不过，即便是休渔期间，海边也不可能一个人也没有，比如佐波男就有早起观察海面的习惯。假如有人目睹龟兹将和笼室筱悬偷偷驾船出海，你说这个人会不会追上去？”

“有可能。如果有人发现龟兹将和筱悬小姐各驾一艘船，而且两人竟然先后向绝海洞驶去，第一反应都是担心出什么事吧。”

“到底有没有目击者呢？如果有的话，那他一定是先于老师你来的。”

“嗯，没错。话说回来，龟兹将竟然丝毫不在乎这种潜在危险，您不觉得奇怪吗？”

“也就是说，龟兹将把笼室筱悬叫到这里，一定有什么特别理由。如果是这样的话，那笼室筱悬的嫌疑就……”

“我明白您的意思，那样一来，或许筱悬小姐的嫌疑会越发大了。但是，如果有人目击到第三艘船，并且同样进出过绝海洞的话，那筱悬小姐的嫌疑是不是一下子就小多了？”

“就算有目击者，但如果他只瞧见了龟兹将和笼室筱悬乘坐的两艘船，那笼室筱悬的嫌疑还是最大。”

“可是……”

“根据现场情况来看，杀人像是临时起意。”

“嗯，因为凶器是原本就在现场的一把破鱼叉。”

“对，也就是说笼室筱悬可能是一时冲动杀害了龟兹将。对此，你没有异议吧？”

“我还是认为筱悬小姐不可能杀人。”

言耶否定了自己的推论，御堂岛无声地示意他继续说下去。

“龟兹将倒下的地方距离最近的堆石近三米，说实话我刚看到现场的时候，一下子回想起了及位廉也死在竹林宫时手中握着的竹竿。这里也有充当鸟居的竹竿，所以我想当时凶手是不是拔起一根竹竿，前头插入破鱼叉，临时做成了一杆枪，用它刺死了龟兹将？但是，这杆枪的长度明显又不够三米。”

“说不定凶手只是顺手捡起一把鱼叉刺向了被害人。”

“可是，沙地上根本没有凶手的脚印。”

“如果不是在沙地内，而是在沙地外刺杀的呢？”

言耶马上领会到了御堂岛警部的着眼点转换。

“然后，被害人为了逃离凶手，慌里慌张跑进沙地内，所以沙地上只有他一个人的足迹。”

“如果是这样的话，沙地上的足迹应该比较凌乱才对啊。”

言耶仔细看了看从鸟居到供养碑之间的足迹，怎么看都像是正常行走留下的脚印。

“而且，从供养碑到冥河之间往返的足迹来看，只有龟兹将一个人进了沙地。想必是他在那里左右徘徊等待筱悬小姐到来。”

“看样子是的。”

见御堂岛并没有否定他的推理，言耶稍稍安下心来。

“咦？看，在供养碑旁边找到了一支烟，看来你的分析有道理。”

御堂岛与言耶说着话，同时还紧密注视着部下的一举一动。

“而且，只有一支烟，是不是说明死者没等多久笼室筱悬就来了？”

“不，您看，供养碑前面的足迹是不是比较密集，而且深浅不一？这说明他吸了不止一根，只不过烟头都扔到冥河里了。为什么最后一根掉在了供养碑旁边？那是因为这个时候他遇刺了。”

“有道理。可是，凶手到底是怎么刺杀龟兹将的呢？”

“如果凶器只有一把破鱼叉，我想有可能是从沙地外投掷过来的……”

但是言耶马上反应过来这是不可能的，因为这样就无法解释龟兹将头部的被打痕迹。

“刚才你说的竹枪，其实也没必要非用鸟居的竹竿不可，只要笼室筱悬事先准备一根长竹竿不就行了。”

看御堂岛又把嫌疑安到了筱悬头上，言耶赶紧反驳。

“筱悬小姐不可能知道龟兹将会在沙地内等着她。”

“也是。而且带着那么长的竹竿，不是会引起对方的警觉吗？”

“而且，照您这么说的话，那岂不是表明她一开始就起了杀心，有预谋而来的？”

“她不知道龟兹将为何约她到这里来吗？”

“应该不知道。因为龟兹将委托竹屋的小竹利送给她的信中，好像没提到这方面的内容。”

“那，要不就是笼室筱悬预感到了什么，为了自保做了准备？”

“哎呀，警部大人您刚才不是已经说了嘛，杀人只是临时起意。”

“哈？被你驳得无言以对呢。”

“如果是预谋杀人，凶器不可能是那把破鱼叉。”

“的确。”

很明显，刚才这番对话是御堂岛又在试探刀城言耶的推理能力。对此，言耶也无可厚非。

“这样一来，可以说对笼室筱悬越来越不利了。”

“怎么讲？”

“在不知道叫她来干什么的情况下，笼室筱悬到了绝海洞，听到了震惊的消息，或者遭到了龟兹将的纠缠，总之受到了龟兹将的歹意，或者发生了什么危及自身的事情，情急之下她抓起地上的鱼叉刺向龟兹将，但这一刺不足以致命，于是又捡起一块石头暴击他的脑袋。结合现场的状况，这个推理比较合乎逻辑吧。”

“可是，现场并没有她接近龟兹将的痕迹。”

突然，言耶脑海中浮现出碆灵大神祭时挥舞在沙地上的那把沙耙。

“啊！我想起来了，有一个消除足迹的办法。”

言耶给御堂岛讲述了碆灵大神祭时的景象，然后四下寻找起来，然而并没有找到沙耙的影子。而且，祭祀仪式后画出的漂亮纹路保留完好，沙地上也没有后来平整过的痕迹，所以基本可以确认只有龟兹将一个人的足迹。

“看吧，筱悬小姐并没有接近龟兹将。”

“不是在沙地上。”

“什么意思？”

“笼室筱悬跳入河中顺水而下，到了沙地左边的岩石间，从那里爬了上来。龟兹将对她的突然出现大吃一惊，不由自主走了过去，而笼室筱悬等的就是这个时机，随即拿出鱼叉刺向龟兹将，又捡起一块大石头击打他的头部。冷不丁遭到刺杀和击打，再加上逃命的本能反应，促使龟兹将急忙后退，却不幸倒地，结果体力不支最终命绝于此，就是现在倒地的位置。”

“精彩！”

言耶毫不掩饰自己的赞美，但是马上开始了反击。

“可是，筱悬小姐为什么不直接进入沙地，却选用了那么奇怪的方法？”

“可能考虑到自己是个未婚女子，不能踏入沙地这个神圣之处吧。”

“按你所说，她可是来杀人的。哪里还能顾及那么多？”

御堂岛无奈地看着言耶，苦笑着摇摇头。

言耶进一步反击。

“按照警部大人的说法，她理应全身湿透才对，即便不是全身，下半身肯定会湿透吧。但是，她被发现时可是一点可疑之处都没有。难道您要说她提前准备了替换衣服、毛巾什么的吗？照您这么演绎，就意味着她原本就带有杀意。这样岂不是又回到了刚才的推理？如果凶手不是筱悬小姐，而是另有他人的话，那警部大人的推理就会成立了。那个人穿着湿衣服迅速逃离了现场。”

言耶烦躁地甩了甩头。

“哎呀，完全被警部大人绕晕了。如果这一连串事件是连续杀人的话，不管怎么说，筱悬小姐都不可能是凶手。”

“理由？就因为第二个受害者是宫司吗？”

“是的。筱悬小姐怎么可能杀害那么疼爱她，又那么亲近的爷爷？或许您会说如果找到杀人动机那就……但是……”

“你觉得她根本没有杀人动机，对吧？前面我曾提到她有可能为了爱慕的男子而杀害宫司，也被你否定了。”

“是，是的。”

接下来，言耶极力为筱悬开脱。

“被害人胸膛上摆放着一只染血的笹舟，根据这一事实，我们就能确定这是一起有预谋的杀人事件。”

“那前提必须是凶手知道两个人在此密会。”

“不一定。有可能是凶手偶然看到龟兹将驾船驶向绝海洞，猛然想到这是一个绝佳机会，就急忙跟了上来，而筱悬小姐是后来才到的。”

“这样的话，调查一下是否有人目击到小船出入绝海洞就比较重要了。”

这时，森肋刑警过来汇报现场勘查的情况，两人的对话就此打住。

听完汇报，御堂岛催促言耶。

“好啦，先回去吧。”

两人返回洞内，坐上了佐波男的小船。

驶出绝海洞，就看到上角挤满了村民。言耶和御堂岛出现后，关注的目光就落到了他们身上，眼神中充满好奇又夹杂着恐惧。

回到村公所，言耶见祖父江偲寸步不离筱悬身旁，提着的心落了下来。村田刑警向御堂岛警部抱怨这位女编辑始终不离开嫌疑人的身边，怎么劝都不听。没想到警部竟然根本不当回事，而且默许了。

“现在最重要的是，有没有找到今天早上的目击者？”

原来警部的关心点在这里。

“有，找是找到了……”

村田吞吞吐吐。

“怎么回事？说！”

“目击者，还是，还是那个蓬莱女。”

村田汇报说，蓬莱怎么也放不下笼室岩喜宫司坠海的事，所以今天早上又去了上角前端，放眼搜索赛场的每一片海域，结果看到龟兹将驾船进了绝海洞，但是她不清楚当时具体是几点。大概过了十几分钟，这个时间范围同样也比较模糊，她又看到驾船而来的筱悬也进了绝海洞，心中非常不安，便一直盯着绝海洞方向。过了一段时间，再次看到一艘船，驾船的是佐波男，船上坐着的是刀城言耶，因为昨天傍晚刀城言耶刚去过她的小屋，所以她一眼就认出来了。还有，龟兹将和筱悬都是独自一人过来的，船上没有其他人，也没有行李。

“也就是说进入绝海洞的只有那……那三艘船，对吧？”

村田不明白言耶为什么突然紧张起来，疑惑地用眼神请示御堂岛，看到御堂岛轻轻点了点头，才回答说：

“是的。”

“这样一来，基本锁定她就是嫌疑人了。”

说话同时，御堂岛转移了视线，视线尽头是完全一副病态的笼室筱悬。

“可是，您看看她这样子，怎么可能完成那样的罪行？”

“审讯她本人不就清楚了。”

警察根本无视无足迹杀人的事实，他们的办案方式就是一旦锁定了嫌疑人就严刑拷问，只要审出作案手法就行了。

“我说，警部大人……”

御堂岛警部好像猜到言耶要说什么，抢先说道：

“放心吧，我们是民主警察，不会采用粗暴的审讯方式。”

话说到这个地步，言耶也无话可说了。

言耶和祖父江偲一起被委婉地赶出了村公所，当时祖父江偲无论如何也不肯离开筱悬，言耶好说歹说才把她拉了出来。

“老师，怎么能把筱悬小姐……”

果然，刚走出村公所，祖父江偲便不依不饶起来。

“目前，她只能接受审问。”

言耶给她讲了龟兹将被杀的情况，祖父江偲立时软了态度。

“接下来怎么办啊？”

“已经过了中午，先去吃点东西吧。”

言耶领着她向矶屋走去，那是龟兹将和久留米三琅曾经密会的地方。

“就这么个破地方，能有什么好吃的？”

祖父江偲小声嘟囔着，言耶迟疑了一下还是挑开门帘走了进去。

不幸的是，祖父江偲的担心应验了，饭菜果真难以下咽。而且，言耶想从老板娘那里探听村民对这一连串事件反应的愿望也落空了，反倒被老板娘追问个不停。大概是小竹利跟她说了“那位老师是个了不起的大侦探”之类的话，她看言耶的眼神也明显不同于上次。最终，言耶和祖父江偲一无所获地离开了矶屋。

“咱们回笹女神社吗？”

祖父江偲嘴上这么问，诚实的身体却没有相应的动作。是啊，如今的笼室家，宫司不在，筱悬也不在，他们两个外人此时回去好不好呢？这是个伤脑筋的问题。

“我觉得咱们最好在笹女神社等待筱悬小姐归来。”

听了言耶的回答，祖父江偲一副“心有灵犀”的表情。

“就是，就是。她回来时，竟然没有一个人迎接，该有多难受啊。走吧！”

“不过，我还要去一趟竺磐寺。”

“为什么？”

“虽然现在下手有点晚，但我一定得搞明白及位廉也到底在调查什么，所以回神社后我要在藏宝阁里待一阵子，没时间再出来了。”

祖父江偲一听，立时不乐意了，抱怨说：

“我说老师，还不知神社或村子究竟有没有秘密呢，花时间调查那个，远不如解开当前这一连串事件的真相重要吧？”

言耶淡淡地说：

“我能感觉得到迷雾正一点点儿散开。”

相对言耶的镇定，祖父江偲闻听此言一下子兴奋起来。

“真，真的吗？老师！”

“你呀，我刚才不是说了吗，只是正在一点……一点。”

“那就一鼓作气，拨开所有迷雾吧！”

“不要说大话！我总是在反复纠错中才能摸索到真相，这一点你不是最清楚？”

“哦，也是啊。”

“及位廉也到底在调查什么，这个问题早晚得弄清楚。所以，趁着现在警察忙着审问筱悬小姐，我去竺磐寺调查这件事。”

好不容易说通祖父江偲后，言耶独自向竺磐寺走去。

到了主屋门前，言耶报上姓名。

“您好，我是刀城言耶。”

真海住持很快现身出来。与上次不同，这次他没请言耶进会客厅。

“哎呀呀，您可真厉害！”

看来他已经知道了龟兹将被杀，而笼室筱悬是最大嫌疑人的事情，而且很明显还想从言耶这里探听点新消息。

言耶不想之后见到久留米又要重复一遍，心想最好一次说清，于是就问：

“日升纺织的久留米先生不在？”

“他呀，突然感冒了，昨天还好好的。世事无常，这人呢，说不定怎么就会遇到点事。”

竟然夸张到谈起宿命论来。

久留米好像病得不轻，无法过来。言耶就把一些但说无妨的事实简单给住持说了一遍，然后提出想看看竺磐寺的史册，没想到住持竟然爽快答应了。

“您拿走看也行。”

看言耶一脸的难以置信，住持笑着解释：

“那个饿死在竹林宫的学者，先前都是拿走看的。”

看上去他根本不在意。言耶不由得感叹身为住持，你到底知不知道这史册有多宝贵？当然，他只是暗自腹诽，并没有把这话说出口。

住持领着言耶进了藏经阁。言耶从江户时代前期、中期、后期以及末期的史册中挑选了几本，征得住持的同意后带回了笹女神社。回去后便一头扎进了神社的藏宝阁，在翻阅历代宫司遗留下来的线装本日志期间，竟然发现了几本类似自己从竺磐寺带回来的史册。不用说，这是及位廉也干的好事。

真是太过分了!

同为学者，言耶不禁替他感到羞耻。

言耶平复一下情绪端坐下来，仔细翻阅日志中有关磐灵大神祭的记载，结果发现确如宫司所说，江户时代的磐灵大神祭的仪式纷繁复杂，到了明治时代慢慢简化下来，倒不是说过去的祭祀仪式多么豪华盛大，而是程序极多。

言耶先从史册中找到非犊幽村村民的死者名字，确认名字前面的年号和具体日期，然后再找出相同年号的日志，翻到同样日期的那一页，果然发现了“〇〇藩的帆船遇难”的记录。回过头来再看史册，上面记录的死者原籍也是该藩的某个地方。当然也有无海难发生的年份，但是不多，而且事故时间通常集中在八月下旬到九月下旬期间，原因多是遭遇了台风。

忽然，言耶在日志中看到了“唐食船”几个字，大吃一惊，他压根没想到在记录史实的文书中竟然能读到只存在于传说中的名字。

到底是怎么回事?

这引起了言耶的极大兴趣。可是，日志中除了“唐食船”这三个字，再没有其他任何记录。他赶紧又去翻找同年号同日期的史册，然而上面并没有他乡人死亡的记录。

这至少说明唐食船不是遇难船只。

不过，仔细想想也未必如此，也有可能当时的船的确触礁失事了，只是奇迹般地没有人死亡而已。他继续翻翻日志，想找找还有没有关于“唐食船”的记录，结果还真找到了好几处。于是，他又对照着年号和日期去翻阅史册，却发现依然没有任何相关记录。

这个“唐食船”到底是什么呢？

言耶一手拿着史册，一手拿着日志，陷入沉思，在微暗的藏宝阁中凝成了一尊雕塑。

村民忍饥挨饿时，碆灵大神派来了救命的唐食船。

唐食船满载着食物漂洋过海来到犊幽村。

借用“海原之首”伍助的话，基本就是这意思。但是，现实中根本不存在那样的宝船。

难道只是被叫作唐食船，实际上并不是船？

既然不是船，为何要叫唐食船呢？

如果不是船，那到底是什么？

言耶继续翻看日志，发现“唐食船”这三个字只是几年才出现一两次，而且毫无例外地没有任何相关记述和说明。对照同年号同日期的史册，也是没有任何相关记载。

线装本的日志中，只是提到了“唐食船”，全无任何说明。

不是船的船……

……笹舟。

笹舟！虽然它在水上浮浮沉沉，但它的确不是真正的船。猛然，刚到犊幽村时的那个疑问又浮上言耶的心头，那就是为什么路旁的小庙、地藏菩萨等地方随处可见笹舟？

祭奠?

笹舟就是原来遇难船只的样子吗?年代那么久远的海难事故,为什么直到现在还要祭祀?不,不,这并不稀罕,因为日本人的御灵信仰正是出于害怕几百上千年前的怨灵作祟的敬畏心理,正因为每个人都有可能遭此厄运,所以才作为一种民间信仰承继下来。对犊幽村的人来说,箬灵大神就是近似于这样的一种存在吧。但是,追溯到江户时代,不过几年才发生一次海难事故,而且村民们好好安葬了遇难者并且立了供养碑祭祀起来,那平时还能有什么事必须要供奉笹舟才行?然而,在年年举办箬灵大神祭这种镇魂仪式的情况下,竟然还是发生了幻化成蝇玉怪威胁阏扬村的怪异事件,又是因为什么?

笹舟就是唐食船吗?

唐食船,唐食船,到底是何物?

突然一个闪念划过脑际,言耶登时感受到一种恐怖气息迅速蔓延到周身的每一个神经末梢,这是一种人类在感受到未知存在时的本能恐惧。此时,浮现在言耶脑海中的画面是,海面上弥漫的浓雾中突然幽幽出现了一艘废弃的船,越来越清晰。

幽灵船!

对呀,真是笨死了!

这不就是流传在英国康沃尔郡的一个传说吗?!

就在这时,藏宝阁外传来祖父江偲的叫喊:

“老师——”

言耶心里一惊,怕是筱悬出了什么事,慌忙跑出来。

“怎么啦?”

“閖扬村有个小孩死了，来帮忙的人刚跟我说的。”

祖父江偲紧张地站在门外，眼神中有悲伤还有恐惧。

“那个孩子是……”

“就是喝了礐灵大神祭晚宴上的蘑菇汤而中毒病危的那三个孩子中的一个，今天上午，病情突然恶化……”

说完，她猛地抬起头紧盯着言耶，声音颤抖地请求：

“这个强罗地区到底怎么了？犊幽村发生了怪谈杀人事件，閖扬村又出现了一连串诡异事件，两者之间是不是有什么关系？老师，您快告诉我。”

然而，此时的言耶一句话也回答不上来。

17

第十七章 破案进展

当天傍晚，笼室筱悬总算平安回到了笹女神社，看上去极其憔悴，祖父江偲赶紧铺好被褥，劝慰她躺下歇息。

刀城言耶有话要问筱悬，于是去了她的房间。没想到刚坐下，就听她说了一句奇怪的话：

“或许在老师碰到竹利之时一切已经注定。”

言耶心里咯噔一下，连忙问：

“什么意思？”

笼室筱悬却已在抽泣中睡着了。

“祖父江小姐，她……”

祖父江偲把食指竖在唇前，悄悄拉着言耶走出房间到了走廊上。

“筱悬在躺下之前已经处于神经质状态，我担心一直这样下去她会精神崩溃的。”

“不能。她只是一时受了刺激，你想，爷爷生死未卜，被龟兹将叫到了绝海洞，经历的却是其人惨死的景象，任谁都受不了吧。”

“我好不容易才劝说她躺下休息，刚平静下来，老师您又过来说有话要问什么的。”

“她那句话什么意思？”

“我怎么能知道？”

祖父江偲也是一头雾水的样子。

“她说的是我询问小竹利给她传信的事吗？”

“也说不定说的是您最初碰到竹利那次，他不是领着您去矶屋了吗？”

“可是，无论哪一次都不至于是关乎到命运的事吧。”

“可能只是筱悬小姐自己那么认为的。”

“为什么？”

“这个……”

两人沉默下来。

过了一会儿，言耶打起精神说：

“我去一趟村公所。”

“您是去问那个警部关于筱悬小姐的情况吗？”

“既然让筱悬小姐回来了，那是不是说明还有更重要的嫌疑人？只是……”

突然，言耶眼神一凛，郑重地对祖父江偲说：

“在我回来之前，你一定要寸步不离地守着筱悬小姐。”

“切，这还用您说？我当然会好好照顾她的。”

祖父江偲不满地看着言耶，突然，神色大变。

“难，难道说，下一个目标是，是筱悬小姐？”

“并不能完全肯定。”

“可是，老师您已经有这种担心啦。”

言耶迟疑了一会儿，才说道：

“及位廉也被发现饿死在竹林宫时，宫司大人成了怀疑对象，宫司大人从瞭望塔坠海后，龟兹将成了嫌疑人，现在龟兹将被杀了，筱悬小姐接受了警察的盘问……”

“每起事件的嫌疑人都被杀了，是这个意思吧？我怎么感觉凶手好像在示威一样，‘你们怀疑谁，我就把谁杀了，真正的凶手是我，哈哈哈。’”

“说起来不可能有这么荒唐的事，但是……唉，实话讲，我现在也想不明白，不过就目前的情况来看，不能不令人担忧啊。”

“所以，凶手每次都在现场留下了笹舟？”

“嗯。”

“那就是嫌疑人连续杀人事件啦。”

“怎么想都不太可能，可是……”

言耶沮丧地垂下双肩，而祖父江偲则挺直了腰身，铿锵有力地说道：“老师，我明白了。您放心吧，我一定保护好筱悬小姐。”

“很好，拜托啦！我去村公所探听一下筱悬小姐的嫌疑到底有多大，再看看有没有什么新消息。”

“御堂岛警部那个人肯定想让老师帮他。”

祖父江偲一副理所当然的语气。

言耶好笑地看着她。

“那倒没有，他都是私下里给我透露的信息。”

“警察都要面子啦，表面上不会求老师帮忙，其实内心很想您帮助他们的。以前不都是这样的嘛。”

“不，御堂岛警部跟别人不一样，绝对没有与我对立的意思。就是有一点，他好像对我本人有点兴趣，总是有意无意地试探我是否真的具备侦探能力，不过也就做到这个程度而已。”

“什么？太过分啦！”

安慰了一下怒气冲天的祖父江偲，言耶去了村公所。

“来啦！”

御堂岛警部好像猜到言耶一定会来一样，看到言耶的身影便从村公所迎了出来，直接拉着言耶向海边走去。

言耶开门见山地问：

“筱悬小姐的嫌疑洗清了吧？”

没想到御堂岛摇了摇头。

“不过，嫌疑小多了，所以才允许她回家了嘛。”

在言耶的一再追问下，御堂岛才不情愿地开了口。

“笼室筱悬昨天傍晚收到竹屋的竹利送来的龟兹将写的信，信中提到让她今天早上七点到绝海洞，到时会告知她有关官司的消息。哦，这些老师你最清楚了，本来就是你查出来的。”

“呀，您过奖了。”

御堂岛瞥了一眼谦虚客套的言耶。

“于是，她就按时去了绝海洞。”

“筱悬小姐会开船的。”

“对，神社有自己的专用船。开启发动机的话，高分贝的噪音势必会引来别人的注意，所以蓬莱目击到的她和龟兹将都是手动摇船。”

“啊，不好意思，刚才我打断您的话了。”

“刚过七点，笼室筱悬到了绝海洞，竟然看到龟兹将被杀死在绝海洞深处的沙地内。但是，根据蓬莱的证词，从今天早晨天亮时分到八点之间，除了龟兹将和笼室筱悬驾船进了绝海洞之外，她只看到老师坐着佐波男的小船进了绝海洞。所以，目前还不能说她没有嫌疑了。”

“可是，她不可能杀害龟兹将啊，现场的情况不是已经证明这一点了吗？”

御堂岛提醒言耶，警察办案是不会考虑无足迹杀人这种情况的，只要有嫌疑人，就会从嫌疑人入手。

不过，说完这些，御堂岛警部眼神中竟然流露出瞬间的迷茫，无奈地低声说了一句：

“是啊，这也是让我头疼的问题。”

言耶仔细斟酌措辞，说出了自己对警察审讯笼室筱悬的推想。

警察勒令笼室筱悬交代罪行，没想到她坚决否认。警察又从犯罪动机和可能性入手，结果她依然镇定自若。接下来只能是犯罪手法了，可是连警察都搞不清楚，又能问出什么来？

言耶说完，御堂岛没有任何反应和回应，而是突然转移了话题。

“那个，关于及位廉也是否有知觉障碍的事……”

由此，言耶猜想自己的话一定是戳到了警察的痛处。

“无论怎么查，也没查到他是不是有知觉障碍。”

“难道是我们判断错了？”

“另外，疑似偷偷给宫司吃下的那种药倒是查明了，用强罗地区出产的蛇须草混杂上其他植物就能做出来，而且根据其含量的多少可以相应调整睡眠时间。还真神奇！”

“不管哪个村民都能做出来吗？”

“不，好像不是。不过，有不少老年人知道做法。”

“可是，目前杀害宫司大人的嫌疑人是龟兹将……”

言耶本想说按龟兹将的年龄做不出这种药，但是还未等他说出来，御堂岛抢先说道：

“他从某个老人那里偷点就是了。目前已经查明，他父亲手里就有这种药。”

“可是，现在龟兹将已经被杀害了，那……”

御堂岛不理会言耶，兀自说下去。

“不过，有一点很难查清，就是在宫司下落不明的前一天晚上举行的宴会，到底有没有人像宫司一样去向不定。”

“您辛苦啦！”

“不，不，不是我，具体工作都是森肋和村田他们做的。虽然没有查到预期结果，但是有一点确定无疑，龟兹将和久留米三琅两个人有点不正常。”

“久留米也参加宴会了？”

“是的。警察询问他时，他说‘我从一个会场转到另一个会场，具体什么时候在什么地方，我也记不清了’。实际上很多人都是如此，所以很难调查清楚。”

“即便这样，您们还是聚焦到了他们身上，多么关键的一步啊。”

“但是，宫司坠海的当天早晨七点前后，龟兹将有不在现场证明。”

“哎？”

“当时他在竹屋。”

“证人是自己家人？”

“一般来说，亲属的证词是不被采纳的。但是，龟兹将这个家伙平日好吃懒做，从来不帮家里干活，遭到全家人的嫌弃，那天早上破天荒地不仅打扫了店面，而且还帮着干活。”

“真蹊跷。”

“据说是宴会上遭到阴扬村大垣秀寿的说教，所以第二天早上改头换面，先从打扫店面和帮着干活做起，家里人对此无比震惊。所以，这还是有一定的可信度吧。”

“您不觉得事出反常必有妖吗？”

“说的也是。不过，一直到出事为止，他倒是一直坚持打扫和帮工，谁也说不清楚到底是怎么回事。但有一点是肯定的，宫司坠海那天的早晨六点半左右开始，龟兹将确实一直待在竹屋。”

接着，御堂岛又淡淡地说：

“笼室筱悬也有不在场证明。据前去神社帮忙的女工说，那天早晨六点半到七点之间，笼室筱悬一直在厨房忙活着做饭。”

“当然啦。”

言耶急切地说道，好像又想起什么，急火火地补充了一句：

“那个时间，大垣秀继君还在我旁边睡着。”

“高！果然什么都瞒不过老师啊。还有，五人众的其他四人也有不在场证明，各人都在各自家里。”

“连他们也调查了？”

言耶表示由衷地佩服。

御堂岛看了言耶一眼，一副“这不是理所当然的吗？”的表情。

“当然要调查了，毕竟他们与宫司打交道的时间最长，尤其是阴扬村的大垣秀寿，听说他们两个家族之间历代不和，你说我们怎能不调查？”

“那没有不在场证明的是谁？”

“日升纺织的久留米三琅和竺磐寺的真海住持。”

“住持也有嫌疑？”

言耶大吃一惊。

御堂岛依然面不改色。

“及位廉也在犊幽村一直住在竺磐寺，在他出事之前，突然跟龟兹将交好起来。另外，笹女神社和竺磐寺虽说都是宗教场所，但在村子里的影响力差别很大，当然是神社强寺庙弱，在长年的力量对比下，你说寺庙的住持心里会是什么感受？”

“第三个理由有点牵强吧。不管在什么地方，神社和寺庙不都是并存的吗？”

“您觉得在这里也是一样？”

御堂岛意味深长地回问。

“别的不说，光看刚刚过去的䃯灵大神祭就知道了，就算是外人也能一眼看出来神社在村子里的权威地位。”

“这种地方性的祭祀仪式，一般都是由神社牵头。”

言耶虽然嘴上这么说，其实心里非常清楚御堂岛话里话外的意思。他看御堂岛似乎也明白自己的用意，于是就没再明说下去。

“接下来，说说有哪些人知道从蓬莱小屋里看到的上角和瞭望塔是什么样子。”

“查明了吗？”

“进过蓬莱小屋的人只有一个。”

“是谁？”

“就是您啊。”

“哎——”

“除您之外，再没人进过蓬莱的小屋。这是她本人亲口说的。”

言耶不由自主地发出无奈的吸气声。

御堂岛盯着他看了一阵子，慢悠悠地说。

“其实，在那之后，我又去了她的小屋一次。”

“哎？您不是说……”

“我没进到屋里。不过，尽管我只是站在窗子旁边，但不难想象蓬莱从那个小窗看到的上角和瞭望塔是什么样子。”

“可是，从那么小的窗户看到的，与您站在外边看到的不一样吧，毕竟视野受限。”

“凶手肯定也是这么想的。”

也就是说目前没有任何锁定凶手的线索。

“对了，阴扬村孩子中毒而死的事，您已经听说了吧？”

“嗯，真令人痛心。”

“以前也发生过食物中毒的事件，但死人还是第一次。我们局另外一班人负责调查，他们负责人却来问我此事与最近犊幽村发生的一连串事件有没有关系，你说这让我怎么说？”

御堂岛认真地看着言耶。

“老师，这事您怎么看？”

“说实话，我也不清楚。”

听了言耶的回答，御堂岛脸上露出失望。

“食物中毒、莫名奇妙的小火灾，还有从阴扬村到平皿町的山路上的诡异……唉，净是一些让人摸不着头脑的事儿。”

“山路上的那些诡异到底是不是当真发生过，还不好说。”

“哦——”

御堂岛饶有兴致地看着言耶。

“我一直以为老师一定对那些深信不疑呢。”

“倒不是完全不信，只是不想无条件地被动接受。我向来对怪力乱神的事持中立态度，不是绝对的非黑即白，算是不那么鲜明的灰色吧。”

“这可是很难坚持的立场啊。”

御堂岛似乎要开始一番评论，言耶先于他转移了话题。

“对了，警部大人，您知道阴扬村那个叫垣沼亨的人吗？”

“您说的是那个原本是大垣家的分家，结果到了自己这一代家道败落的人吧。因为他与及位廉也有接触，我们当然要调查他了。不过，由于他几乎是半隐居状态，所以就没进行特别深入的调查。”

言耶再次提起龟兹将和久留米三琅在矶屋的交谈，看到御堂岛好像也记起来了，才又说道：

“当时久留米指出，及位廉也为了纠集反对村镇合并的小团体，就算拉拢过来垣沼亨也未必有什么效果。但是，垣沼可不这么想，他很有可能会认为及位是在挑拨、煽动，所以我认为调查第二起食物中毒事件时，慎重起见，有必要关注一下垣沼亨领头的强罗四人众。”

“有道理。我会提醒一下那组的负责人。”

两人边走边聊，不知不觉来到了下角的前端。

“我还是第一次到这里来。”

“我也是。”

两人望着波涛翻滚的海面，同时沉默下来。

过了一会儿，还是御堂岛先开了口：

“先前，老师您……”

御堂岛并没有转过头来，依然望着海面。

“您把及位廉也的死亡命名为‘怪谈杀人事件’呢。”

“是啊。如果他的饿死是由他人刻意造成的话，我觉得叫这个名字比较合适。对了，警方是不是已经认定这个事件是他杀？”

“基本确定为他杀。这样一来，现在岂不是可以叫‘怪谈连续杀人事件’了？”

“或者叫‘笹舟连续杀人事件’？”

“那你觉得第四则怪谈会出什么事？”

言耶保持沉默。

“如果真的是怪谈杀人事件的话，那么及位廉也的死亡对应的就是‘竹林之魔’，笼室岩喜宫司就是‘物见之幻’，龟兹将的死亡就是‘海原之首’。”

“是啊。”

言耶终于有了回应，御堂岛突然提高了音调，像是要引起言耶的注意一样。

“那么，只剩下‘蛇道之怪’啦。”

“也就是说，警部大人认为还会发生第四起凶杀案？”

“不，不，不是我，这不是老师您的考虑吗？”

“说实话……”

言耶停顿了一下。

“我担心第四个被害人将会是笼室筱悬。”

“什么？”

御堂岛的眼神一下子变得锐利起来。

“为什么是她？”

言耶指出每一起事件的嫌疑人都成了下一起事件被害人的事实。

“唔，说起来还真是如此，不过……”

“其实，这是不可能的吧。”

听言耶这么说，御堂岛稍稍迟疑了一下，旋即大力点着头。

“我觉得现在不要这样胡乱猜测，最重要的还是努力探明凶手为何要对应四则怪谈展开杀人行动的真相。”

“老师先前不是说过吗，及位廉也和笼室岩喜这两起事件，凶手故意进行了伪造，因为现场的种种迹象都表明是自杀和意外事故。”

“为什么到了龟兹将事件中，又不这样做了？”

“时间来不及？或者说连续杀人计划已经进展到了后半期？”

“我想不明白凶手的杀人动机。按说每一起事件一定有各自的原因和理由，那么杀害这三个被害人的通用动机是什么呢？”

“每起事件有不同动机，那是因为凶手不是同一个人。所以，不能套用同一个凶手犯下的连续杀人案这个理论。”

“但是，眼前的这些事件又很难不被认为是连续杀人案件。”

“是啊，这一连串事件实在是太相像了，都是以犊幽村为舞台，场所分别选了具有鲜明特点的竹林宫、瞭望塔和绝海洞。虽说第一个被害人及位廉也是外来人，但他与第二个被害人笼室岩喜，以及第三个被害人龟兹将都有交集，再加上笹舟这个杀人标识，由此判断凶手应该是同一个人。”

“如果无法找出嫌疑人……”

“会是那样吗？那可成无限循环了。”

言耶突然心里一惊。

御堂岛疑惑地问：

“怎么了？”

“哦，没事，就是突然想到及位廉也和笼室岩喜事件就是在自杀、事故、他杀之间来回兜圈子。”

“警方也是这种感觉。”

御堂岛脸上突然浮现出一丝难以捉摸的表情。

“你说是不是凶手就是为了让警察来回兜圈子最终陷入迷局，才精心策划了这一连串的怪谈杀人事件？”

“真是丧心病狂的行径。”

“如果这个解释正确的话，那又回到凶手杀害龟兹将时为何不再设计迷局的问题了。”

“果然是无限循环。”

两人再次陷入了沉默。

“警部——”

一声呼喊打破了宁静。两人闻声回过头去，村田刑警飞奔过来。

“什么事？”

部下这不同寻常的举动，使得御堂岛急忙往回走，并且大声询问。

村田一口气跑到两人面前，用手抚摸着胸口，大口喘着气，断断续续地说：

“刚……刚收到阴……阴扬村传来的消息，大……大垣秀寿上……上吊死了。”

接下来，他吐出了一句更加令人震惊的话。

“事……事发现场是仓库，门……从里面插上了门闩，没发现其他人。而且，有一支篙舟掉在尸体正下方的地面上。”

18

第十八章 大仓库缢死

刀城言耶和御堂岛一起回到村公所。森肋向御堂岛汇报详细情况，言耶不动声色地站在一旁。森肋明显非常介意言耶的存在，但御堂岛没发话，他也不好说什么，只好不情不愿地讲述起来。综合森肋所说，情况大致如下。

县警察总局的见崎警部带领一班人负责调查阴扬村的儿童食物中毒死亡事件。这个见崎虽然级别也是警部，但资历比御堂岛浅得多。

调查取证的对象主要是参与醬灵大神祭的人员（人数比犊幽村的少多了）以及制作蘑菇汤的人。大垣秀寿两方面都参与了，因上次中毒事件，他一直比较自责，所以对这次制作蘑菇汤特别重视和谨慎，所用蘑菇都是他亲手一个一个挑选出来的。然而，就这样还是发生了中毒事件，甚至还死了人。不过，他坚称“挑出来的蘑菇全是岩鬼菇，绝对没有混入幽鬼菇”，而且确信“自己绝对不可能分辨不出这两种蘑菇”。

在一一传讯了相关人员后，见崎警部推断“在制作阶段或许没有混入毒蘑菇。但是，根据对当日烹饪场所的调查，可以推测在出锅后端上宴席的过程中，投毒者有充分的时间和机会偷偷将切碎的毒蘑菇撒入蘑菇汤中”。也就是说，上次的中毒事件或许是疏忽大意造成的，而这次极大可能是人为。

但是，难在无法锁定凶手，因为当天使用的那个厨房谁都可以自由出入，所以不是光调查参与祭祀和制作蘑菇汤的有关人员就能解决的事情。就在毫无进展之时，一个住在和平公寓的日升纺织的员工久保崎给警察提供了一个信息，这个久保崎是“蛇道之怪”的亲历者饭岛胜利的朋友，他说“曾看到垣沼亨偷偷观察祭祀情况”。警察们带着这个信息再次进行了走访巡查，果然也有村民说祭祀时看到了垣沼以及反对村镇合并的其他几个人，不过他只看到垣沼他们窥探海边的情况，并没有看到他们进出烹饪场所。垣沼向来深居简出，竟然现身来看祭祀仪式，这不能不让人怀疑，于是警察传讯了他。没想到，他一口咬定自己“根本没外出”。警察又传讯了其他几个相关人员，得到了同样的说辞。

当时已经到了傍晚时分，见崎警部他们回到村公所商量下一步工作。就在这时，大垣家的人找上门来问“还不能放大垣秀寿回家吗？”警察说“早就让他回去了”，结果他家人说“他一直没回家”。大垣秀寿并不是重大嫌疑人，只是相关人员，万一出点什么事可就麻烦了，所以警察赶紧问他家人“他有可能去什么地方？”家人想了想说“有可能去久重山的那块散田”。慎重起见，见崎警部指示泽田刑警与大垣家的人一起去了那里。

久重山的散田里，有一大一小两个仓库。一行人想进大仓库看看，却没推开门，似乎从里面插上了门闩。他们喊了几声，没得到任何回应，于是泽田就趴到门板上透过门缝往里看，赫然看到大垣秀寿吊在屋中央。

大垣家的人赶紧从小仓库拿来铁锹和锄头，泽田在门板上挖了个口，伸进一只手慢慢将门闩卸下。大家冲进去救下大垣秀寿，却发现他已命绝多时。于是，泽田关上仓库的房门，自己留在那里保护现场，让大垣家的人赶紧回村公所报告见崎警部。

接到报告后，见崎警部的第一反应是会不会和犊幽村近期发生的连续怪死事件有关联，所以马上联系了犊幽村这边。

听了森肋的详细讲述，御堂岛当即决定马上去阴扬村，同时要求言耶与他一起去。对此，言耶深感意外。

当然，对言耶来说，这是求之不得的事。出发前，他没忘让人告知待在笹女神社的祖父江偲一声，让她等大垣秀继从九难道回来后，一定要告诉他其祖父不幸身亡的事情。

对御堂岛带着言耶一起去閖扬村的决定，在场的警察无比震惊，但谁也没说什么。御堂岛独自一人前往閖扬村的话，大家还好理解，因为这边的侦破工作目前毫无进展，可能是考虑到此时不能分散警力才不带人去，但是他竟然带上局外人刀城言耶同行，大家就不理解了，一时也很难接受。就连当事人言耶自己都难以置信，直到走出村公所了，还一个劲地在心里问自己“我能跟着去？”

他们没有开车，因为山路绕来绕去太浪费时间，而是让村长派了一条渔船。船夫姓楢本，大约五十来岁，热情地跟御堂岛和言耶聊着天。他说，犊幽村的渔船全都是小马力的船，临近的盐饱村，再往东到石糊村，也是这种情况。等到了矶见村，才能有稍大点的船，再往东就是閖扬村了。考虑到换乘比较麻烦，也浪费时间，还是就这样一条船走到底比较快。

说话间，小船驶出了牛头湾。虽然参加碆灵大神祭时，言耶曾经坐船越过上角到了牛头湾外侧，但现在来到的是下角外侧的海域，与当时从绝海洞看过来的景象完全不同。此时，眼前和身边波涛汹涌的海水让言耶亲身感受到了赛场的凶险。

实际上，小船刚越过下角往东一打方向就开始剧烈摇晃起来，一直在聊天的御堂岛和言耶两人不约而同地沉默下来，紧张地看着前方。唯一能给他们带来些许安慰的，是他们乘坐的幸亏不是佐波男家的那种小船，而是一条稍微大点儿的渔船。

右前方出现了一座小岛，虽小但看上去很整洁。在几乎全是岩礁地带的强罗地区，唯有这座小岛地势平缓，但给人一种强烈的阴森感，不知是因为落日的余晖给它笼罩上刺目的朱红色，还是因为小岛上空盘旋着的无数只乌鸦。

不，大概还是因为大家心知肚明那是奥埋岛的缘故吧。

奥埋岛别名墓场，顾名思义就是埋葬死人的地方。而且，不是只在岛上划出来一部分作为墓地，而是整座岛都是墓地，不仅仅犊幽村，临近的盐饱村和石糊村的人死去后也都埋葬到那里。想必岛上一定星星点点地到处都是墓碑吧。

待在这里的这段时间，一定要找机会去一趟。

坐在起起伏伏的小船上，言耶远眺着奥埋岛暗自下定决心。搞民俗学研究的，对各地的葬礼仪式格外感兴趣，更何况碰到整座岛都是墓地的罕见情况，光想想就让言耶兴奋不已。

如果参加龟兹将的葬礼，也许就可以到岛上去了吧。现在，他的遗体被送到平皿町的大学附属医院进行司法解剖，等送回来怎么也得两三天后。

呀，怎么能打别人葬礼的主意呢?

言耶猛然回过神来，不禁为自己有点不道德的小心思感到羞愧，下意识地移开视线看向陆地一侧，不成想一下子被入眼的景致惊呆了。

“太可怕了！”

言耶不禁惊呼起来。转过下角，高耸的断崖峭壁一直向东延伸开去，在已沉落到海平面的残阳的照射下，岩壁呈现出幽暗的古铜色，就像一排巨大的能够轻松撕碎猎物的怪兽獠牙，让人看着就头皮发麻，寒毛直竖。

没想到犊幽村和盐饱村之间竟然有这样难以逾越的天然屏障！

两村之间，走陆路的话，只能沿着食坏山上曲折的山道蜿蜒前行。如果考虑到时间的问题，还是走水路要快得多。

看到言耶对着那道断崖峭壁恍恍惚惚地出神，船夫楢本洪亮的嗓音压过“呼呼”的风声和“哒哒”的马达声清晰地传来。

“听盐饱村的人说，以前断崖那里传出过奇怪的吼声。”

“是风声吗？”

言耶一下子来了劲头。

楢本脸上露出一丝困窘，迟疑地说：

“说是一个大男人的吼声，好像是个妖怪。”

“什么时候能听到这个声音？”

“入秋前后吧。呀，我随便说说的，都是过去的传说了。”

“正好是碆灵大神祭的时候呢。”

听了言耶的话，楢本好像突然醒悟过来，兴奋地说：

“啊，还真是呢。你这么一说，我又想起来以前听宫司大人说起过，祭祀时候的号子声就是模仿的那个声音。”

“是不是‘轰——轰——轰——轰隆！’？”

言耶活灵活现地演示着碆灵大神祭时听到的号子声，突然想起“蛇道之怪”的亲历者饭岛胜利在大垣秀寿家的仓库里听到的正是这个声音，而刚刚大垣秀寿就是在那间仓库被发现上吊身亡。想着，想着，言耶感到后背一阵阵发冷。

言耶凑近御堂岛耳旁，用楢本听不到的声音讲了这件事。其实，也用不着避讳，估计犊幽村的人早就知道了。

“这么说，怪谈杀人事件终于结束了？”

御堂岛不关心饭岛到底经历了什么，而是提出了这样的问题。

言耶反问了一个问题。

“是不是由此可以推断犊幽村的事件和閖扬村的诡异现象的确有联系？”

但是，两个人都无法给对方明确的回答。

过了盐饱村，刚进入石糊村的海域，残阳彻底沉入海平面下，最后仅存的一点光亮瞬间消失了，眨眼间夜幕笼罩了整个海面。

与此同时，言耶感觉自己像是猛地坠入了恐怖的深渊中。渔船上不是没有灯，但那点灯光仅能照亮船头前面一点距离，无边的黑暗包围着孤独前行的小船，如果有亡灵船悄悄跟上来的话，根本注意不到。暗黑的天空仿佛与周遭的黑暗融为一体，没有一颗星星。视线中唯一的光亮来自于北面岸上石糊村的点点灯火。

但是，这点让人感觉心安的灯火也将随着小船驶过其海岸线而彻底消失，一直到矶见村，周遭将是无穷无尽的黑暗。

大自然的恐怖……

当初攀行在山中时动不动就冒上来的恐惧感再度袭来，此时此刻的言耶切身体会到了为什么说人类对山、海怀有无比的敬畏。一直到矶见村的灯火映入视线，言耶紧绷的神经才有了些许放松。

很快就能到了。

言耶正暗自给自己壮胆，却发现小船已经驶过了矶见村，他这才突然想起矶见村是强罗地区五个村子中最小的一个。就在这一愣神的工夫，视野中出现了阏扬村的灯火，小船调整方向向码头靠近。

“岸上好像有人拿着手电筒来回照。”

言耶扭头一看，果真像楢本说的那样，一道光柱来回打着圈儿，依稀还能看到灯笼的光亮。

言耶的心瞬间踏实下来。真好，终于平安到达阏扬村了。

看着那道光柱，言耶突然觉得它仿佛是引领自己解开一连串事件真相的指明灯。而且，就在刚才那一瞬间，他的确感受到脑子里有什么一闪而过，却又快得让人抓不住。

可恶!

没等他出手，真相已经逃之夭夭，言耶沮丧地下了船。如果静下心来仔细想想，说不定还能再想起点什么，但是已没有这样的时间，因为一直等在岸上的泽田刑警过来招呼他和御堂岛上车。没等他们坐稳，车子便一溜烟地穿过村庄，驶入了村后高耸的久重山中的那条蛇道，艰难地蜿蜒前行。

天黑后的蛇道，尤其恐怖凶险。山路狭窄而且九曲连环，白天尚且非常危险，更何况夜晚，如果不是有前车灯那点光亮，简直可以称得上是伸手不见五指。

周围的树影开始浓密起来。

言耶试探着问道：

“是不是到暗夜卡了？”

泽田小心地握着方向盘，摇了摇头。

“我也不知道具体是什么地方。傍晚去大垣家的散田时，我记得附近有路标来着，但是现在我也不确定是不是这地方。”

说话间，车子冲下一个大下坡，右下方闪出一道光亮。

“案发现场就是那里。”

由此可以判断，刚才他们通过的地方应该就是暗夜卡。

下了坡再往前走一点儿，车子拐向右后方，进入一条杂草丛生的岔道。沿着这条小道一直往前走，再往左拐，草地尽头就是大垣家的大仓库。仓库前停放着一辆警车，屋内传出嘈杂的说话声。

大仓库近似于普通民家的两层建筑，正面是一个双开的巨大木板门。此时，门虽然紧闭着，但是透过左侧门扇正中的开口能看到警察们忙碌的身影。

“见崎警部，我把御堂岛警部接来了。”

泽田站在门外喊了一声，一个长着温润面孔的男子闻声走了出来，微笑着对御堂岛敬了个礼。看到御堂岛身边的言耶，丝毫没有吃惊的样子，而是自然而然地点头行礼。

“这位就是您说的那位老师吧。”

言耶慌忙回礼。看来，见崎警部清楚一切，既知道刀城言耶是何许人，也知道他为什么会跟着御堂岛一起过来。

“什么情况？”

“自杀的可能性比较大。”

“具体怎么回事？”

“我们给大垣秀寿做完笔录，大概是下午五点，然后就让他回家了。他回去后马上开着一辆轻卡来了这里，差不多五点二十分到达。大约六点刚过，家人去村公所找他。泽田发现尸体的时间应该在六点二十分左右。我们得到报告后，大约六点五十分赶到这里。根据这些时间点，可以推断他死于五点五十分左右，也就是说他接受问讯后马上就来了这里。”

“吊死的状态，有没有可疑之处？”

“这个就是大仓库。”

见崎回头指着身后的建筑。

“这座房子的靠外面的一半从地面到天花板是挑空的，靠里面的一半延伸出的木板架起了二层。在屋子的中央位置，有一根直通屋顶的柱子，用以支撑二层。绳子就拴在那根柱子上，从二楼垂下来，下端打了一个圆环，大垣秀寿就是用那个圆环套住脖子，然后踢倒脚下的椅子，最终气绝身亡。”

“有没有伪造上吊的痕迹？”

“没有，一切看着都很正常。”

“那个……”

言耶怯怯地举起一只手。

见崎展露出微笑，温和地问：

“您要说什么？”

“我有个想法，您考虑下有没有可能。比如，有人给大垣秀寿吃下安眠药，趁着他不清醒杀害了他，然后伪装成上吊自杀的样子。”

“当然有这种可能性。不过，那必须是在对尸体进行司法解剖后确认胃里有安眠药的成分的情况下，才能做出如此判断。而且……”

见崎的眼神忽然变得意味深长起来。

“要进入大仓库，只有一个选择，就是正面的双开门。但是，当时门是关着的，而且从里面插着门闩。”

“门闩就是那种长条板吗？”

“是的。从这里也能看见，你们看，两扇门板上各装有两个“L”型的托座，内侧是同样的结构。关上门，托座并成一排，然后把门闩插入里面，门就推不开了。冬天在屋里干活时，为了防风防寒，一般从里面插上门，等干完活回家的时候，再把门闩拿出来从外面锁上。这种结构不同于民家厨房那种粗糙简单的搭扣，要把门闩插进托座里得费不小劲儿。”

“门闩从里面插着的话，那就是说只能是从里面操作才行？”

见崎点了点头。

御堂岛看着言耶说：

“这意味着大仓库的案发现场也是一个密室。”

“窗户有异常吗？”

听到言耶的发问，见崎摇了摇头。

“二层确实有采光窗，但是由于屋子前半部分是挑空的，要从那里的窗子到后半部分的二层楼上，必须有长长的梯子搭在楼板上才行，不然不可能过去。从后半部分的窗子进去倒是不成问题，不过我们已经仔细检查过了，都关得严严实实，而且插着插销，就连前半部分的窗子也是这样。”

言耶想起“蛇道之怪”中饭岛胜利的讲述，一张漆黑的脸透过窗子往里看着。是啊，怎么可能从窗户进入？连怪物都做不到的事，更不用说普通人啦。

“有没有发现大仓库附近有那种长长的梯子？”

“没有。”

其实，就算是发现了梯子，同样还是解不开窗子紧闭而且插着插销的疑问。

“自杀动机，就是因为愧对孩子的死亡吗？”

听了御堂岛的问话，见崎的神情一下子垮了下来。

“我们在问讯食物中毒事件时，就发现大垣秀寿的情绪极度低落，那种自责一看就不是装出来的。正是考虑到这一点，我们才轻易放他回家了。现在想来真是后悔啊。”

御堂岛没说话，但神情中透露出对见崎深深的理解。

气氛凝重起来。

“那个，不好意思，我想问一下。”

言耶再次提出疑问。

“想问什么？”

所幸，见崎的语气中没有怒意，也没有丝毫不耐烦。

“现场一点儿令人怀疑的地方都没有吗？”

“这个……”

见崎面露难色，看了看御堂岛又看了看言耶，之后才说。

“找人给您们报信时已经说过了，尸体正下方的地上有一只笸舟。有关犊幽村事件的情况，我在警局也听说了，所以才想着这起事件或许跟那些有关系。”

“但是……”

御堂岛突然接过话来。

“没有伪造上吊自杀的痕迹，门紧闭且从里面插着门闩，又有明确的自杀动机，自然可以推断是自杀吧。”

“还有其他疑点吗？”

对言耶的插嘴，御堂岛丝毫不介意，反倒也是一副催着见崎快说的样子，所以见崎片刻犹豫之后还是说了出来。

“有。”

“是什么？快说。”

“门板里侧，有一根竹竿。”

言耶给见崎描述了竹林宫神殿前，以及绝海洞沙地入口处充当鸟居的竹竿的样子，然后急切地问：

“是这样的竹竿吗？”

“嗯，就是您说的这种竹竿，长度也吻合，将近两米长。不同的是，这根竹竿的两端绑着绳子。”

“绳，绳子？！”

言耶两眼放光。

“嗯，绳子大约三十公分长，绑在竹竿两端，而且每根绳子的两头都有利器割断的痕迹。”

“这根绑着绳子的竹竿，当时什么状态？”

“平倒在离门板一米远的地上，基本与门闩平行。”

“门闩有多长？”

“两米左右。”

“当时，泽田刑警趴在门上从门板的缝隙往里看，看到了悬在半空的大垣秀寿，然后赶紧在门板上挖了个孔，从外侧伸手把门打开，进来后看到地上有一根奇怪的两端绑着绳子的竹竿……”

言耶忽然停了下来。

御堂岛和见崎对视一眼，两个人都没说话，等着言耶继续往下说。

等了一阵儿，见崎似乎有点焦急了。

“您想到什么了？”

“啊，没有。不好意思。”

看到言耶沮丧地摇摇头，见崎迟疑片刻似乎有点难为情地说：

“我再重复一遍，从里面把门闩插进托座需要一定的气力。”

言外之意，一些机械手段和技巧是行不通的。

御堂岛客气地问见崎：

“我们能看看门和竹竿吗？”

“没问题，现场勘查工作已经结束了。请进！”

见崎领着两人进了大仓库。

言耶首先检查了门板缝，非常非常狭小，细线另当别论，但绝对伸不进去一根绳子。此外，门板上还有不少缝隙，但无一例外地都很细小。

如果是钓鱼线，应该能伸进去吧？

在绳子前端接上钓鱼线，然后从门缝向外向上拉，这不难做到。但问题是，怎么才能做到用吊在门板里侧的竹竿把门闩卸下来？言耶完全想象不出来。

而且，左右两扇门板上根本没有位于相同位置的缝隙，那就意味着就算是在屋内把竹竿吊起来，也是倾斜的。在这种情况下，不管采用什么招数都无济于事吧？

或者……

或者说有什么必须竹竿倾斜才能实现的招数？

言耶检查了门板的内外、门闩、竹竿，又查看了采光窗，不仅没有找到任何可疑之处，甚至还意外地发现那些窗子由于常年没开过都有点生锈了，现在很难打开。

三人走出仓库，言耶嘟囔了一句：

“是一个绝对密室。”

“那么说老师认定大垣秀寿是第四个被害人了？”

听见崎这么问，言耶稍稍有点不好意思，辩解说：

“每个现场都是密室状态，而且现场都留下了笹舟。我觉得，这个共同点是不能忽视的吧……”

这时，御堂岛插嘴说了一句：

“嗯，根据这两点推断是连续杀人事件，也不是没有道理的。”

言耶一听，突然兴奋起来。

“是啊，是啊，问题就在于连续杀人。如今大垣秀寿的死亡不是正好把遇害的四个人完美地分成了两部分吗？”

御堂岛和见崎惊讶地看着兴奋的言耶，均是一副不明所以的样子。

“您们想想四个被害人的地位和品行嘛，不是正好可以分成及位廉也和龟兹将一组，笼室岩喜和大垣秀寿一组吗？”

“哦——您是这个意思啊。”

御堂岛回过味来，催促言耶继续。

“来，说说您的推理。”

“不过是突然的一些想法而已。”

言耶提前声明了一下。

“在找不到既有动机又有可能杀害前三个被害人的嫌疑人的情况

下，又出现了第四个被害人，前三起事件已经让人云里雾里，再加上第四起事件，迷雾更浓，这就是目前的状况。但是，我刚才突然想到这四个被害人可以分成两组，也就是在那一瞬间，我推测两组的凶手不是同一个人，也就是说这一连串事件并不是连续杀人事件，而是两个凶手各自犯下的罪行。”

听了这番话，两位警部吃惊得一句话也说不出来，只是瞪大眼睛看着言耶。

“前一组事件，也就是及位廉也和龟兹将被杀事件中，既有犯罪动机又有犯罪机会的凶手，在后一组事件中既没有杀害笼室岩喜和大垣秀继的动机也没有机会。同理，后一组的凶手反之亦然。”

“您的意思是两个凶手一开始就串通好了？”

见崎犹犹豫豫地提出自己的结论，言耶给予了肯定回答。

“对，从每个现场都留下了笹舟来看，恐怕是如此。”

“详细说说。”

在御堂岛直截了当的要求下，言耶娓娓道来。

“杀害及位廉也和龟兹将的凶手，在笼室岩喜和大垣秀继事件中，不仅没有任何犯罪动机，而且还有明确的不在场证明，所以即便他在及位廉也和龟兹将被杀案中被怀疑，也能通过笼室岩喜和大垣秀寿的被杀洗清嫌疑，这一点同样适用于另外一个凶手，因此两人联手制造了非连续杀人事件。我想这就是真相。”

听了言耶的分析，见崎表示由衷地佩服。

“这番推理将我们带出了找不到有连续杀人动机和可能性的嫌疑人的困境。”

御堂岛则泼了一盆冷水。

“还不知能不能找到这两组的嫌疑人？只要找不出来，那只能是一场空欢喜。”

虽然他嘴上说得这么严重，但非常明显地能看出他的脑子正在围绕着这个推论高速运转。当然，言耶亦是如此。

时间在沉默中悄然流逝。最终，御堂岛开口打破了沉默。

“在前一组中的一个被害人及位廉也被杀事件中，明确有不在场证明的，只有大垣秀继。”

“是的。”

看到言耶没有什么特别的反应，反倒还回应了一句，御堂岛继续说了下去。

“如果大垣秀继是后一组的凶手，他杀害笼室岩喜也就罢了，可是有什么理由杀害自己的爷爷呢？”

对此，见崎委婉地表达了自己的意见。

“在调查食物中毒事件时，我们就想到会不会是大垣家内部出了什么问题，于是顺便进行了调查。不过，目前没发现任何问题。”

“当然啦。”

能听得出言耶语气中压抑的怒气。

“大垣君绝对不可能杀害自己的祖父！”

见崎见状，连忙解释。

“我们这也是为了工作，请理解。”

御堂岛选择无视言耶的情绪，自顾说自己的。

“前一组的另一个被害人龟兹将被杀时的不在场证明情况，我们还没开始调查，这个先不说。后一组的一个被害人笼室岩喜被害事件中有不少人都有不在场证明，但是这些人在前一组事件中全都没有不在场证明。”

“那就意味着如果不能从这些人中锁定嫌疑人，那就无法找出前一组事件的凶手。”

言耶一下子泄了气，本来他满心期待着能看到其中一个凶手浮出水面。

“照目前情况来看，无法锁定前一组事件的嫌疑人。大垣秀继作为后一组事件的唯一嫌疑人，如果说他不可能是凶手的话，那么怪谈杀人事件是两个凶手犯下的非连续杀人事件的解释自然就无从成立了。”

“是的。”

“而且，既然是预谋杀人，那么龟兹将事件中临时起意杀人的推断与这个解释也是矛盾的。”

“是啊。”

“如果是这样的话，以前咱们讨论过的，凶手杀害第三个被害人时已没有充裕时间来伪造现场的推理应该是合理的吧？”

“我想说一下大垣秀寿事件的情况。”

这时，见崎客客气气地插话进来。

“目前咱们都清楚，他在接受问讯后立刻来到大仓库。如果是他杀，那么自然就生出一个疑问，那就是凶手怎么会知道他的动向？”

“或许有人监视着大垣秀寿的一举一动，随时给凶手传信儿。”

“那么这个人是谁？”

“垣沼亨？或者是他们那个小团体的其他人？”

“有道理。但是他能来得及报信吗？”

“大垣秀寿五点接受完问讯，吊死的时间大概是五点五十分，中间有五十分钟的时间呢。就算凶手当时身在犊幽村也来得及。”

“可是……”

御堂岛不动声色地听着两人的一来一往，这时开口。

“如果是连续杀人事件，那么又回到了原点，就是依然找不出在每起事件中都有动机和机会的嫌疑人。”

“说得没错。”

言耶犹如一个漏了气的气球，双肩立时垮了下来。

御堂岛和见崎稍稍往边上撤了撤，好像在讨论下一步的工作。

言耶和御堂岛告别见崎，先一步回了閖扬村。言耶去了大垣家，御堂岛去了村公所，然后两人会合，再次乘坐楢本的小船返回犊幽村。

言耶望着漆黑的海面陷入沉思。

竹林宫开阔空间的诡异饿死。

瞭望塔视线密室中的谜之消失。

绝海洞沙地内的无足迹杀人。

大仓库中疑似伪装自杀的不自然缢死。

这是否意味着怪谈杀人事件或者说是笹舟杀人事件的终结?

19

第十九章 迷雾重重

刀城言耶和御堂岛回到犊幽村后，分别回了笹女神社的笼室家，以及县警们驻扎的村公所。

顺便说一下大垣秀继的情况，他没有在自己预想的那些地点找到记事本，大概下午六点，精疲力竭地从九难道回到了笼室家，回来后一直睡到吃晚饭时间。听说祖父出事了，急忙驾船追随言耶他们向阴扬村而去，不过他没去现场而是回了自己家，与父母一起强忍悲痛处理祖父的后事。

言耶去拜访时，感受到大垣家悲伤凝重的气氛。与大垣家的人一一寒暄后，当只有他和秀继两个人时，他拍拍秀继的肩膀安慰说：

“大垣君，节哀顺变，保重。”

大垣秀继给人的强烈感觉不是悲伤而是愤怒，他似乎非常气愤警察竟然做出大垣秀寿死于自杀的推论。

“爷爷是个极具责任心的人，如果判定孩子死亡的原因在自己身上，或许他会选择自杀谢罪。但是，在有可能是有人故意投毒，而且还没抓到这个人的情况下，爷爷绝对不会自杀！”

“你认为爷爷是被人谋杀的？”

“是的。老师，拜托您一定要查明怪谈杀人事件的真相！”

从大垣家告辞出来，到乘上小船，直到回到笼室家，各种问题纷纷涌进言耶的脑海。

凶手连续杀人的动机到底是什么？

他是如何建构四个密室的？

真正的凶手到底是谁?

针对这些问题，言耶尝试着从各个方面做出了各种解释，但是最终眼前还是一团迷雾。

必须静下心来仔细梳理这些谜团，不然……

他暗自下定决心。一直以来，在处理各种事件时，为了拨开层层迷雾找出真相，他都是这么做的。于是，第二天早晨，他在房间里闭门不出，重新阅读了取材本上记录的四则怪谈，同时回忆迄今为止看到的、听到的信息，边把这次事件中的疑点一一罗列出来。

最终，粗分为两大类，即“碆灵大神相关之谜”和“怪谈杀人事件相关之谜”，一共列了七十项，甚至包括已经有了答案的疑似问题。

〈碆灵大神相关之谜〉

一、碆灵大神的真身是什么?位于牛头湾中的那块碆灵大神岩礁代表的果真是江户时代遭遇海难的亡者吗?

二、犊幽村路旁的神社、地藏庙等场所为何到处都供奉着笹舟?笹舟到底是何寓意?

三、当年的犊幽村为何不惜建造狼烟场、远见岭以及瞭望塔来拼命防止过往帆船触礁?除了害怕海难者的亡灵作祟外，还有没有其他理由?

四、为何碆灵大神祭的日期不固定?

五、碆灵大神祭时，为何要在海边烧制作为祭品的海盐?为何上角一侧的炉灶数量少，下角一侧的炉灶数量多?

六、为何把女性和儿童排除在外，只允许男性参加碆灵大神祭?而且，为何所有的参加者都沉默不语？

七、磬灵大神祭时，为何不在狼烟场、远见岭以及瞭望塔上备放狼烟和火把？再现昔日的情景不正是祭祀仪式的内容吗？

八、自磬灵大神祭的第二天开始，为何要休渔三天？

九、刀城言耶站在远见岭上，为何会联想到英国的康沃尔？

十、及位廉也写在记事本上的那句“一切相反？”是关于磬灵大神祭的记述吗？刀城言耶对此做出的说明是正确的吗？

十一、及位廉也写在记事本上的另一句“磬灵大神的真身是人鱼？”到底什么意思？

十二、唐食船的本来面目是什么？笹女神社的日志里出现的“唐食船”指的是什么？

十三、为什么说招来唐食船的是笹女神社的祭神惠比寿？

十四、“海原之首”中讲到唐食船一般在夏末秋初、饥寒交迫的冬季来临之前抵达犊幽村，而这一时期女孩子会消失不见。这是怎么回事？

十五、“海原之首”中，伍助的祖父说密密麻麻的亡魂紧随唐食船漂游。这是什么意思？

十六、“海原之首”中，祖父对伍助说不管愿不愿意，总有一天他将感受到磬灵大神的可怕。这么说的原因何在？

十七、“海原之首”中，伍助提到初秋到初冬期间，每到月黑风高的深夜，总能听到磬灵大神那里传来可怕的咆哮。那是怎么回事？

十八、“物见之幻”中，竺磐寺的住持对净念说到时候他可能会明白，也可能不明白。是出于和第十六项同样的理由吗？

十九、“物见之幻”中，净念感觉全国范围内轰轰烈烈的神佛分离、废佛毁释运动并没有影响到犊幽村的笹女神社和竺磐寺的关系。这是为什么？

二十、“物见之幻”中，净念指出犊幽村的魔幻场所实在太多了。为什么他会这么说？

二十一、笹女神社的祭神惠比寿，其实就是礐灵大神。渔民们在海上遇到随波逐流的尸体都要叫一声“惠比寿”，由此可以判断是把尸体认同为惠比寿神。这些尸体如果无法得到超度便成了海中的亡魂，亡魂到了奥埋岛就成了夜里飞动的鬼火，鬼火飘上陆地进入竹林便幻化成竹魔，竹魔登上食坏山就成了山鬼。总之，追根溯源，这些鬼怪的真身都是礐灵大神。那么这一连串的关系到底意味着什么？

二十二、渔民楢本提到听盐饱村的人说过去有人在入秋前后听到从两村交界的断崖中传出疑似妖怪的男人吼叫声。这是怎么回事？就是第十七项的咆哮声吗？

二十三、“蛇道之怪”中，饭岛胜利在大垣家的仓库中听到的“轰——轰——轰——轰隆——！”声，就是第十七项和第二十二项中提到的吼声吗？如果是，为什么能在仓库中听到？

二十四、对不同时代的四则怪谈，能否做出合理的解释？

二十五、为什么只有“蛇道之怪”与其他三则怪谈性质不同？为什么现在仍在持续？

二十六、“蛇道之怪”中的蝇玉是否就是礐灵大神？随着时代的发展，难道妖怪本身也发生了变异，所以舞台从犊幽村变成閖扬村了吗？正确来讲，是变异成连接閖扬村和平皿町的蛇道上的妖怪了吗？

二十七、“蛇道之怪”中，小火灾、食物中毒等发生在阴扬村的那些怪事，与蝇玉（礐灵大神）有关吗？

二十八、及位廉也对住在和平公寓的前川说，蝇玉本身并不存在，但它的确很可怕。这是什么意思？

二十九、犊幽村的笹女神社与大垣家历代不和，原因是什么？

〈怪谈杀人事件之谜〉

及位廉也被害案：

一、及位廉也到底在调查什么？关于礐灵大神、笹女神社、竺磐寺、犊幽村，还是其他什么？

二、他为什么穿着竺磐寺住持的僧衣？

三、他为什么没走出竹林宫？或者说他为什么没能走出来？怎么会饿死在竹林宫中？凶手到底使用了什么样的手段？

四、他是因为调查的事项才被杀的吗？杀人动机到底是什么？

五、竹林宫神殿前有两根竹竿，为什么他只拔了一根？

六、他为何要用这根竹竿敲打神殿？而敲打的痕迹不是很明显，这又是怎么回事？

七、从竹林宫草地进入迷宫的入口处周围的竹子，为什么出现了擦损痕迹？

八、同一块草地的其他三面竹林，为何也出现了擦损痕迹？

笼室岩喜被害案：

一、举办礐灵大神祭祀宴会的晚上，笼室岩喜为何离开宴席，去了哪里，做了什么？

二、那天晚上他回了家，第二天一早就出去了，果真是去冥想了吗？

三、在他出事的前一天，整整一天的时间，他到底身在何处？一直在冥想吗？

四、出事的前一天，蓬莱说没看到宫司去瞭望塔，为何大垣秀继却在瞭望塔的小屋中看到了晾晒的雨伞和雨衣？

五、出事的前一天，如果不是宫司，那到底是谁去了瞭望塔？目的何在？

六、出事当天，宫司为何进入瞭望塔小屋一段时间后才出现在瞭望板上？

七、什么原因导致在瞭望板上冥想的宫司姿态看上去比较奇怪？

八、宫司是被凶手从瞭望板上推下赛场的吗？如果是，那么凶手是如何成功避开蓬莱的视线的？

九、杀人动机是什么？

十、把宫司推下海后，凶手又是如何做到避开蓬莱的视线成功脱逃的？

十一、宫司的尸体漂进绝海洞了吗？是被冲到冥河深处去了吗？

龟兹将被害案：

一、龟兹将为什么要把笼室筱悬叫到绝海洞去？必须是绝海洞的理由是什么？

二、他在洞中等候笼室筱悬到来期间，为什么会进入沙地内？

三、凶手选择供奉的断鱼叉作为第一凶器，理由是什么？

四、凶手在没有留下任何足迹的情况下，如何用那把鱼叉刺中了龟兹将？

五、凶手用石块作为第二凶器，原因是什么？

六、凶手又是如何做到在没有留下任何足迹的情况下，用石块击打龟兹将头部的？

七、凶手为何用了两种凶器？

八、杀人动机是什么？

九、凶手是如何成功避开站在上角前端的蓬莱的视线进出绝海洞的？

十、事件发生后，笼室筱悬说刀城言耶碰到龟兹竹利之时一切已经注定。这是何意？

大垣秀寿被害案：

一、大垣秀寿为何在接受了警察的传讯后去了大仓库？

二、他的自缢是凶手伪造的吗？

三、杀人动机是什么？

四、在里侧插着门闩的情况下，凶手是如何逃走的？

五、门板内侧滚落的两端绑着绳子的竹竿，到底是用来干什么的？

关于四起事件：

一、怪谈杀人事件的凶手到底是谁？

二、为何特意对应四则怪谈连续杀人？

三、连杀四人的动机是不是相同？如果是，到底是因为什么？

四、四起事件中，凶手是不是都有不在场证明？如果是，他到底设计了什么样的诡计？

五、凶手为何要在案发现场留下笹舟？笹舟寓意什么？

六、如果说凶手将第一、二、四起事件伪造成了事故或自杀，却为何偏偏把第三起事件明示为他杀？

七、怪谈杀人事件果然和“蛇道之怪”的一系列怪异现象有关吗？

言耶用了一上午时间完成了这项工作。午饭后，他先去探望了笼室筱悬，然后把祖父江偲叫了过来。

“有一件事要拜托你。”

看着言耶认真的表情，听着他郑重的语气，祖父江偲下意识端正了坐姿。

“接下来请你陪在我身边。”

闻听此言，祖父江偲“唰”地红了脸，举止扭捏起来。显然，她误解了，以为言耶是在向她表白。

然而，言耶并没有马上意识到她的内心活动。

“怎么了？祖父江小姐，没问题吧？”

“这，这个，突然听您说这话，本小姐……”

“你还有其他要紧事要做？”

“不，不，没有。”

“那么，在解开事件的真相之前，请你一定要陪在我身边。”

“哎——”

看着祖父江偲滑稽的表情，言耶愣了一下，旋即明白过来。

“喂，喂，不是你理解的那个意思。回神啦，祖父江小姐！”

言耶拿出取材本，翻到他上午整理的那些谜题。

“接下来我要针对这些问题寻找答案，所以想请你协助我。我的意思，你明白了吗？”

祖父江偲呆愣了一会，突然大声说：

“当然明白！”

言耶搞不懂她的语气中为何带有浓浓的怒意。

不过，祖父江偲听言耶讲述了新情况、新事件，在看言耶整理的那些疑问时，马上恢复了原来的样子，认真的眼神展露出仔细审稿的干练编辑风姿。

她始终没说话，一口气看完了言耶整理的内容，然后发出由衷的赞叹：

“太全面了！”

“除了省略了敬称，你看还有没有遗漏项？”

“这个，我倒没看出来。其实，有很多项我压根就没想到。”

“我基本上把能想到的都罗列出来了。”

“老师，这些您能全部找出答案吗？”

“不，不能。”

大概没想到言耶回答得这么干脆，祖父江偲一时有点儿反应不过来，喃喃地说：

“怎么会……”

突然，语气严厉起来：

“还没开始就说丧气话，这是要干什么？打起精神来，老师！”

“话是这么说，但是探究那些怪谈之谜什么的也没什么意义吧。”

“如果跟事件有关呢？”

“那自然另当别论，如果里面真有什么诡计的话，彻底搞清楚也不是没有可能。不过，不可以一开始就武断地说解决所有问题。”

“明白了。”

祖父江偲暂时接受了言耶的顾虑。不过，马上又提出一个新的问题。

“您为什么不找御堂岛警部呢？推理案件的话，一开始就联合警察，资源共享岂不更好？”

言耶深吸一口气，慢慢吐了出来。

“你也知道，我推理案件时总是在不断纠错中慢慢摸索，思绪会指向哪里，连我自己也不清楚。”

“也是。”

“所以，我根本无法预测会得出什么样的推论。”

“嗯。”

祖父江偲随声附和了一声。突然，她神情大变。

“也就是说您一开始就有了某种担心，对吧？担心有可能最终的推论揭开了一个触目惊心的真相，而您又竭力不想让警察知道这个真相。”

20

第二十章 拨云开雾

一

“我们该从哪儿入手呢？”

祖父江偲盯着摆在两人之间的取材本，一副无计可施的可怜样。

“可以说，砻灵大神是一切的根源。”

听了言耶的话，祖父江偲一下子瞪起眼来，眼神中满含期待。

“及位廉也调查的事也是关于砻灵大神的。老师，您查明这个秘密了？”

“准确地说，是关于唐食船的秘密。我认为，如果搞清了唐食船的本来面目，那么围绕砻灵大神的所有谜团自然就能解开了。”

“到底是什么啊，那个唐食船？”

“我总觉得它叫船而不是船。毕竟这只是我个人的直觉，可能事实并非如此，但我还是想顺着这条线往前走走试试。”

“明白了。”

“当年的犊幽村一说到船，想到的就是现实存在的近岸捕捞的小渔船与可以航行在牛头湾中的帆船，以及现实中根本不存在的传说中的唐食船。位于两者之间的是砻灵大神祭时的“唐食船”、亡灵船，以及村里的神社、地藏等地方供奉的笹舟。”

“位于两者之间的船？意思是虽然现实存在，但并不是真正意义上的船，对吧？”

言耶点点头，好像忽然又想到了什么。

“说到这些船，我漏了一种，嗯，对，还有一种。”

“哎？还有？”

“与犊幽村没有直接关系，也不是实际出现过的船。”

“那在哪里出现过？”

“在净念的讲述中。他在‘物见之幻’中提到过。”

“到底是什么船吗？”

“补陀落渡海的小木船。”

“啊！我想起来了！”

言耶没说话，一直盯着祖父江偲看。

“怎，怎么啦？”

“咱们进入犊幽村的最后一道关，你还记得吗？”

“什么？”

祖父江偲一时有点失神，不过马上明白过来。

“啊，您说的是那座吊桥吧。”

“嗯。当时我们三人还担心它是不是安全，所以让你先过。”

“哼，我可一直记着呢。”

“当时你怎么想的？”

“您这是要翻旧账吗？”

祖父江偲吃惊地看着言耶，可言耶不为所动，继续追问。

“你当时怎么想的？”

“我好像说的是，拿我以身试险吗？”

“你是怎么表达的？”

“这个……好像是……竟然拿本小姐当活祭品？”

“补陀落渡海是佛家的舍身修行，但是据说也有些僧侣并非自愿，而是被强制推上小木船漂向了茫茫大海。”

“就是某种意义上的活祭品吗？”

“传说过去犊幽村举行磬灵大神祭时，村里的女孩子会消失不见。”

“啊！不会吧？难道……”

祖父江偲一副不愿再听下去的表情，可言耶依然平静地说道：

“其实，唐食船就是补陀落渡海的小木船，载着可怜的女孩子在茫茫大海上随波逐流。犊幽村的先天地理条件决定了本村的渔业根本得不到发展，从而全村人陷入赤贫，于是村民便向大海献上活祭品，祈祷渔业丰收。如果当年真有这种野蛮风俗的话……”

祖父江偲惊恐地看着取材本。

“那，那，狼烟场、远见岭、瞭望塔到底因何而建？”

“为了不让外人看到流放小木船的场景。尤其是过往各藩的帆船中，很有可能乘坐着藩里的官员，虽说是其他藩的，但毕竟是官府人员。要是活祭品的事暴露了，那可不是一两个人的罪过，整个村子都要遭殃。”

“为什么举办磬灵大神祭的日期不固定？”

“因为要等待台风。当然不是等台风最强劲的时候，而是等海上稍微起点风浪，易于流放小木船的时机。”

“在海边烧制海盐是为了什么？”

“起到送神火[1]的作用。下角的炉灶多于上角的炉灶，是因为磬灵大神的岩礁靠近下角，从海边朝着那个方向流放小木船。”

“嗯，当时宫司和老师乘坐的小船正是从那个位置出发的。”

“这样一来，为何只有男性才能参加磬灵大神祭的疑问也有了答案，因为母亲难以眼睁睁地看着自己的孩子被生生流放。”

同为女性，祖父江偲能感受到母亲们那种撕心裂肺的痛。

“伍助听到的咆哮、盐饱村人听到的男人喊叫、祭祀时那种‘轰——轰——轰——轰隆——’的嘶吼，就是流放木船的男人们的喊叫声。”

“就算如此，声音也太大了吧。”

“你想啊，女孩子们被强行塞到木船上，一定会不停哭喊。那样喊叫就是为了压盖孩子们的悲鸣。”

“可恶！”

祖父江偲的表情凝重起来。

“难道临近的盐饱村从来没发现过吗？”

“横亘在两村之间的是连绵不绝的断崖峭壁，所以盐饱村的人才会误以为声音是从崖壁那里发出来的。当时的犊幽村可以说完全是一个陆上孤岛，正因为如此，那种不愿被世人所知的活祭品祭礼才得以秘密进行。”

“明明那么大的骚动，可如今参加祭祀的男人们竟然都沉默不语，这是怎么回事？”

“及位廉也写在记事本上的那句‘一切皆相反？’我的推理也能解释得通，他说的是整个祭祀仪式。所以咱们现在看到的就是，祭祀的男人们都保持沉默不语，狼烟场、远见岭、瞭望塔上也没有狼烟和火把。碆灵大神祭试图通过完全与补陀落渡海仪式相反的行为来避免遭报应，祭祀翌日开始休渔三天也是出于这个原因，本来就是想通过献上活祭品祈祷渔业丰收的，按理说不是应该趁势赶紧下海捕捞才对吗？”

“太，太可恶了！”

“伍助的祖父说‘唐食船的周围乌泱乌泱地跟着亡灵’，现在我们能想明白了，这并不是无稽之谈。”

“还有‘不管愿意不愿意，总有一天你会体会到磬灵大神的可怕’，他爷爷这么说是因为伍助长大了就不得不成为参与流放木船的一员，对吧？”

“竺磐寺的住持对净念说‘等那一天到来时或许你就明白了’，意思是说等净念融入犊幽村的生活后，自然而然就能知道活祭品的事了。”

“是因为村民还记得这个残酷野蛮的风俗吗？”

“也或许是说净念待在竺磐寺期间，在与笹女神社打交道的过程中能知道这件事。”

“是吗？”

“这么想来，笼室岩喜宫司说女人不能参与祭祀的话中含义颇深啊。因为女人不是参与者，而是当事人。”

祖父江偲不由得打了个寒战。

“那磬灵大神是……”

“表面上是祭祀海难者，实际上是为了镇守那些充当活祭品的女孩子们的亡魂。海难一年才那么一回，甚至几年才遇到一回，没有必要如此隆重地祭祀那些海难者吧。当然，还是要祭祀的，不过祭祀的真正内容不同。”

“毕竟还是有罪恶感的吧。”

“及位廉也对住在和平公寓的前川说，蝇玉这个怪物是不存在的，但是它的确令人恐怖，就是因为他知道了磬灵大神的真实面目。”

“看，就是这种表达。”

“神佛分离和废佛毁释运动没能影响到笹女神社和竺磐寺的关系，是因为二者拥有共同的秘密。而且，之所以说犊幽村魔幻场所太多，一切妖怪的根源都是辔灵大神什么的，都是因为这个野蛮风俗的存在。”

“那么说，四则怪谈中只有‘蛇道之怪’性质不同，是因为它发生在阴扬村吗？”

“不，只有这则怪谈是人为的。”

祖父江偲震惊得瞪大眼睛，一脸的难以置信。

看着她那急于知道答案的眼神，言耶却没再继续说下去。

“这个以后再说。”

于是，祖父江偲转到别的问题上。

“老师您站在远见岭上时，为什么会想到英国的康沃尔？”

“最大的原因是那种极其相似的多崖地形。或许当时无意识中想起‘海原之首’中女孩子消失的事，于是就联想到诱拐人类的人鱼传说了吧。”

“难道就像老师一样，及位廉也竟然也……”

祖父江偲的口气中明显带有不许、不甘等小情绪，从内心里不希望及位廉也和言耶具有同样的想法和能力。

“实际是不是如此，我还不能断定，但我觉得促使及位廉也想到这些的是筱悬小姐。”

“哎——为什么是她？”

“不是说筱悬小姐很擅长游泳，像个河童一样吗？而且她还是神社的巫女。及位廉也可能由此想到美人鱼，又联想到唐食船，最终想到了补陀落渡海的活祭品。”

“那也就是说笹舟代表的就是唐食船。”

“都说招来唐食船的是笹女神社的祭神惠比寿神，再想想海难中的亡者竟然被看作是惠比寿神，还真是具有讽刺意味。”

“唐食船本来是满载食物而来的救命船，实际上却是可怕的补陀落渡海的流放船，上面除了充当活祭品的女孩子，什么都没有。”

“为了自己的生存献上活祭品，然而上天并没有派来什么救命的唐食船，一心祈求渔业丰收，却依然摆脱不了贫穷的命运。真受不了他们的愚昧无知。”

“犊幽村人是什么时候才意识到的这个残酷现实？”

两个人沉默下来。

祖父江偲低着头不知在想什么，突然猛地站起来。

“我去泡茶。”

不一会儿端着茶回来，竟然还端来了一盘点心。言耶没有刻意问她从哪儿弄的这些东西。两个人喝着茶，吃着点心，再次展开了话题。

“及位廉也一定调查出了这个唐食船的秘密。”

“所以被杀了。可是，老师，本来最有杀人动机的宫司大人成了第二个被害人。”

祖父江偲语气中的紧张大概是因为预想到了言耶接下来的话。

“于是，筱悬小姐就成了第二嫌疑人。”

“可是，宫司是她的亲爷爷啊，她怎么可能……”

“不可能是她杀的。”

“对啊。”

祖父江偲不由自主地舒了一口气。

“接下来就是竺磐寺的真海住持了，不过他也没有杀害宫司大人的动机。”

“从保守唐食船的秘密这方面来说，他应该是站在宫司大人一边的。”

“不，住持是否知道这个秘密还是疑问。过去怎么样不说，历史走过了明治、大正、昭和时代，知晓这个秘密的人越来越少，估计最后只剩下笹女神社的人了。”

“嗯，这就是时代变迁吧。”

“不管怎么说，住持不会是嫌疑人。”

“那这样一来，再没有可怀疑的人了。”

祖父江偲脸上再度流露出紧张和不安。

言耶对她说了自己曾跟御堂岛和见崎两位警部讲过的意见，即两个凶手联手制造了非连续杀人事件的推论。

“这个推论可能是错误的，但是我认为将视线从嫌疑人转向被害人的思路绝对没错。”

“什么意思啊？”

“你仔细想想，在这四个被害人中，有没有哪一个是奇怪的？”

“奇怪的？”

“换句话说，就是不同、不一样的。”

“那肯定是及位廉也啦，只有他是外来人。”

“那么，如果从案发方式或案发结果来说，哪一个与其他三人不同？”

“及位廉也、宫司大人、龟兹将、大垣秀寿……”

祖父江偲一个一个地数着。

“啊，难道是宫司大人？”

“为什么？”

“宫司大人从瞭望板坠落到赛场，又被冲进了绝海洞深处。只有他，目前是活不见人死不见尸。”

“也就是说唯有他，无法确定是否真的死亡。”

“……”

“假定宫司大人是凶手，那么对其他三人，他都有明显的杀人动机。”

“这，这……”

祖父江偲被言耶的推理惊得目瞪口呆。

“及位廉也拿礬灵大神祭的秘密威胁宫司大人，虽然不知道他的目的是不是索要钱财，但绝对不会干出什么好事来。”

“太卑鄙了！”

“如果只是口头威胁，宫司大人装糊涂打哈哈也就过去了，毕竟没有什么实证。所以，为了加大要挟的威力，及位廉也勾结阴扬村的垣沼亨为首的四个人，协力导演了‘蛇道之怪’的各种诡异事件。”

“他为什么要这么做？”

“阴扬村是村镇合并的焦点，如果在那里制造一些让人联想到礬灵大神的蝇玉怪骚动，那么宫司大人势必不能继续无视自己的威胁了。他的目的还是为了要挟宫司大人。”

“太恶毒了！”

“单凭及位一个人做不到这些，但是如果他能诱导垣沼四人出手的话，制造出那些诡异现象不是什么难事。”

“这么说，饭岛胜利在蛇道上四次遇到怪物，就是那四个人装扮的啦。其他妖怪也是他们假扮的吗？”

“不，还不能断定阴扬村所有的诡异事件都是那四个人干出来的，其中一定有误会，有错觉，还有人云亦云的谣传。我感觉有些不过是以讹传讹罢了。”

“是吗？”

“通过不断制造诡异事件给村镇合并泼冷水，再编造一些蝇玉就是辔灵大神啦，其本来面目就是什么之类的谣言，借此威逼宫司大人。”

“日升纺织的久留米好像并没有因此动摇村镇合并的信念。”

“跟他没关系，因为及位廉也的目的并不是阻止村镇合并，归根结底还是为了威胁宫司大人。”

“哦，对啊。”

“就算是拿到了钱财，及位廉也那种人也绝不会就此罢手。宫司大人就是考虑到这一点，才痛下杀手的。”

“于是，他就把及位廉也领进了竹林宫。”

“我现在想不明白及位廉也是当时就穿着竺磐寺真海住持的旧僧衣，还是宫司大人从寺院里偷拿过去的？不好说，两者都有可能。”

“僧衣很重要吗？”

“宫司大人把及位廉也叫到竹林宫中心，给他讲了辔灵大神和唐食船的真实情况，借此打消了及位廉也的戒备之心，又趁机劝他喝下混入以蛇须草为主要成分的安眠药的酒。及位本就是一个好酒之徒，见了酒一定是什么都不管不顾了。”

“待他陷入沉睡后，宫司就离开了。”

“如果只是这样，那他醒来后还是能走出去的。所以，宫司应该是限制了他的自由。”

“可是，及位并没有被捆绑啊。岂止是没被捆绑，他不是还在草地上来回走动了吗？”

“两条腿的确没被束缚，完全能自如活动，但是两条胳膊一定不是自由的，就像耶稣被绑在十字架上那样。”

“怎么做到的？”

“及位右手中不是握着根竹竿吗？那根竹竿是神殿前充当鸟居的两根竹竿中的一根。”

“拔出竹竿的人……”

“不是及位廉也，而是宫司大人。他先把身穿僧衣的及位廉也的两只胳膊左右平伸，把竹竿从一只袖子伸进去，从另一只袖子伸出来，然后用宽大的袖子卷裹胳膊，再用破布巾绑紧。只要手腕、手肘、腋窝三个地方被束缚住了，纵使及位廉也再有能耐也无法自行解开。而且，因为有僧衣袖子垫着，胳膊上根本显不出被绑的痕迹。”

祖父江偲似乎跟着言耶一字一句的描述想象着当时的场景，表情复杂难辨。

“就是说只是上半身被束缚住了吗？”

“不久，及位廉也清醒过来，发现两只胳膊无法自如活动，幸好两条腿没被绑住，于是他站了起来准备往外走。然而，迷宫中的参道太窄了，而且从草地进入迷宫口如同一个直角，两只胳膊平伸的状态下，任他怎么挣扎也进不去，斜着上身也不行，再加上及位本身就有点胖，那就更难进去了。正是因为他不停地尝试强行进入迷宫，所以入口处的竹子上才会留下擦损的痕迹。”

“哎？那种状态……”

“挺像你家的卡伊吧。”

“对，对，它叼着一根树枝怎么也进不去狗窝。”

“就是你讲的那个笑话给了我启示。”

若是往常，祖父江偲听了这话一定又要嘚瑟起来，可今天却很平静，看来所有的心思都集中在了言耶的推理上。

“草地周围那三处擦损痕迹也是……”

“迷宫行不通，及位廉也就想从竹林突围试试，结果依然不行。焦躁之下，就用绑住自己的竹竿敲打神殿泄愤，但是那种特殊的姿势又无法使上力道，所以留下的痕迹才显得那么弱小无力。”

“难道说……”

祖父江偲一副像是想到什么不得了的大事的表情。

“宫司大人给及位松绑是在……”

“对，就是在领我们去竹林宫的时候。宫司大人清楚及位饿死需要四五天时间，所以尽可能地拖了五天。换句话说，我们被巧妙地利用了。”

“可是，他不怕有可能被我们看到吗？”

“没有这种可能。竹林宫的竹子密度极大，从迷宫里根本看不到草地上的情况。当时，宫司一直走在我们前面，我们因不熟悉环境还在参道上迷路摸索时，他已经早早到了草地，从容地伪造了现场。这一切，他早就算计好了。”

“这么说……”

“而且，宫司大人非常大胆。”

“还有什么情况？”

“他还有意把绑及位的那条破布巾展示给我们看。”

“没有吧？啊，对，对，我想起来了，当时我的手被竹叶划破了。”

“宫司大人看到你的手出血了，于是掏出一条肮脏破旧的布巾，那就是用来绑缚及位廉也的布巾。他竟然随身带着这样一条布巾，不能不让人怀疑。”

“什么意思？”

“当然，或许也有纯粹为了帮你救急的原因。但是，那么肮脏的一条布巾，他竟然毫不介意地带在身上，这可与我们印象中的宫司大人的形象完全不符啊。”

“嗯，还真是。我突然有个想法，当时宫司大人掏出那条破布巾，是不是想给老师留点线索？”

言耶闻听此言顿了一下。

“或许吧。宫司大人设下那个计谋，是为了守住村里的秘密，目的在于掩盖及位廉也死亡的真相，让事件陷入迷局。他虽然不后悔自己的行为，但毕竟杀了人，不管怎么说还是有罪恶感的吧，又想到自己一旦被抓，势必影响到筱悬小姐的人生。可能就是在这种左右为难之下，忍不住给我这个外来人留下了线索。”

“我能理解他。”

“刻意在及位的衬衣口袋中留下笹舟，也是想表明他做这一切都是为了保守村子和神社的秘密。”

“嗯，感觉这些都像是宫司大人的行事风格。”

祖父江偲先是感性地慨叹，然后又恢复到理性的腔调。

“接下来的瞭望塔坠海事件……”

“是宫司大人自导自演的。不过，可以说他什么也没做，只是让蓬莱对警察撒了谎。”

“能让蓬莱听话的，也只有笹女神社的宫司大人了吧。”

对此，祖父江偲没有任何异议。

“龟兹将被杀是怎么回事？”

“宫司大人之所以选择让自己消失在人世间，就是想借这个机会除掉龟兹将。他一直隐藏在笹女神社中，不过没有告诉筱悬小姐。出于对孙女的担心，他密切注视着一切，所以清楚竹利来送信的事，因此先行到达了绝海洞。”

“虽然蓬莱看到宫司比龟兹将先进了绝海洞，但她装作没看见。”

“蓬莱再次撒谎，还是为了帮助宫司大人……”

不知为何，言耶的声音突然低了下去。

“怎么了，老师？”

“宫司大人进入绝海洞之前的这些推理，听上去的确非常合理。”

“是的。”

“但是……”

“什么？”

“我不相信宫司大人能杀了龟兹将。”

二

“老师，您知不知道您在说什么？”

祖父江偲吃惊地大声问道。

“正如筱悬小姐做不到无足迹杀人一样，宫司大人也做不到。”

“等，等等……”

“对，做不到。”

祖父江偲本以为言耶是在开玩笑，但看到言耶极其认真的表情，她明白根本不是她想的那样。

“老师，那您刚才对竹林宫之谜的解释……”

“并不是只有宫司大人才能做到那些。只要能想出那个诡计，谁都可以完成。这些都无关紧要，最重要的问题是杀害及位廉也的动机是什么。”

“如果不是宫司大人，当然也不可能是筱悬小姐，那再没有可怀疑的人了。”

“是吗？如果我说是筱悬小姐呢？”

对于言耶的这个假定，祖父江偲的反应非常强烈。

“不，不可能是筱悬小姐！”

“好，好，筱悬小姐不是凶手，可她是凶手的杀人动机。”

“哎——”

“如果有个人知道了宫司大人被及位廉也要挟的事，但是他不是为犊幽村也不是为笹女神社，而是为了保护筱悬小姐而出手杀人的话……”

“是谁？”

“大垣秀继啊。”

短暂的沉默后，祖父江偲爆发出惊呼：

“怎，怎么可能？他，他是真正的凶手？”

同时，速度极快地、幅度极小地摇晃着脑袋。

“不，不可能！”

突然，又极其笃定地说。

“在及位廉也被杀案中，唯一有不在场证明的就是他，而且，他怎么可能下得去手杀害自己的爷爷？”

“别急，来，一个一个地慢慢理顺。”

言耶平静地看着祖父江偲。

“及位廉也进入竹林宫那天，大垣君没在犊幽村，而是在野津野的鲷两町等着老师和我到来啊。”

“但是，他为了探查九难道进了山。”

“是，是这样。可是，就算他是个腿脚麻利的大男人，也不可能一天之内在鲷两町和犊幽村之间往返吧。”

“嗯，如果是专门搬运行李的登山工，或许能做到，但大垣君不可能做到。”

“再说了，他如果没回旅馆，肯定会引起老板的注意，因为他每天晚上都会向老板夫妇讲述探路的情况，这一点，我们也从老板夫妇口中得到了证实。所以，如果那天晚上他没回去的话，老板一定会向咱们提起这事的。”

“大垣君当天就回去了。”

“不可能！”

“除非他真的走的是九难道，才能推断为不可能。”

“什么意思？”

“如果他走的是多喜走过的那条蟒蛇道呢？这样的话，当天就能打个来回。”

“哦，您是说‘竹林之魔’中那个卖解毒药的多喜啊。”

“那条路太过凶险，虽然早就禁止通行了，但也不是不能走。一个大男人走个来回，估计不会有太大问题。”

“或……或许吧。”

“只是，可能会累得精疲力竭。”

“嗯。”

“所以，咱们来到笹女神社的第一天晚上，他极其疲累。以至于第二天早晨都起不来床。当时，我还以为他是因为去探查九难道才那么累。”

“可是，大垣君不熟悉竹林宫的情况吧。”

“你忘了？宫司大人在竹林宫前说过一句话，‘秀继还是小时候来过呢’。那就意味着他曾进过竹林宫。”

“好吧，就算是这样，那他能想出那个十字架诡计吗？”

说着，说着，祖父江偲的脸色大变。

“不会是……难道……”

“怎么，想起来了？在来这里之前，祖父江偲小姐你可是给他讲过家里的小狗卡伊的趣事，所以他受到启发想出了十字架计谋。”

“怎么会……”

祖父江偲沮丧地垂下脑袋。

“他去给及位廉也松绑，恐怕是在那天黎明时分。那天我也累极了，当时睡得比较沉，从而没注意到他的动静。”

“听上去很有道理，可是……”

“他在现场留下笹舟，我觉得出发点与宫司大人是一样的，不过他要保护的只是筱悬小姐，而不是什么神社的或村子的秘密。”

“可……可是……”

祖父江偲仍然坚持据理力争。

“如果说他是为了保护筱悬小姐而杀害了及位廉也，那为什么还要杀害宫司大人呢？这样别说什么保护了，反而无情地伤害了筱悬小姐，让她陷入无尽的悲伤中。”

“你听说过‘杀人成癖’这句话吗？”

祖父江偲忍不住打了个寒战。

“想到宫司大人将是他恋爱路上的阻碍，所以杀了及位廉也后已经丧失理性的大垣君决定除掉宫司大人。”

“他是怎么做的？”

“礐灵大神祭的当天晚上，大垣君离开咱俩外出了，说是去请示强罗五人众允许我们留下来。”

“是的。”

“就是那个时候，他通知宫司大人去瞭望塔。宴会上人来人往，他随便找个人带个话就行了。而且，也不用担心被蓬莱看到，因为蓬莱从来都是日落而息。”

“去瞭望塔干什么？”

“杀人啊。”

“哎——等等，老师，宫司大人不是第二天早上才坠海的吗？”

“不，礐灵大神祭的当天晚上，宫司大人就被杀害了。”

“我不明白您在说什么。”

祖父江偲的脑子彻底乱了。

“虽然我不清楚他具体采用了什么杀人方法，但从现场没有留下血迹这点来判断，应该是先用装满沙子的袜子击打头部致使宫司大人失去意识，然后又把他勒死的。”

“您这么一说，我想起来了，那天在海边观看祭祀的准备工作时，我和他的鞋子里都灌满了沙子，沉得走都走不动。”

“如果他是根据那个体验想到了这种杀人方法，还真是了不起。”

“有什么可赞叹的！”

看到祖父江偲怒气冲冲的样子，言耶放下心来。

“他在瞭望塔上杀害了宫司大人后，把尸体挪到柜子和墙壁之间，摆成背靠地板、双腿盘起来靠在墙壁上的姿态。”

“为什么要摆成这样的姿势？”

“柜子原本在瞭望塔小屋的东北角。把双腿盘起来靠在北墙上，再借用东墙和柜子的后壁夹住尸体以保持姿势不变，然后再把双手拿到胸前摆成合十的样子。这样，即便尸体滚倒在地板上，越过柜子看过去，无论是谁都会马上联想到歪倒前是背靠北墙盘坐的姿势。”

“死后僵直！”

“厉害，不愧是祖父江偲编辑啊。所以，整整一天，没有任何人知道宫司大人的去向。尸体僵直的缓解大概出现在死后三十到四十小时之间。我想，这些知识是大垣君担任我的责任编辑后学到的。”

“哼，还真是勤奋好学。”

祖父江偲表情复杂地说出了这句话。

“大垣君在瞭望塔与宫司大人见面后杀害了他，下了一番工夫摆放尸体，然后急急忙忙赶回笼室家向我们汇报与强罗五人众商谈的结果，最后在临睡前或第二天凌晨找机会悄悄潜入宫司大人的房间，弄乱被褥，拿走白色和服和水色裤子。这就是磐灵大神祭当晚大垣君的活动。”

“筱悬小姐感觉宫司大人的房间可疑，就是因为她总觉得爷爷并没有真正回来。”

“没有收拾被褥就外出了，也是一个原因。一直到案发当日的凌晨，大垣君再没任何行动，哦，不对，他还曾去过瞭望塔寻找失踪的宫司大人。”

“就是那个时候吧？他说看到瞭望塔小屋内晾着雨伞和雨衣。”

“虽然一般不会有人去瞭望塔，但以防万一，他还是用雨伞和雨衣进一步遮挡了柜子后面的尸体。这样的话，那天去瞭望塔寻找宫司大人的人即便是我，爬上楼梯从开口处往里望望，一看没人自然就回来了，也不会有任何怀疑。他还真是思维缜密。”

“嗯，谁也不会想到宫司大人被杀了，尸体还被人用柜子加雨衣、雨伞挡了起来。”

“是啊。”

“可是，大垣君为什么要特意向您提到雨伞和雨衣呢？”

“还不是为了防备我去瞭望塔？你想，如果我提前知道那里晾着雨伞和雨衣，去了后肯定不会刻意检查一下了吧。”

“表面上看着木讷老实，哼，没想到他脑子还挺好使。”

“回归正题。案发当日的凌晨，大垣君在不惊动我的情况下，偷偷离开笼室家去了瞭望塔。而且，在走上上角之前换上了白色和服和水色裤子，并且特意弄出很大的脚步声引起蓬莱的注意。”

“蓬莱看到的是水色的裤子和白色和服的衣角。”

“蓬莱说宫司大人进了瞭望塔后很长时间没出来，那是因为大垣君挪动处于僵直状态的尸体比较费劲。从蓬莱的小屋只能看到瞭望板的前半部分，正是因为这样，大垣君才能匍匐在瞭望板上推着尸体前进。”

“难道蓬莱看不出来宫司大人不是像往常那样两手撑着身子前行吗？”

“这需要非常仔细地看过去才能看出来，这一点对她来说有点儿勉为其难了。再说了，谁能想到在自己眼皮子底下能发生那样的事呢？”

“说的也是。”

“把尸体推送到瞭望板前端后，大垣君在上角上爬行回到岸边，成功避开了蓬莱的视线，然后赶在我醒来之前回到了笼室家。”

“这样的话，他不是就无法知道尸体什么时候才能坠海了吗？”

“只要有蓬莱这个目击者，尸体什么时候掉下去都无所谓了，因为冥想既可以在很短的时间内完成，也可以花上一天的时间。而且，到尸体坠海的这段时间内，除了蓬莱外，如果再有其他目击者，不是还能大大提高宫司大人是意外身亡的概率吗？大垣君唯一要注意的问题是，在尸体坠海之前的这段时间，一定要确保自己和某个人待在一起，即便做不到这一点，至少也得给人留下他没去过瞭望塔的深刻印象。”

“无懈可击的不在场证明。”

祖父江偲虽然不想表示佩服，但不得不承认大垣秀继的计划的确高明。

“蓬莱说看到冥想中的宫司大人姿态不稳，是因为尸体僵直缓解了吧？”

“对。就算她亲眼看到了宫司大人坠海的瞬间，那也只能认定是宫司大人自己掉落大海的。”

“这样一来，毫无疑问警察一定会认定是意外事故，谁也不会去想这是连续杀人事件。”

“真是一个完美的计划。说到完美，他能想到给僵硬的尸体披上白色和服，保证尸体坠海后能脱落下来漂浮在海面上这一点，实在是太厉害了。给尸体披上和服让蓬莱认为宫司活着，和服漂在海面上加强了意外坠海的真实性。”

“老师，他也做不到在绝海洞内杀死龟兹将吧？”

祖父江偲半是期待半是不安地看着言耶。

言耶却毫不迟疑地摇了摇头。

“不，只有大垣君才能做到。”

“为什么？到底用了什么方法？”

“他从九难道上的那个极乐水地狱水洞中游到了绝海洞。”

“呜呜……”

祖父江偲眼睛瞪得像铜铃，嘴唇嚅动着却说不出一个字。

“在咱们到达‘极乐水地狱水’之前，大垣君就说与‘极乐水地狱水’隔山相对的大海一侧正好是绝海洞。当时你不是还喝了一口，流出的不是淡水而是苦涩的海水，证明那个洞与绝海洞是相通的。”

“他是以寻找丢失的记事本为借口去了‘极乐水地狱水’吧？”

“丢失记事本应该不会有假。应该是他一直暗中关注着筱悬小姐，所以知道了竹利送信的事，于是就借口寻找记事本返回九难道，从‘极乐水地狱水’抢先进入绝海洞，然后杀害了龟兹将。其实，当时御堂岛警部推论筱悬小姐是凶手时也提到了这种从水中潜入的方法，不过真正的凶手不是从外部而是从绝海洞深处进来的啊。”

“他从冥河一侧先刺伤龟兹将，然后又击打……”

“我想，他是趁龟兹将不注意悄悄拿起一把断鱼叉刺了过去，却没构成致命伤，这才匆匆忙忙捡起一块石头击打他的头部。”

“他不进入沙地，是怕湿漉漉的衣服沾上沙子吗？”

“可能有这方面的原因，但最大的理由恐怕还是为了筱悬小姐。”

“她？”

“龟兹将被杀后，筱悬小姐来到了绝海洞，自然会被警察认定是嫌疑人。所以，大垣君选择无足迹杀人，目的是为了帮筱悬小姐洗清嫌疑。”

“虽然目的不纯，却是一份令人感动的浓浓爱意啊。”

祖父江偲深深地叹了一口气。

“那天傍晚，他回来时身上一点儿也不湿，是提前拿了替换衣服和毛巾之类的吗？”

“嗯。只要带上这些，在回来的路上随时可以换。”

祖父江偲整个人放松下来，万事皆明了似的总结说：

“总之，就是说不管哪一起事件，大垣君都能做到。”

不过，眼神中还是流露出难以相信。

“但是……”

言耶刚说了这两个字，祖父江偲的表情一下子绷紧了。

“又怎么了，老师？”

“大垣君做不到在龟兹将胸膛上留下笹舟。因为那样的话，势必会在沙地上留下脚印。”

“哎？”

“还有，那天凌晨他在不惊动我的情况下偷偷去移动宫司大人的尸体，仔细想想也不大可能。因为大垣君说要去寻找记事本的那天清晨，天还没亮他就起床了，而我当时也已经醒了。”

“等等……”

“而且，大垣君没有杀害祖父大垣秀寿的动机。”

“什……”

“如果他真是从‘极乐水地狱水’穿行到绝海洞杀了龟兹将的话，那么他绝对来不及从那里赶到久重山杀害大垣秀寿。”

“什，什么吗？”

“大垣秀继既没有杀害大垣秀寿的动机，也没有机会。”

三

“您到底要怎么推理吗？”

祖父江偲几乎要咆哮起来了。

“大垣君小时候差点淹死，当时还是筱悬小姐救了他。此后他的游泳技巧虽然有可能提高了，但是正常来讲，你觉得有那样心理阴影的人能从‘极乐水地狱水’游到绝海洞，然后马上再游回去吗？”

言耶不在乎祖父江偲此时的反应，自顾自地说着。

“竹林宫的事先不说，就说瞭望塔事件，他没有在案发现场留下笹舟的理由。”

“确实。”

“说到竹林宫，那天你和他在参道上不是碰了一身一脸的蜘蛛网吗？”

“是的。”

“既然能结出蜘蛛网来，说明此前没人进过迷宫。”

“这么说，真正的凶手还是宫司大人了？”

说着，祖父江偲突然两眼放光。

“老师，您看啊，宫司大人也可以从‘极乐水地狱水’游到绝海洞去啊。”

“嗯，从充分了解两个洞相通这一点来看，宫司大人的确比大垣君更具可能性。”

“这不就行了，竹林宫、瞭望塔、绝海洞事件，哪一件宫司大人都能做到，再加上他和大垣秀寿之间还有家族纠葛。”

“嗯，在世人眼中已经死去的宫司大人，在大垣秀寿被杀案中，也不必费心再找什么不在场证明。”

“就是，就是，所有案件中，宫司大人既有动机又有机会。”

“没错。”

“所以，真正的凶手还是宫司大人。”

“不是。”

听到言耶斩钉截铁的否定，祖父江偲不禁扶额长叹。

“又……又为什么啊？”

“筱悬小姐对蓬莱说过，宫司大人不擅长游泳。所以，他不可能在‘极乐水地狱水’和绝海洞之间游个来回。”

“呜……”

祖父江偲闭上了嘴巴，言耶也沉默下来，空气仿佛静止了一般。

“老师……”

过了好一会儿，祖父江偲有气无力地开了口。

“再没有其他嫌疑人了吗？”

“与咱们在神户的奥户碰到的那起利用六地藏童谣杀人的案件一样，一个嫌疑人都找不到。”

“可是，那个案子，最后还不是被老师您完美解决了嘛！”

言耶没理会祖父江偲鼓励式的赞美。

“或许……”

“什么？”

“或许我们完全忽视了一个人。”

“怎么可能？”

祖父江偲好像完全不能接受这个观点。

“那个人是谁，在哪里？”

“嗯……”

“怎么了，老师？”

“蓬莱。”

“谁？”

祖父江偲好像一时没想起言耶说的是谁，不过瞬间就反应了过来。

“别开玩笑了，怎么可能？”

“她一直受到筱悬小姐的照顾，所以听说了及位廉也的卑劣行径后，为了保护筱悬小姐就……和大垣君的目的一样。”

“她过着隐居的生活，从来不与人打交道，怎么能知道及位廉也的事？”

“你还记不记得宫司大人说过的一句话，‘不可思议的是，蓬莱对村里的事一清二楚’？”

“嗯，宫司大人确实这么说过。”

祖父江偲记了起来，但还是觉得不可思议。

“可是，蓬莱能想出那个十字架诡计吗？”

“我去蓬莱的小屋时，看到她用一支竹竿当顶门棍。”

“顶门棍？就是那种从里边顶住门板防止门从外面被推开的长木棍吗？”

“是的。或许她就是由此得到了启发。”

“如果说蓬莱出于同样的动机又杀了龟兹将的话，我还能理解，可是……”

祖父江偲皱起眉头。

“她怎么能杀害宫司大人呢？没有任何理由啊，而且她这样做不是对筱悬小姐最大的伤害吗？”

“我觉得这与蓬莱的真实身份有关。”

“可是，可是……不是说谁也不知道她是谁，来自哪里吗？”

“是的。但是可以推测一下。”

“那您说她的真实身份是什么？”

“多喜。”

“什么？”

震惊之后，眼看着祖父江偲的表情起了变化。

“难，难道说她真是‘竹林之魔’的多喜？”

“如果第一代蓬莱是‘海原之首’的伍助，那么说现在的蓬莱是‘竹林之魔’的多喜也没什么好大惊小怪的。”

“话是这么说……”

“如果说蓬莱就是多喜，那么就能想象得到她对竹林宫，对笹女神社有多么大的恨意。所以，她首先选择在竹林宫中杀掉了及位廉也。”

“有道理。”

祖父江偲点头认可，但马上又提出疑问。

“可是，那些蜘蛛网怎么解释？”

“多喜的话，能轻松避开吧。她是在我们去竹林宫的那天清晨，先于我们偷偷潜入进去。”

接着，言耶好像特意强调似的说：

“多喜若是真正的凶手，那第二和第三起事件自然就好解释了。这是最重要的。”

“嗯？”

“就是说她对第二和第三起事件的证词完全是胡说八道，真正的凶手就是她自己。”

“是这个道理。”

“筱悬小姐那句高深莫测的话，是暗指我碰到竹利时，看到他戴着一个鸦天狗面具。”

“嗯，筱悬小姐从面具联想到蓬莱蒙在头上的布袋子。她就是想提示老师这一点吧。”

“筱悬小姐在照顾蓬莱的过程中偶然知道了她是杀人凶手，这也很正常。”

“是的。”

祖父江偲不自觉地点着头，突然神情大变，大概是预感到言耶接下来会说什么。

果然……

“但是……”

“老师，就知道您又得说‘但是’。”

祖父江偲一副“老师真不靠谱”的表情。

“祖父江编辑，你想想，如果蓬莱是凶手，是不是没法解释她为何要杀害大垣秀寿？”

“不管您再怎么说‘但是’‘可是’的，反正本小姐什么也不知道。哼，明明是您自己刚才说蓬莱是真正的凶手。”

“我是说了。但是，她不是凶手。”

“那现在的的确确一个嫌疑人也没有了。”

“……”

“连个可怀疑的人也没有了。”

“……”

“老师，对这次的怪谈杀人事件，您到底能不能给个合理的解释啊？”

四

祖父江偲静静地注视着陷入沉思的言耶，脸上刚才那种“老师真不靠谱”的表情已经荡然无存，完全变成了“老师出手一定能揭开真相”

的坚定不移。

言耶一直沉默着，完全进入沉思默想状态，好像彻底忘记了祖父江偲的存在。

终于……

言耶嘴里开始叽里咕噜地嘟囔起来。

祖父江偲小心观察着言耶的样子，轻声询问：

“老师，您说什么？”

“发现及位廉也饿死在竹林宫时，我把案件命名为怪谈杀人事件。”

“是的。”

“发现宫司大人坠海现场也有一只笹舟后，我又取了个新名字——笹舟杀人事件。”

“是改了名字。”

“当龟兹将被杀死在绝海洞后，我觉得该叫嫌疑人杀人事件。”

“但是，第四个被害人不是筱悬小姐，而是大垣秀寿。”

“因此，我又推断是两个凶手联合完成的非连续杀人事件。”

“可是，这个推论已经被推翻了。”

言耶“嗖”地看向祖父江偲，目不转睛，看得她都有点不好意思起来。

“然后，我开始猜测真正的凶手，可是又一一否定了。现在，突然发现一个可怀疑的人也没有了。”

“唔……”

祖父江偲不知该说点什么好。

“或许，我是该重新考虑事件真正的名字了。”

“什……什么……”

“是筱悬小姐那句谜一样的话给我了启示。”

“什么意思？”

祖父江偲紧张又期待地看着言耶。

“我第一次碰到竹屋的小竹利时，那孩子戴着一张鸦天狗面具。同时，还玩着一个竹桶。”

“嗯，竹桶从坡上滚下来，被老师捡起来了。”

“是的。筱悬小姐可能说的就是这个。”

“哎呀，我怎么听不明白呢。”

“这一连串事件的名字应该叫‘风吹桶屋赚杀人事件’，就是一种连锁反应。”

“哈？”

“你肯定知道‘风吹桶屋赚’的意思吧。”

“这……”

“大风吹→尘土飞扬→眼睛受伤的人增多→无法干精细活的匠人越来越多→为了生计，他们不得不弹三味线[2]挣钱（当时弹三味线的大多数是盲人）→为了制作三味线，猫被大量捕杀（三味线的音箱多用猫皮制成）→天敌减少，老鼠大量繁殖→老鼠啃木桶→卖木桶的生意变好。”

“具体来说……”

“及位廉也被笼室岩喜饿死在竹林宫，竹林宫事件的凶手笼室岩喜被龟兹将杀死在瞭望塔上，瞭望塔事件的凶手龟兹将被笼室筱悬杀死在绝海洞，像这样把这一连串事件想成是连锁反应的话，那一切都能理顺了。”

“什么？”

祖父江偲完全惊呆了。

“嗯，本次事件的名字应该叫连锁杀人事件。”

“比起那个什么‘风吹桶屋赚杀人事件’，这个名字还比较像样。”

看到祖父江偲瞬间接受了事实并且恢复了精气神，言耶放下心来。

“竹林宫事件就是咱们刚才推论的笼室岩喜凶手说，所以五六天的时间参道上足以结出蜘蛛网。就是说，笼室岩喜把及位廉也引诱进竹林宫，然后实施了十字架诡计，在那之后再没人进过竹林宫，直到那天他领着我们进去。”

“蜘蛛网被我和大垣君撞破了。”

“及位廉也衬衣口袋中的笹舟一定是他自己放进去的。”

“龟兹将巧妙利用了这一点？”

“对。听说竹林宫事件，他马上想到了凶手是谁。虽然及位廉也与他刚认识不久，但两人很是投缘，于是为了给朋友报仇，也为了得到筱悬小姐，他便策划除掉宫司大人，这样可以一举两得。”

“实在是太可恶了！”

“他在瞭望塔内宫司大人的鞋上故弄玄虚地放了一只笹舟，就把非连续杀人事件伪造成连续杀人案。他的企图很明显，如果警察凭借笹舟把两起事件认定为连续杀人案的话，万一他被怀疑杀害了笼室岩喜宫司，但由于他丝毫没有杀害及位廉也的动机，所以早晚能摆脱嫌疑。”

“这么说，想出利用尸体僵直原理的人是龟兹将？”

“他爱看侦探小说，连滨尾四郎的《博士府邸怪事件》都看过。那部小说讲的正是死后僵直的事，他一定仔细研读过了。”

“龟兹将是什么时候，怎样把宫司大人叫到瞭望塔上的？”

“他应该是在村宴举办之前，强罗五人众还在笼室家小聚期间联系上了宫司大人。我这么推断，理由就是宫司大人在家还喝了酒，但到了村里的宴会上突然一口不喝了。”

“难道又是让竹利传的话？”

“嗯，极有可能。一个孩子，就算来来回回出入笼室家，也不会让人多想什么。”

“龟兹将突然反常地又是打扫竹屋又是帮忙干活，就是为了证明宫司大人的被害与他无关吧。”

“而且他后来还继续帮忙干活，估计是怕只干那么一次会引起别人的怀疑。”

“那家伙，心思还真够细的。”

祖父江偲吐出这么一句不情不愿的话，突然哀伤地说：

“宫司大人的遗体……”

“应该是漂进了绝海洞，又被冲进冥河深处去了。”

“筱悬小姐在绝海洞把龟兹将……”

“他把筱悬小姐叫到绝海洞的目的是要挟筱悬小姐跟他好，不然就把宫司大人杀了及位廉也的事大肆宣扬出去。”

“卑鄙无耻！”

“他之所以选择绝海洞，除了因为那里比较隐蔽之外，最主要的还是因为那里有供养碑。因为及位廉也是因为探查到了犊幽村和笹女神社的秘密才被宫司大人杀害了，他要告诉筱悬小姐这个事情的话，供养碑前是最具说服力，最合适不过的场所。”

“所以，龟兹将才会站在供养碑前等筱悬小姐到来。”

祖父江偲一副认同的样子，不过马上又想到一个疑问：

“不是说筱悬小姐根本做不到杀掉龟兹将吗？这样的话，岂不是又完全推翻了连锁杀人的推论？”

“不，不会再推翻了。原来我根本不相信筱悬小姐能杀了龟兹将，所以从来没有多想也没有细考虑，但是如果确定了她是凶手的话，那杀人方法还是轻易就能推测出来的。”

“怎么回事？”

“目前只是推测，但我觉得八九不离十，筱悬小姐在与龟兹将交流的过程中，发现祖父被龟兹将杀害了。”

“嗯，非常有道理。瞭望塔事件发生后，村田刑警来笼室家询问情况，问筱悬小姐祭祀当晚宫司大人有可能和谁见面，当时她就说是龟兹将。”

“这也证明从那时起她已经开始怀疑龟兹将了。”

“我觉得龟兹将那种诡计多端的家伙，自我表现欲肯定也很强，当然，他不会在筱悬小姐面前主动说如何杀害了宫司大人，但说不定哪句话就显摆出来了。”

“以前已经有所怀疑，再加上亲耳听出来一些端倪，所以筱悬小姐一时激愤之下就起了杀心。”

“太可怜了！”

“看来绝海洞事件是临时起意杀人。不过，她应该马上想到了一个问题。”

“想到了什么？”

“竹林宫和瞭望塔事件迟迟没有定论，就是因为都是在不可能的状况下莫名死亡的，那么如果自己在不进入沙地的情况下置龟兹将于死地的话，案发现场同样也会扑朔迷离。”

“真聪明。”

祖父江偲根本没意识到自己的双重标准，同样是耍心眼的杀人计谋，到了龟兹将身上就是“诡计多端”，在筱悬身上就成“聪明”了。

不过，言耶也没刻意指出这一点。

“然而，手边没有可用的凶器，只有一把断鱼叉。于是，筱悬小姐拔起鸟居的一根竹竿，临时做了一杆竹枪。”

“老师，等等，这样还是刺不到龟兹将。”

“一根竹竿不够，可以用两根啊。不是还有注连绳嘛，可以把两根竹竿连起来呀。”

“原来如此。”

“可是，竹枪太长了，无法挺直，所以力道不稳造不成致命伤，而且刺中龟兹将时，鱼叉就脱落了。”

“所以，又改用石头砸。那又是怎么做到的？”

“还是用那根竹枪，前头绑上作为供品摆在沙地边上的破鱼网，然后里面放上大小合适的石块，用它猛击龟兹将的头部，一下不行两下，可以一直击打下去。”

祖父江偲听明白了，主动接了下去。

“嗯，被鱼叉刺中后，龟兹将疼痛难忍，行动也迟钝了，所以筱悬小姐不用费什么劲儿就能击打到他的脑袋。”

说着，好像突然想起什么。

“咦？老师，如果是临时起意杀人，那笹舟又怎么解释？不可能是事先准备好的啊。”

“目的还是为了营造不可思议的案发现场。你想，无足迹杀人，再加上一只笹舟，不是更加扑朔迷离了吗？所以，筱悬小姐当场做了一只笹舟。”

“怎么会？不可能！用什么做？竹叶从哪儿来？”

“与竹林宫神殿前充当鸟居的竹竿一样，沙地上的竹竿根部也丛生着细小的枝叶，用那些就可以做啊，然后用那支竹枪挑起来放到龟兹将的胸膛上。当时插着鱼叉刺龟兹将时，竹竿的前端染上了鲜血，所以笹舟也被染上了血迹。最后，解开连在一起的竹竿，再次插回到原处，不过这次是把染上血迹的那一头插进了沙地里。这样的话，就算警察来了，也不会想到特意把挂着注连绳充当鸟居的竹竿拔出来检查检查。”

“哇啊，太厉害了！”

“不过，这一切看似简单，但对善良柔弱的筱悬小姐来说，绝对超出了她身心的承受能力，所以她才会体力不支地晕倒在洞口处。”

“所以她接受了警察问讯回到家后才会那么萎靡不振。虽说是替爷爷报了仇，但毕竟是杀了人啊。”

祖父江偲垂下头，小声喟叹：

“真是太可怜了！”

不过一瞬间，她又猛地抬起头来。

“老师，如果是连锁杀人，那大垣秀寿的被害怎么解释？”

说着，还用怀疑的眼神看着言耶。

“您……您不会又要再次推翻一切吧？”

“哎呀，哎呀，看你想哪里去了。怪谈杀人事件的真相就是连锁杀人，这一点确定无疑。只是，大垣秀寿的死亡是个例外。”

“什么意思？”

“因为他是自杀。”

“哎——可是，大垣君不是已说得很清楚了吗？”

“但是……”

言耶刚说出这两个字，祖父江偲就大叫起来。

“等等！看吧，看吧，您还是要说‘但是’。”

“嗯。不过，我说的不是警察定义的那种自杀。”

“哎？”

“从某种意义上来说，大垣秀寿的死亡也是怪谈杀人事件的一部分。”

五

“什么意思？”

“大垣君说他祖父是个极具责任心的人，在可能是有人故意投毒且还没抓到这个凶手的情况下，绝对不会自杀。”

“可是，却被杀害了。”

“你要这样想的话，那连锁杀人的解释又不成立了。前面我说过，四个被害人中有一个与众不同，这个思路是正确的。不过，这个人不是笼室岩喜宫司而是大垣秀寿。”

“原来您说的不是真正的凶手，而是其他人是被杀，只有一个人是自杀。”

“不，两方面都是。”

“哎？”

“往蘑菇汤中混入毒蘑菇的正是大垣秀寿。不过，他的目的并不是想夺人性命，只是想制造食物中毒骚动。但是，没想到竟然有小孩子因此丧了命，所以他非常自责，最终选择了自杀。”

“为，为……”

“你想问他为什么要那么做，对吧？小火灾啦，那一系列的诡异现象啦，都是强罗五人众干的。”

“什么？不说是垣沼亨那几个人干的吗？”

祖父江偲简直要抓狂了。

言耶依旧不慌不忙地说道：

“簪灵大神祭那天，垣沼亨他们几个人光在海边探了探头，就引起了住在平和公寓的日升纺织的久保崎，还有村民们的注意。在那种形势下，你说他们几个能搞出什么花样来？正因为他们平时深居简出，所以一旦出点什么动静，反而更显眼，马上就会被人发现。”

“说的也是。”

“饭岛胜利确实碰到怪物四次，但这绝对不是垣沼他们四个人能做到的。”

“这个……啊！对了，他们必须得有车才行。”

“而且，如果真是他们几个干的，那及位廉也死后诡异现象仍在继续，不是很奇怪吗？”

“确实。”

“我认为事情是这样的，大垣秀寿开着他的轻卡载着笹女神社的笼室岩喜、盐饱村的米谷医生、石糊村的井之上村长以及矶见村鹿杖寺的善堂住持四个人，去了阴扬村和平皿町之间的蛇道，碰到对面有车过来就赶紧蒙上席子什么的隐蔽起来。大垣秀寿把四个人分别放在四个会车点后，就在离平皿町比较近的某个小道上藏了起来。”

“他们就那样等着日升纺织的员工下班回来。”

“日升纺织的员工下班时间不统一，所以他们不是在等某个人，只是那天恰好让饭岛胜利赶上了。在蛇道上的会车点吓唬了饭岛后，四个人又坐着大垣秀寿的车返回大仓库。起初，他们几个先在大仓库进行了乔装打扮，想着反正回村之前还要回来换装，于是没锁门，亮着灯就去蛇道了。”

“嗯，谁能想到饭岛胜利跑到大仓库来了。”

“对，跟随在饭岛胜利车后的大垣秀寿当然发现了这个情况，所以他们为了确保成效，决定再次出手吓他。”

“对，对，就是透过采光窗往里窥探的那张黑脸。”

“一定是三个人叠成了人梯。”

“不会吧？他们都那么大年龄了。”

祖父江偲吃惊地瞪大眼睛，言耶却一点儿也没觉得有什么可惊奇的。

“砦灵大神祭那天，你不是看到他们五个人了吗？每个人都有着与年龄不符的精壮，叠个人梯没问题了。”

“那个可怕的声音是怎么回事？”

“为了营造气氛，肯定是最下面那个人叫出来的了，所以才会出现上面一张面无表情的黑脸，声音却从底下传出来的一幕。事情发生后，和平公寓的房东去饭岛屋里给他看祭祀的老照片，还特意放给他听从大垣家借来的祭祀录音，这些行为肯定都是大垣秀寿的授意。”

“为什么还要再给饭岛听他那天晚上听到的声音？”

“为了加强诡异的效果，同时不想让房东领悟到他们五人众的真实企图。”

“还真是慎重。”

“唉，我本该早点把视线放到强罗五人众身上的。”

“老师，用不着自责，当时也没有什么异常能让您关注到他们啊。”

“不，是我自己疏忽了，因为他们五个人中至少有一个人已经赤裸裸地向我发出了挑衅。”

“什么时候？谁？”

“簪灵大神祭那天，在临时搭建的帐篷里与其他四人见面时，宫司对喝醉了的盐饱村的米谷医生和矶见村鹿杖寺的善堂住持说了一句话，‘要是被侦探老师查到可就不妙了’，于是善堂住持意味深长地伸出了右手小拇指。然而，当时我以为他是在揶揄米谷医生的风流韵事。”

“当时我也是这么想的。有什么不对吗？”

“在那之前，宫司给我讲过竺磐寺真海住持的不正经，还说强罗五人众里也有一个不守清规的花和尚。”

“那就是善堂住持了。嗯，当时他还嬉皮笑脸地跟我搭讪来着。”

“嗯，我也有这个印象。我觉得当时宫司说的就是善堂住持，绝不会是米谷医生。那么，善堂住持先伸出小拇指，然后又一个一个伸直其他手指，到底什么意思？”

“难道是指代他们五个人？”

“对，所以当时其他四个人才猛地变了脸色，多亏宫司和大垣秀寿互相配合掩饰了过去，不然说不定就会引起我的警觉和怀疑。现在我们弄清了五人众的所作所为，此时再回头想想大垣秀寿那句‘说那种话，小心自食其果’，分明也是含义颇深啊。”

“他们五个人为什么要制造一连串的怪异事件呢？”

祖父江偲好像完全迷糊了。

“当然是为了阻止村镇合并了。”

“因为要保守村子和神社的秘密吗？”

言耶点了点头，但祖父江偲还是一副想不通的表情。

“可是，日升纺织的久留米不是说了吗，就算村子和神社的秘密大白于天下，也不用担心会影响到村镇合并。”

“是啊，我也认为是这样。”

“那怎么还……”

“但是……”

听了言耶的这个“但是”，祖父江偲忍不住仰天长叹。

“啊——又来了！”

“让我觉得奇怪的是，为了守住秘密至于做到那种地步吗？”

“这个……活祭品这种旧习，传出去的话，毕竟名声不太好吧。”

“名声不好那是肯定的，但又不是只在这儿才有，日本很多地方都有这种传说。而且，基本上没有证据证明这确实发生过，甚至很多民俗学者都认为只是传说而已。我相信及位廉也不可能不懂这一点。”

“您的意思是……”

“仔细想想，我对及位廉也那句‘一切皆相反？’的解释，有点想不通。”

“哪一部分可疑？”

“非常关键的部分。起初，我认为把象征着遇难船的唐食船流放到大海上是为了驱除海难者的亡灵，避免他们兴风作浪。简单来说，‘一切皆相反？’就是把现实中发生的海难事故反向倒推回去，让死难者重回大海。”

“嗯，您是这么分析的。”

“后来我又推测唐食船不是遇难船，而是补陀落渡海的小木船，那么要是反着来的话，应该怎么做？”

“小木船从海滨出发向大海而去，要是反着来的话，那唐食船必须从海的那边漂流而来。哎？不对啊，不是反着的呢。”

“所以，这样推理的话，祭祀的关键部分就讲不通了。”

“所以呢？”

“唐食船的本来面目不是补陀落渡海的小木船，还是遇难船。”

“这，这样的话，人鱼怎么回事？及位廉也的记事本上写的‘簪灵大神的真身是人鱼？’怎么解释？”

言耶好像没有听到祖父江偲的追问，一心在自己的思绪上。

“唐食船就是遇难船。当我再次确认这个想法的时候，才终于意识到自己忽略了一个大问题。”

“什，什么大问题？”

“笠磐寺的史册上记录着外乡人死亡的年月日，翻看同一天的笹女神社的日志，会看到上面记录着哪个藩的什么船遭遇了海难事故。”

“是的，两者的记录是一致的。”

“嗯，看似没什么问题。但是，遭遇海难的只会是藩国的船吗？”

“不会吧，肯定还有普通的商船……”

话未说完，祖父江偲就忍不住抽了一口气。

“说得没错。但是，史册上没有普通商船死亡者的记录，日志上也没有相关海难事故的记录。”

“……”

“不可能遭遇海难的都是官府的船，普通商船都能平安无事吧。”

“……”

“那么，为什么没有普通商船的任何记录？”

“……”

“要说为什么，因为所谓的唐食船其实是这样的遇难船，犊幽村的人利用牛头湾的岩礁地带和季节性暴风雨，人为地让过往商船触礁遇难，然后将船上人员全部杀死，最后将满载的货物据为己有，用以支撑自己熬过饥寒交迫的秋冬季。”

“……”

祖父江偲震惊地瞪着眼，张着嘴，一个字也说不出来了。

“狼烟场、远见岭、瞭望塔真正的作用是为了搜寻猎物，同时也是为了观察过往船只是否是藩里的船，以免出手失误。在海边烧制供品盐，目的当然是借炉火之光引诱过往船只。坐楢本的渔船去阴扬村，当我看到岸上手电筒和灯笼的光亮时，有一瞬间觉得那就像是引导我走向真相的指明灯，现在想来一定就是这个原因了。不过，对被盯上的商船来说，那不是希望之光，而是恶魔、地狱之光。他们不用火把而是用烧制海盐的炉火，是为了以防万一，万一错误诱导藩里的船触了礁，也好找个理由为自己开脱。下角一侧的炉灶数量多于上角，目的是为了把船只引向簭灵大神岩礁。可以说，牛头湾中的簭灵大神岩礁正是贫穷的犊幽村应对外部的武器，也是唯一可用的武器。”

言耶没有注意到此刻完全处于震惊状态的祖父江偲，也没有给她任何消化反应的机会，只管继续往下说。

“袭击过往商船只能在夜晚偷偷进行，所以簭灵大神祭的仪式才会‘与之相反’在白天进行。参加簭灵大神祭的只能是男人，是因为参与残杀掠夺商船的人只能是成年男子，‘海原之首’中的伍助当时还是个孩子，所以对此一无所知。伍助和盐饱村的人在入秋到初冬期间听到的妖怪的怪叫声，其实就是犊幽村的男人们袭击商船时的呐喊声。为什么多出现在风大浪高的深夜呢？当然是因为不等到暴风雨来临就无法进行突袭，所以簭灵大神祭的举办时间才不固定，而且谁也无法预测什么时候能有这种唐食船路过。还有，为什么伍助的祖父说唐食船的周围乌泱乌泱地漂游着亡者呢？这也不言而喻了吧，与惠比寿神招来唐食船的说法一样，意味着不断有商船被袭击，船员被杀死，这样当然会有很多冤死的亡魂了。祭祀第二天开始休渔三天，当然是为了袭击战后的休养以及分配战利品了。”

“人……人鱼呢？”

祖父江偲总算能说出话来了。

“是暗指受到人鱼歌声的诱惑而沉船的传说。我站在远见岭上莫名联想到英国的康沃尔，或许冥冥之中已经察觉到了犊幽村的秘密。不，不，不可能这么神吧。”

“或许老师……”

“我忽然想起来，可能跟我学生时代读过的一个欧美儿童文学作品有关。故事就是以康沃尔为舞台展开的，里面就讲到了村民站在崖顶晃动提灯引诱过往船只触礁沉船的犯罪行为。大概脑子里还残存着那本书的记忆，所以当看到相似的地形地貌时，一下子就引发了联想。”

“您若那时能想到这些就好了，那不早就能解开唐食船的秘密了？”

祖父江偲多少从刚才的震惊中走了出来，恢复了平静。

言耶的话语中却流露出些许不自信。

“到这个时候，我才想起来一个历史传闻。文艺复兴时期，丹麦为了保证与汉莎同盟各城市贸易往来的安全，在一些重要场所设置了灯塔，结果却遭到了海盗的反对。海盗通常在危险地段点燃灯火袭击过往船只掠取钱财，所以他们声称那些灯塔危害到了他们的生活。”

“如果以上是老师对唐食船和人鱼的解释，那磐灵大神祭时村里的女孩子会消失不见又是怎么回事？”

“根据村子极度贫穷的事实来判断，估计那些女孩子是被卖了。当时伍助还是个未成年的孩子，所以不了解这种情况。”

“是这样吗？”

“为什么继犊幽村之后最先出现的村子是离它最远的閖扬村？因为当时被袭商船上的财物屡屡被海浪冲到了如今閖扬村的海边，所以为了收取财物大垣家的祖先就从犊幽村搬到了那里。此后，在两个村子之间，才慢慢形成了盐饱村、石糊村和矶见村。閖扬村先于其他村出现，且大垣家如此风光，虽然有先天地理条件的原因，但我认为最主要的还是坐收渔利的缘故。”

“哦，这就是笹女神社的笼室家和大垣家历代不和的真正原因吧。”

“上辈的恩恩怨怨一直影响到这一代。”

“一直持续下去，什么时候是个头啊。”

“袭击商船掠夺钱财的秘密只在强罗五人众的家族里流传，因为追根溯源这五大家族都出身于犊幽村。而且，这个全村人犯下的罪行，上一辈只能讲给下一辈中的继承人一个人听，并告诫他千万要守住这个秘密。”

“难怪这个秘密……”

“御堂岛警部曾给我讲过强盗村的事。如果真是整个村子有组织地引诱商船触礁遇难，借此机会掠夺钱财杀人害命的话，只能说必须慎重对待了。”

“他们不可能让这个秘密泄露出去的。”

祖父江偲深深叹了口气，一副怎么也想不明白的样子。

“宫司他们五人众到底想干什么？”

“他们赞成村镇合并，这一点不用怀疑，为了强罗地区的发展，谁也不会反对合并。而且，如果要修一条连接五个村子的大路的话，属于他们几家的后山肯定得被收购，这可是一笔巨大的财富。”

“啊，我明白了。”

祖父江偲兴奋地一拍双手。

“可是，事情并不是至此就结束了，日升纺织的久留米他们还考虑着要开发旅游资源，计划开辟一条从牛头湾到绝海洞的游船航线。这样一来，唐食船的秘密有可能就保不住了，虽不至于马上暴露，如果再出现第二个、第三个及位廉也的话就麻烦了，所以……”

说着，说着，祖父江偲突然没了声音，言耶立刻接过话来。

“如果说强罗五人众为了阻碍村镇合并而制造出一系列诡异事件，好像有点儿牵强。若是推理为一切都是垣沼亨他们四人泄愤的结果似乎更加合乎逻辑，对吧？”

“嗯，日升纺织的久留米说过，阴扬村发生的这些怪异事件根本影响不到村镇合并。宫司大人他们也说了，不管心里多么不情愿，但是村镇合并是国家政策，所以他们也没办法，只能服从。”

“所以，五人众联手制造了蛇道上的诡异事件，但是光这样做还达不到效果，因此又策划了阴扬村里的各种骚动，当然，他们并没有真正想伤害谁的想法。我也很气愤他们制造食物中毒事件，但那也不过是一种鲁莽行为，是为了加强效果才选择了那种方法，然而第二次竟然弄错了毒蘑菇的比例，结果导致儿童因此丧了命。所以，大垣秀寿的自杀也是可以理解的。”

“您说的什么呀？”

祖父江偲彻底凌乱了。

“的确像宫司大人说的那样，村镇合并是国策，但是政策也规定五个村子的人口必须达到八千人才能合并。”

“哎？”

“五人众的目的只有一个，那就是不让阴扬村的人口增加。因此，他们就吓唬日升纺织的员工，在村子里放火以及制造食物中毒骚动也是为了给那些想移居到阴扬村来的人留下不好的印象，尤其是不想让那些有了家室，以及马上要结婚的人认为阴扬村是个适宜安家的地方。”

“如果阴扬村的人口不增加……”

“那么五个村子的人口加起来就不会到八千。”

“这样，合并的事情自然就流产了。”

“也不用担心犊幽村骇人听闻的秘密泄露了。”

“为什么大垣秀寿要把自己的死亡伪装成他杀？”

“如果警察认定是自杀，那一定会仔细调查自杀的原因。虽说有孩子中毒而死这个前提。哦，也不能是‘虽说’，其实就是真正的原因，但警察稍微再深入调查的话，就有可能查到五人众的计划。”

“所以，他才在自杀现场留下了似乎带有深意的竹棍和笹舟。”

“嗯，他是为了让我们把他看成是怪谈杀人事件的第四个被害人。”

“这么一说，我怎么有种悲壮的感觉。”

与唏嘘的祖父江偲不同，言耶脸上露出一丝复杂的苦笑。

“也就是说，怪谈杀人事件从一开始就根本不存在。”

“老师，从结果来看的确如此。”

“这反而让我非常可怕。”

祖父江偲意识到言耶的不对劲。

“怎么啦，老师？还有什么让您放不下的事吗？”

言耶迟疑了一下说：

“大垣秀寿确实没有杀人之心，但最终有一个孩子因他而死也是无疑的事实。”

“是啊，这个罪是免不了的。”

“这么考虑的话，食物中毒事件就是一起旨在让人口减少的杀人事件。”

“……”

“只能说这是犯罪史上极其罕见的阴差阳错犯罪动机。”

时间在两人的交谈中慢慢流逝。

终于，祖父江偲问出了自己的担心：

“老师，您准备怎么向警察说明您的推理？”

而言耶是这么回答的：

“祖父江编辑，咱们该回去了。”

1　送神火是日本民间的一种风俗。在盂兰盆节的最后一天，亲族会在家门口点燃一堆火来送走亡灵，也称门火。

2　三味线：日本传统弦乐器，与中国的三弦相近。

终章

刀城言耶和祖父江偲一起梳理了这次的怪谈杀人事件。第二天一早，两个人离开笼室家，告别了犊幽村。

走之前，他们先看望了笼室筱悬，去村公所跟御堂岛警部打了招呼，陪伴竹屋的小竹利玩了一会儿，向渔民佐波男表达了谢意，最后还去了一趟蓬莱的小屋。

御堂岛警部这边的警察，上午去阴扬村与见崎警部的人马会合，然后有一半人员就要撤回县警察总部了。

“连老师您都对这次的事件束手无策了吗？”

面对御堂岛的询问，言耶认真地点了点头，看到祖父江偲张口想说什么，他赶紧抢先说了一句话阻止了她。

“我想，还是警方最初的判断是正确的。”

实际上一切正如警察推断的那样，竹林宫事件的凶手是笼室岩喜，瞭望塔事件的凶手是龟兹将，绝海洞事件的凶手是笼室筱悬，大仓库事件的主角大垣秀寿死于自杀。所以，言耶无法说警察错了，也不能说出背后的错综复杂。

“是吗？”

御堂岛只是简单地应了一声，但锐利的眼神像箭一样密集地射向言耶，好似在说：“想骗我？”

两人坐着楢本的小船离开了牛头湾。祖父江偲好像有点晕船，有气无力地蹲在那里。言耶望着越来越远，越来越小的犊幽村，不知在想什么，然后深深地低头致意。

是为了安抚亡魂吗？

连他本人也不清楚。

到了閖扬村，他们去了大垣家，再次对大垣秀继及其家人表示了慰唁，然后言耶把秀继叫到一个僻静处，给他讲了自己对怪谈杀人事件的推理。

“怎么会？真的吗？”

秀继受到了深重的打击，脸色当即变得苍白。

“希望你能成为筱悬小姐的依靠。”

听到言耶的嘱咐，他才好像猛地醒过神来。

“我觉得这事先跟五人众之一的石糊村的井之上村长商量一下为好。”

看来，他是接受了言耶的提议。

言耶婉拒了在大垣家留宿的邀请，于是大垣家派了一辆车把他和祖父江偲送到了平皿町的鬼柳亭旅馆。

刚到旅馆，迎面看到阿武隈川岛走了出来。

“你竟然送来那么难吃的章鱼。”

言耶见他，不禁有点儿后悔，心想还不如住在大垣家呢。

“到底怎么回事，这次的事件？”

看在两人难解之缘的份上，言耶只好给他讲了讲。

“什么？连你也解决不了？”

“对，我也无能为力。”

听到言耶的示弱，阿武隈川高兴得像个孩子似的手舞足蹈，惹得祖父江偲频频在一旁翻白眼，而他还不自知，美滋滋地大言不惭。

“看来，还得名侦探阿武隈川岛我亲自上阵啊。”

然而，他那混乱、古怪的推理一一遭到了言耶有理有据的驳斥。

最后，他竟然有点恼羞成怒了，气急败坏地嚷嚷。

“你既然这么厉害，赶快找出真相来啊。”

言耶洗了澡，吃过晚饭，听阿武隈川岛讲了一个名叫“割女”的怪女人的离奇故事，就准备休息了。祖父江偲刚一走出言耶的房间，阿武隈川就凑了上来，好像专门等祖父江偲离开的这一刻一样。

“你真的没能解决这次事件？”

言耶心下一惊，但什么也没说。估计阿武隈川也并非期待他给出什么说明和解释，只是想确认一下，私下里窃喜一番罢了。

第二天早晨，在阿武隈川“再住一天吧”和言耶“得回去了”的你来我往中，最终出发时间定在了上午。结果，阿武隈川又得寸进尺地说“吃了午饭再走吧”，言耶正愁不知怎么对付他，这时大垣秀继打来了电话。

“喂，我是刀城。”

然而，电话线那端传来的是大垣秀继极度惊慌、语无伦次的声音。在言耶的安抚下，他好不容易才讲明白了今天的骇人经历。

今天早上，大垣秀继雇船去了犊幽村。祖父的尸体被运往大学附属医院进行司法解剖了，一时半会儿还送不回来，一旦开始守灵、布置葬礼就会忙得不可开交，所以他想趁这个时间去看看笼室筱悬。

渔船刚一进牛头湾，船夫就坚决不肯再往前走了，秀继好说歹说他才答应靠岸。秀继下了船，一溜烟地跑向笹女神社的笼室家。

可是，笼室家一个人也没有，别说筱悬了，就连帮佣的妇女也没看到。家里收拾得干干净净，没有一丝脏乱，却给人一种奇怪的感觉，好像主人什么行李也没带就出远门了。

秀继返回村中，想找几家相熟的人问问，可是每家都像笼室家一模一样，整洁得让人觉得不真实，而且一个人影都没有。

整个村子一片死寂。去一家没人，去一家没人，可所有的屋子都收拾得干干净净。秀继走遍了整个村子，连个小孩都没看到。

他无奈回到海边，送他来的渔船已不见了踪影，看来是扔下秀继自己逃走了，不过这也无可厚非。

秀继环顾四周，突然惊恐地浑身直打哆嗦。

碆灵大神祭时流放的竹制唐食船，被海浪送回了岸边，支离破碎，惨不忍睹。

而且，并不只是今年的，还有往年流放的唐食船，破烂不堪，好几艘，不，几十艘，杂乱无章地拥挤在一起。

而原本停靠在岸边的渔船，一艘也没有了。无论是装有电机的还是手摇的，一律都消失不见了。

是全村人坐船远走了吗？

但是没有人带任何行李，他们到底去了哪里？

什么原因？

越想越可怕，秀继不敢再待下去，慌里慌张搜寻到一辆可以发动的汽车，急急忙忙奔向五人众之一的米谷医生的医院，给他讲述了犊幽村的诡异状况后，紧接着又给言耶打来了电话。

“这时候，估计其他四个村的当家人，以及还未撤离阴扬村的县警们已经赶往犊幽村了。”

耳边响着的是秀继的声音，言耶脑海里浮现的却是曾经与笼室岩喜宫司的交谈。

“如果被送回大海的唐食船又回来了，会怎样？”

“整个村子将走向灭绝。”

见多识广的刀城言耶也没想到犊幽村人集体失踪和怪谈杀人事件如此不可思议，如此迷雾重重。

谁也想象不出这战后最大的悬而未决之案将给后世留下多么恐怖的未解之谜。

第 13 届梅菲斯特大奖

[日] 殊能将之

剪刀男

译者：

龚婉如

社会上最近发生了连续杀人事件，死者的咽喉处无一例外都被插上了一把剪刀，媒体报道中皆称之为“剪刀男》”。当犯人“剪刀男”正打算第三次犯案时，却意外地成了案件的目击者。而且，那人的模仿杀人手法与自己别无二致。那人为何要模仿杀人？“剪刀男”着手展开调查，打算找出背后的真相。

[日] 仓知淳

宛如碧风吹过

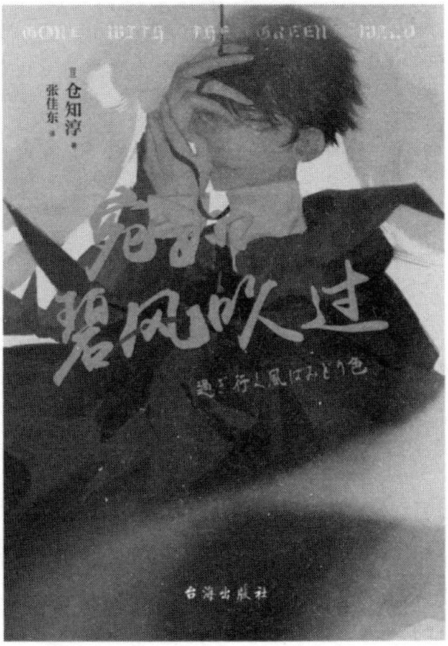

译者：

张佳东

房地产商兵马退休后只有一个愿望——向死去的妻子赔罪。大儿子直嗣为此将一位灵媒师请到家中。想要揭穿灵媒师骗术的超常现象研究学者也闻讯而来，令方城家一片混乱……就在这时，兵马突然在密室状态的别室中被钝器击中头部而死。灵媒师宣称方城家有恶灵盘踞，要在降灵会上将其降服。但在会上，第二起惨案发生了……

第3届福山推理文学新人奖

[日]深木章子

鬼畜之家

译者：

周庠宇

“我家的妈妈实在是……”

从唯一幸存的小女儿的口中，逐步还原“鬼畜之家”令人难以置信的真相。巧妙的计划，阴狠的手段，残酷的人心……人心深处到底隐藏着怎样不为人知的可怕欲望？扑朔迷离的事件背后究竟是怎样出人意料的事实真相。

图书在版编目（CIP）数据

如砻灵供祭之物 / (日) 三津田信三著 ; 胡环译 .—
北京 : 文化发展出版社 , 2020.10
书名原文 : 砻霊の如き祀るもの
ISBN 978-7-5142-3126-7

Ⅰ . ①如… Ⅱ . ①三… ②胡… Ⅲ . ①推理小说 – 日本 – 现代 Ⅳ . ① I313.45

中国版本图书馆 CIP 数据核字 (2020) 第 179335 号

版权合同登记号　图字：01-2020-5669
Original Japanese title:HAEDAMA NO GOTOKI MATSURU MONO

如砻灵供祭之物

[日] 三津田信三 / 著
胡环 / 译

出 版 人：武　赫　　责任编辑：周　蕾
责任校对：岳智勇　　责任设计：郭　阳
责任印制：杨　骏　　特约策划：欧阳博　张录宁
版式设计：刘艳秋　　封面设计：顾瀚允 / T-Workshop.com
封面绘制：崔晓东

出版发行：文化发展出版社（北京市翠微路 2 号　邮编：100036）
网　　址：www.wenhuafazhan.com
经　　销：各地新华书店
印　　刷：嘉业印刷（天津）有限公司
开　　本：880mm × 630mm　1/32
字　　数：340 千字
印　　张：15.75
印　　次：2020 年 12 月第 1 版　　2022 年 9 月第 2 次印刷
定　　价：68.00 元
I S B N：978-7-5142-3126-7

◆　如发现任何质量问题请与我社发行部联系。发行部电话：010-88275710